Hans Fallada

Der Trinker

1944

„Der Kaufmann Erwin Sommer verfällt in einer Lebenskrise dem Alkohol. Es folgen Aufenthalte in Anstalten und Gefängnissen – die Spirale dreht sich nach unten. Soweit die Geschichte, die so und ähnlich viele Male erzählt wurde. Was Hans Fallada jedoch auszeichnet ist die Fähigkeit, die seelischen Abgründe eines Süchtigen auszuleuchten. Eine Befähigung, die nur wenige andere Autoren wie etwa Dostojewski aufweisen.“ *Redaktion Gröls-Verlag* (Edition I Werke der Weltliteratur)

Redaktionelle Hinweise und Impressum

Das vorliegende Werk wurde zugunsten der Authentizität sehr zurückhaltend bearbeitet. So wurden etwa ursprüngliche Rechtschreibfehler regelmäßig *nicht* behoben, denn kleine Unvollkommenheiten machen das Buch – wie im Übrigen den Menschen – erst authentisch. Mitunter wurden jedoch zum Beispiel Absätze behutsam neu getrennt, um den Lesefluss zu erleichtern.

Wir sind bemüht, ein ansprechendes Produkt zu gestalten, welches angemessenen Ansprüchen an das Preis/Leistungsverhältnis und vernünftigen Qualitätserwartungen gerecht wird. Um die Texte zu rekonstruieren, werden antiquarische Bücher von leistungsfähigen Lesegeräten gescannt und dann durch eine Software lesbar gemacht. Der so entstandene Text wird von Menschen gegen eine Aufwandsentschädigung gegengelesen und korrigiert – Hierbei können gelegentlich Fehler auftreten. Wenn Sie ebenfalls antiquarische Texte einreichen möchten, wenden Sie sich für weitere Informationen gerne an

www.groels.de

Informieren Sie sich dort auch gerne über die anderen Werke aus unserer

Edition | Bedeutende Werke der Weltliteratur

Sie werden es mit 98,042 %iger Wahrscheinlichkeit nicht bereuen.

Die Deutsche Nationalbibliothek verzeichnet dieses Werk in der Deutschen Nationalbibliografie.

Verleger: Marcel Hermann-Josef Gröls, Poelchaukamp 20, 22301 Hamburg.
Externer Dienstleister für Distribution und Herstellung: BoD, In de Tarpen 42, 22848 Norderstedt

1.

Strelitz, 6. 9. 44

Ich habe natürlich nicht immer getrunken, es ist sogar nicht sehr lange her, daß ich mit Trinken angefangen habe. Früher ekelte ich mich vor Alkohol; allenfalls trank ich mal ein Glas Bier; Wein schmeckte mir sauer, und der Geruch von Schnaps machte mich krank. Aber dann kam eine Zeit, da es mir schlecht zu gehen anfing. Meine Geschäfte liefen nicht so, wie sie sollten, und mit den Menschen hatte ich auch mancherlei Mißgeschick. Ich bin immer ein weicher Mensch gewesen, ich brauchte die Sympathie und Anerkennung meiner Umwelt, wenn ich mir das auch nicht merken ließ und stets sehr selbstbewußt und sicher auftrat. Das Schlimmere war, daß ich das Gefühl bekam, auch meine Frau wende sich von mir ab. Es waren zuerst unmerkliche Zeichen, Dinge, die ein anderer ganz übersehen hätte. Zum Beispiel vergaß sie, mir bei einem Geburtstag in unserem Hause Kuchen anzubieten; ich esse zwar nie Kuchen, aber früher bot sie mir trotzdem stets welchen an. Und dann war einmal drei Tage lang ein Spinnweb in meinem Zimmer über dem Ofen. Ich ging alle Zimmer ab, aber in keinem gab es ein Spinnweb, nur in meinem. Ich wollte eigentlich abwarten, wie lange sie es so treiben würde mir zum Ärger, aber am vierten Tage hielt ich es nicht mehr aus und sagte es ihr. Darauf wurde das Spinnweb entfernt. Ich sagte es ihr natürlich ziemlich scharf. Ich wollte mir um keinen Preis merken lassen, wie sehr ich unter diesen Kränkungen und meiner Vereinsamung litt.

Aber es blieb nicht dabei. Bald kam die Sache mit dem Fußabtreter. An jenem Tage hatte ich Schwierigkeiten auf meiner Bank gehabt, zum ersten Male hatten sie mir eine Geldauszahlung verweigert; es hatte sich wohl herumgesprochen, daß ich Verluste erlitten hatte. Der Bankvorsteher, ein Herr Alf, tat sehr liebenswürdig, sprach von vorübergehenden Schwierigkeiten und erbot sich sogar, mit seiner Zentrale wegen eines Sonderkredits für mich zu telephonieren. Ich lehnte das natürlich ab, ich war lächelnd und sicher wie immer gewesen. Aber ich hatte gut gemerkt, daß er mir dieses Mal nicht wie sonst meist eine Zigarre angeboten hatte, dieser Kunde lohnte ihm das wohl nicht mehr. Sehr niedergedrückt ging ich durch einen schwer herabrauschenden Herbstregen nach Hause. Ich war noch gar nicht in eigentlichen Schwierigkeiten; es war nur eine gewisse Stagnation in meinen Geschäften eingetreten, die zu jenem Zeitpunkt mit einigem Elan sicher noch zu überwinden gewesen wäre. Aber gerade diesen Elan vermochte ich nicht aufzubringen, ich war zu niedergedrückt von all dem stummen Mißfallen, dem ich begegnete.

Als ich nach Hause kam (wir wohnen etwas vor der Stadt in eigener Villa, und die Straße dorthin ist noch nicht ausgebaut), wollte ich vor der Tür meine schmutzigen Schuhe reinigen, doch gerade heute fehlte der Fußabtreter. Ärgerlich schloß ich auf und rief ins Haus nach meiner Frau. Es dunkelte schon, aber nirgends sah ich Licht, und Magda kam auch nicht. Ich rief wieder und wieder, aber nichts erfolgte. Ich befand mich in einer höchst fatalen Situation: ich stand im Regen vor der Tür meiner eigenen Villa und konnte nicht ins Haus, wollte ich nicht Vorplatz und Diele ärgerlich beschmutzen, und das alles, weil meine Frau vergessen hatte, den Fußabtreter hinauszulegen, und zu einer Zeit nicht zur Stelle war, wo ich, wie sie genau wußte, von der Arbeit heimkam. Schließlich mußte ich mich überwinden: ich ging vorsichtig auf Zehenspitzen ins Haus. Als ich mich auf einen Stuhl in der Diele setzte, um die Schuhe auszuziehen, und dafür Licht machte, sah ich, daß all meine Vorsicht nichts genützt hatte: auf dem zartgrünen Dielenteppich waren die häßlichsten Flecke entstanden. Ich habe Magda immer gesagt, daß solch ein empfindliches Resedagrün nichts für die Diele sei, aber sie hatte ja gemeint, wir beide seien ja wohl alt genug, ein bißchen aufzupassen, und die Else (unser Dienstmädchen) benütze ja sowieso den Hintereingang und sei gewohnt, im Hause auf Pantoffeln zu gehen. Ich zog sehr ärgerlich meine Schuhe aus, und gerade als ich den zweiten auszog, sah ich Magda, die eben aus der Tür kam, die die Kellertreppe verdeckt. Der Schuh entglitt mir und fiel mit Poltern auf den Teppich, einen abscheulichen Fleck machend.

"Paß doch ein bißchen auf, Erwin!" rief Magda sehr ärgerlich. "Wie der schöne Teppich wieder aussieht. Kannst du dir nicht angewöhnen, die Füße ordentlich abzutreten?!"

Die offene Ungerechtigkeit in diesem Vorwurf empörte mich, aber noch hielt ich an mich.

"Wo in aller Welt hast du bloß gesteckt?" fragte ich, sie noch immer anstarrend. "Ich habe mindestens zehnmal nach dir gerufen!"

"Ich war bei der Zentralheizung im Keller", sagte Magda kühl. "Aber was hat das mit meinem Teppich zu tun?"

"Es ist ebensogut mein Teppich wie der deine", antwortete ich erregt. "Ich habe ihn wirklich nicht gerne beschmutzt. Aber wenn kein Abtreter vor der Tür liegt –!"

"Es liegt kein Abtreter vor der Tür? Natürlich liegt er vor der Tür!"

"Es liegt keiner davor!" rief ich mit Nachdruck. "Bitte, überzeuge dich selbst!"

Aber sie dachte gar nicht daran, vor die Tür zu gehen.

"Wenn Else eben vergessen bat, ihn hinzulegen, so hättest du die Schuhe gut auf dem Vorplatz ausziehen können! Jedenfalls hättest du nicht den einen Schuh hier mit solchem Plumps auf den Teppich zu werfen brauchen!"

Ich sah sie, stumm vor Ärger, nur empört an.

"Ja", sagte sie, "da schweigst du. Wenn man dir Vorwürfe macht, schweigst du. Aber mir machst du ständig Vorwürfe ..."

Ich fand keinen rechten Sinn in diesen Worten, aber ich sagte doch: "Wann habe ich dir Vorwürfe gemacht?"

"Eben erst", antwortete sie rasch, "einmal, weil ich auf dein Rufen nicht gekommen bin, und ich mußte doch nach der Heizung sehen, weil Else heute ihren freien Nachmittag hat. Und dann, weil der Abtreter nicht vor der Tür liegt. Aber ich kann doch unmöglich bei all meiner Arbeit auch noch jede Kleinigkeit, die Else zu tun hat, kontrollieren."

Ich nahm mich zusammen. Ich fand im stillen, Magda hatte in allen Punkten unrecht. Aber laut sagte ich: "Wir wollen uns nicht streiten, Magda. Ich bitte dich, mir zu glauben, daß ich die Flecke nicht mit Absicht gemacht habe."

"Und du glaube mir", antwortete sie, noch immer ziemlich scharf, "daß ich dich weder mit Absicht habe rufen noch mit Absicht habe warten lassen."

Ich schwieg dazu. Bis zum Abendessen hatten wir uns beide wieder ziemlich in der Gewalt, eine ganz vernünftige Unterhaltung kam sogar zustande, und plötzlich hatte ich den Einfall, eine Flasche Rotwein, die mir irgend jemand mal geschenkt hatte, und die seit Jahren im Keller stand, heraufzuholen. Ich weiß wirklich nicht, wieso ich auf diese Idee kam. Vielleicht löste das Gefühl unserer Aussöhnung bei mir den Gedanken an etwas Festliches, wie Trauung oder Taufe aus. Magda war auch ganz überrascht, lächelte aber beifällig. Ich trank nur anderthalb Glas, obgleich mir an diesem Abend der Wein nicht sauer schmeckte. Ich kam sogar in eine heitere Stimmung und brachte es fertig, Magda allerlei vom Geschäft, das mir soviel Sorgen machte, zu erzählen. Natürlich sprach ich kein Wort von diesen Sorgen, sondern ich log im Gegenteil meine Mißerfolge in Erfolge um. Magda hörte mir so interessiert wie schon lange nicht zu. Ich hatte das Gefühl, daß die Entfremdung zwischen uns völlig geschwunden war, und in der Freude darüber schenkte ich Magda hundert Mark, damit sie sich etwas recht Hübsches kaufen könnte: ein Kleid oder einen Ring oder wonach sonst ihr Herz stand.

2.

Ich habe mich später oft gefragt, ob ich an diesem Abend wohl völlig betrunken gewesen bin. Natürlich bin ich das nicht gewesen, davon hätten sowohl Magda als auch ich etwas gemerkt. Dennoch habe ich an diesem Abend den ersten Rausch meines Lebens gehabt. Ich schwankte nicht, ich lallte nicht. Das hatten diese anderthalb Glas muffigen Rotweins selbst bei einem so nüchternen Menschen wie mir nicht bewirken können, aber doch hatte mir der Alkohol die ganze Welt verwandelt. Er spiegelte mir vor, daß es keine Entfremdung und keinen Streit zwischen Magda und mir gegeben hätte, er verwandelte meine geschäftlichen Sorgen in Erfolge, in solche Erfolge, daß ich sogar hundert Mark zu verschenken hatte, keine beträchtliche Summe gewiß, aber in meiner Lage war schließlich keine Summe ganz unbeträchtlich. Als ich am nächsten Morgen erwacht war und alle Geschehnisse von dem vergessenen Fußabtreter bis zum verschenkten Hundertmarkschein an meinem geistigen Auge vorüberziehen ließ, da wurde mir erst klar, wie schmählich ich an Magda gehandelt hatte. Ich hatte sie nicht nur über meine geschäftliche Lage getäuscht, nein, ich hatte diese Täuschung auch noch durch ein Geldgeschenk untermauert, um sie noch glaubhafter zu machen, etwas, das juristisch wohl ›Betrug‹ genannt werden würde. Aber das Juristische war ganz gleichgültig, das Menschliche allein war wichtig, und das Menschliche an dieser Sache war einfach furchtbar. Ich hatte zum erstenmal in unserer Ehe Magda wissentlich betrogen – und warum? Warum in aller Welt?! Für gar nichts – ich hätte ja von all diesen Dingen wunderbar schweigen können, wie ich bisher von ihnen geschwiegen hatte. Niemand zwang mich zum Sprechen. Niemand? Doch ja, der Alkohol hatte mich dazu gebracht. Als ich das erst einmal erkannt hatte, als ich in vollem Umfange erfaßt hatte, welch Lügner der Alkohol ist und wie er dazu aus ehrlichen Menschen Lügner macht, schwor ich mir zu, nie wieder einen Tropfen Alkohol zu trinken und auch auf das ab und zu bisher genossene Glas Bier zu verzichten.

Aber was sind Vorsätze, was sind Entwürfe –? Ich hatte mir ja auch an diesem Morgen der Ernüchterung zugeschworen, wenigstens die gestern abend zwischen Magda und mir aufgekommene wärmere Stimmung zu nützen und es nicht wieder zu einer Entfremdung oder gar zu einem Streit kommen zu lassen. Und doch vergingen nicht viele Tage, und wir stritten uns schon wieder. Es war eigentlich völlig unbegreiflich: vierzehn Jahre unserer Ehe waren praktisch ohne jeden Streit vergangen, und jetzt im fünfzehnten war es, daß wir nicht mehr ohne Streiten leben konnten. Manchmal schien es mir geradezu lächerlich, über was für Dinge alles wir miteinander in Streit gerieten. Es schien, als müßten wir uns zu bestimmten Zeiten streiten, ganz gleich warum. Auch das Streiten scheint wie ein Gift zu sein, an das man sich rasch gewöhnt und ohne das man bald nicht mehr leben kann. Zuerst bewahrten wir natürlich ängstlich die Form, wir suchten möglichst sachlich beim Streitgegenstand zu bleiben und alles persönlich Kränkende zu vermeiden.

7. 9. 44

Auch legte uns die Anwesenheit unseres kleinen Hausmädchens Else Hemmungen auf. Wir wußten, sie war neugierig und trug alles weiter, was sie erfuhr. Damals wäre es mir noch unaussprechbar schrecklich gewesen, wenn irgend jemand in der Stadt von meinen Sorgen und unseren Streitereien erfahren hätte. Nicht sehr viel später freilich war es mir vollkommen gleichgültig geworden, was die Menschen von mir dachten und sprachen, und, was das Schlimmere war, ich hatte auch alle Scham vor mir selbst verloren.

Ich habe gesagt, daß Magda und ich uns an fast täglichen Streit gewöhnten. Freilich waren das eigentlich nur Quengeleien, kleine Sticheleien um ein Garnichts, etwas, das die zwischen uns immer wieder auftauchenden Spannungen ein wenig erleichterte. Auch das war eigentlich ein Wunder, aber kein schönes: viele Jahre hatten Magda und ich eine ausgesprochen gute Ehe geführt. Wir hatten uns aus Liebe geheiratet, damals waren wir alle beide sehr kleine Angestellte gewesen, jeder mit einem Handköfferchen, so waren wir zusammengelaufen. Ach, die herrliche entbehrungsreiche Zeit unserer ersten Ehejahre – wenn ich heute daran zurückdenke! Magda war eine wahre Haushaltskünstlerin, manche Woche kamen wir mit zehn Mark aus, und es kam uns vor, als lebten wir dabei wie die Fürsten. Dann kam die wagemutige, von immerwährender Anspannung erfüllte Zeit, da ich mich selbständig machte, da ich mit Magdas Hilfe mein eigenes Geschäft aufbaute. Es glückte – o du lieber Himmel, wie uns damals alles glückte! Wir brauchten nur etwas anzufassen, unseren Fleiß und unseren Eifer einer Sache zuzuwenden, und schon gelang sie, blühte auf wie eine gutgepflegte Blume, trug uns Früchte ... Kinder blieben uns versagt, so sehr wir uns nach ihnen auch sehnten. Magda hatte einmal eine Fehlgeburt, von da an war es mit allen Aussichten auf Kinder vorbei. Aber wir liebten uns darum nicht weniger. Viele Jahre unserer Ehe waren wir immer wieder frisch verliebt ineinander. Ich habe nie eine andere Frau als Magda begehrt. Sie machte mich vollkommen glücklich, und mit mir ist es ihr wohl auch nicht anders gegangen.

Als dann das Geschäft lief, als es jenen Umfang erreicht hatte, der ihm durch die Größe unserer Stadt und unseres Landkreises gegeben war, einen Umfang, über den hinaus eine Erweiterung nur durch völlige Änderung all unserer Lebensumstände und durch Wegzug von unserer Vaterstadt möglich war, als also das brennende Interesse etwas zu erlahmen begann, kam als Ersatz der Erwerb des eigenen Grundstücks vor der Stadt, der Bau unserer Villa, die Anlage unseres Gartens, die Einrichtung, die uns nun für den Rest unseres Lebens begleiten sollte – alles Dinge, die uns wieder eng aneinanderbanden und uns die Abkühlung, die in unseren Ehebeziehungen eingetreten war, nicht merklich werden ließen. Wenn wir uns nicht mehr so wie früher liebten, wenn wir nicht mehr so oft und heiß nacheinander begehrten, so empfanden wir das nicht als einen Verlust, sondern als etwas Selbstverständliches: wir waren eben allgemach alte Eheleute geworden, was uns geschah, geschah allen, war etwas Natürliches. Und, wie gesagt, die Kameradschaft beim Planen, Bauen, Einrichten ersetzte uns das Verlorene vollkommen, aus Liebesleuten waren wir Kameraden geworden, wir entbehrten nichts.

Zu jener Zeit hatte sich Magda schon ganz von der tätigen Mithilfe in meinem Geschäft freigemacht, ein Schritt, den wir beide damals als selbstverständlich ansahen. Sie hatte jetzt eine größere eigene Haushaltung; der Garten und ein bißchen Federvieh erforderten auch Pflege, und der Umfang des Geschäftes gestattete ohne weiteres die Einstellung einer neuen Hilfskraft. Später sollte sich zeigen, wie verhängnisvoll sich das Ausscheiden Magdas aus meinem Betrieb auswirken sollte. Nicht nur, daß wir dadurch wiederum ein gut Teil unserer gemeinsamen Interessen verloren, auch stellte sich heraus, daß ihre Mithilfe eigentlich unersetzlich war. Sie war bei weitem aktiver als ich, unternehmungslustiger, auch war sie viel geschickter als ich im Umgang mit den Menschen und vermochte sie auf eine leichte, scherzhafte Weise gerade dahin zu bekommen, wo sie die Leute haben wollte. Ich war das vorsichtige Element in unserer Gemeinschaft gewesen, die Bremse gewissermaßen, die eine zu gewagte Fahrt hemmte und sicherte. Im Geschäftsverkehr selbst hatte ich die Neigung, mich möglichst zurückzuhalten, mich niemandem aufzudrängen und nie um etwas zu bitten. Es war demnach unvermeidlich, daß nach Magdas Ausscheiden die Geschäfte erst einmal im alten Gleise weitergingen, daß wenig Neues dazukam und daß dann allmählich, ganz langsam, Jahr um Jahr, ihr Umfang zurückging. Über alle diese Dinge bin ich mir freilich erst viel später klar geworden, zu spät, als es schon nichts mehr zu retten gab. Damals, als Magda ausschied, war ich eher etwas erleichtert: ein Mann, der seine Firma allein vertritt, genießt bei den Menschen ein größeres Ansehen als der, dem die Frau in alles hineinreden kann.

3.

Erst, als unsere Streitereien begannen, merkte ich, wie fremd Magda und ich uns in den Jahren geworden waren, da sie ihre Hauswirtschaft besorgte und ich den Geschäften vorstand. Die ersten Male empfand ich wohl noch etwas wie Scham über unser Sichgehenlassen, und wenn ich merkte, daß ich Magda verletzt hatte, daß sie gar mit verweinten Augen umherging, schmerzte mich das fast so sehr wie sie selbst, und ich gelobte mir Besserung. Aber der Mensch gewöhnt sich an alles, und ich fürchte beinahe, er gewöhnt sich am raschesten, in einem Zustand von Erniedrigung zu leben. Es kam der Tag, da ich beim Anblick von Magdas verweinten Augen mir nicht mehr Besserung gelobte, sondern mit einer mit erschrockenem Staunen untermischten Befriedigung mir sagte: ›Diesmal habe ich es dir aber ordentlich gegeben! Immer gewinnst du mit deiner raschen Zunge doch nicht die Oberhand über mich!‹ Ich fand es schrecklich, daß ich so empfand, und doch fand ich es richtig, es befriedigte mich, so zu empfinden, so paradox dies auch klingen mag. Von da an war es nur ein kleiner Schritt bis dahin, wo ich sie bewußt zu verletzen suchte.

In jenem äußerst kritischen Zeitpunkt unserer Beziehungen waren die Lebensmittellieferungen für die Gefängnisverwaltung wie alle drei Jahre neu ausgeschrieben. Wir haben in unserem Ort (gerade nicht zum Entzücken seiner Einwohner) das Zentralgefängnis der Provinz liegen, das ständig etwa fünfzehnhundert Häftlinge in seinen Mauern birgt. Seit neun Jahren hatten wir diese Lieferungen schon, Magda hatte sich seinerzeit sehr darum bemüht, sie zu erhalten. Bei den beiden späteren Vergebungen hatte sie immer nur einen kurzen Höflichkeitsbesuch bei dem entscheidenden Oberinspektor der Verwaltung gemacht, und der Zuschlag war uns ohne weiteres zugefallen. Ich sah diese Lieferung für einen so selbstverständlichen Teil meines Geschäftes an, daß ich auch diesmal nicht weiter Aufhebens von der Sache machte: ich ließ das alte Angebot, dessen Preisgestaltung sich nun schon seit neun Jahren bewährt hatte, abschreiben und einreichen. Ich überlegte auch einen Besuch bei dem entscheidenden Oberinspektor, aber alles lief ja in seinen eingelaufenen Bahnen; ich wollte nicht aufdringlich erscheinen, ich wußte, der Mann war mit Arbeit überlastet – kurz, ich hatte mindestens zehn gute Gründe, den Besuch zu unterlassen.

Danach traf es mich wie ein Blitz aus heiterem Himmel, als mich ein Schreiben der Gefängnisverwaltung mit wenigen dürren Worten dahin unterrichtete, daß mein Angebot abgelehnt und daß die Lieferungen einer anderen Firma zugeschlagen worden seien. Mein erster Gedanke war der: daß nur Magda nichts davon erfährt! Dann nahm ich meinen Hut und eilte zu dem Oberinspektor, jetzt den Besuch zu machen, der drei Wochen früher sinnvoll gewesen wäre. Ich wurde höflich, aber kühl aufgenommen. Der Oberinspektor bedauerte, daß die alte Geschäftsverbindung nun unterbrochen sei. Er habe aber gar nicht anders handeln können, da ein Teil der von mir genannten Preise längst überholt gewesen sei, mal nach der höheren, mal nach der niedrigeren Seite hin. Im ganzen gleiche es sich wohl etwa aus, aber mein Angebot habe nun eben auf die maßgebenden Herren – ich möge seine Offenheit verzeihen – einfach einen schlechten Eindruck gemacht, als sei es meiner Firma ganz gleichgültig, ob sie den Zuschlag erhalte oder nicht. Ich erfuhr weiter, daß eine ganz junge, mit allen Mitteln aufstrebende Firma, die mir schon einige Male Ärger bereitet hatte, auch dieses Mal wieder als Sieger aus dem Rennen hervorgegangen war. Zum Schluß drückte der Oberinspektor noch in aller Höflichkeit die Hoffnung aus, in drei Jahren wieder mit meiner Firma in die alte Verbindung treten zu können, und ich war entlassen –!

Ich wußte, ich hatte mir in dem Gefängnisbüro nichts von meiner Bestürzung, ja, meiner Verzweiflung über diesen Fehlschlag anmerken lassen; ich hatte meine Erkundigung halb mit Höflichkeit, halb mit Neugier nach dem Namen des glücklichen Gewinners frisiert. Als ich aber wieder draußen vor den schweren Eisentoren des Gefängnisses stand, als der letzte Riegel rasselnd hinter mir zugeschoben war, sah ich in den hellen Sonnenschein dieses wunderbaren Frühlingstages wie jemand, der soeben aus einem schweren Traum erwacht ist und noch nicht weiß, ob er nun wirklich wach ist oder ob er noch immer unter dem Alpdruck des Traumes seufzt. Ich seufzte noch unter ihm, umsonst hatte das eiserne Gittertor mich zur Freiheit entlassen, ich blieb gefangen in meinen Sorgen und Mißerfolgen.

Es war mir jetzt unmöglich, in die Stadt und auf mein Kontor zu gehen, vor allem aber mußte ich mich erst sammeln, ehe ich vor Magda trat – ich ging fort von der Stadt und den Menschen, ich ging in die Felder und Wiesen hinaus, immer weiter fort, als könnte ich mir und meinen Sorgen entlaufen. Ich habe aber an diesem Tage nichts von dem frischen Smaragdgrün der jungen Saaten gesehen, ich habe nicht das eilige Glucksen der Bäche und die Trommelwirbel der Lerchen in der blaugoldenen Luft gehört: ich war grenzenlos allein mit mir und meinem Mißgeschick. Mein Herz war so übervoll davon, daß nichts anderes mehr hineinkonnte.

Ich war mir ganz klar darüber, daß dies für mein Geschäft nicht mehr ein kleiner Fehlschlag war, der mit einem achselzuckenden Bedauern hingenommen werden konnte: die Lieferung der Nahrungsmittel für fünfzehnhundert Menschen war selbst bei bescheidenem Nutzen ein so wesentlicher Teil meines Umsatzes, daß sie nicht ohne einschneidende Veränderungen meines ganzen Betriebes hingenommen werden konnte. An einen Ersatz für diesen Ausfall war bei dem Mangel ähnlicher Gelegenheiten in unserer bescheidenen Provinzstadt nicht zu denken. Äußerste Tatkraft hätte die Zahl der Einzelgeschäfte um einige Dutzend steigern können, aber ganz abgesehen davon, daß dies noch lange keinen Ersatz für den Ausfall bedeutete, fühlte ich mich gerade jetzt zu dieser äußersten Tatkraft ganz unfähig. Aus irgendwelchen Gründen war ich schon seit fast einem Jahr unfrisch. Immer mehr neigte ich dazu, den Dingen ihren Lauf zu lassen und mich nicht zu sehr zu erregen. Ich war ruhebedürftig – warum weiß ich nicht. Vielleicht wurde ich früh alt. Es war mir klar, daß ich mindestens zwei Angestellte würde entlassen müssen, aber auch das berührte mich nicht einmal so sehr, obwohl ich wußte, wie sehr darüber geschwätzt werden würde. Nicht das Geschäft bekümmerte mich im Augenblick, sondern Magda. Immer wieder war mein Hauptgedanke, meine Hauptsorge: daß bloß Magda nichts davon erfährt! Wohl sagte ich mir, daß ich auf die Dauer die Entlassung von zwei Angestellten und den Verlust der Lieferungen überhaupt nicht vor ihr verbergen konnte. Aber ich log mir vor, daß alles darauf ankomme, daß sie nicht gerade jetzt davon erführe, daß ich in einigen Wochen vielleicht doch den einen oder anderen Ersatz gefunden haben könnte. Dann hatte ich wieder einen hellen Augenblick.

Ich blieb stehen, stieß mit dem Fuß energisch gegen einen Stein im Staube des Weges und sagte zu mir: ›Da Magda doch davon erfahren wird, ist es besser, sie erfährt es durch mich als durch anderer Leute Mund, und es ist wiederum besser, sie erfährt es heute, als irgendwann. Mit jedem Tag, den du dies aufschiebst, wird das Geständnis schwerer. Schließlich habe ich kein Verbrechen begangen, sondern nur eine Nachlässigkeit.‹ Ich stieß wieder mit dem Fuß gegen den Stein: ›Ich werde Magda einfach bitten, mir wieder im Geschäft zu helfen. Das versöhnt sie mit meinem Mißerfolg und bringt mir und dem Betrieb nur Nutzen. Ich bin wirklich nicht sehr frisch und kann eine Hilfskraft gut gebrauchen ...!‹ Aber diese hellen Augenblicke gingen schnell vorüber. Ich hatte stets soviel auf die Achtung der

Leute und vor allem auf die Magdas gegeben. Ich hatte stets peinlich darauf gesehen, daß ich als der Chef respektiert wurde. Ich konnte es auch jetzt, gerade jetzt, nicht übers Herz bringen, von dieser Würde ein Jota abzulassen und mich gerade vor Magda zu demütigen. Nein, ich war entschlossen, die Sache selbst zu meistern, komme, was wolle. Ich mochte mir auch nicht von einer Frau helfen lassen, mit der ich mich fast täglich zankte. Es war klar vorauszusehen, daß sich diese Zänkereien bis ins Kontor fortsetzen würden – sie würde dort auf ihrem Willen beharren, ich würde widersprechen, sie würde mir meine Mißerfolge vorwerfen – o nein, unmöglich!

Wieder stampfte ich mit dem Fuß auf, aber diesmal in den Staub des Weges. Ich sah hoch. Ich hatte keine Ahnung, wohin mich meine Füße getragen hatten, so sehr war ich in meine Sorgen versponnen gewesen. Ich stand in einem Dorf, nicht übermäßig weit von meiner Vaterstadt entfernt, einem Dorf, das wegen einiger reizender Birkenwäldchen und eines Sees ein beliebter Frühlingsausflugsort meiner Mitbürger ist. Aber an diesem Wochentag-Vormittag gab es hier noch keine Ausflügler, dafür ist man bei uns daheim zu fleißig. Ich stand gerade vor dem Gasthof, und ich spürte, daß ich Durst hatte. Ich trat in die niedrige, weite, aber dunkle Schankstube ein. Ich hatte sie immer nur erfüllt von vielen Städtern gesehen, die frühlingshaft hellen Kleider der Frauen hatten den Raum heller gemacht und ihm trotz seiner Niedrigkeit etwas Beschwingtes gegeben. Denn, wenn die Städter hier waren, hatten die Fenster offengestanden, auf den Tischen lagen dann bunte Decken, und überall gab es in hohen Vasen helle Sträuße von Birken. Jetzt war der Raum dunkel, auf den Tischen lag gelblich-bräunliches Wachstuch, es roch stickig, denn die Fenster waren fest verschlossen. Hinter der Theke stand ein junges Mädchen, dessen Haare schlecht zurechtgemacht und dessen Schürze schmutzig war, es flüsterte eifrig mit einem jungen Kerl, der nach seiner kalkbespritzten weißen Kleidung ein Maurer zu sein schien. Mein erster Impuls war der, umzukehren. Aber mein Durst und noch mehr das Gefühl, sofort wieder meinen Sorgen ausgeliefert zu sein, ließen mich statt dessen an die Theke treten.

"Geben Sie mir was zu trinken, irgendwas, das den Durst löscht", sagte ich.

Ohne aufzusehen ließ das Mädchen Bier in ein Glas laufen, ich sah zu, wie der Schaum über den Rand troff. Das Mädchen schloß den Bierhahn, wartete einen Augenblick, bis der Schaum sich gesetzt hatte, und ließ noch einen Schuß Bier nachlaufen. Dann schob sie mir, wiederum ohne ein Wort, das Glas über den stumpfen Zink zu. Es machte sich wieder an sein Flüstern mit dem Maurerburschen, bisher hatte es mich noch nicht mit einem Blick angesehen.

Ich hob das Glas zum Munde und trank es bedächtig. Schluck für Schluck, ohne einmal abzusetzen, leer. Es schmeckte frisch, prickelnd und leicht bitter, und indem es meinen Mund passierte, schien es in ihm etwas von einer Helle und Leichtigkeit zu hinterlassen, die vorher nicht in ihm gewesen war.

›Geben Sie mir noch einmal von dem‹, wollte ich sagen, besann mich aber anders. Ich hatte vor dem jungen Menschen ein helles, kurzes, gedrungenes Glas stehen sehen, das man bei uns eine "Stange" nennt und in dem gewöhnlich Korn ausgeschenkt wird.

"Ich möchte auch solch eine Stange", sagte ich plötzlich. Wie ich, der ich mein Lebtag keinen Schnaps getrunken, der ich immer eine tiefe Abneigung gegen den Geruch von Schnaps gehabt habe, dazu kam, weiß ich nicht zu sagen. In jenen Tagen änderten sich alle Gewohnheiten meines Lebens, geheimnisvollen Einflüssen war ich ausgeliefert, und genommen war mir die Kraft, ihnen zu widerstehen.

Zum ersten Male sah mich jetzt das Mädchen an. Langsam hob sie die etwas körnigen Lider und blickte mich mit hellen, wissenden Augen an.

"Mit Schnaps?" fragte es.

"Mit Schnaps", sagte ich. Das Mädchen griff nach einer Flasche, und ich überlegte mir, ob mich je in meinem Leben ein weibliches Wesen schon einmal so schamlos wissend angeschaut hätte. Dieser Blick schien bis auf den Grund meines Mannestums dringen zu wollen, als möchte er erfahren, was ich als Mann gelte; ich empfand ihn wie etwas Körperliches, etwas schmerzlich süß Beleidigendes, als sei ich nackt ausgezogen worden vor diesen Augen.

Das Glas war gefüllt, es wurde zu mir über den Zink geschoben, die Lider hatten sich wieder gesenkt, das Mädchen wandte sich an den Burschen; mein Urteil war gesprochen. Ich hob das Glas, zögerte – und schüttete den Inhalt in einem plötzlichen Entschluß in die Mundhöhle. Es brannte atemraubend, dann verschluckte ich mich, zwang die Flüssigkeit aber doch die Kehle hinunter. Ich fühlte sie brennend und beizend hinunterrinnen – und in meinem Magen entstand ein plötzliches Gefühl von Wärme, einer wohltuenden, heiteren Wärme. Dann mußte ich mich am ganzen Leibe schütteln. Der Maurer sagte halblaut: "Die sich so schütteln, das sind die Schlimmsten", und das Mädchen lachte kurz. Ich legte eine Mark auf den Zink und verließ ohne ein weiteres Wort die Gaststätte.

Der Frühlingstag empfing mich mit sonniger Wärme und leichtem, seidenfeinem Wind, aber als ein Verwandelter kehrte ich in ihn zurück. Aus der Wärme in meinem Magen war eine Helligkeit in meinen Kopf emporgestiegen, mein Herz pochte frei und stark. Jetzt sah ich das Smaragdgrün der jungen Saaten, jetzt hörte ich die Lerchenwirbel im Blau. Meine Sorgen waren von mir abgefallen. ›Es wird sich alles schon einmal regeln‹, sagte ich mir heiter und schlug den Weg heimwärts ein. ›Warum sich jetzt schon darüber plagen?‹ Ehe ich in die Stadt kam, kehrte ich noch in zwei weiteren Gasthäusern ein und trank in jedem noch solch ein Stängchen, um die rasch verfliegende Wirkung wiederzuholen und zu verstärken. Mit einem leichten, aber nicht unangenehmen Benommenheitsgefühl langte ich zu Hause gerade zur rechten Zeit für das Mittagessen an.

4.

Ich war mir klar darüber, daß ich vor meiner Frau nun nicht nur den Fehlschlag in den Lebensmittellieferungen, sondern auch mein Trinken verheimlichen mußte. Aber ich fühlte mich im Augenblick der ganzen Welt so überlegen, daß ich überzeugt war, dies würde mir nicht die geringste Schwierigkeit machen. Ich verweilte länger als sonst im Badezimmer und wusch mich nicht nur besonders sorgfältig, sondern putzte mir auch lange und gründlich die Zähne, um jeden Alkoholgeruch zu vertreiben. Ich wußte noch nicht, welche Haltung ich Magda gegenüber einnehmen sollte, aber ein dunkles Gefühl warnte mich davor, zu gesprächig zu sein – wofür ich eine starke Neigung verspürte –, besser würde vielleicht eine ruhige Pose gehaltenen Ernstes sein. Die Suppe war schon aufgefüllt, und Magda erwartete mich bereits, als ich eintrat. Ich gab ihr flüchtig die Hand und machte ein paar Bemerkungen über das herrliche Frühlingswetter. Sie stimmte mir zu und erzählte einiges von den jetzt dringenden Bestellarbeiten im Garten, auch bat sie mich, ihr heute abend eine bestimmte Gemüsesämerei, deren Fehlen sie eben erst bemerkt habe, aus der Stadt mitzubringen. Ich sagte ihr prompteste Erledigung zu, und so kamen wir ohne jede Fährnis über die Suppe. Ich merkte wohl, daß mich Magda ab und zu prüfend, beinahe mit stummer Frage, von der Seite ansah, aber in dem Gefühl, daß mir unmöglich etwas angemerkt werden konnte und daß alles vorzüglich ging, beachtete ich diese Blicke nicht. Übrigens erinnere ich mich, daß ich an diesem Mittag die Suppe mit besonderem Appetit aß.

Else räumte die Teller ab und flüsterte dabei meiner Frau irgendeine Küchenfrage zu, durch die Magda veranlaßt wurde, aufzustehen und mit Else in die Küche zu gehen, wohl um irgend etwas abzuschmecken oder zu tranchieren. Ich blieb allein im Speisezimmer, auf den Fleischgang wartend. Ich dachte an nichts Besonderes, ich war von einer heiteren Zufriedenheit erfüllt, das Leben gefiel mir.

Keine Ahnung hatte ich von dem, was ich nun sofort tun würde. Plötzlich – mir selbst überraschend – stand ich auf, schlich eilig auf den Zehenspitzen zur Anrichte, öffnete die untere Tür und richtig – da stand noch die Rotweinflasche, die wir an jenem verhängnisvollen Novemberabend, als unsere Streitereien begannen, angetrunken hatten! Ich hob sie gegen das Licht: sie war, wie ich es nicht anders erwartet hatte, noch halb gefüllt. Ich hatte keine Zeit zu verlieren, jeden Augenblick konnte Magda zurückkommen. Mit den Nägeln zog ich den ziemlich weit in den Hals getriebenen Korken heraus, setzte die Flasche an den Mund und trank, trank aus der Flasche wie ein alter Säufer! (Aber was sollte ich tun? Für die Benutzung eines Glases war keine Zeit, ganz abgesehen davon, daß ein benutztes Glas eine verräterische Spur gewesen wäre.) Ich nahm drei, vier sehr kräftige Schlucke, hielt die Flasche wieder gegen das Licht und sah, daß in ihr nur ein schäbiger Rest war. Ich trank auch ihn aus, verkorkte die Flasche wieder, schloß die Anrichtentür ab und schlich an meinen Platz zurück. In mir wogte es, mein Magen, gereizt durch die plötzliche starke Alkoholzufuhr, machte einige krampfhafte Bewegungen, vor meinen Augen lag feuriger Nebel, und Stirn und Hände waren schweißnaß. Ich hatte gewaltig zu tun, bis zur Rückkehr Magdas einigermaßen wieder meiner Herr zu werden.

Dann saß ich mit einem Gefühl angenehmer Hingegebenheit an meinen Rausch zu Tisch, und nur die Notwendigkeit, wenigstens pro forma etwas zu essen, machte mir Schwierigkeiten. Mein Magen schien ein sehr zerbrechliches Ding, dabei jederzeit bereit, sich zu empören; jeden einzelnen Bissen mußte ich ihm mit äußerster Vorsicht zuführen und bedauerte dabei, durch diese aus äußeren Rücksichten gebotene Nahrungszufuhr den still wirkenwollenden Rausch zu stören. Daran, daß es vielleicht gut wäre, ein paar Worte mit Magda zu wechseln, dachte ich überhaupt nicht. Dafür beschäftigte mich ein anderes Problem, das mir plötzlich schwere Sorgen bereitete. Wohl stand die Rotweinflasche wieder verkorkt in der Anrichte, aber bei der Genauigkeit, mit der Magda ihren Haushalt führte, mußte sie binnen kurzem ihre Leere merken. Unmöglich konnte ich das zulassen, ich mußte rechtzeitig dagegen Vorkehrungen treffen. Aber wie unglaublich schwierig das war! Die beste Lösung würde sein, gleich heute nachmittag eine andere Flasche Rotwein zu kaufen, etwa die Hälfte fortzuschütten und sie an die Stelle der ausgetrunkenen zu stellen. Aber wann sollte ich das tun, wie kam ich an das Büfett, da ich doch den Nachmittag über im Geschäft sein mußte, und da Magda und ich den Abend stets gemeinsam verbrachten, sie mit einer Handarbeit, ich mit meinen Zeitungen beschäftigt – wann? Und wo blieb ich mit der leeren Flasche? Würde ich denn überhaupt einen Wein gleicher Marke zu kaufen bekommen? Erinnerte sich Magda der Sorte, der Art des Etiketts? Am besten würde es sein, etwa um Mitternacht heimlich aufzustehen, das Etikett der alten Flasche vorsichtig abzulösen und auf die volle aufzukleben! Aber wenn mich Magda dabei überraschte! Und hatten wir überhaupt Leim im Hause? Ich würde in meiner Aktentasche welchen aus dem Büro einschmuggeln müssen! Je länger ich darüber nachdachte, um so komplizierter wurde die ganze Angelegenheit, eigentlich war sie schon ganz unlösbar. Es war eine sehr einfache Sache gewesen, die Flasche leerzutrinken, aber ich hätte vorher daran denken sollen, wie schwierig es sein würde, den Zustand wie vorher herzustellen. Wenn ich die Flasche einfach zerbräche und vorgäbe, ich hätte sie beim Suchen nach irgendwas umgestoßen? Aber es war kein Wein mehr in ihr, der hätte ausfließen können! Oder konnte ich es wagen, sie einfach halb mit Wasser zu füllen und die eigentliche Nachfüllung auf einen späteren Tag verschieben?

Es ging immer wirrer in meinem Kopf zu, nicht nur das Essen, auch Magda hatte ich ganz und gar über meinen Gedanken vergessen. So schrak ich völlig zusammen, als sie mich mit echter Besorgnis in der Stimme fragte: "Was ist mir dir, Erwin? Bist du krank? Hast du Fieber – du siehst so rot aus?"

Ich griff gierig nach diesem Rettungsanker und sagte ruhig: "Ja, ich glaube wirklich, ich bin nicht ganz in Ordnung. Ich glaube, ich lege mich am besten einen Augenblick hin. Ich habe – ich habe solchen Blutandrang im Kopf ..."

"Ja, Erwin, das tu. Lege dich gleich ins Bett. Soll ich Doktor Mansfeld anrufen?"

"Ach, Unsinn!" rief ich ärgerlich. "Ich will mich nur eine Viertelstunde auf das Sofa legen, ich werde gleich wieder in Ordnung sein. Ich muß dann auch sofort ins Geschäft."

Sie geleitete mich wie einen Schwerkranken zum Sofa, half mir, mich hinzulegen, und legte eine Decke über mich. "Hast du Ärger im Geschäft gehabt?" fragte sie ängstlich. "Sage mir doch, was dich bedrückt, Erwin. Du bist ganz verändert!"

"Nichts, nichts", sagte ich, plötzlich ärgerlich. "Ich weiß nicht, was du willst. Ein bißchen Schwindel oder Blutandrang – und gleich soll etwas mit dem Geschäft sein! Prima geht es mit dem Geschäft, einfach prima!"

Sie seufzte leise.

"Also dann schlaf gut, Erwin!" sagte sie. "Soll ich dich wecken?"

"Nein, nein, nicht nötig. Ich wache von selbst auf – in einer Viertelstunde oder so ..."

Damit war ich endlich allein; ich legte den Kopf zurück, und der Alkohol floß nun in ungehemmter freier Welle ganz durch mich hindurch, mit einer samtenen Schwinge bedeckte er alle meine Sorgen und Kümmernisse, selbst den kleinen, ganz frischen Ärger, daß ich Magda so unnötig einen ›prima‹ Gang der Geschäfte vorgelogen hatte, schwemmte er fort. Ich schlief ... Ich schlief! –? Nein, ich war ausgelöscht. Ich war nicht mehr ...

5.

Es fängt schon an zu dämmern, als ich erwache. Ich werfe einen erschrockenen Blick auf die Uhr: es ist zwischen sieben und acht Uhr abends. Ich lausche in das Haus, nichts rührt sich. Ich rufe erst leise, dann lauter: "Magda!" Aber sie kommt nicht. Ich stehe mühsam auf. Ich fühle mich am ganzen Körper zerschlagen, mein Kopf ist dumpf und meine Mundhöhle trocken und pelzig. Einen Blick werfe ich in das Speisezimmer nebenan: kein Abendbrottisch ist gedeckt, und dies ist die Stunde, zu der wir sonst nachtmahlen. Was ist los? Was ist geschehen, während ich schlief? Wo ist Magda?

Nach einigem Überlegen taste ich mich nach der Küche hin; das Gehen fällt mir schwer, es ist, als seien alle meine Glieder steif und verbogen, sie bewegen sich so schwer in ihren Gelenken.

Ich habe halb erwartet, auch die Küche leer und halbdunkel zu finden, aber in ihr brennt das Licht, und am Tisch steht Else, mit irgendeiner Plätterei beschäftigt. Sie sieht erschrocken auf, als ich hereinkomme, und ihr Gesichtsausdruck wird auch nicht zutraulicher, als sie sieht, daß ich es bin. Ich kann mir wohl denken, daß ich etwas wüst aussehe. Plötzlich habe ich das Gefühl, am ganzen Körper schmierig zu sein. Ich hätte zuerst ins Badezimmer gehen müssen, früher hätte ich mich nie so gehen lassen.

"Wo ist meine Frau, Else?" frage ich.

"Die gnädige Frau ist in die Stadt gegangen", antwortet Else, mit einem kurzen, fast ängstlichen Aufblicken zu mir.

"Aber es ist Abendbrotzeit, Else!" sage ich vorwurfsvoll, obwohl ich nicht die geringste Neigung habe, jetzt ein Abendessen einzunehmen.

Else zuckt erst die Achseln, dann sagt sie, wieder mit einem raschen Aufblick: "Es ist vom Geschäft angerufen worden; ich glaube, Ihre Frau ist ins Geschäft gegangen ..."

Ich schlucke mühsam, ich fühle, wie mein Mund trocken geworden ist.

"Ins Geschäft?" murmele ich. "O du lieber Gott! Was will denn meine Frau im Geschäft, Else?"

Sie zuckte die Achseln. "Ich weiß doch nicht, Herr Sommer", sagt sie, "die gnädige Frau hat mir nichts gesagt." Sie besinnt sich, dann setzt sie hinzu: "Die haben gleich nach drei angerufen, und seitdem ist Ihre Frau fort ..." Über vier Stunden ist Magda also schon im Geschäft – ich bin verloren. Wieso ich verloren bin, weiß ich nicht, aber daß ich's bin, das weiß ich. Ich werde schwach in den Knien, ich stolpere ein paar Schritte vorwärts und lasse mich schwer auf einen Küchenstuhl fallen. Den Kopf werfe ich auf den Küchentisch. "Es ist aus und vorbei, Else", stöhne ich, "ich bin verloren. Ach, Else ..." Ich höre, wie sie mit einem erschrockenen Laut das Plätteisen aufsetzt, dann kommt sie zu mir gegangen und legt die Hand auf meine Schulter. "Was ist denn, Herr Sommer?" fragt sie. "Ist Ihnen nicht gut?" Ich sehe sie nicht, ich hebe das Gesicht nicht aus dem Schutz meines Armes, ich schäme mich vor diesem jungen Ding meiner hervorquellenden Tränen. Es ist alles aus und vorbei, alles verloren, Firma, Ehe, Magda – ach, hätte ich nur heute mittag nicht auch noch den Rotwein ausgetrunken, davon ist erst alles so schlimm geworden, ohne das wäre Magda nie ins Geschäft gegangen (flüchtiger Nebengedanke: das mit der leeren Rotweinflasche muß ich auch noch in Ordnung bringen!). Else schüttelt mich leicht an der Schulter. "Herr Sommer", sagte sie, "lassen Sie sich doch nicht so gehen! Legen Sie sich noch einen Augenblick hin und ich mache Ihnen unterdes sofort Abendessen."

Ich schüttele den Kopf. "Ich will kein Abendessen, Else! Meine Frau müßte jetzt hier sein, es ist doch Zeit ..." "Oder", sagt Else überredend, "wollen Sie hier bei mir in der Küche ein bißchen essen, Herr Sommer?" Selbst etwas bedenklich: "Wo Ihre Frau doch fort ist ..."

Dieser ganz unerhörte Vorschlag hat gerade durch seine Neuheit etwas Bestechendes. Hier in der Küche bei Else essen – was Magda wohl dazu sagen würde? Ich hebe den Kopf und sehe Else zum erstenmal richtig an. Ich habe sie noch nie so angesehen, für mich war sie immer nur ein dunkler Schatten meiner Frau in den hinteren Regionen des Hauses. Jetzt sehe ich, daß Else ein recht nettes dunkelhaariges Mädchen von etwa siebzehn Jahren mit etwas robuster Schönheit ist. Sie hat unter einer hellen Bluse eine volle Brust, und bei dem Gedanken, wie jung diese Brust ist, fühle ich eine Welle von Hitze über mich laufen. Aber dann besinne ich mich. All dies ist unmöglich, schon mein Sich-vor-Else-Gehen-Lassen eben war ganz unmöglich.

"Nein, Else", sage ich und stehe auf, "es ist sehr nett von dir, daß du mich ein wenig trösten willst, aber ich gehe jetzt besser auch ins Geschäft. Sollte ich meine Frau verfehlen, sage ihr bitte, ich sei auch ins Geschäft gegangen." Ich wende mich zum Gehen. Plötzlich wird es mir schwer, aus der Küche und von diesem freundlichen Mädchen fortzugehen. Ich stehe dann noch einen Augenblick unter der Tür und sehe sie an. Es fällt mir auf, wie blaß ihr Gesicht ist und wie gut die dunklen, hochgeschwungenen Augenbrauen dazu passen.

"Ich habe viele Sorgen, Else", sage ich unvermittelt, "und ich habe keinen, Else, der mir beisteht." Ich wiederhole mit Nachdruck: "Keinen und keine, Else, du verstehst mich?! –"

"Ja, Herr Sommer", antwortet sie leise.

"Ich danke dir, Else, daß du so nett zu mir warst", sage ich noch und gehe. Erst als ich mich im Badezimmer zurechtmache, fällt mir ein, daß ich soeben Magda verraten habe. Verraten und betrogen. Betrogen und belogen. Aber gleich zucke ich die Achseln: Recht so! Immer tiefer hinab. Immer schneller hinein. Nun gibt es doch kein Halten mehr!

6.

Vorsichtig ging ich den Weg zu meinem Geschäft, vorsichtig, denn ich wollte es um jeden Preis vermeiden, Magda auf der Straße zu treffen. Dann stand ich auf der anderen Straßenseite im Schatten einer Einfahrt und sah zu den fünf Parterrefenstern meiner Firma hinüber. Zwei, mein Chefbüro, waren erleuchtet, und manchmal sah ich auf den Milchglasscheiben die Schattenrisse zweier Gestalten: Magdas und die meines Buchhalters Hinzpeter. ›Sie machen Bilanz!‹ sagte ich mir mit einem tiefen Erschrecken, und doch war diesem Erschrecken ein Gefühl der Erleichterung beigemischt, weil ich nun die Führung des Geschäftes in den tatkräftigen Händen Magdas wußte. Das sah ihr so recht ähnlich, sofort nach Erfahren der schlimmen Nachrichten sich volle Klarheit zu verschaffen, die Bilanz zu ziehen! Mit einem tiefen Seufzer wandte ich mich ab und ging durch die Stadt hindurch, aus ihr hinaus, aber nicht meinem Heim zu. Was sollte ich auf dem Büro, was in meinem Heim? Die Vorwürfe noch aufsuchen, die mir notwendig gemacht werden mußten, eine Rechtfertigung versuchen, dort, wo nichts zu rechtfertigen war? Nichts von alledem – und, indem ich wieder in das langsam immer dunkler werdende Land hinauswanderte, wurde mir mit schmerzhafter Gewißheit klar, daß ich ausgespielt hatte. Ich hatte, endgültig, meine Stellung und meinen Sinn im Leben verloren, und ich fühlte nicht die Kraft in mir, eine neue zu suchen oder gar um die verlorene zu kämpfen. Was sollte ich noch? Wozu lebte ich noch?

Da ging ich dahin, wanderte fort von Kontor, Frau, Vaterstadt, ließ das alles hinter mir – aber ich mußte doch einmal wieder heimkehren, nicht wahr? Ich mußte mich Magda gegenüberstellen, ihre Vorwürfe anhören, mich mit Recht Lügner und Betrüger schelten lassen, mußte zugeben, daß ich versagt hatte, auf eine schmähliche und feige Art versagt! Unerträglich war dieser Gedanke, und ich fing an, mit dem Gedanken zu spielen, gar nicht wieder heimzukehren, in die weite Welt hinauszugehen, irgendwo im Dunkel unterzutauchen, in einem Dunkel, in dem man auch untergehen konnte – ohne Nachricht, ohne letzten Ruf. Und während ich mir das alles – in leichter Rührung über mich selbst – ausmalte, wußte ich doch, daß ich mir etwas vorlog, nie würde ich den Mut haben, ohne Zureden, ohne die Geborgenheit des heimischen Herdes zu leben. Nie würde ich auf das gewohnte weiche Bett verzichten können, die Ordnung des Heims, die pünktlichen nahrhaften Mahlzeiten! Ich würde heimkehren zu Magda, all meinen Ängsten zum Trotz, diese Nacht noch würde ich heimkehren, in mein gewohntes Bett – nichts da von einem Leben draußen im Dunkel, von einem Leben und einem Sterben in der Gosse! – ›Aber‹, sagte ich mir dann wieder und beschleunigte meine eiligen Schritte noch, ›aber was ist denn eigentlich los mit mir? Ich bin doch früher ein leidlich tatkräftiger und unternehmungslustiger Mensch gewesen. Ein wenig schwach war ich stets, aber das habe ich so gut zu verbergen gewußt, daß es bis heute wohl nicht einmal Magda gemerkt hat; woher kommt die Schlaffheit, die mich seit einem Jahr immer stärker befällt, die mir Glieder und Hirn lähmt, die aus mir, einem immer leidlich anständigen Menschen, einen Betrüger an seiner Frau macht, der den Busen seines Hausmädchens mit befriedigter Lüsternheit betrachtet! Der Alkohol kann es nicht sein, ich trinke ja erst seit heute Schnaps, und die Schlaffheit liegt schon so lange über mir. Was ist es nur?‹ – Ich riet hin und her.

Ich dachte daran, daß ich soeben die Vierzig überschritten hatte; ich hatte einmal etwas von den ›Wechseljahren des Mannes‹ reden hören – aber ich wußte von keinem Mann meiner Bekanntschaft, der beim Überschreiten der Vierzig sich so verändert hatte wie ich mich. Dann fiel mir mein liebloses Dasein ein. Ich hatte immer nach Anerkennung und Liebe gedürstet, in aller gebotenen Heimlichkeit natürlich, und ich hatte sie in einem reichen Maße gefunden, sowohl bei Magda wie bei meinen Mitbürgern. Und nun hatte ich sie allmählich verloren. Ich wußte selbst nicht, wie das alles gekommen war. Hatte ich diese Liebe und diese Anerkennung verloren, weil ich schlecht geworden war, oder war ich schlecht geworden, weil mir diese Aufmunterungen gefehlt hatten? Ich fand auf alle diese Fragen keine Antwort: ich war es nicht gewöhnt, über mich nachzudenken. Ich ging immer schneller, ich wollte endlich dorthin kommen, wo es Frieden vor diesen quälenden Fragen gab. Endlich stand ich wieder vor meinem Ziel, vor demselben Dorfgasthaus, das ich an diesem verhängnisvollen Vormittag aufgesucht hatte; ich sah durch die Fenster der Wirtsstube nach jenem Mädchen mit den blassen Augen aus, das mein Mannestum nach einem schamlosen Blick so gering eingeschätzt hatte. Ich sah es sitzen unter dem trüben Schein einer einzigen kleinen Glühbirne, mit irgendeiner Näherei beschäftigt, ich sah es lange an, ich zögerte, und ich fragte mich, warum ich gerade es aufgesucht hatte, in einem Gefühl schmerzender, wollusterfüllter Selbsterniedrigung. Und auch auf diese Frage fand ich keine Antwort.

Aber ich war all dieses Fragens müde, ich lief fast den Plattenweg zum Gasthof hinauf, tastete im dunklen Flur nach der Klinke, trat rasch ein, rief mit verstellter Munterkeit:

"Da bin ich, mein schönes Kind!" und warf mich in einen Korbsessel neben sie. All das, was ich eben getan hatte, glich so wenig dem, was ich sonst zu tun pflegte, wich so sehr von meiner früheren Gesetztheit, meinem gemessenen Benehmen ab, daß ich mir selbst mit einem unverhohlenen Staunen zuschaute, ja, mit einer fast ängstlichen Betretenheit, wie man vielleicht einem Schauspieler zuschaut, der eine sehr gewagte Rolle übernommen hat, von der ganz und gar nicht sicher ist, daß er sie auch überzeugend zu Ende spielen kann.

Das Mädchen sah von seiner Näherei auf, einen Augenblick waren die hellen Augen auf mich gerichtet, die Spitze ihrer Zunge erschien rasch im Mundwinkel. "Ach, Sie sind es!" sagte es dann bloß, und in diesen vier Wörtchen lag wiederum ihr Urteil über meine Person.

"Ja, ich bin es, meine Holde!" sagte ich eilig mit jener mir so fremden Zungengeläufigkeit und Anmaßung. "Und ich möchte gerne wieder eins oder zwei oder auch fünf Ihrer so vorzüglichen Stängchen trinken, und wenn Sie es mögen, trinken Sie mit mir."

"Ich trinke nie Schnaps", sagte das Mädchen mit kühler Abwehr, stand aber auf, ging an die Theke, holte ein kleines Glas und eine Flasche und schenkte mir am Tisch ein. Sie setzte sich und stellte die Flasche auf den Boden neben sich.

"Übrigens", sagte sie dann, ihre Näherei wieder aufnehmend, "schließen wir in einer Viertelstunde."

"Um so schneller werde ich trinken", sagte ich, setzte das Glas an und trank es aus. "Wenn Sie aber keinen Schnaps trinken", fuhr ich fort, "so will ich auch gerne eine Flasche Wein oder auch Sekt, wenn es so etwas hier gibt, für Sie bezahlen. Es soll mir nicht darauf ankommen."

Sie hatte unterdes mein Glas wieder gefüllt, und wieder leerte ich es auf einen Zug. Schon hatte ich alles Vergangene und vor mir Liegende vergessen, ich lebte nur dieser Minute, diesem spröden und doch wissenden Mädchen, das mich mit so offenkundiger Verachtung behandelte. "Sekt haben wir schon", sagte sie, "und ich trinke ihn auch gerne. Ich mache Sie aber darauf aufmerksam, daß ich mich weder betrinken werde, noch wegen einer Flasche Sekt ins Bett bringen lasse."

Jetzt sah sie mich wieder an, mit einem vollen schamlosen Blick begleitete sie ihre schamlosen Worte. Ich mußte meine Rolle weiterspielen: "Wer denkt an so etwas, meine Hübsche?" rief ich unbekümmert. "Holen Sie sich Ihren Sekt. Sie sollen ihn unbelästigt in meiner Gegenwart austrinken dürfen. Sie sind", sagte ich stärker, nachdem ich wieder getrunken hatte, "für mich wie ein Engel von einem anderen Stern, ein böser Engel, den mir mein Schicksal in den Weg gesandt hat. Es genügt mir, Sie anzusehen."

"Anschauen kostet nichts", sagte sie mit einem kurzen Auflachen, das böse klang, "Sie sind mir ein seltsamer Heiliger, aber ich denke, ich erfahre noch heute abend, warum Sie so – aufgeregt sind." Damit schenkte sie mir wieder ein und stand auf, den Sekt zu holen. Diesmal blieb sie länger fort. Sie zog die Vorhänge vor die Fenster, dann ging sie aus dem Hause, und ich hörte sie die Läden, dann die Haustür schließen. Während sie wieder durch die Gaststube ging, sagte sie im Vorübergehen zu mir: "Ich habe schon geschlossen, es kommt doch keiner mehr. Und die Wirtsleute liegen auch schon im Bett." Dies sagte sie im Vorübergehen, blieb dann stehen und sagte mit spöttischer Betonung: "Aber deswegen brauchen Sie sich keine Hoffnungen zu machen!" Ehe ich noch antworten konnte, war sie wieder gegangen. Ich benützte die Zeit ihrer Abwesenheit, mir ganz schnell zwei, drei Gläser hintereinander aus der Flasche einzuschenken. Dann kam sie zurück, mit einer goldgeköpften Flasche in der Hand. Sie stellte ein Spitzglas vor sich auf den Tisch, löste den Draht geschickt mit einigen Biegungen und drehte den Korken aus der Flasche, ohne es knallen zu lassen. Der weiße Schaum troff über den Rand, sie goß rasch ein, wartete einen Augenblick und goß wieder ein. Dann hob sie das Glas zum Mund.

"Ich trinke nicht auf Ihr Wohl", sagte sie, "denn dann möchten Sie mit mir anstoßen, und für den Augenblick haben Sie genug getrunken." Ich widersprach ihr nicht. Mein ganzer Körper war tatsächlich so von Trunkenheit erfüllt, daß sie wie ein schwärmendes Bienenvolk in ihm zu summen schien: keine Stelle war frei von ihr. Sie setzte das Glas ab, sah mich mit eingekniffenen Augen an und fragte spöttisch: "Nun, wieviel Schnäpse haben Sie sich in meiner Abwesenheit eingeschenkt? Fünf? Sechs?"

"Nur drei!" antwortete ich und lachte. Ich kam überhaupt nicht auf die Idee, mich zu schämen, vor diesem Mädchen vergingen einem solche Gefühle vollständig.

"Wie heißt du übrigens?"

"Willst du öfter kommen?" fragte sie dagegen.

"Vielleicht", antwortete ich etwas verwirrt. "Wieso –?"

"Wozu willst du sonst meinen Namen wissen? Für die halbe Stunde, die wir hier noch sitzen, reicht ›kleine Hübsche‹ oder wie du sonst sagst, vollkommen ..."

"Also sag deinen Namen nicht", rief ich, plötzlich gereizt.

"Wie egal mir das ist!"

Ich griff zur Flasche und schenkte mir wieder ein. Schon jetzt war mir klar, daß ich völlig betrunken war und daß ich nicht mehr weitertrinken durfte. Dennoch blieb der Hang weiterzutrinken stärker. Das farbige Gespinst in meinem Hirn verlockte mich, die nie betretenen dunklen Dickichte in meinem Innern reizten meinen Fuß; ferne rief leise nach mir eine Stimme, ich wußte nicht was, jedenfalls Lockung ...

"Ich weiß nicht, ob ich öfter hierherkommen werde", sagte ich hastig. "Ich kann dich nicht ausstehen, ich hasse dich, und trotzdem bin ich heute abend zu dir zurückgekehrt. Heute früh habe ich den ersten Schnaps meines Lebens getrunken, du hast ihn mir eingeschenkt, du hast dich mit ihm eingeschlichen in mein Blut, vergiftet hast du mich! Du bist wie der Geist des Schnapses: schwebend, trunkenmachend, feil ..."

Ich sah sie an, atemlos, selbst am meisten überrascht von diesen Worten, die aus mir sich hinausschleuderten, ich wußte nicht woher ... Sie saß mir gegenüber. Ihre Näherei hatte sie nicht wieder aufgenommen. Die Beine ohne Strümpfe in roten Schuhen hatte sie übergeschlagen, und den Rock ein wenig von den Knien zurückgeschoben. Die Beine waren etwas derb, aber lang und schön gefesselt. An der rechten Wade sah ich ein fast pfenniggroßes, braunes Muttermal – das schien mir schön. In der Hand hielt sie eine Zigarette, sie blies den Rauch breit durch die fast geschlossenen Lippen, ohne Zwinkern sah sie mich an.

"Nur weiter, Väterchen", sagte sie, "du entwickelst dich ... nur weiter ..."

Ich versuchte nachzudenken. Wovon hatte ich eben noch geredet? Das Verlangen, sie zu umarmen, sie zu betasten, wurde fast übermächtig in mir. Aber ich lehnte mich fest in meinen Korbsessel zurück, ich klammerte mich mit meinen Händen an die Lehne. Plötzlich hörte ich mich dann wieder sprechen. Ich sprach ganz langsam und sehr deutlich, und doch war ich atemlos vor Erregung. "Ich bin ein Kaufmann", hörte ich mich sagen. "Ich hatte ein recht gutes Geschäft, aber jetzt stehe ich vor dem Bankrott. Sie werden mich auslachen, alle, alle, meine Frau zuerst ... Ich habe viele Fehler gemacht, Magda wird sie mir alle vorhalten. Du weißt doch, Magda ist meine Frau ...?"

Sie sah mich unverwandt an, mit ihrem sehr weißen, wie gepuderten Gesicht, das etwas Gedunsenes hatte; hoch und gewölbt standen in ihm über den fast farblosen Augen die dunklen Brauen.

"Aber ich kann noch Geld herausziehen, aus dem Geschäft, ein paar tausend Mark. Ich täte es schon, um Magda zu ärgern. Magda will das Geschäft retten. Ist sie mehr als ich? Ich könnte das Geschäft verkaufen, ich weiß auch schon an wen, es ist eine ganz junge Firma. Er würde mir zehn-, vielleicht auch zwölftausend Mark dafür geben, wir würden auf Reisen gehen ... Warst du schon einmal in Paris?"

Sie sah mich an, keine Zustimmung oder Verneinung war auf ihrem Gesicht zu lesen. Ich redete weiter, schneller, atemloser. "Ich war auch noch nicht dort", fuhr ich fort, "aber ich habe davon gelesen. Es ist die Stadt der baumbestandenen Boulevards, der weiten Plätze, der laubigen Parks ... Als Junge habe ich ein bißchen Französisch gelernt, aber ich kam zu früh von der Schule, die Eltern hatten nicht Geld genug. Weißt du, was das heißt: ›Donnez-moi un baiser, mademoiselle‹?"

Kein Zeichen von ihr, nicht ja, nicht nein.

"Es heißt: ›Geben Sie mir einen Kuß, mein Fräulein.‹ Aber zu dir müßte man sagen: Donnez-moi un baiser, ma reine! Reine, das heißt Königin, und du bist die Königin meines Herzens, du bist die Königin des Giftes, das in Flaschen verkorkt wird, gib mir deine Hand, Elsabe – ich werde dich Elsabe nennen, Königin – ich will deine Hand küssen ..."

Sie goß mir das Glas voll.

"Da, trink das noch, und dann gehst du nach Hause. Genug – du hast genug getrunken, und ich habe genug von dir. Du kannst die Flasche Korn mitnehmen, du mußt die ganze Flasche bezahlen, zum Gaststubenpreis. Das ist kein Nepp, komm mir morgen nicht, daß ich dich geneppt habe; du hast dir selber eingeschenkt, ich weiß nicht, wieviel ..."

"Rede nicht, Elsabe", sagte ich prahlerisch-weinerlich. "Nie würde ich so etwas tun! Was ist Geld –!"

"Lehre du mich die Männer kennen! Wenn ihr voll und geil seid, schreit ihr: ›Was ist Geld?‹ Und am nächsten Morgen kommt ihr mit dem Gendarmen und schreit von Nepp. Der Korn und der Sekt und meine Zigaretten – das macht zusammen ..."

Sie nannte eine Summe.

"Wenn es nicht mehr ist!" rief ich wieder prahlerisch und riß meine Brieftasche hervor. "Hier hast du –!"

Ich legte ihr das Geld hin.

"Und hier ...", ich nahm einen Hundertmarkschein und legte ihn daneben, "der ist für dich, weil ich dich hasse und weil du mich vernichtest. Nimm ihn, nimm ihn schon. Ich will nichts von dir, gar nichts! Geh. Ich habe dich schon so im Blut, ich kann dich nie mehr besitzen, als ich dich in mir habe. Wahrscheinlich bist du öde und langweilig, du bist nicht von hier, natürlich aus irgendeiner Großstadt, wo du alles gelassen hast – das sind ja nur Reste!"

Wir standen uns gegenüber, das Geld lag auf dem Tisch, das Licht war düster. Ich schwankte leise über meinen Füßen, die fast halb geleerte Kornflasche hielt ich am Halse in meiner Hand. Sie sah mich an.

"Steck dein Geld ein!" sagte sie flüsternd. "Nimm dein Geld vom Tisch ... Ich will dein Geld nicht ... Geh ..."

"Du kannst mich nicht zwingen, das Geld wieder zu nehmen, ich lasse es liegen ... Ich beschenke dich, Königin des klaren Korns, Elsabe genannt, ich gehe ..."

Ich ging mühsam auf die Tür zu, der Schlüssel steckte von innen, ich mühte mich, ihn im Schloß zu drehen ...

"Du", sprach sie dicht hinter mir, "du ..."

Ich drehte mich um. Ihre Stimme war leise gewesen, aber voll und sanft, alles Spröde war aus ihr gewichen.

"Du ...", wiederholte sie, und in ihren Augen war jetzt Farbe und Licht, "du – willst du?" Jetzt war ich es, der sie nur schweigend ansah.

"Zieh deine Schuhe aus, sei leise auf der Treppe, die Wirtsleute dürfen dich nicht hören. Komm, mach schnell ..."

Schweigend tat ich, wie sie mir geheißen. Ich wußte nicht, warum ich es tat. Ich begehrte sie jetzt nicht, so begehrte ich sie nicht.

"Gib mir die Hand!"

Sie knipste das Licht aus und führte mich an der einen Hand, in der anderen Hand hielt ich noch immer die Kornflasche. In der Schankstube war es völlig dunkel, ich schlich ihr nach. Durch ein kleines staubiges Fenster fiel auf die verwinkelte enge Stiege Licht vom Mond. Ich schwankte, ich war sehr müde. Ich dachte an mein Bett daheim, an Elsabe, voller Wünsche an den weiten Weg nach Haus. Es war alles zuviel. Der einzige Trost war die Flasche Korn in meiner Hand, sie würde mir Kraft spenden. Am liebsten wäre ich stehen geblieben und hätte schon jetzt einen Schluck aus der Flasche genommen, so müde war ich. Die Stufen knarrten, die Tür zur Kammer ächzte leise, als sie geöffnet wurde. Auch in der Kammer war Mondschein. Ein Bett, das zerwühlt war, ein eiserner Waschständer, ein Stuhl, ein Kleiderrechen an der Wand ...

"Zieh dich aus", sagte ich leise, "ich komme dann gleich." Und mehr zu mir: "Gibt es hier Sterne?"

Ich trat ans Fenster, das den Blick in einen Obstgarten freigab. Ich öffnete einen Flügel; lau wie eine zarte Liebkosung kam die Frühlingsluft herein, voll von Düften und sanftem Wind. Unter dem Fenster lag das schräge Teerdach eines Schuppens.

"Das ist gut", sagte ich wieder leise, "dieses schräge Dach ist sehr gut ..."

Ich konnte den Mond nicht sehen, er stand hinter dem Hausdach mir zu Häupten. Aber sein Licht erfüllte mit einem weißlichen Schein den Himmel, nur die stärksten Sterne waren zu sehen und auch sie nur matt. Ich war unzufrieden und gereizt.

"Komm schon", rief sie ärgerlich vom Bett her. "Mach ein bißchen schnell! Denkst du, ich brauch keinen Schlaf?!" Ich drehte mich um, ich neigte mich über das Bett. Sie lag auf dem Rücken, bis zum Halse zugedeckt. Ich streifte die Decke zurück und legte einen Augenblick mein Gesicht gegen ihre nackte Brust. Kühl und fest. Sachte atmend, kühl und fest. Es roch gut – nach Haar und Fleisch.

"Mach doch zu!" flüsterte sie ungeduldig. "Zieh dich aus – laß den Unsinn! Du bist doch kein Schüler mehr!"

Mit einem tiefen Seufzer richtete ich mich auf. Ich ging an das Fenster, nahm die Flasche und schwang mich hinaus auf das Schuppendach. Ich hörte einen ärgerlichen zornigen Ruf hinter mir. Aber ich ließ mich schon hinab in den Garten.

"Besoffener alter Trottel!" rief sie oben, dann schlug das Fenster zu.

Ich stand zwischen Büschen, ich roch den Duft des Flieders. Die Frühlingsnacht war ganz rein. Ich setzte die Flasche an den Mund und trank lange –.

7.

Ich gehe und gehe. Ich marschiere und singe mir ein Lied dazu, eines jener Wanderlieder, die ich früher bei Ausflügen mit Magda sang. Dann humpele ich wieder lange Strecken auf schmerzenden Füßen. Ich habe mir eine Zehe an einem Stein gestoßen, mit meinen unbeschuhten Füßen ist es schlechtes Wandern. Längst sind meine Strümpfe zerrissen. Kreuze ich einen Bach, klettere die Böschung hinunter, setze mich auf einen Stein und halte die Füße ins Wasser, das mich zuerst durch seine Eiseskälte erschreckt. Dann tut es gut, und, auf einem Stein sitzend, schlafe ich ein. Ich erwachefrierend, eisig, ich bin von meinem Sitz gefallen, ich wandere weiter. Je schneller ich gehe, um so länger scheint der Weg zu werden. Die Obstbäume an den Straßenrändern fliegen nur so an mir vorbei, aber ich komme nicht vorwärts. Ich weiß nicht, wo ich bin, nur sehr fern von Haus. Ich weiß nicht, wie spät es ist, aber noch ist es Nacht. Zwei Hände breit steht der Mond noch über dem Horizont. Und ich wandere. Ich wandere durch ein schlafendes Dorf. Nirgends ist mehr Licht, alle schlafen, nur ich bin noch unterwegs, ich, Erwin Sommer, Inhaber eines Landesproduktengeschäftes en gros. Nicht mehr, nicht mehr, das war einmal. Was hier wandert durch die monderfüllte Nacht, was ist das noch? Es war einmal – lange ist's her. Versunken, vorbei, fast vergessen ... Ein Hund erwacht in seiner Hütte von meinem Schlurfschritt, schlägt an, fängt an zu kläffen, andere Hunde erwachen, und nun bellt das ganze Dorf, und ich schlurfe hindurch, auf blutigen Sohlen, ein Stromer, und gestern war ich noch ... O schweig stille –! Und im Schatten des hölzernen Kirchturms bleibe ich stehen, wieder einmal hebe ich die Flasche zum Mund und trinke. Das lullt die Fragen ein, das bringt die Schmerzen zur Ruhe, das ist eine Peitsche für die nächste halbe Stunde Weg ... Aber nicht viel ist mehr in der Flasche, ich muß den kostbaren Stoff zu Rate halten. Den letzten Schluck – und er muß groß sein! – trinke ich auf der Schwelle meines Hauses, ehe ich vor Magda trete. Aber Magda schläft, ich werde ganz leise mich auf ein Sofa legen, heute nacht wird es keine Auseinandersetzung mehr geben. Und morgen?

Morgen ist sehr weit, bis morgen werde ich tief, tief schlafen, ich werde alles vergessen, was heute war, ich werde wieder der Chef der Firma sein, der wohl einen kleinen Fehler begangen hat, aber der auch die Fähigkeit besitzt, die Scharte wieder auszuwetzen ... Ich habe die leere Flasche in einem Gebüsch des Gartens verborgen, nun steige ich auf meinen nackten Füßen ganz leise die Stufen zur Haustür empor. Auch das leise Öffnen des Schlosses gelingt mir leicht. Ich bin jetzt nicht mehr die Spur betrunken, obgleich ich eben erst nicht nur einen, nein, sogar zwei sehr große Schlucke Korn genommen habe – der Rest in der Flasche war größer gewesen, als ich erwartet hatte. Aber das ist nur gut, um so klarer und sicherer bin ich jetzt. Ich werde keinen Fehler begehen, niemanden werde ich wecken. Wie listig ich bin. Es zog mich ins Badezimmer, mir die blutigen Füße zu waschen, aber mein klarer Kopf erinnerte mich, daß das Rauschen der Hähne dort Magda wecken würde, und jetzt schleiche ich in die Küche. In der Küche darf ich mich waschen, neben der Küche schläft nur die kleine Else, sie meint es gut mit mir. Sie hat mich getröstet, sie ist nicht tüchtig und hart wie Magda. Ich mache Licht, ich sehe mich in der Küche um. Ich wähle eine große Emailleschüssel, und ich denke daran, im Boiler am Herd nachzusehen, ob dort noch etwas warmes Wasser ist. Das Wasser ist wirklich noch lau, ich bin stolz auf meine Tüchtigkeit, ich hole Waschseife, das Küchenhandtuch, die Geschirrtücher und eine Bürste. Dann setze ich mich auf einen Stuhl und stecke die Füße ins Wasser. Ach, wie gut das tut, wie sanft dieses laue Streicheln ist! Ich lehne mich zurück, ich schließe die Augen – wenn ich jetzt noch etwas zu trinken hätte, würde ich ganz glücklich sein. Irgend etwas fehlt immer am menschlichen Glück, ganz zufrieden werden wir nie. Ich habe den Rotwein ausgetrunken, sonst gibt es nichts zu trinken in diesem Haus. Ich muß mir gleich morgen einen Weinkeller zulegen, und ein paar Flaschen Schnaps müssen auch in ihm sein. Schnaps ist etwas sehr Gutes – wie schade, daß ich so viele Jahre versäumt habe, in denen ich hätte Schnaps trinken können – in aller Mäßigkeit natürlich. Ich lehne mich noch weiter zurück, genieße das Bad, fühle die brennenden Schmerzen nachlassen … Und springe plötzlich auf! Das Wasser schwappt aus der Schale und überschwemmt den Fliesenboden. Aber das ist jetzt ganz egal! Eine Erleuchtung ist über mich gekommen! Natürlich haben wir noch etwas zu trinken im Haus! Hat denn nicht Magda Madeira für manche Suppen, zum Beispiel für die Ochsenschwanzsuppe? Und besitzt sie nicht Rum zum Sterilisieren ihrer Gelees? Ich weiß das doch aus den Haushaltsbüchern! Und ich laufe mit meinen nackten Füßen in die Speisekammer, ich suche, ich rieche an Flaschen, ich rieche Essig und Öl – und hier, da steht es ja: ›Fine old Sherry‹ und hier sogar Portwein, dreiviertel voll die Flasche, und Rum, halb voll – oh, wie schön ist das Leben. Rausch, Vergessen, auf dem Strome des Vergessens dahintreiben, in die Dämmerung hinein, tiefer in die Schwärze hinab, dorthin, wo es weder Versagen noch Reue gibt … Guter Alkohol, sei gegrüßt, la reine Elsabe, an deiner nackten Brust habe ich geruht, den Ruch von Haar und Fleisch geatmet! –

Ich habe die Schüssel wieder gefüllt, ich habe die drei Flaschen aufgekorkt vor mich aufgebaut, ich habe einen tiefen Zug aus der Rumflasche getan. Zuerst widerstand er mir nach dem sanfteren und reineren Geschmack des Korns, dieser Rum schmeckte schärfer, brennender, er ist zusammengesetzt, aber auch feuriger. Wie dunkelrote Wolken fühle ich ihn in meinem Blute treiben, er beschwingt meine Phantasie, er macht mich noch wacher, achtsamer, listiger … Ich weiß, ich muß die Küche gut aufräumen, aufwischen muß ich die Überschwemmung auf dem Fliesenboden, die Flaschen gut verkorkt wieder wegsetzen. Niemand darf etwas merken, auch Else nicht. Die gute Else, sie schläft fest, sie ist noch jung, sie hat den Schlaf der Jugend, aber ich, ihr Brotherr, ich sitze hier in der Küche und bewache ihren Schlaf. Wenn jetzt ein Einbrecher käme … Aber wo habe ich bloß die Korken gelassen? Ich sehe sie nirgends, ich habe sie auch nicht in den Taschen – ob sie wohl in der Speisekammer liegen? Ich müßte dort nachsehen, ich muß die Flaschen gut verkorkt fortsetzen, aber das Wasser ist so linde an den Füßen, und jetzt werde ich müde, möchte ich schlafen, noch einen Schluck, dann werde ich so schlafen, nur einen kurzen Augenblick, und ich werde alles hier ordnen, tadellos werde ich alles in Ordnung bringen, und auch die Korken werde ich finden … Wer kommt? Wer stört mich schon wieder? Ach, es ist nur Magda, die tüchtige Magda, mitten in der Nacht, nein, mehr dem Morgen zu, steht sie da gewissermaßen gestiefelt und gespornt, jedenfalls völlig angezogen in der Küchentür und sieht stumm mit einem sehr blassen, erschrockenen Gesicht auf mich! Ich richte mich halb auf, mache eine begrüßende Geste mit dem Arm, nicke ihr zu und sage fröhlich: "Da bin ich wieder, Magda! Ich habe einen Ausflug gemacht, eine kleine Landpartie in das Frühlingsgrün hinaus. Hast du in diesem Jahr überhaupt schon die Lerchen singen hören? Morgen werden wir gemeinsam gehen. Du sollst die Birken sehen, wie sanft grün sie sind, und du sollst die Königin des Schnapses kennen lernen, la reine d'alcool, ich habe sie Elsabe getauft ... Du bist so tüchtig, Magda, ich sah dich im Geschäft mit Hinzpeter über den Büchern. Du hast Bilanz gemacht, du hast Klarheit gewonnen, ich habe mich immer vor dieser Klarheit gefürchtet! Diesen Schluck dir, meine Magda, und noch einen und noch einen! Ich weiß, es ist dein Rum, aber ich werde ihn dir ersetzen, ich werde dir alles ersetzen; wir haben noch Geld, ich kann das Geschäft verkaufen. Es gehört mir, ich bin der Chef, ich kann tun, was ich will! Oder sagst du etwas dagegen?"

Sie sagte nichts. Sie sah stumm auf mich, dann auf meine blutigen Füße. Sie war sehr bleich. Aus ihren Augen lösten sich zwei Tränen, sie rannen langsam über ihre blassen Wangen, sie wischte sie nicht fort, ich verfolgte gespannt ihren Weg mit den Augen, bis sie auf das Kleid tropften. Diese Tränen rührten mich nicht, im Gegenteil, es tat mir nur gut, daß sie weinte, es war ein süßes Gefühl in mir, daß sie noch Schmerz empfinden konnte meinetwegen.

Ich trank wieder.

"Du bist so mitleidslos tüchtig, ja, ich habe die Lieferung für das Gefängnis nicht bekommen, aber du wirst das schon wieder ausgleichen. Ich habe immer in deinem Schatten gelebt, du hast mich deine Überlegenheit nie fühlen lassen, aber ich kam nie hoch, und nun bin ich unten angelangt. Auch unten läßt es sich leben, ich habe ein seltsames Mädchen kennen gelernt, auch sie ist ganz unten, aber auch sie empfindet Schmerz und Freude. Auch unten empfindet man Lust und Leid, Magda, es ist genau wie oben, es ist gleich, ob man oben oder unten lebt. Es ist vielleicht das Schönste, sich fallen zu lassen, mit geschlossenen Augen ins Nichts zu stürzen, immer tiefer in das Nichts. Man kann unendlich fallen, Magda, ich bin noch nicht unten angelangt, ich bin noch nicht aufgeprallt, alle meine Glieder sind noch heil ..."

"Erwin", sagte sie bittend, "Erwin, rede nicht mehr. Höre auf zu trinken. Du bist krank, Erwin. Komm, lege dich ins Bett, ich will deine Füße verbinden. Deine Füße sehen schrecklich aus, ich will deine Füße verbinden ..."

"Siehst du", rief ich und trank noch einmal, "du gönnst mir nicht einmal die paar Schlucke, gewiß, es sind deine Flaschen, aber ich bezahle sie dir. Ich bezahle sie dir bar oder gebe sie dir in natura wieder, das ist ein glattes Geschäft, dagegen kannst du nichts sagen. Du fragst mich nach meinen Füßen? Ich habe eine Landpartie gemacht, wenn die tüchtige Chefin arbeitet, kann der Chef sich wohl einmal eine Ausspannung gönnen! Ich bin barfuß gegangen, Barfußgehen soll gesund sein ..." Sie ließ mich weiterreden. Sie hatte schnell die Küche verlassen und kam mit dem großen Badeschwamm, einer Salbendose und Binde wieder. Sie kniete neben mir, und während ich immer abgerissener und lallender über ihr fortredete, wusch sie meine Füße, wusch den Straßenschmutz aus den Wunden, trocknete sie gelinde ab, salbte sie und wickelte sie ein.

"Gut, gut", sagte ich und trank, "du bist wirklich gut, Magda; wenn du nur nicht so verdammt tüchtig wärst!"

8.

Ich erwache. Ich liege in meinem Bett, die Fenster stehen offen, die Vorhänge bewegen sich leise im Wind, draußen scheint die Sonne. Es muß schon spät sein, das Bett neben mir ist bereits gemacht, das Schlafzimmer ist leer, ich bin allein darin. Mir ist sehr schlecht, mein Magen hat ein trockenes Brennen, nur langsam entschließt sich mein Kopf zu denken. Nur langsam kommen mir die Erinnerungen an die vergangene Nacht zurück, dann fühle ich die Schmerzen in den Füßen. Ich streife die Decke zurück und sehe die Verbände. Und mit einem Schlage steht alles wieder vor mir: das Lauern vor meinem eigenen Geschäft nach den Schatten auf der Glasscheibe, die gemeine Trinkerei in der Schankstube, die schamlose Szene in der Kammer des gemeinen Mädchens, mein schuhloser betrunkener Heimweg und, als Schlimmstes von allem, die Szene in der Küche mit Magda! Wie ich mich beschmutzt habe, ach, wie ich mich beschmutzt habe. Eine brennende Reue überfällt mich. Scham, peinigende, schmerzende Scham, ich verberge mein Gesicht mit den Händen, ich presse die Augen fest zu ... Ich will nichts mehr sehen, ich will nichts mehr hören, nichts mehr denken! Ich stöhne, ich beiße die Kiefer zusammen, ich knirsche mit den Zähnen. Ich stöhne: ›Es kann nicht wahr sein! Es ist nicht wahr! Das bin ich nicht gewesen, ich habe alles nur geträumt! Ich muß alles vergessen, auf der Stelle muß ich alles vergessen! Es darf nichts wahr sein!‹

Das schüttelt mich wie ein Krampf, und dann kommen die Tränen, Tränen über all das, was ich so mutwillig verlor. Endlose, bittere, lange, schließlich doch lösende Tränen.

Und als ich mich ausgeweint habe, ist immer noch die Sonne vor meinen Fenstern, wehen die frischen duftigen Vorhänge im leichten Winde. Immer noch ist das Leben da, jung und lächelnd, du kannst es in jeder Stunde noch einmal beginnen, es kommt nur auf dich an. Neben meinem Bett steht ein Tischchen mit einem Frühstückstablett, der Kaffee ist sorgsam mit einer Haube verdeckt, und nun beginne ich zu frühstücken. Die ersten Bissen der Semmel kaue ich noch zäh und träge im Munde, aber der Kaffee ist extra stark zubereitet; allmählich kommt der Appetit wieder, und ich genieße mit dankbarer Freude all das, was mir Magdas Sorgsamkeit an Extrabissen auf das Tablett gestellt hat: scharfe Anchovis, eine schöne fette Leberwurst und wunderbaren Chesterkäse. Selten habe ich mit solchem Genuß gegessen, ich fühle mich wie ein Genesender. Dankbar begrüße ich die säuberlichen Dinge der bekannten Umwelt, grüße sie wie alte vertraute Freunde, die man lange entbehrt hatte. Nun finde ich auch auf dem Nachttisch einen Zettel von Magda. Sie teilt mir mit, daß sie nur auf wenige Stunden ins Geschäft gegangen sei, sie bittet mich, bis zu ihrer Rückkunft im Bett oder doch im Hause zu bleiben; das Bad sei für mich geheizt.

Eine halbe Stunde später verlasse ich das Haus. Zwar macht mir das Gehen mit meinen wunden Füßen arge Schmerzen, aber ich bin nicht gesonnen, weiter tatenlos zu verharren. Ich habe mich gesäubert von oben bis unten, ich zog frische Wäsche an, meinen besten Anzug – und nun will ich meinen alten Platz in der Welt wieder einnehmen. Wenn ich auch nicht so tatkräftig wie Magda bin, möchte ich doch wieder die Bremse am eilig vorgetriebenen Wagen sein: die Fahrt regelnd und sichernd!

Ich zögere nicht, ich schiele nicht von Torwegen her nach Schatten; ich trete ohne weiteres ein. Ich grüße die Angestellten in meinen beiden vorderen Büros freundlich und trete in mein Chefbüro ein. Magda springt von meinem Schreibtischsessel auf; früher hat sie dort nie gesessen, wenn ich nicht anwesend war; sie hatte einen Platz an einem Nebentisch. Ein wenig schmerzt es mich, daß sie mich so ganz schon von der Liste der Mittätigen ausgestrichen hat; sie wird auch sehr rot.

"Erwin, du?" ruft sie. "Ich dachte ..."

Und sie schaut erst mich, dann Herrn Hinzpeter an.

"Guten Morgen, guten Morgen, Herr Hinzpeter", sage ich freundlich und lasse mir nichts anmerken. "Ja, du dachtest ... aber ich fand, daß es mir heute früh doch schon erträglich ging, bis auf die Füße ... die Füße natürlich ... aber lassen wir das. Nun erzähle mir, was ihr festgestellt und was ihr vielleicht sogar schon beschlossen habt. Werden wir den Verlust der Gefängnislieferungen verschmerzen können –?" Ich hatte mich in den Sessel an meinen Schreibtisch gesetzt. Ich sah sie freundlich an, ganz der Chef, der bereit war, die Vorschläge seiner Angestellten wohlwollend anzuhören, ehe er seine Entscheidung traf. Ich hatte – kaum eine Stunde war es her – in einem Krampf geschrien, daß ich vergessen wollte, daß ich vergessen mußte ... Und nun saß ich hier, ich, ich konnte nicht vergessen, schon Magdas Blässe, schon meine in den engen Schuhen schmerzenden Füße erinnerten mich stets, aber sie mochte ich vergessen. Keine fünf Minuten, und es mußte Magda wie ein böser Traum vorkommen, daß sie mich vor noch nicht zwölf Stunden am Küchentisch hatte sitzen sehen, drei Flaschen vor mir, die verschmutzten Füße in einer Schüssel, der Fliesenboden überschwemmt – nichts wie ein böser Traum! Vergessen! Vergessen!! (Auch dies, es war mir klar, war Schamlosigkeit; wortlos ging ich über das Geschehene fort, wischte es aus, duldete keine Anspielung, keinen nachdenklich forschenden Blick ... schamlos auch das!) Im übrigen zeigte es sich, daß ich nicht umsonst auf Magdas Tatkraft gerechnet hatte. Schon am frühen Morgen hatte sie bereits einen Besuch bei ihrem Freund, dem Oberinspektor, gemacht, um festzustellen, ob nicht vielleicht doch noch etwas zu retten war. Und, siehe, dieser brave Mann hatte ihr wirklich einen Tip gegeben, einen sehr wertvollen Tip ... Ein Teil der Gefangenen wurde im Anfang der Strafzeit in Einzelzellen mit Wergzupfen beschäftigt, altes verbrauchtes oder zerrissenes Tauwerk wurde wieder in seine Grundbestandteile zerlegt, zerzupft, mit dem gewonnenen Werg konnten wieder neue Seile gemacht werden ... Der Bedarf an solchem Tauwerk war immer recht groß, und gerade im Augenblick waren die Vorräte der Gefängnisverwaltung darin ziemlich am Ende. Der Oberinspektor hatte Magda vorgeschlagen, nach Hamburg zu fahren und dort altes Seilwerk aufzukaufen, zwei oder auch drei Waggons. Seinen Angaben nach war dabei ein recht gutes Geschäft zu machen, wenn man nur die rechten Quellen kannte, und er hatte es sogar nicht an Hinweisen auf diese guten Quellen fehlen lassen.

Wie gesagt, ich hörte mir das alles wohlwollend an. Es war natürlich nur ein kleines Gelegenheitsgeschäft, das auch bei günstigstem Einkauf nicht annähernd eine dreijährige Lebensmittellieferung für annähernd fünfzehnhundert Menschen ersetzen konnte, aber es war mitzunehmen, wenn es eigentlich auch nicht in den Rahmen meines Geschäftes paßte.

"Und wer, dachtest du, soll fahren, Magda?" fragte ich. "Du selbst etwa –?"

"Nein, so gern ich möchte", antwortete sie zögernd. "Ich glaube, ich kann im Augenblick schlecht fort. Gerade jetzt ..." Sie brach ab und sah mich etwas hilflos und doch mit Bedeutung an. Dies war einer jener Blicke, die ich unter keinen Umständen dulden wollte. "Du hast ganz recht, Magda", antwortete ich darum, "du bist hier im Augenblick wirklich schlecht abkömmlich. Und dann ist da dein Haushalt. Else ist doch noch sehr jung ... (gute, tröstende Else –!) Es ist schon das beste, ich fahre selbst. Ich fühle mich wieder ganz frisch, und mit meinen Füßen, das werde ich mir schon so einrichten ... Ich kann ja Taxen nehmen ..."

Hastig unterbrach mich Magda: "Du kannst keinesfalls fahren, Erwin. Du weißt, du bist noch nicht ganz in Ordnung."

Sie sah mich fest an, nicht böse, sondern eher traurig-liebevoll, aber unausweichlich und fest. Diesmal senkte ich den Blick.

"Nein", fuhr sie fort, "das beste ist, wir schicken Herrn Hinzpeter. Er könnte heute abend noch fahren und wäre dann vielleicht schon übermorgen früh ..."

"Einen Augenblick bitte, Magda", unterbrach ich sie.

"Besten Dank, Herr Hinzpeter, ich rufe Sie dann gleich wieder ..."

Ich wartete, bis sich die Tür hinter dem Buchhalter geschlossen hatte. Dann sah ich Magda fest an.

"Magda", sagte ich, "wir wollen das Vergangene ruhen lassen, wir wollen nie mehr davon sprechen. Es soll für immer vergessen sein."

Sie machte eine Bewegung, als wollte sie reden, dieser vielleicht etwas zu einfachen Lösung widersprechen.

"Nein, nein, Magda", sagte ich darum eilig, "laß mich erst ausreden. – Ich bitte dich herzlich, laß du mich nach Hamburg fahren, es liegt mir sehr viel daran, und mit den Füßen, das richte ich schon ..."

Wieder machte sie eine heftige Bewegung, als seien meine Füße im Moment ganz belanglos. Diese Interesselosigkeit an meinem Wohlergehen kränkte mich sehr, aber ohne mir etwas anmerken zu lassen, fuhr ich fort: "Es wird für meine Stimmung sehr gut sein, wenn ich für ein oder zwei Tage hier herauskomme." Leiser setzte ich hinzu: "Dieser Mißerfolg mit den Lebensmittellieferungen hat mich doch recht mitgenommen, ich komme mir doch sehr blamiert vor."

Sie sah mich sehr fest an.

"Erwin", sagte sie, "du hast selbst gesagt, wir wollen das Vergangene ruhen lassen, und ich will damit einverstanden sein, obwohl ..." Sie brach ab. "Aber nun fange nicht du selbst wieder davon an. – Was aber deine Reise nach Hamburg angeht, so bin ich fest davon überzeugt, daß sie dir jetzt nicht gut ist. Nicht Ablenkung brauchst du, sondern Ruhe und Konzentration. Ich habe uns übrigens beide für heute nachmittag bei Doktor Mansfeld angemeldet ..."

"Das ist wieder so eine von deinen Eigenmächtigkeiten, Magda!" rief ich ärgerlich. "Was soll ich bei Doktor Mansfeld? Ich bin völlig gesund. Das bißchen Füße ..."

"Ach, deine Füße!" rief sie, nun auch ärgerlich. "Das bißchen zerschundene Haut wird schon heilen. Nein, du bist wirklich krank, Erwin, ich habe es schon seit Monaten gemerkt, wie du dich veränderst, der Doktor muß dich einmal ganz gründlich untersuchen."

"Und unter deiner Aufsicht!" sagte ich spöttisch. "Nein, dafür muß ich wirklich danken ..."

"Erwin", sagte sie wieder bittend, "laß uns dies eine Mal nicht streiten. Tu mir den Gefallen, geh mit mir zum Arzt. Er kann ja dann entscheiden, ob diese Hamburger Reise für dich gut ist."

"Oh", sagte ich bitter, "wenn er unter deiner Beratung entscheiden soll, dann brauchen wir erst gar nicht hinzugehen, dann kannst du Hinzpeter gleich sagen, daß er nach Hamburg zu fahren hat."

Wir standen jetzt jeder an einem Fenster des Kontors und starrten auf die Straße, was mich anging, so starrte ich nicht nur, sondern trommelte auch mit den Fingern gegen die Scheiben. Draußen schien noch immer die Frühlingssonne, und was an Weiblichem vorüberging, war frühlingsmäßig gekleidet ... Noch immer war es nicht lange her, daß ich mich wie ein Genesender gefühlt hatte und alte Dinge um mich mit frischem Interesse begrüßt hatte, überzeugt davon, heute ein neues Leben zu beginnen ... Und nun drehte sich wieder die alte knarrende Mühle der Streiterei und zermahlte meine besten Vorsätze. Und warum? Weil Magda rechthaberisch war und über alles allein bestimmen wollte. Nein, diesmal war ich nicht gesonnen, nachzugeben. Wir hatten ausgemacht, daß das Vergangene vergangen sein sollte, wegen der Vorgänge in der letzten Nacht brauchte ich nicht nachgiebig zu sein.

Magda drehte sich mit einem Ruck vom Fenster fort und mir zu.

"Erwin ...", sagte sie leise.

"Ja?" fragte ich mürrisch und trommelte weiter, ohne sie anzusehen.

"Erwin", wiederholte sie. "Ich möchte mich heute nicht mit dir streiten. Ich habe das Gefühl, als schweben wir in einer schrecklichen Gefahr und müßten um jeden Preis zusammenhalten. Also, ich will dir den Willen tun, fahre nach Hamburg, aber, wenn du zurückkommst, tu auch du mir den Gefallen und geh mit mir zu Doktor Mansfeld."

Ich wandte mich ihr zu, ich lachte vergnügt.

"Wenn ich wiederkomme, wirst du selber sehen, wie gesund ich bin, und von allein auf den Arztbesuch verzichten. Aber immerhin, ich verspreche es dir. Im übrigen danke ich dir schön, Magda, ich werde dir auch etwas Schönes mitbringen ..."

Und wieder lachte ich. Ich war ganz glücklich über diese Reiseaussicht.

"Ich habe es nicht um Dank getan", sagte Magda ziemlich steif. "Ich habe es sogar ganz und gar gegen meine Überzeugung getan. Ich bin überzeugt, diese Reise wird dir nicht gut tun ..."

"Aber ich werde sie mit deinem Einverständnis machen", unterbrach ich sie wieder, "und hinterher wollen wir darüber sprechen, wer von uns beiden recht hat. Jetzt aber sage mir, welche Firmen für diese Lieferung etwa in Frage kommen. Natürlich werde ich mich auch auf eigene Faust umtun ..."

9.

Meine Reise nach Hamburg wurde geschäftlich zu einem großen Erfolg: Ich konnte drei Waggons altes Reepwerk zu einem unglaublich niedrigen Preis ankaufen; wir verdienten sehr hübsch an diesem Gelegenheitsgeschäft. Ich erzählte Magda hinterher mancherlei von meiner Jagd nach diesen Tauen, in Wahrheit aber war mir das Geschäft ganz durch Zufall, wie es eben manchmal geht, in den Schoß gefallen; ich hatte nichts dazu tun müssen. Aber ich mußte doch etwas erzählen, um meine fast fünftägige Abwesenheit zu begründen. Ich hatte mich aber in Hamburg nicht einmal betrunken, das muß ich hier ausdrücklich feststellen. Doch hatte ich dort die Gewohnheit der kleinen Gläschen zu jeder Tagesstunde, auch schon am frühen Vormittag, angenommen, eine Angewohnheit, die vielleicht noch verhängnisvoller ist als ein gelegentlicher schwerer Rausch. Ich hatte mich viel – das ganze Geschäft war schon am zweiten Tag in einer halben Stunde erledigt – viel in der schönen Stadt, an der Alster und am Hafen herumgetrieben, war zu den Werften hinübergefahren, war durch die endlosen Hallen des Altonaer Fischmarktes gewandert und hatte eine Auktion dort mitgemacht, war nach Ohlsdorf hinausgefahren und hatte den weltberühmten Friedhof stundenlang durchwandert – und zwischen alledem war ich alle naselang in eine Kneipe gehuscht und hatte ein oder zwei Gläschen irgendeiner klaren oder braunen brennenden Flüssigkeit getrunken. Das machte mir Laune, das tat meinem Magen gut, erfreute mein Herz, ließ mich die bunt dahinstürmende Stadt mit fröhlichen Augen ansehen, kurz: hob mich über mich hinaus. Nie ganz trunken, ja, eigentlich sehr weit ab von jeder Trunkenheit, und doch nie ganz nüchtern, verlebte ich dort meine Tage, und wenn ich zu Anfang noch bis zehn oder gar bis elf mit meinen ersten Schnäpschen gewartet hatte, so klingelte ich an den beiden letzten Tagen schon gegen acht Uhr dem Zimmermädchen und ließ mir meinen ersten doppelstöckigen Kognak ganz fromm und frei ans Bett bringen. Das Frühstück schmeckte mir dann um so besser.

Die Rückreise, die ich mit einer guten Taschenflasche ausgerüstet antrat, ließ in mir die besten Vorsätze reifen. Es war klar, daß ich diese Gewohnheit daheim unter Magdas scharfen Augen nicht fortsetzen konnte, und nachdem ich eben einen kräftigen Schluck auf der Toilette des Zuges genommen hatte, schien es mir auch ganz leicht, darauf zu verzichten. Es waren doch immer nur ein, zwei Gläschen gewesen, alle ein, zwei Stunden nur, auf so etwas mußte doch leicht zu verzichten sein! Die Rückreise erwies sich wider Erwarten länger als der Inhalt meiner als so ausgiebig eingeschätzten Taschenflasche; in dem Wartesaal unseres Bahnhofs (wo ich nicht bekannt bin) nahm ich noch ein paar Gläschen und machte mich dann auf den Heimweg. Dabei vergaß ich nicht, in einer Drogerie eine Schachtel mit wohlriechenden Mundpillen zu kaufen, die den Alkoholgeruch verdecken sollten. Denn daß nach so langer Abwesenheit ein Begrüßungskuß mit Magda nicht zu umgehen war, ahnte ich. Sie empfing mich freundlich, aber kühl, sah mich mehrmals prüfend an und fand mich stärker geworden, oder so ein wenig gedunsen im Gesicht, wie sie sich ausdrückte. Das ärgerte mich, aber ich ließ mir nichts davon merken, sondern erzählte mit Eifer zuerst von meinem Seilkauf, dann von der schönen Stadt Hamburg, dem Friedhof in Ohlsdorf und der Reiherstiegwerft, auch von einem Orgelkonzert, das ich (ganz zufällig) in der Nicolaikirche mit angehört hatte. Dadurch bewies ich, daß ich nicht etwa nur in Schenken herumgesessen, sondern ein interessantes, lebendiges Dasein geführt hatte, und ich munterte die viel zu ernste Magda damit auch wirklich ein wenig auf. Sie hingegen berichtete mir viel von dem Gang der Geschäfte; sie hatte wieder etwas Neues angefangen. Sie war mit unserem kleinen Wagen fast alle Tage über Land gefahren und hatte bei allen Imkern Honig aufgekauft, noch vorhandenen, aber auch schon im voraus den der künftigen Raps- und Lindenblüte; sie hatte Gläser gekauft und wollte unserer Firma ein großes Honig-Versand-Geschäft direkt an die Kundschaft angliedern. Sie fing an, mit mir von den Inseratentexten zu sprechen und von den Zeitungen, in denen unser Honigversand angezeigt werden sollte. Ich aber konnte kaum noch zuhören. Ich war nicht eigentlich müde, aber ich war all dieser Dinge so müde, dieser unermüdlichen Geschäftigkeit – um gar nichts. Denn was war das, Honig versenden? Es war nichts, die Leute aßen ihn, und dann war es wieder vorbei, es war wie Seifenblasen, ein schillerndes Nichts mit wenig Luft gefüllt in sehr viel Licht. Es zerplatzte, nichts blieb, alles Täuschung und schwarze Magie! ›Ach, geh doch weg du! Rede nicht ewig, schwätze nicht so viel! Laß mich in Frieden! Was rennst du dich ab? Es gibt hunderttausend und Millionen Firmen auf der Welt; glaubst du, deine ist wichtig? Sie ist ganz schnurz, nicht einmal eine Fliege kümmert sich darum! Ja, wenn ich jetzt einen Schnaps hätte, dann könnte ich dir wieder mit Aufmerksamkeit zuhören; ich könnte wohl einen holen, ich könnte mir eine ganze Buddel Schnaps durch Else aus der nächsten Kneipe holen lassen, aber ich kann's nicht tun, weil du hier rumsitzt und ewig schwätzt. Weil du in meinem Leben rumsitzt, darum kann ich nicht tun, was meinem Leben gefällt. Nein, nein, es ist natürlich nicht so schlimm gemeint, ich habe sie schon ganz gerne, die Magda, aber es wäre furchtbar nett von ihr, wenn sie sich mal für eine Weile gänzlich aus meinem Leben verdünnte; Kuh, diese langweilige, ewig schwätzende!‹

Ich hatte mich während dieses Selbstgespräches immer mehr in einen heftigen Zorn hineingeredet; nun stand ich plötzlich auf und sagte brüsk zu der völlig überraschten Magda, daß ich wegen starker Kopfschmerzen noch eine Viertelstunde spazierengehen wollte ... nein, danke, keine Begleitung ... Und damit war ich schon draußen, und es war mir wirklich ganz egal, was sie von mir dachte, oder ob ich schon wieder Gefühle bei ihr verletzt hatte. Ich ging nur um sieben oder zehn Ecken, bis ich in eine Gegend kam, wo ich mich unbekannt glaubte, und trat dort in eine kleine Kneipe und bat den dicken bärtigen Wirt um einen doppelstöckigen Kognak ... Als ich den dritten kippte, denn ich wollte mich für die Nacht ausgiebig verproviantieren, sagte der Wirt langsam: "Das kennt man ja gar nich bei Sie, Herr Sommer. Sie haben wohl eine kleine Erkältung –?" Ärgerlich, ein so bekannter Mann zu sein, verzichtete ich auf den vierten und machte mich wieder auf den Heimweg. Ich lutschte meine süßen Atembonbons, und auch dabei ärgerte ich mich wieder über Magda, die mich zwang, den schönen Kognakgeschmack durch solch süßliche Mundparfüms zu vertreiben.

Sie erwartete mich noch, wahrscheinlich wollte sie mich wieder auf ihren langweiligen Honig locken, aber ich ging direkt ins Schlafzimmer und redete auch nur noch ein paar mürrische Worte, Fortbestand starker Kopfschmerzen vorgebend. Dann schlief ich rasch ein. Aber mitten in der Nacht, kurz nach ein Uhr, stand ich schon wieder barfüßig im Pyjama in der Speisekammer und leerte rasch nacheinander, was noch in den drei Flaschen drin war. Und während ich noch die letzte Flasche am Munde hatte, wurde mir mit schrecklicher Gewißheit klar, daß ich verloren war, daß es keine Rettung mehr für mich gab, daß ich dem Alkohol gehörte mit Leib und Seele. Nun war es gleichgültig geworden, ob ich noch einige Tage oder Wochen irgendwelchen Schein von Anstand und Sitte aufrecht erhielt – es war doch vorbei. Sie sollte nur kommen, die Magda, und mich hier trinken sehen. Ich würde ihr ins Gesicht sagen, daß ich ein Trinker geworden war, und sie hatte mich dazu gemacht, sie mit ihrer infernalischen Tüchtigkeit! Aber sie kam nicht. So ließ ich die drei leeren Flaschen offen dastehen und legte die Korken daneben; mochten sie wissen, alle wissen, Magda, Else, wer noch wollte –: es war doch alles egal! Dann aber, gegen Morgen, mein Herz ging so schwer, stand ich noch einmal auf, leckte gewissermaßen den allerletzten Tropfen aus den Flaschenhälsen, füllte Wasser ein, halb oder ein drittel, je nachdem, verkorkte sie und stellte sie wieder an ihre alten Plätze. So gewann ich wieder eine Anstandsfrist von ein oder zwei Tagen ..

10.

In der nun folgenden Zeit besuchte ich mein Kontor ziemlich regelmäßig und leistete auch einige Arbeit, nicht aus Lust daran, sondern einer alten Gewohnheit folgend, mit der nicht sofort zu brechen war, und aus Scham vor Magda. Magda war sehr still geworden, wir sprachen beide nur noch das Allernotwendigste miteinander. Am lebhaftesten ging es noch zwischen uns zu, wenn Dritte zugegen waren, Hinzpeter oder Else oder Kunden. Dann konnten wir sogar Späßchen miteinander machen, der vergnügte Ton früherer Ehejahre schien wiedergekommen, kaum aber hatte sich die Tür hinter jenen Dritten geschlossen, so verstummten wir auf einen Schlag, meine Miene wurde eisig, und Magda fing an, emsig mit Papier zu rascheln. Sie hielt sich in dieser Zeit ständig in meiner Nähe. Nicht daß sie mit mir zum oder vom Kontor gegangen wäre, aber drei oder zehn Minuten nach mir tauchte sie bestimmt auf, der Haushalt lag ganz in Elses Händen. Natürlich hatte solche Beaufsichtigung nicht den geringsten Einfluß auf mich, ich tat doch, was ich wollte, das heißt: ich trank nach Bedürfnis. Von der Gewohnheit der kleinen Gläschen war ich zu der der großen Schlucke aus der Flasche übergegangen. Ich hielt mir immer eine solche Flasche in meinem Schreibtisch auf dem Kontor und eine zweite in einer Ecke des Badezimmerschrankes daheim. Es machte mir Vergnügen, diese Flaschen gewissermaßen unter Magdas Augen einzuschmuggeln, in der Aktenmappe oder gar in der Hosentasche, vom Jackett verdeckt. Wenn ich meine Vorratsdepots frisch versorgt hatte, erfüllte mich ein wirkliches Glücksgefühl, als sei ich reicher geworden. Bei dem geringsten Anzeichen von Durst schon konnte ich einen Schluck nehmen. Zu Hause im Badezimmer war das einfach genug, aber auf dem Kontor, das Magda mit mir teilte, gab es manchmal Schwierigkeiten. Dann saß ich viele Minuten und grübelte über einen Vorwand, sie hinauszuschicken. Einmal, als mir gar nichts einfiel, ging ich sogar so weit, daß ich heimlich in ihrer Gegenwart – der Schreibtisch deckte mich gegen Sicht – die Flasche entkorkt auf den Boden stellte, dann den Radiergummi zu Boden fallen ließ und ihn mir umständlich suchte, zuletzt auf allen vieren, wobei ich unter der Wölbung des Schreibtisches, sehr vergnügt über meine List, beträchtlichen Kognak in mich hineingluckern ließ.

Ich wechselte meine Ansicht, wie weit Magda mich durchschaute, fast stündlich. Meist war ich fest davon überzeugt, daß sie gar nichts ahnte, zu anderen Stunden, namentlich wenn ich mißmutig und gereizt war, wußte ich es beinahe, daß sie mich ganz und gar durchschaute. Dann grübelte ich wieder. Manchmal ging ich lange Zeit im Kontor nachdenkend auf und ab, immer an Magdas Platz vorüber; dann war ich böse, wie ich es nannte, nicht auf etwas speziell, nicht einmal auf Magda, sondern ich war einfach böse, wie eben ein Mensch schlecht und böse sein kann, von Urgrund her, so ist er einmal, so böse war ich, und ich suchte einen Grund, mit ihr Streit anzufangen. In diesem Streit wollte ich die Gewißheit aus ihr herauslocken, ob sie gar nichts oder alles wußte, und wußte sie alles, so wollte ich auch den letzten Schein von Anstand fallen lassen. Gerade in ihrer Gegenwart, in der Anwesenheit meiner nüchternen, sauberen, tüchtigen Frau wollte ich mich toll und voll saufen, ich wollte die Füße auf den Schreibtisch legen und wüste, schweinische Lieder singen und zotige Redensarten gebrauchen – welche Wollust, sie mit in den Dreck zu ziehen, ihr zu zeigen: den hast du einmal geliebt, und unter deiner Liebe ist er so geworden … Nun gerade! Geht her! –

Ich ging immer schneller auf und ab, ich genierte mich nicht mehr, ich warf ihr böse, herausfordernde Blicke zu, aber dann, direkt vor meinem Ausbruch, stand sie stets auf und verließ das Kontor. Ich aber starrte ihr nach, ich starrte wütend die braun gemaserte Tür an, ich ballte die Fäuste, ich knirschte mit den Zähnen: ›Feige ausgerissen, aber das hast du aus mir gemacht, du – Tüchtige!‹

Schließlich setzte ich mich wieder an meinen Schreibtisch, trank kräftig und wurde müde und sanft.

Übrigens, wenn ich gesagt habe, ich hätte meine Arbeit nur so so gemacht, aus alter Gewohnheit, so ist nicht einmal das ganz richtig: man soll sein Licht auch nicht unter den Scheffel stellen. Der Alkohol machte es, daß ich in dieser Zeit viel von meiner vornehmen Chef-Zurückhaltung verlor, ich konnte mit der Landkundschaft viel besser schwätzen, wir klopften einander auf die Schulter, erzählten uns Witzchen, wobei wir uns achtsam umsahen, ob Magda auch nicht in der Nähe war, und dabei gelang mir mancher ungewöhnlich vorteilhafte Abschluß. Was ich früher nie getan hatte, wofür ich mich zu fein gehalten hatte und meine Firma zu ansehnlich, das tat ich jetzt gerne: ich ging mit den Landwirten in eine kleine Kneipe, und dort, über einem zerschnitzelten Lindenholztisch, auf dem unsere Stangen kreisrunde nasse Ränder hinterließen, erzählten wir uns vielerlei, tranken noch mehr, und ich kaufte von den oft stark Angetrunkenen zu vorteilhaftesten Preisen. Wenn ich dann, wieder auf dem Büro angelangt, dem Hinzpeter diese Abschlüsse zur Verbuchung angab, sah ich wohl die Blicke, die der trockene Zahlenmensch mit meiner Frau tauschte, aber ich lachte nur darüber.

Jedoch eines Morgens, nach einem solchen Abschluß, bei dem ich den Inspektor eines größeren Gutes regelrecht eingeseift und ihm einen ganzen Waggon Erbsen zu der Hälfte des regulären Marktpreises abgeschwatzt hatte, also am Morgen nach diesem vorteilhaften Einkauf, hörte ich aufgeregtes Reden auf dem Hof des Geschäftes, und als ich ans Fenster ging, sah ich den jetzt sehr ernüchterten Inspektor, der wild auf meine Frau und Hinzpeter einredete. Ich sah durch die Scheibe eine ganze Weile zufrieden den aufgebrachten Mann an und dachte bei mir: ›Ja, rede du jetzt nur und sei so nüchtern, wie du magst. Deine Unterschrift auf dem Abschluß von gestern abend kannst du doch nicht wegreden!‹

Jetzt sprach Magda, und der Inspektor nickte und schüttelte den Kopf und trat mit dem Fuße auf, und plötzlich sah er zu mir herüber und entdeckte mich wohl hinter dem Glas, und wirklich und wahrhaftig, der Mann hob den Arm und schüttelte die Faust gegen mich, vor den Augen meiner Frau und Hinzpeters, und nun schrie er sogar ein Schimpfwort, und das lautete nicht anders wie: "Oller Leutebetrüger!" Ich wartete, ich wartete darauf, daß Magda den Frechling vom Hof weisen würde, aber sie redete nur auf ihn ein, und nach einer Weile ließ der Inspektor die Faust wieder sinken, und sie verhandelten weiter. Mich ekelte vor der Schlappheit meines Weibes, und nach einer Weile, als sie immer noch verhandelten, setzte ich mich an meinen Schreibtisch nieder, öffnete das bewußte Fach und stärkte mich. Wieder nach einer Zeit, während ich da so gesessen und an nichts gedacht hatte, ging die Tür auf, und Magda kam blaß herein, eine Mappe in der Hand. Sie legte die Mappe auf den Tisch und fing an, mit den Papieren zu rascheln, sonst war es ganz still bei uns im Kontor, und der Alkohol ging sachte in mir herum und machte mich friedlich und zufrieden. Plötzlich aber ließ Magda die Papiere fallen, sie warf den Kopf auf den Tisch und weinte wild darauf los. Ich war sehr hilflos, wußte gar nicht, was ich tun sollte, war auch in dem jetzigen angenehmen Zustand viel zu bequem, etwas zu tun. So sagte ich nur etwas matt: "Aber was ist denn nur los? Beruhige dich bloß, Magda, es wird ja alles halb so wild sein!"

Sie aber warf den Kopf hoch und starrte mich mit ihren tränenüberströmten Augen an und rief:

"Es ist doppelt schlimm! Es ist zehnfach schlimm! Nicht genug, daß du alle Tage stark betrunken bist, bringst du auch noch unsere Firma in Verruf. Überall erzählen sich schon die Leute, daß wir unsolide geworden seien und auf Betrug ausgehen ..."

"Halt, stop, Magda", sagte ich langsam, und plötzlich war es mir ganz recht, daß es endlich zu einer Aussprache zwischen uns kam, und ich war fest entschlossen, ihr nichts zu ersparen ...

"Halt, stop, Magda", sagte ich. "Nicht soviel auf einmal! Was das angeht, daß ich alle Tage stockbetrunken sein soll, so möchte ich dich wohl fragen, ob du mich je einmal hast torkeln sehen oder lallen hören? Ich nehme dann und wann ein Gläschen, das gebe ich ohne weiteres zu, aber ich vertrage es auch. Es macht mich klarer. Den Alkohol soll meiden, wer ihn nicht verträgt, das bin aber nicht ich. Sieh", sagte ich langsam und schloß wieder das bewußte Schreibtischfach auf, "hier haben wir eine Flasche Kognak, die war heute früh um neun Uhr noch voll, und jetzt ist etwa ein Drittel heraus, ein gutes Drittel, sagen wir. Stammle ich deswegen? Bin ich nicht Herr meiner Glieder? Bin ich unklar im Kopfe? Ich bin zehnmal klarer als du! Ich würde es nicht zulassen, daß ein hergelaufener Mistbock meine Frau Betrügerin schimpft, in die Fresse würde ich solchem Kerl schlagen!" schrie ich plötzlich. Und fuhr ruhiger fort: "Du aber verhandelst mit ihm und begütigst ihn, und wenn ich dich und das ängstliche Huhn, den Hinzpeter, recht kenne, so habt ihr ihm sogar den guten Erbsenabschluß gestrichen oder die Preise erhöht ..."

Ich sah sie spöttisch an.

"Gewiß haben wir das!" rief sie, und ihre Tränen waren jetzt versiegt, und sie sah mich ohne jede Liebe und Zuneigung an. "Gewiß haben wir das. Wir haben den Abschluß gestrichen, den guten Kunden sind wir aber trotzdem los für alle Zeit."

"Soso", antwortete ich noch viel spöttischer. "Ihr habt den Abschluß gestrichen. Ich bin ja hier bloß der letzte Laufbursche, und das, worunter ich meinen Namen setze, ist nur ein Wisch! Ich will dir aber eins sagen, Magda: Wenn der Inspektor Schmidt vom Fliederhof seinen Abschluß nicht bis auf den letzten Zentner erfüllt, so klage ich gegen ihn, und ich werde recht bekommen. Denn ein Abschluß ist ein Abschluß, das wird dir jeder Rechtsanwalt sagen, und wenn er mein niedriges Angebot angenommen hat, so ist das seine Schuld, nicht meine. Ich habe ihn nicht besoffen gemacht, sondern er hat mich besoffen machen wollen, und wenn er dabei hereingefallen ist, ist es nicht meine Schuld. Und, Magda", sagte ich und stand jetzt von meinem Stuhl auf, "ich will dir noch sagen, daß ich hier der Chef bin, ich allein, und wenn Abschlüsse gelöst werden sollen, so werde ich gefragt, und kein anderer. Das paßt mir nicht mehr, daß du dich hier aufspielst und willst mich unter deinen Fuß treten und redest von Stockbesoffenheit, wo ich nüchtern bin wie ein Aal im Wasser und zehnmal klüger und tüchtiger als du. Ich bin hier der Chef, und mich verdrängst du nicht. Geh wieder zu deinen Kochtöpfen, da rede ich dir nicht hinein. Ich habe dich nicht hierher gebeten, aber jetzt bitte ich dich, zu gehen."

Ich hatte sehr ernst und überlegt gesprochen, und während ich so sprach, war mir immer klarer geworden, daß ich wirklich in allem recht und sie in allem unrecht hatte. Nun setzte ich mich wieder. Magda hatte mich sehr aufmerksam angesehen, während ich so gesprochen hatte, gleichsam als wollte sie jedes einzelne Wort von meinem Munde ablesen. Nun, da ich geendet hatte, nickte sie und sagte: "Ich sehe schon, daß mit dir nicht mehr zu reden ist, Erwin. Du hast jedes Gefühl für Recht und Unrecht verloren. Dem Inspektor hat sein Graf gesagt, er wird die Stellung verlieren, wenn dieser betrunkene Abschluß nicht auf der Stelle rückgängig gemacht wird, und du sollst wegen Betrugs angezeigt werden ..."

"Das soll er nur tun!" rief ich spöttisch. "Dir imponiert natürlich solch Graf, bloß weil er sich blaublütig schimpft, mir aber nicht so viel!"

Ich schnippte mit den Fingern.

"Er soll mich nur anzeigen, er wird schon sehen, wie er dabei hereinfällt!"

"Ja", rief wieder Magda, "dir ist es schon ganz gleichgültig geworden, ob dein ehrlicher Name vor den Gerichten in den Schmutz gezerrt wird, das habe ich jetzt alles leider begreifen müssen. Doch ich gebe es auf, mit dir darüber zu reden, der Schnaps hat jedes Rechtsgefühl in dir zerstört. – Ich möchte dich aber etwas anderes fragen, Erwin ..."

"Frage nur zu", antwortete ich mürrisch, war aber sehr auf meinem Posten, denn mir schwante schon, daß jetzt nichts Gutes kommen würde.

"Wer viel fragt, bekommt viel Antwort."

"Ich brauche nicht viel Antwort", sagte Magda wieder, "ich brauche nur ein einfaches, klares Ja oder Nein."

Sie holte Atem, sie sah mich fest an. Dann sagte sie:

"Bist du noch ein Mann von Wort, Erwin? Ich meine, stehst du noch zu dem, was du mir einmal versprochen hast?"

"Natürlich tue ich das", sagte ich mürrisch, "ich würde zum Beispiel Verträge halten, ob ich nun bei ihrem Abschluß nüchtern oder betrunken war."

Sie achtete gar nicht auf meinen Spott.

"Du hast", sagte sie, "damals, als du nach Hamburg fuhrst, mir fest versprochen, hinterher mit mir zum Arzt zu gehen. Willst du dein Wort jetzt einlösen, willst du heute nachmittag mit mir zu Doktor Mansfeld gehen?"

"Halt mal!" rief ich aufgeregt. "Du stellst schon wieder mal die Dinge auf den Kopf, Magda! Ich habe dir nie versprochen, unter allen Umständen nach der Hamburger Reise zum Arzt zu gehen, ich habe nur gesagt, wenn ich krank zurückkäme. Ich bin aber ganz gesund wiedergekommen."

"Ja, so gesund", sagte Magda bitter, "daß du in der Nacht nach deiner Ankunft alle meine Flaschen in der Speisekammer leergetrunken hast. Und seitdem bist du auch nicht eine Minute nüchtern gewesen. Ich sehe aber, du willst nicht zu deinem Wort stehen."

"Zu meinem Wort schon, aber in dieser Sache habe ich dir nie mein Wort gegeben, so nicht."

"Aber, Erwin", fing Magda wieder an, doch jetzt sanft, "warum sträubst du dich denn so, dich einmal vom Arzt untersuchen zu lassen? Wenn es so ist, wie du sagst, und der Arzt bestätigt es, so ist ja alles gut ... Ist es aber nicht so ..."

"Nun, was ist dann?" sagte ich spöttisch.

"... dann muß eben irgend etwas für deine Gesundheit geschehen. Denn du bist krank, Erwin, du bist so krank, wie du noch gar nicht ahnst ..."

"Ach", sagte ich gelangweilt, "laß das doch. So kriegst du mich auch nicht rum. Du redest sanft mit mir, aber deinen Augen sehe ich es an, daß du es böse mit mir meinst. Ich lasse mich aber nicht von meiner Frau kommandieren, sie mag so tüchtig sein, wie sie will."

"Ich will dich gar nicht kommandieren ..."

"Bitte: erst löst du meine Abschlüsse, dann soll ich zum Arzt gehen, weil du dir Torheiten einbildest, und schließlich möchtest du hier wohl meinen Chefplatz einnehmen, was? In meinem Sessel hattest du es dir in meiner Abwesenheit ja schon recht bequem gemacht, nicht wahr?"

"Nun gut", sagte sie, und jetzt flammten ihre Augen wirklich böse auf, und in ihrer Stimme war keine Spur von Sanftheit mehr, "du willst nicht, du willst nichts als trinken und Schaden stiften. Ich lasse es aber nicht zu, daß du mich und die Firma ruinierst. Ruiniere dich selbst nur, soviel du willst. Dann muß ich eben andere Schritte ergreifen ..."

"Ergreife nur, ergreife nur", sagte ich spöttisch, "du wirst ja sehen, wie du dabei hereinfällst. – Würdest du übrigens vielleicht die Güte haben, mir zu sagen, welche Schritte du etwa vorhast?"

Mein Spott hatte sie ganz außer sich gebracht.

"Jawohl werde ich es dir sagen", rief sie zornig, "zuerst werde ich mich von dir scheiden lassen ..."

"Sieh mal sieh!" lachte ich. "Also von mir scheiden lassen! Ich wüßte nicht, daß ich dir schon einen Scheidungsgrund gegeben hätte. Aber was nicht ist, kann noch werden. – Und was hast du noch vor?" Aber sie wollte nicht mehr.

"Du wirst schon sehen", sagte sie und setzte sich wieder an ihren Tisch und zu ihren Papieren. "Ich kann es auch abwarten", antwortete ich. Ich nahm die Kognakflasche und legte sie zu dem noch ungegessenen Frühstück in die Aktentasche.

"Mach dir immerhin schon klar, daß nach dem Gesetz alles mir gehört, da du nichts mit in die Ehe eingebracht hast: Haus und Einrichtung und Firma, alles mein!" Ich lachte, als ich ihre zornige Protestbewegung sah.

"Ja, erkundige dich erst einmal bei einem Anwalt, dann wirst du dir die Scheidung noch gewaltig überlegen. Und nun", sagte ich und nahm meinen Hut vom Riegel, "überlasse ich dir erst einmal leihweise meine Firma. Sei recht fleißig, liebe Magda, und löse recht viele vorteilhafte Abschlüsse auf ... na, was denn? Willst jetzt du mir einen Scheidungsgrund geben?!" Mein Spott hatte sie ganz rasend gemacht. Sie hatte das Nächste, was ihr zur Hand war, einen Tintenlöscher, ergriffen und nach mir geschleudert. Ich hatte gerade noch ausweichen können. Sie sah mich schneeweiß und wutzitternd an. Ich hielt es für besser, sie jetzt nicht weiter zu reizen, stellte den Löscher auf seinen Platz zurück und verließ Kontor und Firma.

11.

Ich war auch fest entschlossen, so bald nicht wieder dorthin zurückzukehren. Mochte sie ruhig eine Weile dort allein weiterwursteln, ich machte ihnen ja doch nichts zu Dank. Der ganze Kram langweilte mich schon lange, jetzt hatte ich eine bessere und interessantere Aufgabe gefunden, die meiner augenblicklichen Stimmung viel mehr entsprach: mein Kampf gegen Magda! Sie sollte sich nur an mir versuchen, es würde mir direkt Spaß machen, ihr zu beweisen, wieviel klüger und gesetzeskundiger ich war als sie!

Ich war wieder auf der Wanderung, meine Aktentasche unterm Arm, durch einen schönen, aber schon recht heißen Tag am Ausgang des Frühlings. Die Königin des Alkohols – ich hatte sie viel zu lange vergessen. Langweilig war die jedenfalls nicht. Außerdem mußte ich mir endlich meine Schuhe wiederholen, niemand sollte mir nachsagen können, daß ich in der Trunkenheit meine Kleidung durch halb Europa verstreute. Niemand, nicht einmal Magda. Es war ja so ziemlich klar, was diese tüchtige Dame, mit der ich bisher verheiratet gewesen war, beabsichtigte. Scheidung, nun schön, aber Scheidung ging nicht so schnell; vor einer Scheidung mußten auch erst einige Vorbereitungen getroffen werden, z. B. eine Untersuchung durch den Arzt. Magda stand sich sehr gut mit Doktor Mansfeld, schon seit vielen Jahren. Er hatte sie immer behandelt, wenn sie krank gewesen war, ich kannte ihn weniger, mir hatte eigentlich noch nie etwas gefehlt. Sie würde ihn schon zu ihrer Auffassung überreden, und dann sollte vermutlich so etwas kommen wie Entmündigung und Unterbringung in einer Trinkerheilstätte. Das würde ihr so passen, der guten Magda: der Mann sitzt in einer Anstalt, natürlich möglichst dritter Klasse, und sie wirtschaftet in und mit seinem Eigentum, leitet die Firma. Aber es gab andere Ärzte, berühmtere und tüchtigere als der gute alte Doktor Mansfeld, der schließlich und endlich nur ein einfacher praktischer Arzt war; gleich in den nächsten Tagen schon würde ich zu einem oder mehreren von ihnen gehen und mir Atteste über meine völlige Gesundheit geben lassen. Mit einem solchen Ziel vor Augen würde es leicht sein, ein oder zwei Tage vor dem Arztbesuch überhaupt nichts zu trinken. Sie würde schon sehen, mit wem sie da angefangen hatte, die gute Magda; trotz fünfzehn Jahre Ehe kannte sie ihren Mann noch lange nicht! Jedenfalls: Ehe ich ihr mein Eigentum überließ, steckte ich ihr lieber die Villa über dem Kopf an, das war klar.

So etwa gingen meine Meditationen während meines Weges in jenen Dorfgasthof, und das Ausmalen bis in alle Details hinein kürzte mir die Zeit auf das Angenehmste. Ich konnte z.B. lange dabei verweilen, wie ich in irgendeiner Zelle der Trinkerheilanstalt mit eiskaltem Wasser geängstigt und mit schlechtem Essen gefüttert wurde, während Magda in unserem hübschen Speisezimmer ein Kalbskotelett mit Stangenspargel aß. Dann kamen mir fast die Tränen der Rührung über mein schlimmes Los und Magdas Ungerechtigkeit in die Augen. Zwischendurch verfütterte ich, da ich wie meist in der letzten Zeit nicht den geringsten Hunger verspürte, mein Frühstücksbrot an dörfliche Enten und Gänse, tauchte auch von Zeit zu Zeit hinter einer Hecke vor aller Sicht unter und nahm einen Schluck. Ich verlor nie ganz ein leises Gefühl der Beschämung darüber, daß ich, Erwin Sommer, mich hinter einer Hecke versteckte, einen Flaschenhals an den Mund setzte und Schnaps in mich hineinlaufen ließ wie der letzte Walzenbruder. Es wurde mir nicht selbstverständlich, dagegen stumpfte ich nicht völlig ab. Doch es mußte nun einmal sein, es ging eben nicht anders.

Kurz vor meinem Ziel war ich mit meiner Flasche alle, ich warf sie in den Straßengraben und machte mich an die letzten fünf Minuten Weg. Vom Kirchturm des Dorfes läutete es gerade zur Mittagsstunde; vor mir, an mir vorbei, mir nach zogen die Dörfler, die vom Felde kamen, Hacken und Spaten auf der Schulter. Manche grüßten mich, andere sahen mich nur musternd von der Seite an, wieder andere schließlich stießen sich an, verzogen die Gesichter und lachten, während sie an mir vorbeigingen. Es mochte ja nur die übliche dörfliche kritische Einstellung dem stadtfein angezogenen Fremden gegenüber sein, ich hatte aber doch den Argwohn, daß mir vielleicht etwas von meinem Alkoholgenuß anzumerken oder etwas an meiner Kleidung nicht in Ordnung sei. Ich hatte es schon erfahren, daß eine der schlimmsten Gaben, die der Alkohol mit sich bringt, dieses Unsicherheitsgefühl ist, ob irgend etwas an einem nicht ganz stimmt. Man kann sich noch so oft im Spiegel mustern, die Kleidung ablesen, jeden Knopf nachprüfen – nie, wenn man etwas getrunken hat, ist man ganz sicher, daß man nicht doch etwas übersehen hat, etwas ganz offen zutage Liegendes, das man aber doch trotz gespanntester Aufmerksamkeit immer wieder übersieht. Im Traum hat man ganz ähnliche Gefühle, bewegt sich heiter in der gewähltesten Gesellschaft und entdeckt plötzlich, daß man vergessen hat, seine Hosen anzuziehen. Also: Dieses Angestarrtwerden wurde mir lästig, zudem fiel mir ein, daß gerade die lebhafte Mittagsstunde nicht die richtige Zeit sein würde, meine Hübsche aufzusuchen; ich schlug einen seitab führenden Feldweg ein und warf mich unter einem schattenden Gebüsch ins Gras. Sofort verfiel ich in Schlaf, in jenen tiefschwarzen Schlaf, den der Alkohol bringt, wobei man gewissermaßen ausgelöscht ist, einen befristeten Tod stirbt. Keine Träume gibt es da mehr, keine Ahnung von Licht und Leben – fort ins Nichts! Das ist es. –

Als ich wieder erwachte, stand die Sonne schon tief, ich mußte vier, vielleicht sogar fünf Stunden geschlafen haben. Wie immer in dieser Zeit hatte mich der Schlaf gar nicht erfrischt, ich erwachte alt und müde, ein zittriges Gefühl in den Gliedern. Meine Knochen waren steif, als ich mich aufrichtete; und mit dem Gehen kam ich nur schwer zurecht. Ich wußte aber jetzt schon, daß das alles mit den ersten Schnäpsen, die ich zu mir nahm, sich rasch geben würde, und beeilte mich darum, in den Gasthof zu kommen.

Ich hatte die Stunde gut gewählt: wieder einmal war die Schankstube leer, auch hinter der Theke stand niemand. Steif ließ ich mich in einen Korbsessel fallen und hallote durstig nach der Bedienung. Erst steckte sich ein Mädchenkopf durch die Türspalte, es war aber nicht meine blasse Hübsche, sondern ein zottliges, rotnasiges Wesen älterer Machart, dann sah eine dicke Frau zu mir hin, rief: "Gleich! Gleich!" und öffnete die Treppentür, die ich in jener Nacht, blind an der Hand geführt, hinaufgestiegen war.

"Elinor! Elinor! Komm runter!" rief die Wirtin, versicherte mir noch einmal, daß ich gleich bedient werden würde, und verschwand wieder in der Küche. Also Elinor hieß sie, da hatte ich mit Elsabe nicht ganz schlecht geraten. Aber Elinor war auch sehr gut, war eigentlich noch besser. Elinor paßte zu ihr, Elinor, la reine d'alcool, wirklich sehr hübsch!

Und da hörte ich sie auch schon die Treppe herunterkommen; gar nicht rehfüßig übrigens; die Tür klappte, und sie trat ein. Sie hatte sichtlich geschlafen, das Haar war nicht so glatt und ordentlich aufgesteckt wie sonst, und ihr helles Kleid hatte etwas Zerdrücktes, Unordentliches. Sie stand da einen Augenblick und sah zu mir herüber. Sie erkannte mich nicht gleich, sie mußte gegen die Sonne blicken. Dann rief sie ganz vergnügt: "Ach, das ist ja nur das Väterchen, das so gerne

Schnaps trinkt!" rief's und lief schon wieder die Treppe hinauf. Ich nahm ihr die neuerlichen, für meinen Durst eigentlich schmerzlichen Worte gar nicht übel. War ich doch nur froh über diesen unbefangenen Empfang. Ein bißchen hatte ich mich doch gefragt, wie sie mich nach meinem Abgang über das Schuppendach in jener Nacht aufnehmen würde. Nun aber war alles gut, und ich wartete mit Geduld die fünf Minuten, bis sie, nunmehr geschniegelt und glatt, wieder auftauchte. Sie kam gleich an meinen Tisch, bot mir wie einem alten Freund die Hand und sagte freundlich: "Ich dachte schon, Sie wollten gar nicht mehr wiederkommen! Was haben Sie denn so lange gemacht? Sind Sie nun schon ganz bankrott?"

"Noch nicht, ma reine", sagte ich, auch lächelnd. "Vorläufig habe ich erst einmal das Geschäft meiner Frau übertragen, mit der ich übrigens in Scheidung liege. Was meinst du dazu, meine Hübsche? In acht Wochen bin ich vielleicht schon zu haben! Noch ganz gut erhalten, wie?"

Sie sah mich einen Augenblick an, dann verschwand das Lächeln von ihrem Gesicht, und sie sagte ganz kühl und geschäftsmäßig: "Einen Korn, nicht wahr? Oder gleich wieder eine ganze Flasche, wie?"

"Richtig, meine Goldene!" rief ich. "Gleich wieder eine ganze Flasche! Und für dich wiederum eine Flasche Sekt!"

"Nicht am Tage", antwortete sie kurz und ging. Einen Augenblick später hatte ich zu trinken, ausgiebig, von diesem wasserhellen Stoff, den ich schon mehr liebte als den Kognak. Aber sonst kam ich an diesem Nachmittag nicht auf meine Kosten. Elinor war ständig beschäftigt, in und außer der Gaststube, und wir konnten nur dann und wann ein paar Worte wechseln. Darüber verdrossen trank ich mehr als gewohnt, schon nach anderthalb Stunden mußte mir Elinor eine zweite Flasche bringen, und ich spürte selbst, daß ich schwer berauscht war. Dann kamen ein paar junge Burschen, darunter auch jener junge Maurer, mit dem Elinor so vertraut gesprochen hatte; und bloß um das Mädchen an meinen Tisch zu ziehen (was aber auch nur für fünf Minuten gelang), ließ ich sie alle bei mir Platz nehmen und bestellte für jeden, was er sich wünschte. Schon nach kurzer Zeit bot mein Tisch einen wilden Anblick. Bier- und Schnapsgläser, Wein- und Sektflaschen standen in einem wilden Durcheinander auf ihm, und um ihn gruppierte sich eine Rotte wild durcheinander redender, schreiender, lachender, fuchtelnder Gestalten, und ich war eine der wildesten und betrunkensten von allen. Ich fühlte mich ganz losgelassen, ich war wirklich wie ein Stein, der in den Abgrund stürzt – ich dachte an nichts mehr.

Bei unserem Lärmen hatten wir es ganz überhört, daß ein Auto vorgefahren war, und auch als zwei Herren eintraten, achteten wir kaum auf sie. Ich schrie einem Gegenüber, der gar nicht auf mich hörte, wieder irgendwelche Beteuerungen zu – und verstummte plötzlich, wie auf den Mund geschlagen, denn einer der beiden Herren, die jetzt an einem Nebentisch Platz nahmen, hatte mich mit einem freundlichen ›Guten Abend!‹ begrüßt, und dieser Herr war Doktor Mansfeld. Den anderen Herrn kannte ich nicht. Auch meine Zechkumpane verstummten; und auch, als sie sahen, daß nichts weiter erfolgte, sondern daß die Herren am Nebentisch, in ein Gespräch vertieft, ruhig ihr Bier tranken, kam die alte Lustigkeit nicht wieder auf. Einer nach dem anderen verdrückte sich, schließlich saß ich allein in diesem wüsten Tohuwabohu von Gläsern und Flaschen, und auch nach Elinor sah ich vergeblich aus: sie kam nicht, das Chaos zu ordnen. Wahrscheinlich scharmutzierte sie mit dem jungen Maurer, der wohl ihr Galan war, vor der Tür. Nach der wilden Ausgelassenheit eben hatte mich finstere Verdrossenheit überfallen, ich kaute auf meiner Lippe und schoß ab und zu einen argwöhnischen Blick nach dem Seitentisch, an dem man so gar keine Notiz von mir nahm. Mein Argwohn war erwacht; ich fragte mich, ob Doktor Mansfeld durch einen reinen Zufall, bei der Ausübung seiner Landpraxis, hierher geraten sein könnte oder ob ihn Magda hierher beordert hatte. Ich zergrübelte meinen Kopf, ob ich etwa Magda damals in meiner Betrunkenheit den Namen des Ausflugsortes genannt, oder doch so auf ihn hingedeutet hatte, daß er unschwer zu erraten war – ich wußte es nicht mehr. Der zweite Herr kam mir bekannt vor, aber ich wußte nicht, wohin ich ihn tun sollte ...

Wieder hätte ich gerne etwas getrunken, die Kornflasche stand nahe genug vor mir, und doch wagte ich es nicht, vor den beiden Gästen am Nebentisch mir das Glas auch nur einmal vollzuschenken. Ich sagte mir wohl, daß angesichts dieses Tisches und meines wilden Benehmens vorhin nicht mehr das Geringste zu verderben war, und doch wagte ich es nicht –.

Schließlich betrat Elinor wieder den Schankraum. Ich rief sie zu mir und bat sie leise, die Zeche zu machen. Während sie auf einem Block viele Zahlen aufschrieb, gebückt vor mir stehend und mich dadurch gegen die Sicht vom Nebentisch deckend, schenkte ich mir erst zwei, drei Schnäpse ein. Dann verkorkte ich die Flasche sorgfältig und schob sie in meine Aktentasche. Elinor warf einen raschen Blick auf mein Tun und flüsterte mit hochgezogenen Augenbrauen, zum Nebentisch deutend: "Freunde?" Ich zuckte nur die Achseln. Die Rechnung war so hoch, daß ich mein Geld wirklich bis auf die letzte Mark hergeben mußte und daß auch dann noch das Trinkgeld für Elinor höchst ungenügend ausgefallen war. Wieder sah sie mich mit hochgezogenen Augenbrauen an und flüsterte: "Abgebrannt?"

Ich antwortete ebenso leise: "Ich weiß, wo es mehr gibt. Das nächste Mal, ma reine!" Wozu sie leicht nickte.

Ich mußte jetzt aufstehen und gehen, unter den beobachtenden Blicken des Nebentisches. Ich faßte meine Aktentasche und vergewisserte mich durch einen musternden Blick, auf welchem Haken mein Hut hing, damit ich ihn beim Hinausgehen nicht unnötig suchen mußte, und stand auf. Ich fühlte, es würde gehen. Ich mußte mich langsam und sehr vorsichtig bewegen, dann würde es schon gehen. Schließlich brauchte ich nur vors Dorf und ins erste bergende Gebüsch zu kommen, ja, schließlich – genialer Einfall: – Ich brauchte mich nur hier auf der Toilette einzuriegeln, und ich konnte schlafen, solange ich wollte. Frischen Proviant habe ich ja bei mir.

Ich hatte zum Nebentisch, schon im Aufstehen, höflich ›Guten Abend‹ gesagt, und nun war ich schon unter der Tür, einen Schritt entfernt von der Rettung, als hinter mir eine Stimme sagte: "Ach, einen Augenblick, Herr Sommer!"

Ich schrak so zusammen, daß ich fast gefallen wäre. "Wie bitte?" rief ich unnötig laut. Der Arzt hatte nach meinem Arm gegriffen und mich gehalten.

"Habe ich Sie erschreckt? Das wollte ich nicht. Es tut mir leid."

"Ach, nichts, nichts", sagte ich verlegen. "Es war wohl nur der elende Läufer, ich bin über ihn gestolpert ..." Und ich sah böse auf den glatt daliegenden Teppich.

"Ich wollte Sie nur fragen, Herr Sommer", fing Doktor Mansfeld wieder an, "ob ich Ihnen vielleicht anbieten darf, in meinem Auto mit uns heimzufahren?"

Er machte eine Pause, dann sagte er lachend: "Wir haben ein bißchen gefeiert, nicht wahr? Nun, das macht nichts, das tut jeder von uns einmal gerne. Aber der Rückweg würde Ihnen vielleicht ein bißchen schwerfallen, was? Also, Sie fahren mit uns."

Er faßte mich freundlich, aber fest unter den Arm. Der andere Herr hatte unterdes bezahlt und trat nun zu uns. "Darf ich Sie bekannt machen?" fuhr der Arzt fort. "Herr Sommer – Herr Medizinalrat Doktor Stiebing, unser Kreisarzt."

Damit führte er mich aus dem Lokal und auf das Auto zu. Ich aber folgte ihm wie ein Schaf seinem Schlächter. Der Kreisarzt!

Das war kein Zufall mehr, das war eine mir listig gestellte Falle! Verdammte Magda! Sie wollte mich reinlegen, sie handelte schnell, das mußte ich zugeben. Aber auch ich war klug, ich mußte mich verstellen, listig sein, Scharfsinn mit Scharfsinn übertrumpfen.

"Nun", lachte ich plötzlich heiter, "zwei Ärzte, die werden ja wohl mit einem armen Berauschten fertig werden, was? Machen Sie es gnädig mit mir, meine Herren!" Damit setzte ich mich hinten in den Wagen, während die beiden anderen Herren, ebenfalls lachend, vorn Platz nahmen. Wir wollten schon losfahren, als Elinor aus dem Hause gelaufen kam. Sie trug in den Händen ein häßliches, in Zeitungspapier gewickeltes Paket, sie reichte es mir in den offenen Wagen. Laut sagte sie: "Das sind Ihre Schuhe, die Sie neulich nachts hier vergessen haben!" Höhnisch lachend sah sie mich mit ihrem weißen, großen Gesicht und den farblosen Augen an. Ihr Mund war sehr rot. Nach einem betretenen Schweigen fragte der Arzt: "Können wir jetzt fahren?"

Ich antwortete: "Ja", und der Wagen fuhr los.

12.

Ich bin völlig außerstande, meine Stimmung während dieser Fahrt zu schildern. Abgrundtiefe Verzweiflung wechselte mit einer lähmenden Apathie, die mich selbst in diesem Zustande noch erschreckte. Es war, als läge ich in einem schweren Schreckenstraum gefangen, jeden Augenblick nahe dem Erwachen, und konnte doch nicht wach werden, geriet in immer tiefere, immer grausigere Schrecknisse. Neben mir auf dem Sitz lag das Paket mit den Schuhen, das Zeitungspapier hatte sich geöffnet, und ich sah sie da liegen, mit verwischtem Staub beschmutzt, eine Sohle sah mich an: einfach abscheulich. Abscheulich diese Tat der hübschen Elinor, würdig einer Königin des Schnapses.

›Ja‹, dachte ich, ›so narrt und quält der Alkohol seine Jünger. Solcher Überraschungen ist nur er fähig. Man meint, sicher zu sein, sich gut verstellt, das Schlimmste überwunden zu haben, und plötzlich steckt er seine grinsende Teufelsfratze hervor, zerfleischt mit seinen Klauen deine Brust, läßt dich erbeben, vernichtet deine Würde ... La reine d'alcool – sehe ich dich je wieder, bekommst du keine gute Stunde mit mir, Elinor!‹

Ich hielt es nicht mehr aus. Mit einem Blick vergewisserte ich mich, daß die beiden Herren vor mir in ein eifriges Gespräch vertieft waren; ich zog die Flasche aus der Tasche, entkorkte sie vorsichtig und tat ein paar kräftige Schlucke. Aber ich hatte nicht an den Rückspiegel über dem Führersitz gedacht.

"Nicht zuviel jetzt, und nicht zu hastig, mein lieber Herr Sommer", sagte Doktor Mansfeld und hob vom Steuer eine mahnende Hand. "Wir hätten nachher gerne noch ein vernünftiges Wort mit Ihnen gesprochen!"

Dieser Schurke, dieser glatte medizinische Schurke! Jetzt, da er mich in seinem Wagen hatte, ließ er die Maske fallen: nicht nach meinem Heim wurde ich gefahren, sondern zu einer ärztlichen Besprechung, bei der ganz zufällig auch der Medizinalrat als Kreisarzt zur Hand war! Von da an war ich ganz ruhig und gesammelt. Der eben getrunkene Schnaps verlieh mir neue Kraft und Konzentration. Ich hatte ein festes Ziel vor Augen: diese Unterredung fürs erste unter allen Umständen zu vereiteln. Später, unter für mich günstigeren Umständen gerne, aber heute, so überlistet, auf Bestellung meiner Gnädigsten: ›Da muß ich schon danken, meine Liebe!‹

Das Auto fuhr und fuhr, schon waren wir im Außenbezirk unserer Stadt, und noch immer hatte sich keine Möglichkeit geboten, als Teilnehmer an dieser Fahrt auszuscheiden. Dann aber kam aus dem Fuhrhof von Hases einer seiner großen Lastzüge mit zwei Anhängern etwas überraschend hervor. Schon, während der Doktor den Wagen auf die linke Straßenseite hinüberriß, dabei scharf bremsend, hatte ich leise die Wagentür geöffnet, nun, da der Lastzug passiert war, und der Arzt schon wieder Gas gab, sprang ich leicht ab, einen Augenblick taumelte ich, rannte vorwärts neben dem Wagen, drohte zu fallen und hatte mich gefangen. Ich stand, winkte mit der Hand dem Wagen nach, den Passanten vorgebend, dieses plötzliche Aussteigen sei mit Wissen der Insassen geschehen, und schritt dann rasch, rechts von der Straße abbiegend, am Zaun des Fuhrhofes hoch, zu einer kleinen verfallenen Kolonie, die man in der Stadt nur ›Das Scheunenviertel‹ nannte. Ich schüttelte mich innerlich vor Lachen, daß die beiden weisen Ärzte von ihrer Expedition nichts heimbrachten als die Schuhe des Trinkers.

13.

Am unangenehmsten in meiner augenblicklichen Situation war es, daß ich praktisch ohne einen Pfennig Geld auf der Straße stand. Nach Haus an meinen Schreibtisch, wo wenigstens etwas lag, konnte ich nicht gehen, denn ich mußte mit Bestimmtheit annehmen, daß die Ärzte, sobald sie mein Fehlen merkten, dort zuerst nach mir sehen und Madame Magda Bericht erstatten würden. Für einen Bankbesuch war es zu spät, die Schalter waren schon seit zwei Stunden geschlossen; eben, als ich dies auf meiner Uhr festgestellt hatte, fiel mir ein, daß ich ja noch diese Uhr besaß, dazu einen schweren goldenen Siegelring und schließlich einen auch ganz durablen Ehering, der nach meinem heutigen Auftritt mit Magda auch seinen eigentlichen Sinn verloren hatte. Ich war also keinesfalls von allen Mitteln entblößt, und getrost lenkte ich meine Schritte in die eine enge und schmutzige Gasse, die durch das ›Scheunenviertel‹ führte. Diese Kolonie war in den Elendsjahren nach dem Weltkriege aus einem Barackenlager entstanden. Die ehemaligen Baracken waren durch mancherlei An- und Umbauten verändert, aber nicht verschönert worden. Dazwischen standen kleine rote Steinhäuschen, die schon wieder verfielen, ehe sie noch recht fertig geworden waren. Zögernd ging ich die Gasse entlang, selbst sehr unsicher, was ich hier eigentlich sollte und wollte, als mein Blick auf ein Fenster in einem solchen Steinkasten fiel, in dem das bekannte rote Schild hing, das meist Vermietungen anzeigt. Ich trat näher und las, daß hier tatsächlich ein behaglich möbliertes Zimmer an einen anständigen Herrn zu vermieten sei. Eine Klingel gab es nicht an diesem Haus, ich trat durch eine offene Tür und geriet sofort in eine Küche, die ganz vom Wrasen kochender Wäsche erfüllt war. Ich konnte niemanden sehen, so rief ich mit lauter Stimme ein ›Hallo!‹, und aus dem Wrasen tauchte ein langer, vornübergebeugter, aber noch junger Mann auf, gelblich bleich, mit einem weichen dunklen Vollbart und etwas hellerem bräunlichem Haar, das in der Strähne über der Stirn einen goldigen Schein hatte. Dieser Mann musterte mich mit einigem Erstaunen und fragte dann sehr höflich, mit sanfter Stimme, was mir zu Diensten stünde.

"Ich möchte mir das Zimmer ansehen, das zu vermieten ist."

"Für Sie selbst?" fragte der Mann und rieb hüstelnd seine Hände aneinander. Ich bejahte.

"Es wird kein Zimmer für den Herrn sein, nicht fein genug für den Herrn, es ist ein Arbeiterzimmer, mein Herr."

"Immerhin, zeigen Sie es mir", beharrte ich.

Er ging mir schweigend voran, eine Treppe hinauf, über einen unausgebauten Boden, öffnete die Tür zu einem einfenstrigen Zimmerchen mit schrägen Wänden, das im Giebel ausgebaut war. In seiner Einrichtung ähnelte es fast ganz dem primitiven Zimmer von Elinor, und unwillkürlich trat ich an das Fenster, um zu sehen, ob auch hier ein schräges Pappdach Fluchtmöglichkeiten bei überraschendem Besuch böte. Nein, dieses Pappdach fehlte hier, dafür aber gab es einen ganz überraschenden Ausblick auf meine Vaterstadt. Sie lag vor mir, ein wenig unter mir, mit ihren rotbraunen Dächern, ihren drei spitzen Kirchtürmen und ihrem einen rundköpfigen Rathausturm; grün umlaubt schlängelte sich der Fluß hindurch, verschwand hier und blitzte dort auf, und, indem ich seinen Lauf mit dem Auge verfolgte, sah ich in der Ferne, schon zwischen dem Grün der Gärten und Felder, von bläulichem Dunst verschleiert, ein Dach, mein Dach.

"Es ist eine schöne Aussicht", sagte ich nach einer Weile.

Der Mann hinter mir hüstelte.

"Ein Arbeiter", sagte er, "fragt nichts nach der Aussicht, er fragt, ob das Bett auch gut ist, und das Bett ist gut, Herr."

"Was soll das Zimmer kosten?" fragte ich.

"Sieben Mark die Woche", sagte der Mann, "und wir wechseln jede Woche die Wäsche."

"Ich möchte hier auch essen", sagte ich, "ich will in aller Stille hier ungestört zwei bis drei Wochen wohnen und an einer Arbeit schreiben. Ich werde das Haus kaum verlassen; läßt sich das einrichten? Ich stelle keine großen Ansprüche."

"Unser Essen ist für den Herrn zu einfach", sagte der Mann. "Aber ich kann für Sie Essen aus einem Gasthaus holen lassen, wenn Ihnen das recht ist."

"Gut", sagte ich, "ich nehme das Zimmer. Mein Koffer kommt morgen. Lassen Sie mir dann Abendessen holen." Und ich setzte mich an den Tisch.

"Ich bitte um eine kleine Anzahlung, mein Herr", sagte mein Wirt und zog an seinen Händen, daß die Knöchel knackten. "Wir sind arme Leute, mein Herr ..."

"Setzen Sie sich", sagte ich zu meinem Wirt. "Ach, bitte, ich sehe da auf dem Waschtisch ein Wasserglas, wenn Sie das bitte holen wollten."

Mein Wirt tat es und nahm auf meine nochmalige Aufforderung am Tische Platz.

"Wie heißen Sie?"

"Lobedanz", antwortete er. "Der Name klingt zwar etwas komisch ..."

"Ich kümmere mich nicht darum, ob Ihr Name komisch ist oder nicht, Herr Lobedanz", sagte ich gönnerhaft, "jetzt wollen wir erst einmal anstoßen."

Ich goß ihm das Glas halb voll – trotz seines Protestes – und griff nach der Flasche.

"Ich kann ja auch einmal aus der Flasche trinken", sagte ich lachend. "In unserer Jugend haben wir das alle getan."

Er lächelte matt und nahm ein Schlückchen, während ich kräftig trank.

"Ich muß Sie bitten, Herr Lobedanz", sagte ich dann geläufig, "daß Sie mir auch eine Flasche Korn mit dem Abendessen mitbringen lassen, aber keinen Fusel, bitte, sondern den besten, der für Geld zu haben ist."

Ich sah, wie er die Lippen bewegte, und ahnte schon, was er sagen wollte.

"Was nun die Anzahlung angeht, so muß ich Ihnen sagen, daß ich mich ganz plötzlich zu dieser Arbeit entschlossen habe." Ich fing den Blick meines Wirtes auf, der nachdenklich meine offene und völlig leere Aktentasche betrachtete. Ich lachte.

"Nun, ich will Ihnen die Wahrheit gestehen, Herr Lobedanz. Das von der Arbeit, die ich hier in aller Stille schreiben will, ist natürlich Schwindel. Die Wahrheit ist, daß ich mich heute nachmittag ziemlich heftig mit meiner Frau verzankt habe. Und um die etwas zu ängstigen, will ich für ein oder zwei Wochen verschwinden. Verstehen Sie, ich will sie ein bißchen auf den Proppen setzen!"

Herr Lobedanz nickte.

"Ich will ihr begreiflich machen, wie das ist ohne Mann, nicht wahr?"

Wieder nickte Herr Lobedanz.

"Sie soll einmal fühlen lernen, wie nützlich ich ihr bin, wie unentbehrlich!"

Wieder nickte Herr Lobedanz, dann sagte er mit seiner sanften, fast flüsternden Stimme: "Trotzdem, mein Herr, ohne Anzahlung kann ich Sie nicht aufnehmen. Wir sind sehr arme Leute hier im ›Scheunenviertel‹, mein Herr, und ein Abendessen aus einem guten Gasthof und eine Flasche Korn vom Besten kosten viel Geld."

"Sie werden Geld, soviel Sie brauchen, morgen früh bekommen, Herr Lobedanz", sagte ich überredend. "Morgen früh um neun Uhr stehe ich auf meiner Bank und hole Geld ab."

"Nein", sagte mein Wirt, "es tut mir leid, mein Herr, ich hätte Sie gerne als Gast gehabt, einen gebildeten Mann, der seine Frau ein bißchen ängstigen will – nach Herrenart. Wir, wir schlagen unsere Frauen, das ist einfacher und billiger."

"Nun ja, nun ja", lachte ich ein bißchen verlegen. "Ich weiß nur nicht, ob ich bei einer Schlägerei mit meiner Frau nicht den kürzeren ziehen würde, ich fürchte, sie ist die Stärkere."

Ich lachte und trank.

"Aber da es Ihnen so um eine Anzahlung zu tun ist, will ich Ihnen einen Ring zum Pfand geben."

Ich zog erst den Siegel-, dann den Ehering vom Ringfinger der rechten Hand. Einen Augenblick schwankte ich, dann gab ich Lobedanz den Ehering.

"Es wäre mir lieb, wenn Sie ihn in Pfand behielten, als Sicherheit bis morgen früh, und ihn nicht weitergäben."

Herr Lobedanz nahm den Ring aus meiner Hand.

"Wir sind sehr arme Leute, mein Herr", sagte er wieder mit seiner flüsternden Stimme. "Wir haben keine drei Mark im Hause. Aber ich werde den Ring bei einem ganz sicheren Mann in Pfand geben, und morgen mittag lösen wir ihn dann wieder aus."

"Schön, schön", antwortete ich plötzlich gelangweilt und doch auch wieder durch all diese Umständlichkeiten gereizt. "Aber sehen Sie jetzt auch zu, daß Essen und Korn möglichst bald kommen, vor allem der Korn. Sie sehen, in der Flasche ist fast nichts mehr, und wie Sie wissen, muß man Kummer ersäufen."

"Es wird alles ganz schnell gehen, mein Herr", flüsterte mein Wirt sanft und schloß die Tür. Ich aber warf mich auf das Bett und trank. So wurde ich mit Lobedanz bekannt, einem der gemeinsten Schurken und Heuchler, die ich in meinem Leben kennengelernt habe.

14.

10. 9. 44

Für diese Nacht hatte ich mir den festen Plan gemacht, nach Mitternacht in mein Heim zu gehen, dort einen Koffer mit Wäsche, Kleidern und Toilettenzeug zu packen und an Geld zu holen, was dort in meinem Schreibtisch lag. Denn ich hatte wirklich vor, einige Wochen bei Lobedanz in aller Verborgenheit zu leben. Mir schwebte vor, mich dort selbst in aller Stille des Alkohols zu entwöhnen; den ersten Tag wollte ich noch das gewohnte Quantum trinken, den folgenden Tag um ein Drittel weniger und so immer weiter, bis ich nach etwa zwei oder drei

Wochen als nüchterner Mann vor Magda und die Ärzte treten und fragen konnte: ›Was wollt ihr nun eigentlich von mir?!‹

Ich hielt es für sehr möglich, daß mich Magda bei dieser nächtlichen Packerei überraschte, aber ein Zusammentreffen mit ihr scheute ich nicht, nein, ich wünschte es eher. In der Stille der Nacht würde ich ihr ungestört einige bittere Wahrheiten über die Gemeinheit sagen können, einem Mann, mit dem sie immerhin eine fünfzehnjährige Ehe verband, hinterlistig Ärzte auf den Hals zu hetzen. Sie hatte die Kameradschaft zwischen uns gebrochen, und ich zweifelte je länger, je weniger daran, daß sie letzten Endes nur nach einer Vormundschaft über mich und nach meinem Besitz trachtete. Das alles wollte ich ihr ganz unverblümt sagen.

Leider wurde aus meinem schönen Plan nichts. Wieder einmal spielte mir der Alkohol einen bösen Streich. Nicht, daß es mich, wie schon einige Male vorher, in einen betäubten, traumlosen Schlaf niederwarf, der mich die richtige Stunde versäumen ließ, nein, diesmal hatte ich ein viel schlimmeres Erlebnis: mein Körper verweigerte mir den Dienst, mein Magen streikte. Ich hatte noch, mit einigem Widerwillen wohl, aber aus Pflichtgefühl, einen Teil des geholten, ganz ordentlichen Abendessens zu mir genommen und hinterher kräftig getrunken. Ich hatte mich aufs Bett gelegt und war bereit, in einem dämmernden Halbschlummer die Stunde meines Fortgehens heranzuwarten; da fing mein Magen an zu würgen, er empörte sich, ich mußte hoch, ich mußte endlos und unter qualvollen Schmerzen erbrechen. Mein ganzer Körper war mit Schweiß bedeckt, meine Hände und meine Knie zitterten, mein Herz pochte laut und schmerzhaft, zögernd, als wollte es jeden Augenblick aussetzen. In meinen Augen standen Tränen, es flimmerte vor ihnen, durch mein Hirn zogen Schleier, oft war ich bewußtlos. Endlich lag ich wieder auf meinem Bett, zu Tode erschöpft, von einer wahnsinnigen Angst gepackt: Nahte jetzt schon das Ende? So schnell schon? Ich hatte doch noch gar nicht lange und gar nicht übermäßig viel getrunken? Wurde man so schnell zu einem Trinker? So rasch also baute der Alkohol einen Körper ab? Nein, ich wollte noch nicht sterben! Ich hatte diese Trinkerzeit immer nur als ein Durchgangsstadium angesehen; ich war überzeugt gewesen, daß ich mit ihr jederzeit Schluß machen könnte, ohne Schädigung für mich – und nun schon sollte alles zu Ende sein? Nein, das war unmöglich! Ich wollte nicht, ich würde wieder gesund sein, bald schon, vielleicht morgen schon; dieses gallenbittere Brechen mußte eine andere Ursache haben! Sicher war etwas an dem Abendessen gewesen! Es ist seltsam, daß ich in diesem Zustand schwerster Vergiftung mit keinem Gedanken dem Alkohol abschwor. Im Gegenteil, ich vermied es ängstlich, an ihn auch nur zu denken. Er konnte nicht die Ursache sein, ihn konnte ich nicht aufgeben. Er war mein einziger guter Freund in diesen Tagen der Verlassenheit und Erniedrigung! Und kaum hatte ich mich ein wenig erholt, kaum gingen Atem und Herz etwas ruhiger, da griff ich wieder zur Flasche, trank von neuem, die Träume zu rufen, das Vergessen zu rufen, einzugehen in das süße Nichts, in dem man weder Sorgen noch Freuden kennt, in dem man weder Vergangenheit noch Zukunft hat.

Eine Weile tat der Schnaps auch seine Schuldigkeit; entspannt und ein wenig glücklich lag ich da. Dann jagte mich wieder das Erbrechen hoch, ein noch viel qualvolleres, würgenderes Erbrechen, da der Magen nun nichts mehr enthielt als die paar Schlucke Schnaps.

So verbrachte ich diese Nacht, zwischen Trinken und Brechen; schließlich konzentrierte ich meinen ganzen Willen nur darauf, mit aller Kraft das Brechen möglichst lange zurückzuhalten, damit der Alkohol doch einige Minuten Zeit hätte, durch die Schleimhäute des Magens in den Körper überzugehen, ehe ihn neues Würgen heraustrieb. Es war so schade um den schönen Schnaps!

Endlich fiel ich gegen Morgen in einen unruhigen Schlaf der Erschöpfung, durch den wüste, mich quälende Traumbilder gaukelten. Lobedanz weckte mich aus ihm, er stand unter der Tür und bemerkte hüstelnd, daß es gleich neun sei, ob er den Kaffee bringen solle? Ich sagte ihm unwillig, daß ich auf Kaffee verzichte, er solle mir sofort eine neue Flasche holen lassen.

Ohne auf meine Worte zu achten, fing er an, die wüste Unordnung im Zimmer zu beseitigen, öffnete auch das Fenster, durch das frische Luft und Sonne eindrang. Erschöpft, matt, wehrlos blinzelte ich ins Licht.

"Machen Sie doch zu, Lobedanz", bat ich ärgerlich. "Ich habe eben die Flasche leergetrunken, sorgen Sie sofort für eine neue!"

"Sie wollten doch um neun auf Ihre Bank gehen, mein Herr", erinnerte mich Lobedanz auf seine leise, flüsternde Art. "Es ist neun." "Ich kann jetzt nicht gehen", sagte ich ärgerlich. "Sie sehen doch, daß ich krank bin, Lobedanz. Ich werde morgen gehen oder heute nachmittag. Jetzt holen Sie erst den Schnaps."

"Dann muß ich den Ring verkaufen, mein Herr", sagte Lobedanz. "Der Pfandleiher hat mir nur fünfzehn Mark darauf geben wollen; wenn ich ihn verkaufe, bekomme ich fünfundzwanzig Mark."

"Fünfundzwanzig Mark!" rief ich empört. "Der Ring hat neu neunzig Mark gekostet!"

"Jetzt ist es ein alter Ring, und der Pfandleiher will auch leben, Herr", flüsterte Lobedanz gleichmütig. "Wenn ich den Ring für fünfundzwanzig Mark verkaufen darf, ist der Korn sofort hier."

"Und wie können fünfzehn Mark schon alle sein?" rief ich erbittert. "Ein Abendessen und eine Flasche Korn – das macht doch keine fünfzehn Mark!"

"Und die Zimmermiete, mein Herr?" fragte Lobedanz einschmeichelnd. "Soll ich armer Mann gar nichts haben? Ich muß Ihnen übrigens zwölf Mark für die Stube rechnen, Herr ... Ich weiß, ich weiß", sagte er eilig und knackte wieder einmal besonders laut und ekelhaft mit seinen Gelenken. "Ich habe sieben Mark gesagt, und ich bin ein Mann von Wort. Aber Sie machen viel Wirtschaft, Herr, und Sie richten das Zimmer hin, und Sie gehen mit Kleidern und Schuhen ins Bett, das ruiniert die Wäsche! Das kostet alles Geld, und wir sind sehr arme Leute ..."

"Spitzbuben seid ihr", schrie ich wütend. – "Scheren Sie sich zum Teufel, ich ziehe!"

"Sehr wohl, mein Herr", sagte Lobedanz und ging.

Aber natürlich blieb er der Sieger, nach einer Weile stand ich, vom Durst gepeinigt, auf und ächzte die Treppe hinab und rief ihn. (Lange ließ Lobedanz sich rufen.) Und ich schmeichelte ihm und gab ihm die Erlaubnis, meinen Ehering für fünfundzwanzig Mark zu verkaufen – und dann endlich, nach einer langen, langen Zeit qualvollen Wartens bekam ich eine neue Flasche Korn und konnte wieder trinken und brechen, trinken und brechen. So wurden aus einem Tag ein zweiter und ein dritter und eine Reihe von Tagen, und ich verließ die Stube bei Lobedanz nie ...

15.

In dieser ersten Woche, die ich bei Lobedanz zubrachte, gingen meine beiden Ringe, meine goldene Uhr und meine Aktentasche in seinen Besitz über. Ich bin fest davon überzeugt, daß der Pfandleiher nur eine vorgeschobene Person und daß der eigentliche Erwerber meiner Goldsachen der ›sehr arme Mann‹ Lobedanz selbst war. Was ich dafür bekam, war lächerlich wenig. Vielleicht zwölf bis vierzehn Flaschen Schnaps, die Flasche zu vier Mark gerechnet (übrigens holte er auch immer mindere Qualitäten) und dann und wann ein wenig Essen. Denn ich aß fast gar nichts mehr. Sah ich mich jetzt gelegentlich im Spiegel an, so betrachtete ich mit grausamer Wollust mein Gesicht, das, von alten Bartstoppeln bedeckt, gedunsen und doch abgezehrt, ja, wie ausgebrannt aussah. ›So zerstört man sich selbst‹, sagte ich mir dann frohlockend. Und gleich dachte ich weiter an Magda und wie sie erschrecken würde, wenn sie mich in diesem Zustand sähe, und wie ich es ihr dann ins Gesicht schleudern würde, daß sie, sie allein die schmähliche Ursache dieser Veränderung sei!

Gesundheitlich ging es mir sehr wechselnd in diesen Tagen. An die geplante Entwöhnung dachte ich natürlich mit keinem Gedanken mehr, ich trank, soviel ich in meinen Magen bekommen konnte. Meistens streikte er, und ich hatte viel Mühe, mein Quantum in mich hineinzubekommen; zu anderen Zeiten war er aus rätselhaften Gründen willig genug, zu schlucken und zu behalten, was er bekam. Dann hatte ich gute Stunden. Dann saß ich am Fenster, die Flasche immer dicht bei mir, ich sang leise vor mich hin, alte Volks- und Wanderlieder, und sah dabei hinaus auf die Stadt unter mir, bis zu dem Haus hin, das fern im bläulichen Dunste lag und das das meine war. Dann dachte ich daran, was Magda jetzt wohl tun würde; und in diesen Stunden war ich fest davon überzeugt, daß ich sie liebte wie eh und je, und daß sie es war, die unsere Liebe verraten hatte. Dann malte ich mir aus, wie ich eines Tages gesund und fröhlich heimkehren würde: Irgendwie war ich auf geheimnisvolle, aber sehr rechtliche Weise in den Besitz von viel Geld gelangt, und ich machte alle glücklich, und alle bewunderten mich, und wenn sie nicht gestorben sind, so leben sie heute noch.

Aus solchen kindischen Träumen erweckte mich Lobedanz rauh genug. Er eröffnete mir, daß es weder Schnaps noch Quartier bei ihm mehr gäbe, wenn ich nicht sofort Geld herbeischaffte ... Wir gerieten in ein endloses Gezanke, von seiner Seite immer höflich, leise, einschmeichelnd, von der meinen grob, mit jähzornigem Aufflammen und dann fast wieder in Tränen schwimmend. Aber es half mir gar nichts, daß ich ihm immer wieder vorwarf, zu welchen Wucherpreisen er meine Goldsachen an sich gebracht, wie wenig, fast nichts, er dafür geliefert; er verschanzte sich hinter den Pfandleiher, der eben nicht mehr geben wollte, schwor Stein und Bein, daß er noch nicht einen Pfennig an mir verdient habe, und blieb unerbittlich dabei, daß ich Geld schaffen oder ziehen müßte. Ja, schon jetzt machte er dunkle Andeutungen, daß sich die Polizei vielleicht sehr für Personen wie mich interessieren würde, und daß eigentlich solch Wohnen ohne jede Anmeldung gar nicht zulässig sei und ihn in Gefahr bringe. Auf dieses drohende Geschwätz gab ich damals noch gar nichts. Aber gewiß war es mir, daß ich Geld schaffen mußte, der sanfte Lobedanz war hart wie ein Kieselstein.

Das einzige, was ich von ihm erreichte, war, daß er mir noch eine Flasche Korn ›in Vorschuß‹ besorgte, damit ich für meine nächtliche Expedition auch ›frisch‹ sei. Ich hatte gerade einen meiner ›guten‹ Tage, das heißt einen Tag, an dem mein Körper dem Alkohol gut gesinnt war; das war noch ein Glück. An einem anderen Tage hätte ich eine solche Wanderung unmöglich unternehmen können. Daß der Weg zur Bank mir versperrt war, wußte ich: Dort hatte man bestimmt schon längst mein Verschwinden angezeigt und die Weisung gegeben, bei einem etwaigen Auftauchen von mir nichts ohne vorherige Benachrichtigung zu zahlen. Ich mußte also in mein eigenes Haus einbrechen. Der Gedanke, dabei Magda zu begegnen, war mir heute, da mir eine solche Begegnung ziemlich sicher war, nicht so angenehm wie vor einer Woche, da ich von ihr nur geträumt hatte. Aber es mußte sein. Ich schob die Kornflasche in meine Hosentasche – der sanfte Lobedanz hatte mir hartnäckig die leihweise Hergabe meiner Aktentasche verweigert – und machte mich auf den Weg. Es war kurz nach Mitternacht. Lobedanz ließ mich aus dem Haus und flüsterte mir zu, daß es sehr dunkel sei. Ich sollte mich besonders auf der Brücke über den Fluß in acht nehmen. "Ich warte auf Sie, Herr", flüsterte er. "Es kann noch so spät werden. Ich halte eine Flasche für Sie bereit. Und dann, Herr", er flüsterte immer leiser, "dann, Herr, wenn Sie noch etwas Schmuck oder auch Silber haben – ich habe jetzt einen Händler an der Hand, der sehr anständige Preise zahlt, nicht so wie dieser Scheißkerl – bringen Sie, was Sie kriegen können, ich werde schon gut für Sie sorgen."

›So fängt man Gimpel‹, dachte ich im Gehen und war dabei doch Gimpel genug, dem geschickten Lobedanz meine Anerkennung nicht zu versagen, weil er als Preis für meine Rückkunft eine Flasche Korn bereithielt. Freilich hatte ich ganz andere Pläne, von denen er nichts ahnte. Das Gehen wurde mir viel leichter, als ich gedacht hatte, ich empfand auch kaum ein Bedürfnis zu trinken. Ich war wohl ziemlich aufgeregt. Gut erinnere ich mich, daß ich mich den ganzen langen Weg ängstlich bemühte, nicht an das Bevorstehende zu denken. Ich sagte mir alle Gedichte, die ich aus meiner Schulzeit noch auswendig wußte, immer wieder her und ertappte mich doch dabei, daß ich zwischen zwei Versen mit Magda sprach oder überlegte; welchen Handkoffer ich als den zweckmäßigsten wählen sollte.

Schließlich, nach fast dreiviertelstündigem Marsch, war ich vor der Gartenpforte meiner Villa angelangt. Vor kurzem hatte es von den drei Kirchtürmen der Stadt ein Uhr geschlagen. Ich zog die Pforte leise hinter mir zu und ging, unter Vermeidung der bekiesten Wege, über das Gras um mein Haus herum. Es lag alles still und dunkel. Lange stand ich unter Magdas Schlafzimmerfenster und meinte, ihren ruhigen Atem zu hören; es war aber nur mein eigenes Herz, das unruhig und laut in der eigenen Brust pochte. Als ich darüber nachdachte, daß ich hier bei meinem eigenen Haus, fünf Meter von meiner eigenen Frau als ein mittelloser Fremdling in der Nacht stand, seit einer Woche nicht mehr gewaschen und rasiert, da überkam mich ein solches Mitleid mit mir selbst, daß ich in bittere Tränen ausbrach. Ich weinte lange und schmerzlich, am liebsten wäre ich zu Magda ins Zimmer gedrungen und hätte mich von ihr trösten lassen. Schließlich erwies sich aber auch hier der Schnaps als der beste Tröster; ich trank lange und sehr viel. Mein Schmerz beruhigte sich. Ich kämpfte eine Neigung, erst eine Weile zu schlafen, nieder und ging zurück an die Vorderseite des Hauses.

16.

Ich stehe in Strümpfen auf der Diele meines Hauses, die Schuhe habe ich schon im Vorplatz gelassen. Es ist noch dunkel, aber nun tastet meine Hand nach dem Schalter, ein leises Knacken, und es wird hell. Ja, hier bin ich wieder bei mir zu Hause, hier gehöre ich her, in diese Ordnung und Sauberkeit! Mit einer fast andächtigen Scheu betrachte ich diese kleine schmucke Diele mit dem resedafarbenen Teppich, von dem längst die häßlichen Spuren jener düsteren Nacht getilgt sind; ich sehe den Kleiderständer an, an dem ordentlich auf Bügeln nebeneinander Magdas grüne Kostümjacke und ein bläulicher Sommermantel hängen – und nun schleiche ich mich zum Spiegel, zu dem großen, langen Spiegel, in dem man sich von oben bis unten sehen kann, und ich betrachte mich von oben bis unten. Und ein fürchterlicher Schrecken packt mich, wie ich mich da stehen sehe in meinen ausgebeulten, beschmutzten Kleidern, mit dem grauschwarzen Halskragen, dem stoppligen fahlen Gesicht, den rotgeränderten Augen.

›Das ist aus mir geworden!‹ schreit es in mir, und mein erster Impuls ist es, hinüberzustürzen zu Magda, vor ihr auf die Knie zu fallen und sie anzuflehen: ›Rette mich! Rette mich vor mir selbst! Birg mich an deinem Herzen!‹ Aber diese Regung verfliegt; ich lächle mein Spiegelbild listigverschlagen an.

›Das möchte sie‹, denke ich. ›Und dann ab mit dem Mann in eine Trinkerheilanstalt und rein in Geschäft und Vermögen!‹

Listig sein. Immer listig sein. Und ich rücke mir eilig einen Stuhl an den großen Kleiderschrank in der Diele, ich lange hinauf und hole mir einen Handkoffer herunter, den besten Handkoffer, den wir besitzen, einen vollrindledernen; eigentlich gehört er sogar Magda, ich habe ihn ihr einmal zum Geburtstag geschenkt. Aber darauf kommt es jetzt nicht an, außerdem – gehört nicht Eheleuten alles gemeinsam? In der nächsten Viertelstunde entfalte ich eine fieberhafte Tätigkeit, ich packe meinen Mantel ein, zwei Anzüge, Wäsche. Aus dem Badezimmer hole ich mein Toilettenzeug. Magda wird sich morgen früh wundern! Aus dem Schuhschrank hole ich zwei Paar Schuhe, Hausschuhe – ich richte alles wie zu einer großen Reise. Und jetzt ist mir wirklich so, als würde ich eine große Reise antreten, vielleicht, vielleicht ist Elinor diesmal zugänglicher. Nun bin ich mit all diesen Dingen fertig, und ehe ich jetzt an das Schwerste gehe, setze ich mich einen Augenblick auf die Diele, trinke und ruhe mich aus. Ich merke doch sehr, wie schwach ich in den letzten Wochen geworden bin, dies bißchen Packen hat mich über Gebühr angestrengt, mein Herz flattert, ich bin von Schweiß bedeckt.

Dann mache ich mich wieder ans Werk. Bis jetzt ist alles ausgezeichnet gegangen, ich habe kein Geräusch gemacht, das einen normalen Schläfer erwecken könnte, nichts fiel mir aus den Händen. Aber, wie gesagt, das Schwerste steht mir noch bevor. Ich ziehe die Schieblade unter dem Spiegel auf, und siehe, da liegt wirklich die elektrische Taschenlampe! Ich knipse, und siehe, sie brennt tatsächlich! Es geht doch nichts über einen gutgeordneten Haushalt – heil dir, Magda! Ich knipse alles Licht aus und schleiche mit der Taschenlampe in unser Wohnzimmer. Es liegt direkt neben dem Schlafzimmer und ist von ihm nur durch eine zweiflüglige, mit bunten Glasscheiben verzierte Tür getrennt, durch die jeder Lichtschein und jedes Geräusch dringen. Im Dunkeln taste ich mich zum Schreibtisch hin, in dessen Mittelfach in einer kleinen Geldkassette unser Bargeld liegt. Im allgemeinen ist dort nur das für den Haushalt notwendige Geld, also nur wenig; haben wir abends aber noch Einnahmen im Geschäft gehabt, die zur Bank zu bringen es zu spät war, so nahmen wir das Geld mit hierher. Ich war doch sehr gespannt, wieviel ich finden würde. Es gelang mir, das Fach ohne jedes Geräusch zu öffnen und die Kassette herauszuholen; ich brauchte nicht einmal die Taschenlampe anzuknipsen. Ebenso fand ich im völlig Dunklen das neben der Kassette hegende Scheckbuch. Ich schob es in die Tasche und trug die Kassette behutsam Schritt für Schritt in die Diele, setzte sie erst ab, schloß die Tür und knipste das Licht an. Es klingt seltsam, aber ich habe so etwas wie ein Gebet verrichtet, ehe ich die Kassette aufschloß. Ich betete zu dem so lange vergessenen lieben Gott, er möge es doch bewirken, daß recht viel Geld in der Kasse sei. Viel Geld, um dieses Leben zwischen Trunkenheit und Übelkeit noch lange fortzusetzen, noch viel mehr Geld, um Elinor, la reine d'alcool, zu verführen, mit mir auf Reisen zu gehen. Mit keinem Gedanken beschäftigte mich die Lage, in die ich mein eigenes Geschäft durch solch eine Entnahme bringen würde. Ja, ich glaube, wenn ich daran gedacht hätte, ich hätte um so mehr frohlockt, je größer der Schaden für meinen eigenen Betrieb geworden wäre. Ich hatte also mein Gebet verrichtet und öffnete die Kassette. Ich hob das obere Fach ab, in dem nur Hartgeld lag, und sah gierig nach den Scheinen. Meine Enttäuschung war grenzenlos. Nur ganz wenige Scheine lagen da; als ich sie durchzählte, waren es nicht viel mehr als fünfzig Mark. Ich sehe mich noch da stehen, die wenigen Scheine in der Hand, ein eisiges Gefühl im Herzen.

›Dies ist das Ende‹, dachte ich, ›das reicht weder für Elinor noch für Lobedanz. In zwei, drei Tagen ist dies Geld zu Ende, und dann gibt es nur ergeben, zu Kreuze kriechen, die Kaltwasser-Heilanstalt, die endgültige Aufgabe aller Hoffnungen.‹

So stand ich da, den Tod im Herzen, lange, lange …

Dann kam wieder Leben in mich. Ich sah wieder Lobedanz' gelbliches Gesicht vor mir mit dem dunklen Vollbart; ich hörte seine sanfte Stimme etwas von Schmuck und Silber flüstern … Schmuck kam nicht in Frage. Das bißchen Schmuck, das Magda besaß, war kaum etwas wert, außerdem bewahrte sie ihn im Toilettentisch des Schlafzimmers auf.

Aber Silber – ja, Silber hatten wir. Schönes, schweres, altes Tafelsilber, ein Gelegenheitskauf auf einer Auktion. Im Koffer war noch Platz genug … Ich trank schnell und viel, ich trank die ganze Flasche auf einmal leer. Es war noch gut ein Drittel in ihr gewesen. Einen Augenblick überschwemmte die plötzliche starke Alkoholzufuhr meinen Körper wie mit einer roten Woge, ich schloß die Augen, ich zitterte. Würde ich brechen müssen? Aber der Anfall ging vorüber, ich hatte mich wieder in der Gewalt. Rasch ging ich ins Speisezimmer und knipste dort den Kronleuchter an. Die eben noch so ängstlich gewahrte Vorsicht brauchte ich nun nicht mehr. Ich schloß das Büfett auf und nahm das Silber, das dutzendweise in Flanellfutteralen steckte (wir brauchen es nur bei festlichen Gelegenheiten) heraus. Ich häufte es erst neben mir auf, dann trug ich es fort, große Löffel, Messer und Gabeln, die kleinen Bestecke, die Fischbestecke … ich stopfte alles in den Koffer, wie es kam. Nun fehlten nur noch die silbernen Aufffüll-Löffel, das Salat- und das Tranchierbesteck, die lose in einer besonderen Schieblade lagen. Ich nahm sie eilig heraus; plötzlich hetzte mich etwas, ich mußte fort aus diesem Haus! Ein Löffel fiel klirrend zu Boden, ich fluchte laut, griff nach ihm und ließ einen zweiten Löffel fallen.

Ungeduldig riß ich an der Schieblade, um sie ganz herauszuziehen und das Einzelsilber in ihr zum Koffer zu tragen. Die Schieblade gab überraschend schnell nach und fiel polternd auf das Silbergeschirr, das hell ertönte. Ich raffte alles zusammen, wie ich es fassen konnte, jetzt ohne Rücksicht auf den Lärm, den ich machte, und eilte damit zum Koffer. Im Gehen fielen zwei, drei Löffel. Ich warf das Mitgebrachte obenauf in den Koffer und lief zurück, das Verlorene zu holen.

Ich blieb wie angewurzelt stehen und starrte auf Magda, die mitten im Speisezimmer vor ihrem aufgerissenen Büfett stand!

17.

Sie wendete den Kopf und sah mich an, lange. Ich merkte, wie sie erschrak, wie sie schnell atmete, sich zu sammeln versuchte.

"Erwin", sagte sie dann mit stockender Stimme, "Erwin! Wie siehst du aus!? Wo kommst du her in diesem Zustand? Wo bist du so lange gewesen? Ach, Erwin, Erwin, wie ich mich geängstigt habe um dich! Daß wir uns so wiedersehen müssen! Erwin, denke daran, daß wir uns einmal liebgehabt haben! Zerstöre doch nicht alles! Komm wieder zu mir. Ich will dir helfen, so gut ich kann. Ich will so geduldig sein, nie wieder werde ich mich mit dir streiten ..."

Sie hatte immer schneller geredet, atemlos hielt sie inne und sah mich flehend an.

Mich aber bewegten ganz andere Gefühle. Mit Zorn, mit Haß, mit Abneigung sah ich auf diese gepflegte, vom Schlaf gerötete Frau in ihrem seidenen blauen Schlafrock, ich, der aussah, als hätte ich mich in der Gosse gewälzt, ich, der stank wie ein Wiedehopf. Ich glaube, es muß die Mahnung an unsere Liebe von ehemals gewesen sein, die mich in eine so sinnlose Wut versetzte. Ihre Worte, statt mich zu rühren, hatten mir nur den Abstand gegen das längst versunkene Damals fühlbar gemacht. Wir waren gleichgestellt, und da stand sie und hatte alles, und hier war ich, ein Kandidat des Nichts.

Zornig stolperte ich auf Magda los, ich fiel dabei beinahe über einen silbernen Auffüll-Löffel, sah mich wütend nach ihm um, tat einen Schritt zurück und zertrat ihn. Magda schrie leise auf. Ich aber eilte auf sie zu, hob meine Fäuste gegen sie und schrie: "Ja, das möchtest du, daß ich zu dir zurückkomme! Und was wird dann? Was wird dann?!"

Ich schüttelte die Fäuste nahe vor ihrem Gesicht.

"Dann bringst du mich ins Bett und siehst schön zu, daß ich schlafe, und wenn ich erst schlafe, dann läßt du die Ärzte kommen und läßt mich wegbringen, für Lebenszeit in eine Trinkerheilstätte, und dann lachst du dir ins Fäustchen und tust mit meinem Eigentum, was du willst. – Ja, das möchtest du."

Ich starrte sie an, auch ich jetzt atemlos. Und Magda sah mich wieder an. Sie war jetzt sehr blaß geworden, aber ich sah wohl, daß sie trotz meines wilden Gebarens und Drohens keine Angst vor mir hatte. Plötzlich schlug meine Stimmung um; meine Erregung war gewichen, und kalt und ruhig sagte ich:

"Ich will dir sagen, was du bist. Ein ganz gemeines Aas bist du, ins Gesicht sage ich dir das."

Sie zuckte nicht, sah mich nur an. – "Eine Verräterin bist du, unsere ganze Ehe hast du verraten, als du die Ärzte hinter mir herschicktest. Ins Gesicht müßte ich dir speien, pfui Deibel!"

Wieder sah sie mich an. Dann sagte sie rasch:

"Ja, ich habe die Ärzte hinter dir dreingeschickt, aber nicht um dich zu verraten, sondern um dich zu retten – wenn das noch möglich ist. Wenn du noch einen Funken Vernunft hättest, Erwin, müßtest du das einsehen. Du müßtest verstehen, daß du so nicht einen Monat weiterleben kannst, vielleicht nicht eine Woche mehr ..."

Ich unterbrach sie. Ich lachte höhnisch.

"Nicht einen Monat mehr? Keine Woche? Noch Jahre kann ich so leben, ich halte alles aus, und gerade dir zum Trotz werde ich so weiterleben, gerade dir zum Trotz."

Ich beugte mich ganz nahe zu ihr.

"Soll ich dir sagen, was ich tun werde, wenn ich das nächste Mal ganz betrunken bin? Dann werde ich vor dein Fenster ziehen, und ich werde es vor allen Leuten ausschreien, daß du eine Verräterin bist, ein gieriges Aas, gierig nach meinem Geld, gierig nach meinem Verrecken ..."

"Ja", sagte sie böse, "das glaube ich wohl, daß du dazu imstande bist. Dann aber wirst du nicht nur in eine Heilanstalt, sondern sogar in ein Gefängnis kommen – und ich weiß nicht", sagte auch sie jetzt sehr höhnisch, "ob dir das nicht sehr gut wäre."

"Was?" schrie ich, und meine Wut war jetzt auf dem Höhepunkt, "jetzt willst du mich auch noch ins Gefängnis bringen?! Warte, das sollst du nicht noch einmal sagen! Ich will dir zeigen ..." Ich faßte nach ihr, ich sah rot. Ich wollte nach ihrem Halse greifen, aber sie widersetzte sich kräftig. Sie war wirklich fast so stark wie ich, und in meinem jetzigen Zustand war sie vielleicht sogar erheblich stärker. Wir rangen miteinander, es war ein süßes Gefühl, diesen einst so geliebten Leib nun feindlich, aber doch so nahe zu spüren, jetzt die Brust, einen sich gegen mich stemmenden Schenkel. Der Gedanke schoß mir durch den Kopf:

›Wenn du sie jetzt plötzlich küssen, wenn du ihr Liebesbeteuerungen ins Ohr flüstern würdest! Ob du sie herumbekämst?‹ Ich flüsterte ihr ins Ohr:

"Nächste Nacht komme ich und bringe dich um. Ganz leise komme ich ..."

Laut rief Magda: "Nein, nein, es ist gut, Else, ich werde schon allein mit ihm fertig! Rufen Sie Doktor Mansfeld an und die Polizeiwache, ich halte ihn hier schon!"

Ich drehte mich überrascht um. Wirklich, da stand Else, vom Geräusch unseres Kampfes herbeigelockt, bildhübsch anzusehen; und jetzt verschwand sie in der Diele zum Telephon. Mit einem Ruck riß ich mich frei.

"Mich bekommst du noch lange nicht, Magda!" Ich gab ihr einen Stoß, daß sie rücklings hinfiel. Laufend raffte ich die noch verstreuten Silbersachen auf, auch den zerbrochenen Auffüll-Löffel, und rannte auf die Diele. Ich warf alles in den Koffer und mühte mich ab, den Deckel zu schließen. Schon war Magda wieder da.

"Die Sachen schleppst du nicht weg! Mein Silber bleibt hier, das versäufst du nicht auch noch!" Einen Meter ab telephonierte Else eifrig. Ich hörte den Satz: "Er will seine Frau ermorden!"

›Gott, du Kind!‹ dachte ich.

Wir beide rissen am Koffer. Dann ließ ich ihn überraschend los, und wieder taumelte Magda zur Erde. Ich riß den Koffer aus ihrer Hand, schlug ein- oder zweimal nach ihr, rannte auf den Vorplatz, faßte meine Schuhe und lief in Strümpfen auf die Straße. Einen Augenblick stutzte ich ...

"Geben Sie mir den Koffer, Herr!" sagte die einschmeichelnde sanfte Stimme Lobedanz'. "Ich laufe immer schon vor. Los, da kommen die Frauen!" Ganz mechanisch gab ich Lobedanz den Koffer, er lief los, und ich rannte hinter ihm drein, in die Nacht hinaus, auf Strümpfen ...

18.

11. 9. 44

Lobedanz rannte mit dem Koffer, er wich vom nächsten Wege ab, stürzte sich in die Altstadt, lief durch Gassen und Gäßchen, wobei er überraschend um Ecken bog; ich lief ihm nach. Es war sehr dunkel, nur weil er Schuhe trug und dadurch beim Laufen Lärm machte, konnte ich ihm überhaupt folgen. Ich bin ganz sicher, daß Lobedanz die Absicht gehabt hatte, mit dem ganzen Koffer erst einmal völlig zu verschwinden und mich hilflos auf der Straße zu lassen, und er glaubte ja auch wirklich, mich abgeschüttelt zu haben: meinen leisen Schritt auf Strümpfen hatte er nicht gehört. Aber als er schließlich atemholend doch stille stand, war ich neben ihm und fragte ihn, warum er denn so sinnlos gelaufen sei. Es wäre uns ja doch niemand nachgelaufen! Der Schurke war nicht einen Augenblick verlegen, wußte auch seine Enttäuschung über mein Auftauchen gut zu verbergen und fragte dagegen:

"Es hat doch Krach mit den Weibern gegeben? Die Weiber haben doch geschrien? Was haben Sie mit den Weibern getan?"

"Nichts, was Sie mir nicht geraten haben, Lobedanz", lachte ich. "Ich habe sie zu ängstigen versucht, nämlich mit Schlägen. Aber es ist nicht viel daraus geworden. Übrigens ist es wohl selbstverständlich, daß eine Frau sich widersetzt, wenn man ihr das Silber fortnimmt. Ich habe das Silber, Lobedanz."

"So, haben Sie es?" antwortete der Abgefeimte. "Nun kommt es darauf an, ob es auch etwas bringt. Das meiste Silber ist leicht und hohl, oder die Fasson ist unmodern. Silber, das nur zum Einschmelzen taugt, ist kaum ein paar Mark wert."

"Sie brauchen sich darum nicht zu sorgen, Lobedanz", sagte ich böse. "Ich werde mein Silber ohne Sie verwerten – wenn ich es überhaupt verkaufe, was ich noch nicht weiß. So, und nun möchte ich meinen Koffer allein weiter tragen."

Ich hatte während unserer Unterhaltung meine Schuhe angezogen und nahm jetzt den Koffer auf, trotz der flehentlichen Proteste Lobedanz'. Endlich hatte ich gerade den rechten Ton ihm gegenüber getroffen, der Alkohol, der ja immer neue, immer andere Stimmungen heraufspült, hatte ihn mir eingegeben. Jetzt war Lobedanz wieder ganz Ohrwurm, er beteuerte, er sei nur ein armer Arbeiter, unfähig, mit einem wirklich gebildeten Menschen umzugehen. Natürlich würde mein Silber gut sein, sehr gut, ich möge es seiner Dummheit zugute halten, wenn er geglaubt habe, ein Mann wie ich könne minderwertiges Silber haben. Ich verharrte in einem vorgeblichen finsteren Schweigen, das ihn immer unruhiger machte, über das ich mich selbst aber innerlich vor Lachen schüttelte. Zu Hause angekommen, trug Lobedanz, ohne sich erst bitten zu lassen, die wirklich bereit gehaltene Flasche Korn herbei; ich griff in die Tasche und fragte nur: "Wieviel?"

"Zwei Mark fünfzig", flüsterte er, sehr demütig.

"Hier haben Sie Ihr Geld, und daß Sie mir nie wieder einen so schlechten Fusel bringen! Habe ich sonst noch was zu zahlen?"

Er versicherte, daß alles beglichen sei.

"Gut, dann machen Sie, daß Sie hinauskommen! Ich will jetzt schlafen."

Er schob sich aus der Tür, ich hatte es fertiggebracht, ihn verlegen und demütig zu machen.

Mir aber war weder nach schlafen, noch nach trinken zumute. Der Durst nach Betäubung hatte ausgesetzt, ich bekam aus rätselhaften Gründen eine kurze Schonzeit, während der ein Stück des tätigeren Menschen, der ich einst gewesen, wieder auftauchte. Vielleicht kam das von der eben überstandenen Szene mit Magda, die mich doch sehr aufgewühlt hatte – freilich mühte ich mich, so wenig wie nur möglich an sie zu denken. Eine Weile saß ich grübelnd auf dem Sofa. Mit unerbittlicher Klarheit stand vor mir, daß ich nach dem Geschehenen nie wieder nach Hause kommen konnte. Mein alter Plan, mich selbst des Alkohols zu entwöhnen und als ein Gesunder vor Magda und die Ärzte zu treten, war endgültig zusammengebrochen – übrigens hatte ich in meinen nüchternen Stunden selbst nie recht an ihn geglaubt. Es war aber auch unmöglich, es widerstand mir bis zum Ekel, hier noch länger bei Lobedanz zu hausen; das Ende konnte nur Irrsinn heißen. Ich mußte einen anderen Weg finden, und ich glaubte auch eine Ahnung von der Art dieses Weges zu haben. Vieles mußte ich wagen in den nächsten vierundzwanzig Stunden, nicht als berauschter Mann durfte ich an mein Werk gehen.

Es mag morgens zwischen drei und vier Uhr gewesen sein, als ich von meinem Sofa aufstand und anfing, den Koffer auszupacken. Ich wusch mich dann von Kopf bis zu Füßen, zog mich halb an und rasierte mich mit größter Sorgfalt. Alles ging unendlich langsam. Das Zittern meiner Hände war so stark, daß ich ein paarmal daran verzweifelte, mich rasieren zu können, aber schließlich gelang es doch. Aus unbekannten Urgründen meines Seins war eine neue Energie in mir aufgestiegen, sie ließ mich aushalten, sie gab es nicht zu, daß ich mehr als ganz kleine Schlucke in langen Zeitabständen zu mir nahm.

Als ich schließlich völlig frisch angezogen und gewaschen mich im Spiegel musterte, war ich selbst erstaunt, wie gut ich noch aussah. Gewiß, meine Augen waren gerötet, mit stecknadelkleinen Pupillen, und die Backen hingen etwas, aber niemand konnte mir einen Trinker ansehen. Ich konnte es morgen früh wagen, und ich würde es wagen.

Ich ging nicht mehr ins Bett. Ich schlug die Decke um mich und setzte mich auf das Sofa, den Morgen zu erwarten. Dabei lauschte ich in das Haus. Es war ganz still, aber ich hatte die feste Überzeugung, daß Lobedanz nicht schlief, sondern mich belauerte. Nun, ich würde warten, und ich traute mir auch zu, ihn zu überlisten.

Ich hatte ein Wasserglas mit Korn gefüllt, ehe ich mich auf das Sofa gesetzt hatte, und die Flasche mit dem ganzen Rest in die fernste Ecke meiner Stube gestellt: Mit diesem Wasserglas Korn mußte ich bis zum Morgen auskommen, hatte ich bestimmt. Aber ich nippte nur daran; nach der ungewohnten Beschäftigung dieser Nacht war ich todmüde, ich lehnte mich zurück, und schon war ich eingeschlafen.

Ich erwachte von einem leise klirrenden Geräusch. Ich öffnete halb die Augen und blinzelte in die Stube, in der das Licht der Morgensonne bereits die Überhand über den Schein der Glühlampe gewonnen hatte. Über meinen Koffer gebeugt, stand Lobedanz, er hatte aus einem Futteral ein Tafelmesser gezogen, musterte es kritisch und wog es in der Hand. Eine ganze Weile sah ich zwischen zusammengekniffenen Lidern dem Schurken zu, wie er zwischen dem Silber herumwühlte; dann räkelte ich mich, gähnte laut, wie jemand, der eben erwacht, und sah in mein Zimmer; es war leer. Eben sah ich noch, wie sich die Klinke der Tür in die Ruhestellung hob. Ein Blick in den Koffer überzeugte mich davon, daß Lobedanz sich vorläufig noch mit einer Musterung des Silbers begnügt hatte, das eigentliche Klauen war wohl für betrunkenere Stunden von mir vorbehalten. Ich öffnete das Fenster, sah über die Stadt und nach dem Stand der Sonne. Sie hatte sich noch nicht viel über den Horizont erhoben, es mochte zwischen sechs und sieben Uhr sein. Ich rief aus der Tür nach Lobedanz; der gute Listenreiche ließ sich eine ganze Weile Zeit, bis er sich meldete. Ich rief ihm nur hinunter, daß ich mein Frühstück haben wollte. Er brachte es sehr rasch, seine zage, sonst fast schafsmäßig sanfte Miene konnte dieses Mal doch ein Gefühl lebhafter Beunruhigung über mein völliges Verändertsein nicht verbergen. Ich tat, als sähe ich nichts, und machte mich zum erstenmal mit einigem Appetit ans Essen. Der Kaffee war überraschend gut, die Semmeln knusprig und die Butter frisch und kühl – dieser Schurke von Lobedanz verstand es entschieden zu leben. Während ich aß, brachte Lobedanz den Waschtisch und mein Bett in Ordnung, wobei er es nicht lassen konnte, immer wieder heimliche Seitenblicke auf mich abzuschießen. Dazu hüstelte er immer häufiger. Die Kornflasche, die er im Stubenwinkel stehen fand, gab ihm endlich den ersehnten Anlaß, ein Gespräch anzuknüpfen.

"Sie haben ja fast gar nichts getrunken, Herr!" sagte er und hielt die Flasche beweisend gegen das Licht.

"Ja, mein lieber Herr Lobedanz", sagte ich spöttisch, aber in bester Laune und bestrich dabei eine Semmel dick mit Butter, "wenn du mir weiter solchen Fusel bringst, werde ich mir das Trinken noch ganz abgewöhnen."

Er nahm mein ›Du‹ ohne Zucken an.

"Es war ein Irrtum, Herr", knurrte er, "ein Irrtum vom Kaufmann. So wahr ich hier stehe, ich selbst habe vier Mark fünfzig für die Flasche bezahlt, der Kaufmann hat sich vergriffen. Aber ich habe Ihnen natürlich nur den wirklichen Preis berechnet, ich selbst legte die zwei Mark darauf, obgleich ich nur ein armer Mann bin. Ich bin ehrlich, Herr ..."

"Rede keinen Blödsinn, Lobedanz", antwortete ich grob. "Du bist so wenig ehrlich wie du arm bist. Ein alter Gauner bist du, oder vielmehr ein junger, aber gerissen genug für einen alten. Vielleicht mag ich dich darum gerade gerne. – Nimm die Flasche mit", schrie ich in plötzlich gespieltem Zorn, "und sauf sie selber aus. Und sorge dafür, daß in fünf Minuten eine anständige Sorte hier ist, da hast du Geld!"

Und ich warf ihm einen Schein auf den Tisch. Er griff eilig nach ihm.

"Sofort, wenn die Läden offen sind", versicherte er.

"Nein, nicht wenn die Läden offen sind!" schrie ich noch lauter, "sondern jetzt, jetzt auf der Stelle! Denkst du Idiot, ich will den ganzen Tag hier wach sitzen, nach dieser Nacht? Ich will endlich schlafen können."

Ich war aufgesprungen, in gespielter Erregung, hatte schon das Jackett ausgezogen und knöpfte an meiner Weste. Ich mußte ihn jetzt überzeugen, sonst ging die Sache doch noch schief. So griff ich nach dem Wasserglas mit Korn, das noch immer fast voll auf dem Tisch stand, goß es herunter und schrie: "Da, gieß noch einmal voll! Mit deinem verdammten Fusel! Und nun mach, daß in fünf Minuten ein anderes Getränk hier ist; der Kaufmann wird dich schon hinten herum reinlassen, einen so guten Kunden wie dich!" Ich hatte mir die Weste vom Leibe gerissen und knöpfte schon an den Hosenträgern.

"In fünf Minuten!" beteuerte Lobedanz und eilte aus der Stube. Unschwer war aus seinen Worten Erleichterung und Befriedigung herauszuhören. Er hatte Angst um seine Melkkuh gehabt, aber jetzt soff ich wieder. Gott sei's getrommelt und gepfiffen!

Kaum hatte ich die Haustür klappen hören, war ich schon wieder in meinen Kleidern, schloß den Koffer, nahm ihn und lief die Treppe hinab. Es mag eine Frau Lobedanz geben, auch Kinder Lobedanz, von der gleichen sanften, einschmeichelnden, flüsternden, verflucht schurkischen Art, wie es ihr Vater ist: Ich habe sie nie zu Gesicht bekommen. Ich sah sie auch an diesem Morgen nicht. Unangefochten kam ich auf die Gasse. Hier, schon fast frei von meinem Peiniger, hätte mir der Alkohol fast noch einen Streich gespielt. Plötzlich erinnerte ich mich daran, daß ich seit Wochen zum erstenmal ohne ›Proviant‹ unterwegs war, und noch dazu auf einer so gefahrvollen, alles entscheidenden Reise, und daß oben in meiner Stube noch ein soeben vollgeschenktes Glas mit Korn stand. Beinahe wäre ich umgekehrt und damit wohl ziemlich sicher in die langfingrigen Erpresserhände Lobedanz' zurückgelaufen, dann aber siegte die in dieser Nacht neu erwachte Energie; ich schüttelte den Kopf und machte mich auf meinen Weg.

19.

Ich hatte natürlich keine Ahnung davon, in welche Richtung Lobedanz gegangen war, und zu Anfang sah ich ziemlich besorgt um mich. Als ich aber erst aus dem ›Scheunenviertel‹ heraus, durch die sauberen Straßen meiner Heimatstadt ging, fühlte ich mich sicherer. Ich ging ohne zu zögern direkt zum Bahnhof und setzte mich dort in den Wartesaal zweiter Klasse. Ich wußte, ich wagte viel; war schon etwas von meiner Geschichte durchgesickert, so war ich verloren. Aber ich mußte an diesem Morgen noch viel mehr wagen, dieses Sitzen im Wartesaal war eine Vorprobe für kommende andere wichtige Unternehmungen. Natürlich hätte ich mich auch mit weniger Risiko ein paar Stunden in den Anlagen der Stadt verbergen können, aber in meiner verwandelten Stimmung liebte ich es nun einmal, der Gefahr zu trotzen, muß aber auch gestehen, daß der Alkohol mich ein wenig dazu verführte. So ganz ohne ihn wollte ich nun doch nicht sein, und so bestellte ich beim Kellner außer einem ergiebigen Frühstück mit Setzeiern, Wurst und Käse auch eine Karaffe Kognak, den ich, zum zweitenmal behaglich und nicht ohne Appetit frühstückend, meinem Kaffee zusetzte. Ich vertiefte mich bei diesem lange dauernden Essen in die Zeitungen meiner Vaterstadt, die ich lange nicht studiert, las sämtliche Heimatnachrichten einschließlich der Familienanzeigen und hatte nun die Gewißheit, daß über mich auch noch nicht der geringste Hinweis ins Blättchen gelangt war. Es wäre doch immerhin möglich gewesen, daß Magda in ihrer ›Besorgnis um mein Wohlergehen‹ eine Notiz ins Blatt hätte setzen lassen, etwa des Inhalts: der Geschäftsmann E. S. sei so und so lange nicht gesehen worden und irre vermutlich in einem Zustand geistiger Verwirrung in der Gegend umher. Wer Nachricht von ihm geben könne usw. usw. Aber nichts von alledem.

Bei meinem Frühstück wurde ich wirklich zehn Minuten lang von dem Bäckermeister Stretz gestört, von dem ich eben in der Zeitung gelesen, daß er sein fünfundzwanzigjähriges Geschäftsjubiläum begangen habe. Er ist unser Semmel-, ich bin dann und wann sein Weizenmehllieferant, wir kennen uns seit vielen Jahren. So setzte er sich zu mir an den Tisch, und er verwunderte sich darüber, daß wir uns so lange nicht gesehen, auch, daß ich hier auf dem Bahnhof die Semmel der Konkurrenz und nicht friedlich daheim seine eigenen frühstückte. Es war das alles aber ganz arglos gesagt, wie ich sofort merkte. Mit dem Hinweis auf eine Reise erklärte ich alles und war nun sicher, daß über den engsten Kreis der Beteiligten noch kein Gerücht von meiner veränderten Lebensweise gedrungen war. Später kamen noch entferntere Bekannte durch den Wartesaal, ich grüßte sie, sicher geworden, mit kurzem freundlichem Kopfnicken und einer Bewegung der Hand. Der Kellner aber mußte mir, je näher der Uhrzeiger der ›Neun‹ rückte, noch eine und schließlich eine dritte Karaffe Kognak bringen – mochte er von mir denken, was er wollte. So bald würde ich wohl kaum wieder sein Gast.

Fünf Minuten vor neun hatte ich bezahlt, stand auf, nahm meinen Koffer und ging in die Stadt. Ich ging die Bahnhofstraße entlang, dann ohne Scheu durch unsere Hauptpromenade, die Ulmenallee, bis zum Marktplatz, an dem die Bank liegt. Hier war ich mitten in Feindesgelände. Gerade gegenüber der Bank liegt das Rathaus, in dessen Erdgeschoß sich die Polizeiwache befindet, die heute nacht meinetwegen alarmiert wurde, und eine Minute vom Marktplatz entfernt mein eigenes Geschäft, dem vielleicht dieser mit Kornsäcken beladene Bauernwagen zurollte. Ich war doch recht aufgeregt und trocknete mir, ehe ich die Bank betrat, meine schweißnassen Hände mit dem Taschentuch ab. Dann trat ich ein.

Im Schalterraum waren, wie mich ein Blick belehrte, zu dieser Zeit direkt nach Öffnung erst ein paar belanglose Bürojünglinge und Mädchen, mit Papieren in den Händen. Ich setzte den Koffer ab, hängte meinen Hut an den Haken und ging zu dem noch freien Schalter, an dem der Buchhalter saß, der mein Konto führte. Ich sagte ihm lächelnd ›Guten Morgen‹, teilte mit, daß ich eben von einer längeren Reise zurückgekehrt sei (wobei ich auf meinen Koffer an der Tür deutete) und daß ich mich gerne über den Stand meines Kontokorrent-Guthabens unterrichtet hätte. Und während ich das alles leichthin, ohne jedes Stocken sagte, prüfte ich, innerlich zitternd, sein Gesicht, suchte nach irgendeinem Anzeichen von Mißtrauen, Argwohn, Zweifel. Aber nichts von alledem war dem jungen Menschen anzusehen, willig schlug er das Buch auf, rechnete einen Augenblick mit dem Bleistift einige Zahlen zusammen und sagte dann ganz gleichgültig, daß der Stand meines Guthabens sich augenblicklich auf siebentausendachthundert und einige Mark und Pfennige belaufe. Kaum konnte ich eine Gebärde freudiger Überraschung verbergen. So viel hatte ich in meinen kühnsten Träumen nicht erwartet. Wie Magda das fertig gebracht hatte, war mir einigermaßen rätselhaft; wahrscheinlich war bereits die Zahlung der Gefängnisverwaltung für geliefertes Tauwerk eingegangen, aber auch sie konnte nicht annähernd so viel ausmachen. Nun, jedenfalls war, sagte ich mir, meine freudige Erregung unterdrückend, Geld genug da, genug für das Geschäft und genug vor allem für mich und meine Pläne. Einen Augenblick kämpfte ich mit der Versuchung, den ganzen Betrag abzuheben. Aber ich bezwang mich. Ich wollte doch nicht gemein gegen Magda und das Geschäft handeln, so gemein sie sich auch gegen mich benommen hatte. Außerdem wäre eine so vollständige Entnahme, die einer Auflösung meines Kontos gleichsah, doch wohl auffällig gewesen.

All das war blitzschnell durch meinen Kopf gegangen, nun sagte ich fast beiläufig, daß ich heute eine größere Zahlung zu leisten habe, und bat um Tinte und Feder. Am Schalter stehenbleibend, schrieb ich in dem Scheckbuch, das ich aus meiner Tasche gezogen, einen Überbringerscheck auf fünftausend Mark aus und reichte ihn dem Buchhalter. Mit einem letzten Rest von Furcht prüfte ich wieder sein Gesicht, aber ohne auch nur einen Augenblick zu zögern, machte er die nötigen Buchungen, stempelte den Scheck und brachte ihn persönlich zum Kassenschalter. Auch ich ging dorthin. Ein Gefühl unendlicher Freude, ein stolzer Triumph beseligte mich. Da hatte ich Magda bildschön hereingelegt: Daß sie so dumm gewesen war, daß sie der Bank nicht einen kleinen Wink gegeben hatte, das ließ erst meine grenzenlose Überlegenheit im rechten Lichte erscheinen. Ich hätte tanzen und schreien mögen vor Freude, nur mit Mühe bezwang ich eine Art Lachkrampf, der mich ankam.

"Wie möchten Sie das Geld, Herr Sommer?" fragte der Kassierer mich.

"Groß, groß", sagte ich eilig. "Das heißt in Fünfzig- und Hundertmarkscheinen. Etwa zweihundert Mark dann in kleineren Scheinen."

In zwei Minuten hatte ich mein Geld, verwahrte es sorgfältig in meiner Brusttasche, nahm den Koffer und trat als stolzer Sieger wieder auf den Marktplatz. Gerade während ich durch die Drehtür ging, kam mir der Einfall, daß dieser Triumph unbedingt gefeiert werden müßte. Ich wollte trotz der frühen Morgenstunde in eine kleine Weinstube am Marktplatz gehen und dort zu einer oder zwei Flaschen Burgunder einen Hummer essen oder Austern oder was Rohloff eben der Jahreszeit entsprechend da hatte. Ich trete aus der Tür, und vor mir steht der unvermeidliche, der widerliche Lobedanz, diese Pest meines Lebens, und sieht mich schleimig lächelnd an.

20.

Wenn es nicht der offene Marktplatz gewesen wäre, ich hätte diesen Kerl erwürgt! So sah ich ihn nur einen Augenblick finster drohend an, faßte dann meinen Koffer fester und schlug, ohne ihn zu beachten, den Weg zum Bahnhof ein. Aber ich hörte wohl, daß er hinter mir herging, und nun vernahm ich auch schon seine verhaßte schmeichelnde und flüsternde Stimme:

"Lassen Sie mich doch den Koffer tragen, Herr! – Bitte, lassen Sie mich doch den Koffer tragen, Herr!"

Ich tat, als habe ich ihn nicht gehört, und schritt schneller aus. Aber plötzlich fühlte ich eine Hand neben der meinen am Koffergriff, und nun hatte schon am hellen Tage auf offener Straße Lobedanz mir den Koffer aus der Hand genommen!

Wütend drehte ich mich um und schrie: "Wollen Sie mir auf der Stelle den Koffer wiedergeben, Lobedanz!"

Er lächelte demütig.

"Nicht so laut, Herr", bat er flüsternd. "Die Leute gucken ja schon, das ist für Sie peinlich, Herr. Nicht für einen armen Arbeiter, wie ich es bin, aber für Sie, Herr ..."

"Sie werden mir sofort den Koffer zurückgeben, Lobedanz", wiederholte ich, aber leiser, denn die Leute guckten wirklich schon.

"Nachher, nachher", sagte er beruhigend. "Ich trage ihn gerne, Herr. – Zur Bahn, nicht wahr?"

Und, ohne eine Antwort abzuwarten, ging er an mir vorbei und jetzt mir voraus, dem Bahnhof zu. Mit einem Gefühl hilfloser Ohnmacht folgte ich ihm. Mit einem Haß sah ich auf die leicht vornübergebeugte Gestalt in einem dunkelblauen Jackett und auf das schlicht zurückgekämmte, leicht goldige Haar, das einen rötlichgoldenen Schimmer hatte. Wie einem Mörder direkt vor seiner Tat zu Mute ist, das weiß ich seit jenen Minuten, die ich hinter Lobedanz zum Bahnhof gegangen bin. Und ich konnte ihm nichts tun, gar nichts, er war stärker als ich, sowohl physisch wie moralisch. Er brauchte nur den nächsten Polizisten anzurufen, und ich war verloren, das ahnte er gut, der Schurke. Wäre ich in jenen Minuten ein wenig kaltblütiger und überlegter gewesen, ich hätte Lobedanz ruhig im Besitz meines Koffers gelassen und hätte mich leise in eine Seitenstraße verdrückt. Im Besitz einer so großen Geldsumme, wie ich sie in der Tasche hatte, war der Verlust des Koffers schon zu verschmerzen, er war das Lösegeld, durch das ich mich von diesem elenden Kerl freikaufte. Aber ich kam gar nicht auf diesen Gedanken, mein Blut kochte, es war nicht kalt, ich konnte nicht überlegen.

Auf dem Platz vor dem Bahnhof angekommen, ging Lobedanz nicht in ihn hinein, sondern, ohne sich nach mir umzusehen, sicher, daß ich ihm wie ein Hündlein folgen würde, in die Bedürfnisanstalt, die linker Hand, etwas von Büschen versteckt, daliegt. In ihr angekommen, setzte er den Koffer nieder, zog an den Fingern, daß die Knöchel knackten, und sagte: "So, Herr, hier können wir in aller Ruhe reden."

Ich sah mich um: Das Wasser rauschte schon in dem halben Dutzend Becken, aber die Kundschaft fehlte noch zu dieser frühen Stunde. Lobedanz hatte recht: Hier konnten wir in aller Ruhe sprechen.

"Und das wollen wir auch!" rief ich zornig. "Was bilden Sie sich eigentlich ein, Lobedanz, daß Sie mir ständig nachlaufen und nachspionieren. Heute nacht schon und nun wieder ..."

"Nachspionieren?" wiederholte er widerlich vorwurfsvoll. "Aber, Herr, ich habe Ihnen Ihren Korn nachgebracht."

Und er zog wirklich die Flasche aus der Hosentasche. "Sie haben ihn heute morgen vergessen. Ich aber bin ein ehrlicher Mann. Ich habe zu meiner Frau gesagt: ›Der Herr hat den Korn bezahlt, er soll ihn auch bekommen.‹ So bin ich."

Er hielt mir die Flasche hin.

"Trinken Sie doch, Herr. Ich habe schon aufgekorkt, der Pfropfen sitzt ganz lose." Ich machte eine wütende Gebärde. Er ließ sich nicht entmutigen, er hielt mir die Flasche wieder hin.

"Trinken Sie doch", schmeichelte er wieder, "Sie sind ein so netter Herr, wenn Sie ein bißchen getrunken haben; es bekommt Ihnen gar nicht, wenn Sie nüchtern sind, dann sind Sie immer so gereizt ..."

Er zog den Pfropfen selbst aus der Flasche und rieb mit seinem feuchten Ende am Flaschenhals hin und her.

"Hören Sie, Herr", sagte er lachend, "der Schnaps ruft nach Ihnen ..."

Und wahrhaftig, es ist mir heute unbegreiflich, aber mit seinem albernen Getue hatte mich doch der Kerl wirklich wieder herumgekriegt. Selber jetzt lachend, griff ich zur Flasche, rief: "Sie elender Schurke, Sie!" und trank, trank viel und lange. Dann setzte ich die Flasche ab, korkte sie zu, verwahrte sie nun in der eigenen Hosentasche und fragte: "Also, was willst du eigentlich von mir, Lobedanz? Hast du nicht alles bekommen, was du zu kriegen hast?"

"Davon reden wir nicht, Herr", rief Lobedanz eifrig. "Von solchen Kleinigkeiten reden wir nicht. Ich weiß, Sie sind ein Ehrenmann, Sie sind ein wirklich nobler Mann. Sie können's nicht übers Herz bringen, einen armen Arbeiter im Elend verkommen zu lassen ..."

"Was heißt das, Lobedanz?" fragte ich sehr aufmerksam. "Ich glaube doch, du hast schon genug und übergenug an mir verdient. Wenn ich an meine Goldsachen denke ..."

Er achtete nicht darauf.

"Sehen Sie, Herr", fing er mit seiner einschmeichelndsten Stimme an und ließ die Finger knacken, daß es zum Ekeln war, "so ein Mensch wie ich ist bloß wie ein Stück Vieh, im Mist geboren und kommt nie aus dem Mist heraus. So ein feiner Mann wie Sie kann sich das gar nicht recht vorstellen ..."

"Ich kann mir eine ganze Menge von dir vorstellen, Lobedanz", sagte ich grimmig. "Und mit Mist hat das leibhaftig zu tun."

Wieder achtete er nicht auf mich. Wirklich eindringlich und überzeugt sagte er:

"Und wenn so ein Stück Vieh, Herr, ein Geschäft sieht, das ihn aus dem Mist herausholt für sein ganzes Leben, ja, Herr, da kann's kein Besinnen geben, da wird das Geschäft eben gemacht, Herr!"

Er sah mich an und wiederholte – diesmal aber war nichts Sanftes und Einschmeichelndes in seiner Stimme: "Das Geschäft wird gemacht, Herr, und gehe es auf Leben und Tod!"

Innerlich erzitterte ich vor der wilden Drohung in seiner Stimme, äußerlich aber fragte ich ganz ruhig: "Und wie soll denn dieses Geschäft aussehen, Lobedanz?"

Er fuhr sich mit der Hand über die Augen, als wische er ein böses Bild fort. Er fing an zu lächeln, schmeichelnd und sanft, er hatte sich wieder in der Gewalt.

"Wie das Geschäft aussehen soll, Herr?"

Er lächelte noch stärker, seine Finger knackten.

"Der Herr weiß am besten, wieviel Geld er von der Bank abgeholt hat und was er mir davon geben will."

Ich war starr über diese Frechheit, ich hatte erwartet, daß er das Silber für sich beanspruchen würde, und war schon halb und halb bereit gewesen, es ihm zuzugestehen, aber daß er einen Anteil von meinem kostbaren Geld verlangen würde, das hatte ich nicht erwartet.

"Sie sind ein Narr, Lobedanz", lachte ich. "Außerdem haben Sie schlecht aufgepaßt, ich habe auf der Bank nicht einen Pfennig Geld bekommen, meine Frau hat das Konto für mich sperren lassen, ich darf dort kein Geld mehr abheben, verstehen Sie?"

Er hörte mir mit düsterem Schweigen zu. Ich griff in die Seitentasche des Jacketts und zog den Rest des Geldes hervor, das ich aus Magdas Kassette genommen hatte.

"Da, sehen Sie selbst, das ist alles Geld, das ich noch besitze."

Ich hielt ihm das Geld hin. Sein dunkler argwöhnischer Blick wanderte von meinem Gesicht zu dem Geld in meiner Hand.

"Wieviel Geld ist das?" fragte er mit stockender Stimme. "Zeigen Sie mal!"

Er stand ganz nahe vor mir, die Augen nahe über dem Geld. Dann, mit einer mich völlig überraschenden, plötzlichen Bewegung griff er in meine Brusttasche und riß die Geldpakete heraus. Eins oder zwei fielen zur Erde, auf den nassen, schmierigen Asphaltboden des Pissoirs – wir bückten uns gleichzeitig nach ihnen. Seine Hände waren schneller, aber ich griff, das Vergebliche meiner Nachsuche einsehend, nach seinem Hals, ich krallte mich an ihm fest, ich war entschlossen, nicht eher loszulassen, bis er nachgegeben, bis ich das Geld zurückhatte ... Er versuchte, sich zu wehren, aber an der Abwehr hinderte ihn seine Gier, in beiden Händen hielt er Geld, das er nicht wieder loslassen wollte ...

Er schnellte das Knie hoch, gegen meinen Bauch ... Einen Augenblick später wälzten wir uns beide am Boden, ich immer noch an seinem Hals hängend, wild mit den Gliedern zuckend, wie ein Fisch, den der Angler an Land gezogen ... dann wurden seine Glieder schlapp, aus seiner Kehle kam ein schreckliches Röcheln ... Ich ließ ihn los und mühte mich, seine Hand aufzubrechen ... Ich möchte wohl wissen, was der biedere Postvorsteher Winder sich gedacht hat, als er da zwei

Männer auf dem Boden des Pissoirs vorfand, in wildem Kampf begriffen, während er doch nur ein friedliches Morgengeschäft verrichten wollte! "Aber, meine Herren! Ich bitte Sie!" rief er mit hoher erschrockener Stimme aus. "Hier auf der Toilette! Meine Herren!"

Lobedanz, der wieder Luft bekommen hatte, sah seine Chance – mit einem Satz war er hoch, griff sich den Koffer und war, den Postvorsteher zur Seite stoßend, aus der Toilette, keiner hatte bis drei zählen können, so schnell ging das.

Ich stand taumelig und benommen auf, zu irgendeinem raschen Entschluß unfähig. Ich trat an eines der Becken, dem verstörten und empörten Vorsteher den Rücken kehrend. Der sagte: "Herr Sommer, wenn ich nicht irre? Ich wundere mich, Herr Sommer, ich muß mich sehr über Sie wundern!"

Einen Augenblick fühlte ich noch seinen stechenden Blick in meinem Rücken, dann klappte eine Lokustür, ein Riegel klirrte, Kleider raschelten – ich war allein, meinen Abgang zu bewerkstelligen. Und gerade in diesem Moment, da ich, völlig verzweifelt, ohne Geld, die Anstalt verlassen wollte, fiel mein Blick seitlich auf ein blaues Bündel, und – siehe da – hier lag, verdrückt und beschmutzt, ein Paket Hundertmarkscheine, ein runder Tausender in zehn Hundertmarkscheinen!

21.

Keiner, der soeben einen schönen rindsledernen Handkoffer mit seinen besten Sachen und allem Silber, keiner, der soeben von fünftausend Mark viertausend verloren hat, kann sich auch nur eine leise Vorstellung davon machen, ein wie glücklicher Mann in einem Abteil zweiter Klasse eine Viertelstunde später von seiner Heimatstadt fortfuhr. Weiß es der Himmel, wie das in mir funktionierte, aber ich bildete mir wahrhaftig ein, ich sei den elenden Lobedanz ausnehmend billig losgeworden und könne dem Himmel gar nicht genug danken, daß ich wenigstens noch tausend Mark aus diesem Zusammenbruch gerettet hatte.

Freilich darf ich nicht verschweigen, daß zu diesem Glücksgefühl ganz wesentlich der Umstand beitrug, daß ich in meiner Hosentasche trotz des Ringkampfes die Kornflasche heil und unausgelaufen vorgefunden hatte. Ich hatte bereits einen kräftigen Schluck aus ihr genommen, und dieser Schluck trug wohl wesentlich zu meiner optimistischen Beurteilung der Sachlage bei. Ich sah behaglich in das vorübergleitende grüne Land mit weidenden Kühen und ruhenden Wäldern und machte mir über meine Zukunft auch nicht die geringsten Sorgen mehr. Vorderhand hatte ich genug zu leben (und zu trinken), und was dann kam, würde sich auch finden. Irgendwie würde ich schon durchkommen; ich bildete mir nämlich ein, daß ich die Abenteuer des heutigen Tages mit vollem Erfolg bestanden hätte, wobei ich die Besuche im Wartesaal und auf der Bank als Siege zu meinen Gunsten buchte, während ich die Niederlage bei Lobedanz als unvermeidbares Naturereignis mit gelassenem Achselzucken hinnahm.

Gegen Mittag war ich an meinem Bestimmungsort (den ich nur gewählt hatte, um etwaige Nachforscher irrezuführen) angelangt. Es war ein kleiner, noch wenig bekannter, aber sehr gepflegter Luftkurort. Ich aß in einem Hotel am Wasser grünen Aal mit einer Dillsauce und Gurkensalat, wobei ich mir die Sonne, ohne zu rücken, aufs Haupt scheinen ließ, trank einen schönen, voll ausgereiften Burgunder und stellte Betrachtungen darüber an, ein wie behagliches Leben ich doch jetzt als ein von den Geschäften zurückgezogener Privatmann und halber Junggeselle führen könnte. Nach dem Essen bummelte ich durch das Städtchen, kaufte eine Aktentasche, zwei bunte seidene Pyjamas, wie ich sie nie so papageienhaft besessen, raffiniertestes Toilettenzeug, eine wohlriechende Seife und ein französisches herbes Parfüm, mit dem ich mich versuchsweise gleich begießen ließ – und scherzte dabei in einer so weltmännisch überlegenen, liebenswürdigen Art mit den jungen Verkäuferinnen, daß ich jedenfalls einen lebhaften Respekt vor meinen bislang ungenützten Talenten als Herzensbrecher und Schwerenöter bekam. Als logische Folgerung kaufte ich mir sofort danach in einer Drogerie wieder einmal wohlriechende Mundpillen. Dann suchte ich das angesehenste Hotel am Platze auf, das auch mit einer Weinhandlung verbunden war, um dort einigen Schnaps zu kaufen. Ich hatte das Glück, den Besitzer selbst anzutreffen, einen wohlbeleibten, weißhaarigen Mann, dessen blühend rotes Gesicht von mancher in stiller Behaglichkeit geleerten Burgunderflasche Zeugnis ablegte. Er lächelte ein wenig über meinen primitiven Kornwunsch, empfahl und verkaufte mir einen bernsteingelben sächsischen Korn und lenkte dann meine Aufmerksamkeit auf ein sehr hochprozentiges Schwarzwälder Zwetschgenwasser, einen richtigen Holzhändlerschnaps bei eisiger Winterkälte, wie er ihn nannte. Er schenkte mir ein Probegläschen ein, und ich muß gestehen, dieser Probeschluck begeisterte mich so, daß ich dem ersten Glas in rascher Folge eine ganze Reihe weiterer folgen ließ. Dies war gerade das Richtige für mich, eine Steigerung weit über meine bisherigen primitiven Erfahrungen hinaus: Brennend und scharf und doch etwas von der Süße reifen Obstes in sich bergend. Ich kaufte gleich fünf Flaschen, ein handliches Paket wurde aus meinem Einkauf gemacht, und so wanderte ich, nachdem ich in einem Laden noch einen besonders kräftigen Korkenzieher erstanden hatte, wohlausgerüstet und in munterster Stimmung wieder dem Bahnhof zu.

Wieder reiste ich und fuhr dieselbe Strecke, die ich heute früh gekommen war; ich fuhr wieder meiner Vaterstadt zu. Eine Station vorher aber stieg ich aus und marschierte, schon fiel die Nacht ein, kaum eine halbe Stunde weit zu jenem Landgasthof, in dem Elinor, die Königin des Alkohols, wohnte. Vergessen war die mißglückte Nacht in ihrer Kammer, vergessen das beschämende Gelage, in dem mich vor den Augen der Ärzte alle meine Zechkumpane verlassen hatten, vergessen waren die so boshaft ins Auto hineingereichten Schuhe! Der Alkohol hat kein Gedächtnis, macht er zornig, so kann ein Wort, ein Gläschen schon diesen Zorn wieder auslöschen – ich wußte nur, daß nach meinen Erfahrungen mit Magda und Lobedanz jetzt Elinor meine Zuflucht war. Bei ihr wollte ich bleiben, oder mit ihr wollte ich reisen – das war alles, was ich noch an Lebensglimmen hatte, und es schien mir völlig genug.

22.

Ich war zu spät gekommen. Vor den Fenstern der Gaststätte lagen schon die Läden, und kein Lichtschein drang hindurch. Ich legte die Hand auf die Klinke, aber die Tür war verschlossen. Einen Augenblick stand ich überlegend. Dann ging ich leise um das Haus herum in den Obstgarten und sah zu Elinors Fenster empor. Auch dort alles dunkel, aber das machte nichts. Ich hatte alle Zeit, die Gott werden ließ, und wir würden uns schließlich auch im Dunkeln gut verständigen. Besser! Besser!

Erst einmal setzte ich mich ins Gras und fing an, mein Paket zu öffnen. So ein geschickt verpacktes Paket ist etwas sehr Gutes, aber es hat den Nachteil, daß man an seinen Inhalt nicht heran kann. Zu lange hatte ich schon gedurstet, große Leistungen vollbracht – und jetzt der gute Holzfällerschnaps! Nachdem ich mich ausgiebig, sehr ausgiebig gestärkt hatte, fing ich an, meine Habseligkeiten auf dem Schuppendach, das ich gerade mit den Händen erreichen konnte, aufzubauen. Zuerst die Aktentasche, dann eine Flasche nach der anderen: eine Flasche sächsischen Korn, dann vier unangebrochene und eine angebrochene Flasche Schwarzwälder Zwetschgenwasser. Alles schön ordentlich nebeneinander auf dem Dachrand. Nun war ich fertig zum Aufstieg. Ich hängte mich an die vorstehende Dachkante und versuchte, mich hochzuziehen. Aber ich hatte meine turnerischen Fähigkeiten über- und die Wirkung des Schnapses unterschätzt: Eine Weile hampelte ich hilflos in der Luft, dann verlor ich den Halt und stürzte schwer ins Gras. Ächzend blieb ich liegen, der Fall hatte mir nicht gutgetan. Aber mit jener Hartnäckigkeit, die Betrunkene gerade beim aussichtslosesten Tun entwickeln, erneuerte ich meine Versuche, stets nachdem ich mich erst neu und ausgiebig gestärkt hatte – der Rest der ersten Flasche ging dabei drauf. Aber jedesmal stürzte ich wieder zu Boden. Als ich das letztemal aufstand, war mir klar, daß ich so mein Ziel nie erreichen würde. Außerdem verstand selbst ich, daß ich schwer betrunken war.

›Ich bin komplett besoffen, ich bin völlig blau ...‹, murmelte ich immer wieder stumpfsinnig vor mich hin und lehnte mich schweratmend gegen einen Baum. Dann erinnerte ich mich dunkel, daß ich vor dem Gasthof Eisentische und Eisenstühle hatte stehen sehen. Mühsam schleppte ich einen Stuhl herbei, kletterte vorsichtig auf ihn (ich hatte jetzt schon Furcht vor einem neuen Fall) und versuchte nun, aufs Dach zu kommen. Und wieder stürzte ich. Es gab eine längere Pause, einesteils, weil ich mich wirklich ziemlich schwer geschlagen hatte, zum anderen, weil ich den Korkenzieher suchen mußte, um eine neue Flasche zu öffnen. Ich hatte ihn bestimmt auch auf den Dachrand gelegt, aber von dort war er ganz unbegreiflich verschwunden. Ich suchte ihn, leise vor mich hinscheltend, auf allen vieren im Grase. Er war nicht aufzufinden. Schließlich besann ich mich darauf, daß auch an meinem Taschenmesser ein Korkenzieher war, der mir bisher recht gute Dienste geleistet hatte. Ich suchte das Messer in den Taschen, fand es nicht, fand aber statt dessen in ihnen den Korkenzieher, den ich auf den Dachrand gelegt hatte. Nachdem ich wieder getrunken hatte, war mir doch eines klar: Daß ich über das Dach das Kammerfenster nie erreichen würde. Also ging ich wieder nach vorne und versuchte von neuem die Vordertür. Sie war noch immer verschlossen. Ich zog mein Schlüsselbund aus der Tasche und versuchte meine Schlüssel, einen nach dem anderen. Sie waren alle viel zu klein für dieses derbe ländliche Schlüsselloch, aber mit einer stupiden Hartnäckigkeit versuchte ich sie immer wieder, in der festen Erwartung, schließlich werde ein Wunder geschehen und die Tür sich öffnen. Ich hatte bei all diesen völlig betrunkenen Anstalten schon lange nicht mehr die geringste Rücksicht auf den Nachtschlaf der Hausbewohner genommen, und so war es denn kein Wunder, daß schließlich über mir ein Fenster aufging und eine recht ärgerliche Frauenstimme scharf sagte:

"Wer ist denn da?"

Ich stand ganz still, rührte mich nicht, wie ein ertappter Einbrecher.

"Wollen Sie wohl machen, daß Sie fortkommen!" rief es wieder von oben ärgerlich. "Ich sehe Sie ja da ganz deutlich stehen! Hier wird nichts mehr ausgeschenkt, hier ist geschlossen!"

Damit flog das Fenster oben wieder zu, und ich stand allein im Dunkeln, noch immer ausgeschlossen. Eine Weile verharrte ich bewegungslos, dann schlich ich auf Zehenspitzen zurück in den Hintergarten und fing leise an, meine Habseligkeiten vom Schuppendach fort und vorne zum Eingang hinzutragen, wo ich sie wieder pedantisch ordentlich auf einem Eisentisch aufbaute. (Daß ich bei dieser Beschäftigung nicht das Trinken vergaß, versteht sich von selbst.) Kaum hatte ich dieses Werk, das wegen meiner Zerfahrenheit und meines unsicheren Ganges viel Zeit beanspruchte, vollendet, fing ich wieder mein idiotisches Spiel mit Schlüsselbund und Schlüsselloch an. Ich hatte noch nicht lange gearbeitet, so flog oben mit einem Krach wieder das Fenster auf, und die Frauenstimme rief jetzt sehr zornig: "Das wird mir jetzt aber doch zu bunt. Wollen Sie jetzt machen, daß Sie wegkommen? Oder soll ich die Polizei holen?!"

Das Wort ›Polizei‹ löste meine schwergewordene Zunge.

"Ach bitte", rief ich verwirrt nach oben, "wollen Sie mich denn nicht hineinlassen? Ich bin nämlich der Professor –!"

Wie ich dazu kam, mir den Titel ›Professor‹ beizulegen, ahne ich nicht, es war eine höhere Eingebung.

"Der Professor –?" fragte es von oben im Tone höchsten Erstaunens.

"Welcher Professor denn –? Der hier vorigen Sommer Bilder gemalt hat?"

"Ja, natürlich", sagte ich im selbstverständlichsten Tone von der Welt, als sei es ganz normal, daß ein bildermalender Professor zur Nachtzeit fremde Türen mit seinen Schlüsseln aufschließen will.

"Lassen Sie mich doch rein! Ich stehe hier schon zwei Stunden!"

"Hätten Sie doch eine Postkarte geschrieben, Herr Professor!" sagte die Stimme von oben, noch nicht gerade sehr freundlich, aber doch milder. "Warten Sie einen Augenblick, ich schließe Ihnen dann gleich auf."

Erleichtert setzte ich mich auf einen Eisenstuhl, trank schnell noch einmal und schloß dann die Augen. Ich war sehr müde, fast betäubt, und doch ahnte ich, daß hinter dieser Ruhe in mir etwas Gefährliches steckte; ein wilder unbändiger Zorn, der jeden Augenblick hervorbrechen konnte. Es fehlte nur der Anlaß, und Anlaß konnte eigentlich alles sein. Dieses Zwetschgenwasser war viel gefährlicher als der vergleichsweise harmlose Korn, es ging tiefer ins Blut, führte zu ungeahnten Abgründen.

Schließlich drehte sich der Schlüssel in der Tür, ein Lichtschein fiel heraus zu mir.

"Na, dann kommen Sie man rein", sagte die Frauenstimme. "Aber nett ist das nicht, Herr Professor, daß Sie uns so die Nachtruhe stören."

Ich stand auf und folgte meiner Führerin in die Gaststube, die jetzt im Schein nur einer Glühbirne mit den auf den Tischen gestellten Stühlen höchst unwirtlich aussah. Meine Begleiterin drehte sich jetzt nach mir um, es war die weißhaarige Wirtin, die ich schon einmal einen Augenblick gesehen hatte. Sie musterte mich erstaunt.

"Aber Sie sind ja gar nicht der Professor!" rief sie ärgerlich. "Sie sind ja der Herr, der neulich hier die große Zecherei gemacht hat und den der Kreisarzt weggeholt hat. Das ist doch eine Unverschämtheit, mir hier vorzulügen ..."

Sie verstummte unter meinem drohenden Blick. Ich fühlte eine ungeheure Wut in mir. Ich wußte, ich würde jeden Widerstand brechen, der sich mir jetzt noch entgegenstellte; ich war imstande, das wußte ich, diese Frau zu schlagen, zu Boden zu werfen, zu töten gar, wenn ich es für notwendig befand, wenn es der Teufel in mir für notwendig hielt. Ich sah diese Frau an und befahl: "Rufen Sie Elinor!" Und als sie eine Bewegung des Widerspruchs machte: "Auf der Stelle rufen Sie Elinor oder", meine Stimme wurde leise und drohend, "es passiert was!"

Die Frau machte eine hilflose Gebärde und sagte dann rasch und bittend:

"Mein Herr, machen Sie mir doch keine Schwierigkeiten. Es ist jetzt Nacht, und das Mädchen schläft. Ich will Ihnen hier gerne auf dem Sofa ein Bett zurechtmachen. Sehen Sie, jetzt haben Sie einen kleinen Rausch."

Sie versuchte zu lächeln, aber es war Angst in ihrem Lächeln, ich erkannte es wohl.

"Schlafen Sie Ihren Rausch aus, und morgen soll Elinor so viel mit Ihnen zusammen sein, wie Sie nur wollen. Sie sind doch ein gebildeter Mann, mein Herr!"

"Sie rufen das Mädchen!" sagte ich hartnäckig, und als sie wieder dagegenreden wollte: "Nun gut, dann gehe ich selbst zu ihr hinauf!" Ich schob die Wirtin beiseite.

"Ich werde die Elinor rufen", sagte die Wirtin rasch. "Bitte setzen Sie sich einen Augenblick dort in das Sofa, Elinor wird sofort kommen."

"Halt!" rief ich, als die Wirtin treppauf gehen wollte. "Sie rufen von hier unten, Sie verlassen diese Gaststube nicht. Wer diese Stube verläßt, wird erschossen!"

Ich griff in die Tasche, als hätte ich eine Schußwaffe bei mir. Die Wirtin kreischte leise auf.

"Sie wissen Bescheid", sagte ich finster. "Also jetzt rufen Sie."

Die Wirtin rief, sie mußte viele Male rufen, ehe Antwort von oben kam, Elinor hatte einen festen Schlaf.

"Sollst runterkommen, Elinor!" rief die Wirtin. "Mach ein bißchen schnell, du!"

"So", sagte ich mit der Miene eines Untersuchungsrichters, "und nun eine Frage: Haben Sie Schwarzwälder Zwetschgenwasser?"

"Das nicht", sagte die Wirtin, und, als sie meine zornige Miene sah, "aber ich habe ein Kirschwasser, das noch besser ist."

"Besser als Zwetschgenwasser ist nichts", erwiderte ich, "aber bringen Sie immerhin Ihren Kirsch."

Sie brachte ihn; Flasche und Glas zitterten in ihrer Hand.

"So", sagte ich und trank. Meine Stimmung hellte sich auf; dies war wirklich beinahe noch besser. "So, und nun setzen Sie sich dorthin und sagen Sie mir, wer außer Ihnen noch hier im Hause ist."

"Nur die Elinor, wirklich, außer mir nur die Elinor!"

"Sie lügen!" rief ich wütend. "Lassen Sie sich nicht einfallen, mich noch einmal anzulügen, oder es passiert was."

Und wieder griff ich in meine Tasche. Die Wirtin kreischte wieder leise.

"Ich habe", fuhr ich unerbittlich fort, "das letztemal hier noch ein Mädchen gesehen, mit Zottelhaaren und einer roten Nase ..."

"Ach, die Marie meinen Sie", rief die Wirtin erleichtert. "Aber, Herr, warum regen Sie sich so auf und ängstigen mich so? Ich will Sie doch nicht anlügen: Die Marie hilft hier nur aus, die wohnt im Dorf bei ihren Eltern ..."

"So", sagte ich zufrieden, "dann will ich Ihnen diesmal noch verzeihen, wenn es so ist."

Ich trank.

"Und Ihr Kirsch ist wirklich auch nicht schlecht, gut ist er sogar ..."

"Nicht wahr, nicht wahr?" sagte die Wirtin eifrig. "Ich tue ja alles, um Sie zufriedenzustellen. Mitten in der Nacht hole ich das Mädchen aus dem Bett. Nun müssen Sie aber auch nett sein und nicht mehr mit dem Schießeisen drohen. Am besten legen Sie es erst einmal weg, so ein Ding kann so leicht losgehen, und das wollen Sie doch nicht; Sie sind doch ein guter, anständiger Herr ..."

Ehe ich noch gegen diese neue Beleidigung hatte protestieren können, denn ich war entschlossen, nicht gut, sondern furchteinflößend und böse zu sein und meine Macht über die Menschen zu zeigen, ehe ich also wieder zornig geworden war, tönte Elinors fester Schritt auf der Treppe; und da trat sie in den Lichtschein, völlig angezogen, nur das dunkle Haar hatte sie nicht frisiert, sondern trug es locker nach hinten gekämmt. Sie sah noch schöner aus.

"Elinor!" rief ich. "Meine Königin!"

Nur einen Augenblick stutzte sie, als sie mich da so in dem unordentlichen Lokal mit der Wirtin sitzen sah, und dann tat dieses erstaunliche Mädchen genau das Richtige, als hätte sie alles, was vorher geschehen, gewußt: Sie lief auf mich zu, umarmte mich, gab mir einen Kuß rechts und einen Kuß links auf die Backe und rief vergnügt:

"Ach, das Papachen! Das gute, immer betrunkene Papachen! Jetzt wollen wir aber fidel sein, was, Mutter Schulzen? Nun gibt's Sekt!"

"Sekt?" rief ich begeistert. "Natürlich gibt's Sekt, soviel ihr wollt. Ich habe Geld wie Heu. – Elinor, du bist die Beste, du weißt, daß ich dich liebe. Du bist meine Königin, und jetzt werden wir auf Reisen gehen. Elinor, gib mir noch einen Kuß, aber mitten auf den Mund!"

Sie tat es, ich fühlte ihre Brust an der meinen, ich war selig, endlich hatte mir doch der Alkohol die volle Seligkeit geschenkt! Ich sah nur Elinor, ich fühlte nur Elinor, ich dachte und redete nur Elinor. Ich merkte gar nicht, daß die Wirtin trotz meiner strengen Todesdrohung längst die Gaststube verlassen hatte.

23.

Ich weiß nicht, wie lange Zeit ich so in Elinors Armen verbrachte. Ich hatte ihr großes weißes Gesicht mit den geschwungenen Augenbrauen ganz nahe vor mir, es lehnte sich über mich – und die ganze Welt versank mir. Ihre jetzt nicht mehr farblosen, sondern grünstrahlenden Augen sahen mich an, und ich fühlte ein Zittern in mir, bis in das Innerste meiner Knochen; das Herz bewegte sich in mir wie ein Pappelblatt im Sommerwind.

"Oh, Elinor, verzeih, verzeih! Nie habe ich so geliebt! Nie habe ich gewußt, daß es so etwas auf der Welt gibt, du machst mich schwach und stark; berührt mich dein Atem, so ist mir, als wehte ein Sturm durch mich; die dürren Blätter der Vergangenheit weht er alle fort. Ich bin neu geworden durch dich – komm, laß uns von hier fliehen, laß uns aus dem Alten fliehen! Wir wollen in den Süden gehen, wo immer die Sonne scheint, wo der Himmel ewig blau ist – weiße Schlösser an Rebgehängen! Dorthin wollen wir! Komm mit! Ich habe eine kleine Tasche draußen stehen, aber genug ist in ihr, komm mit, wie du bist, wir wollen fliehen, jetzt, noch in dieser Minute, mir ahnt Schreckliches, wenn wir noch länger hierbleiben. Sie würden dich nicht bei mir dulden. Komm, laß uns gehen, mein weißes strenges Gesicht, ma reine d'alcool! Stoß mit mir an, du sollst leben! Dir einen Gruß aus meinem tiefsten Herzen!"

Ich sah sie strahlend an. Und tief beunruhigt: "Warum gehen wir noch nicht?"

Sie fuhr mit der Hand durch meine Haare, beruhigend, liebkosend. Sie saß auf meinem Schoß, einen Arm hatte sie um meine Schulter geschlungen, ihre Zärtlichkeit deckte mir die Welt zu.

Sie sagte leise: "Gleich fahren wir, altes Papachen, gleich. Um sechs geht ein Zug von der Station, so lange mußt du dich noch gedulden, altes Papachen! Wir sitzen doch gut hier! Oder sitzen wir nicht gut hier?"

Ich schmiegte mich fester an sie, ich legte den Kopf gegen ihre Brust, ich fühlte mich geborgen an ihr, in ihr, wie ein Kind bei seiner Mutter.

"Sehr gut sitzen wir hier. Aber um sechs fahren wir – weit, weit von hier fort. Dies alles wollen wir nie wieder sehen – im Süden werden wir leben ... wir werden uns immer lieben ..."

Sie sah mir in die Augen, so nahe, ein einziges Auge schien es zu sein, das mir verschwamm, als hätte ich in die helle Sonne gestarrt.

Sie flüsterte nahe an meinem Ohr: "Ja, ich werde mit dir reisen, altes Papachen. Aber du wirst dann nicht immer trinken, wie? Männer, die immer betrunken sind, hasse ich. Sie ekeln mich."

"Nie mehr werde ich trinken, wenn ich dich erst habe, keinen Tropfen mehr! Du bist besser als Wein und Schnaps; ein Feuer bist du in mir, du machst die Welt tanzen! Dein Wohl, meine Königin!"

"Dein Wohl, mein altes Papachen! Ja, wir werden nun reisen, aber werden wir auch Geld genug haben für solch eine weite Reise? Wir wollen doch nicht arbeiten müssen?"

"Geld?" fragte ich verächtlich. "Geld? Geld genug für uns beide! Geld für alle Reisen und das längste Leben! Geld wie Heu!"

Und ich riß die Scheine aus der Tasche, es war wirklich ein ganzes Bündel. Elinor nahm, es aus meinen Händen, glättete die Scheine und ordnete sie.

"Achthundertdreiundsechzig Mark", sagte sie schließlich und sah mich mit gerunzelter Stirne nachdenklich an.

"Das ist nicht sehr viel Geld, altes Papachen. Nicht genug für eine lange Reise, für ein Leben zu zweien ohne Arbeit. Ist das alles Geld, das du hast –?"

Einen Augenblick war ich etwas ernüchtert. Ich fuhr mit der Hand über die Stirn und sah voll Abneigung auf den Haufen schmutziger Lappen, den Elinor in der Hand hielt.

"Einer hat mir Geld gestohlen, Elinor", sagte ich dann mürrisch. "Fünfmal, zehnmal mehr Geld, als du in der Hand hast, hat der Lump mir gestohlen. Und alle meine Sachen in einem rindledernen Koffer und unser Silber, alles ist weg! Was wird Magda sagen!"

Ich besann mich langsam wieder unter ihrem Blick.

"Aber das ist gleich, Elinor, stecke das Geld fort, ich mag es nicht mehr sehen. Ich kann mehr holen von der Bank, ich kann holen, soviel du willst: Zehntausende! Ich komme mit einem Scheck, sie sagen zu mir: ›Herr Sommer ...‹"

"Also Sommer heißt du?"

"Ja, Sommer heiße ich, Erwin Sommer, wenn du mit mir reist, hast du immer Sommer!"

Ich lachte, aber sie blieb ernst, sie sagte: "Siehst du, altes Papachen, sie haben dir schon dein Geld und deine Sachen gestohlen, du kannst nicht umgehen damit in diesem Zustand. Ich werde es dir verwahren, ganz sicher ist es bei mir aufgehoben. Hier stecke ich dir Geld in deine Tasche, das alte Papachen soll nicht ganz ohne Geld sein. Es sind dreiundzwanzig Mark, wenn dir die wegkommen, ist es nicht weiter schlimm ..."

Sie redete immer eindringlicher, es war lächerlich, wie wichtig sie dieses alberne Geld nahm.

"Und, Papachen, nicht wahr, du schwörst es mir, du wirst nie jemandem sagen, daß ich dir dein Geld verwahrt habe? Zu keinem Menschen? Was auch passiert?"

"Nie werde ich es einem sagen, Elinor", antwortete ich. "Ich schwöre es dir. Aber das alles ist unnötig, um sechs Uhr werden wir reisen ..."

"Also du hast es mir geschworen, altes Papachen, du vergißt es nicht? Zu niemandem nie ein Wort, was auch passiert!"

"Nie ein Wort, Elinor!"

"Du mein gutes Papachen!" rief sie und drückte mich fest in ihre Arme. "So – und nun sollst du zur Belohnung aus meinem Munde trinken dürfen!"

Sie nahm einen Mund voll von dem Kirsch, dann legte sie die Lippen fest auf die meinen, ich schloß die Augen, und aus ihrem Munde floß der Kirsch scharf und warm und lebendig in meinen Mund – es war das Süßeste, das ich je erlebte. Ich verging davor.

24.

Ich erwache, ich sehe um mich. Nein, ich bin nicht erwacht, noch träume ich. Was ich eben sah, war ein weißgekalkter Raum mit einem Eisengitter an seiner einen Seite – das ist noch etwas aus meinem Traum. Ich liege da, mit geschlossenen Augen, ich versuche mich zu erinnern ... da geschah doch etwas in der Nacht. Dann besinnt sich meine linke Hand. Ganz unwillkürlich tastet sie auf dem Fußboden entlang, und nun trifft sie auf die kühle Glätte von Glas. Sie hebt die Flasche zum Munde, und nun trinke ich wieder, mit geschlossenen Augen trinke ich noch einmal Schwarzwälder Zwetschgenwasser, wieder bin ich bei Elinor. Ich bin bei Elinor! Das Leben geht weiter, ich schwinge mich noch höher ... Ich habe nur eine Zeit geschlafen, und nun bin ich wieder bei Elinor.

Zwei, drei Schlucke, und nun ist die Flasche leer. Ich sauge an ihr: Kein Tropfen kommt mehr. Mit einem tiefen Seufzer stelle ich sie nieder und öffne wieder die Augen. Ich sehe eine weißgekalkte, recht schmutzige Zelle, die Wände von vielen Inschriften und schweinischen Zeichnungen zerkratzt. An der einen Wand sitzt sehr hoch, dort, wo sie schon schräg wird, ein kleines vergittertes Fenster. Dies Fenster steht offen, ich sehe durch die Öffnung einen blaßblauen, von matter Sonne erfüllten Himmel. Auf der vierten Seite hat diese Zelle ein festes Gitter aus Eisenstangen. Genau wie die Gitter an den Tierkäfigen in den Zoologischen Gärten. Außerhalb des Gitters steht ein Ofen, dann ist da noch eine Tür, die geschlossen ist. Ich bin gefangen! Ich sehe auf mein Lager. Ich liege in Kleidern auf einem jämmerlichen Eisenbett, auf einem Strohsack mit zerrissener Decke. Meine Zelle enthält sonst noch einen Tisch, einen Schemel und einen fürchterlich stinkenden Kübel. Ja, und dann enthält sie die Flasche, die ich soeben geleert habe ...

Ich springe von meinem Lager auf, ich hebe die Flasche gegen das Licht: Wirklich, es ist kein Tropfen mehr drin! Ich stelle sie endgültig fort, hinter den Kübel, und während ich dies tue, kommt ein Stück der Erlebnisse dieser Nacht zurück, blitzartig erleuchtet ...

Ich sehe die unordentliche, düster beleuchtete Gaststube, ich sehe mich, Erwin Sommer, den Inhaber eines Landesproduktengeschäftes, angesehenen Bürger von 41 Jahren, ich sehe mich, wie ich mit dem Gendarmen handgemein bin, wie ich mich mit Händen und Krallen meiner Verhaftung widersetze – wir wälzen uns am Boden, und die behäbige Wirtin mit dem weißen Scheitel, die sich so vor meiner Schußwaffe geängstigt hat, die jetzt aber weiß, daß ich mit meiner Schußwaffe nur geprahlt habe, sie versetzt mir während dieses Kampfes hinterlistige Tritte und Püffe, sie kneift mich und fährt plötzlich mit allen fünf Fingern in mein Gesicht, alles, während ich mit dem Gendarmen um meine Freiheit kämpfe. Und im selben Augenblick während dieses Kampfes sehe ich Elinor, die mit einem unergründlichen Lächeln auf uns beide Kämpfenden schaut, aber nicht einen Finger rührt, um dem einen oder anderen Kämpfenden zu helfen. Kein Wort auch spricht sie.

Und doch hätte ich mich vielleicht freigekämpft, denn in mir tobte ein Entsetzen, daß ich, ein gesitteter Bürger, wie ein X-beliebiger in ein richtiges Gefängnis abgeführt werden sollte, ich, ein angesehener Mann, vor dem viele Leute zuerst den Hut zogen, ins Kittchen – ja, diese Verzweiflung gab mir solche Kräfte, daß ich mich wohl doch noch von dem Wachtmeister freigekämpft hätte – wenn nicht Elinor gewesen wäre. In irgendeinem Moment unseres Kampfes, wohl gerade in dem Augenblick, da sich der Sieg mir zuneigte, stand sie plötzlich bei uns mit einer Flasche von meinem Schwarzwälder Zwetschgenwasser; sie sagte sanft lächelnd und strahlte mich dabei mit ihren hellen Augen freundlich an: "Seien Sie doch friedlich, altes Papachen! Der Wachtmeister erlaubt Ihnen auch, sich eine

Flasche Schnaps mitzunehmen. Es ist ja nur für eine Nacht, altes Papachen, bis Sie Ihren Rausch ausgeschlafen haben ..."

Damit war mein Kampfmut gelähmt, und sie wurden leicht Herr über mich. Wieder verführten mich der Alkohol und Elinor (das war wohl das gleiche Gift: Alkohol und Elinor); so oft schon hatten sie mich getäuscht und in die beschämendsten Niederlagen hineingeführt, aber ich war noch immer nicht klug geworden. Für eine Flasche Schnaps verkaufte ich meine Aussicht auf Freiheit. Und da stand sie nun, dort hinten, bei dem stinkenden Kübel: leer. Und hier stand ich, zwischen gekalkten Wänden, hier ein Eisengitter, dort oben, nahe der Decke, ein kleines Fensterloch. Ohne Freiheit. Ohne Elinor. Ohne Schnaps.

Und plötzlich fällt mir noch eine Schlußszene, eine allerletzte Szene von diesem Abend her ein, eine so beschämende Szene, daß ich die Fäuste balle und die Zähne zusammenbeiße ... Wir sind handelseins geworden, der Gendarm und ich. Er hat viel von seinen Dienstvorschriften geredet, aber ich habe ihm wohl Scherereien genug gemacht, und er hat wohl auch Befürchtungen, daß ich ihm bei dem Weg durch die Nacht noch Schwierigkeiten mache ... Er hat eingewilligt, daß ich die Flasche Schnaps noch mitnehmen darf; ich trage sie mit losem Korken griffbereit in der Hosentasche. Dafür habe ich ihm mein Ehrenwort gegeben, ihm nicht wieder zu widerstehen und keinen Fluchtversuch zu machen. Trotzdem hat er mir ein kleines stählernes Kettchen um das rechte Handgelenk gelegt, er mißtraut vielleicht dem Ehrenwort eines Betrunkenen doch ein bißchen. Und nun stehen wir unter der Tür, ich habe mich umgewendet und habe zu Elinor gesagt: "Gute Nacht, Elinor, ich danke dir auch für alles, Elinor."

Und sie antwortet mit gleichmütiger Stimme: "Gute Nacht, altes Papachen, schlaf auch schön" – grad als wäre ich irgendein beliebiger Stammgast, der nach seinem Abendschoppen zum friedlichen Ehebett heimgeht. Also, hiernach wollen wir nun wirklich gehen, ich und der Wachtmeister, da ruft die Wirtin plötzlich mit schriller Stimme: "Und mein Wein? Und mein Schnaps?! Und die zerbrochenen Gläser?!! Der Lump hat ja noch nicht bezahlt, der besoffene, Herr Wachtmeister! Das geht doch nicht! Lassen Sie ihn erst zahlen."

Der Wachtmeister sieht mich erst bedenklich an, seufzt und fragt dann leise: "Haben Sie Geld?"

Ich nicke.

"Also dann bezahlen Sie, daß ich endlich nach Haus komme!" Und laut: "Wieviel macht's denn?"

Die Wirtin rechnet, dann sagt sie: "Siebenundsechzig Mark einschließlich Bedienung. Und richtig, dann noch das Telefongespräch, durch das ich Sie gerufen habe, Herr Wachtmeister. Macht alles zusammen siebenundsechzig Mark zwanzig."

Ich greife in meine Tasche. Ich bringe ein bißchen Geld hervor. Ich greife in die Brusttasche meines Jacketts: sie ist leer. Plötzlich erinnere ich mich ... Ich sehe auf Elinor hin, erst mit einer stummen Frage, dann bittend, auffordernd, drängend ... Ich kann doch hier nicht auch als Zechpreller dastehen! Elinor sieht nicht auf mich, mit einem unergründlichen schwachen Lächeln blickt sie auf das Geldhäufchen, das ich auf einen Tisch gelegt habe. Dann gleitet ihr Blick von dort fort und zur Wirtin hin ... Elinors Lippen öffnen sich ein wenig, das Lächeln um ihren Mund verstärkt sich ... die Wirtin ist auf das Geld losgeschossen und hat es im Nu durchgezählt.

"Dreiundzwanzig Mark", schreit sie kreischend. "Sie Lump, Sie verdammter Zechpreller, Sie! Erst stehlen Sie mir meine Nachtruhe und bedrohen mich mit einem Revolver und dann ..."

Sie schilt immer weiter, der Wachtmeister hört gelangweilt und gähnend zu. Schließlich, als die Wirtin mir gar wieder mit ihren Krallen ins Gesicht fahren will, wehrt er sie ab und sagt: "Jetzt ist's genug, Frau Schulze." Und zu mir: "Haben Sie wirklich nicht mehr Geld?"

"Nein!" sage ich und sehe Elinor fest dabei an. Diesmal sieht sie mich wieder an, ebenso fest, ohne eine Spur von Lächeln. Und nun tut dieses Mädchen blitzschnell wieder etwas Erstaunliches: sie greift in den Ausschnitt ihrer Bluse und zieht für einen Augenblick den mir abgenommenen Packen Geldscheine hervor. Ich sehe den blauen Schimmer der Hundertmärker. Im Mundwinkel erscheint Elinors Zungenspitze, spöttisch lächelt das Mädchen jetzt. Der Packen Geld verschwindet wieder im Busen. Sie legt die Hand auf die Brust, hebt sie ein wenig an, daß ich den schönen, vollen Ansatz sehe, und dann wendet sie sich endgültig von mir ab, geht hinter die Theke.

Oh, wie klug und raffiniert sie ist: gerade im richtigen Moment erinnerte sie mich an mein Wort, aber meinem Wort nicht ganz trauend, erinnerte sie mich auch an die Verbundenheit unseres Fleisches. Bittersüß, von einem kalten Feuer, eine Geliebte, die sich mir nie ganz hingeben, die ich nie ganz besitzen würde – die wahre Königin des Alkohols!

"Nein", sage ich mit trockener Stimme, "mehr Geld habe ich nicht bei mir. Aber senden Sie die Rechnung an mein Kontor, meine Frau wird sie sofort bezahlen."

Die Wirtin keift: "Ihre Frau wird Besseres zu tun haben, als die Rechnungen eines Säufers zu bezahlen! Wachtmeister, kehren Sie seine Taschen um, vielleicht hat er doch noch etwas bei sich ..."

"Nichts", sage ich. "Aber ich habe eine Tasche draußen stehen, Herr Wachtmeister, wenn ich die holen darf ...?"

Wir holen die Aktentasche, meinen Einkauf in jenem kleinen Luftkurort, herein. Ich breite meine Einkäufe aus: meine beiden papageienbunten Pyjamas, das raffinierte Toilettenzeug, das französische Parfüm ... Wie lange ist es her, daß ich dies alles, weltmännisch scherzend, von jungen Mädchen einkaufte? Ich werde es nie benutzen! Wie lange ist es her, daß ich auf der Seeterrasse dort grünen Aal zu Burgunderwein aß und Betrachtungen darüber anstellte, ein wie behagliches Leben ich als zur Ruhe gesetzter Kaufmann führen würde? Wie lange? Erst gute zwölf Stunden! Und nie werde ich dieses behagliche Leben führen! Jetzt trage ich eine Kette um das Handgelenk und werde als Verbrecher von der Polizei eskortiert! O ade, gutes Leben!

"Was soll ich mit dem feinen Krimskrams?!" zetert die Wirtin. "Sieben Haut- und Nagelscheren allein! Das kann ich nicht brauchen. Ich will mein Geld haben! Und diese gemeinen Schlafanzüge!" Aber ihrer Stimme ist anzuhören, daß dies nur ein Rückzugsgefecht ist, ihre Gier ist erwacht.

"Ich habe um hundert Mark herum dafür bezahlt", sage ich. "Und draußen stehen auch noch zwei Flaschen Schwarzwälder und eine Flasche Korn – die sollen Sie auch noch haben –, sind Sie nun zufrieden?"

Sie zetert noch ein wenig, aber dann gibt sie sich zufrieden.

"Aber die Flasche Parfüm möchte ich Ihrem Mädchen als Trinkgeld schenken", sagte ich und nahm sie.

"Meinethalben", sagt die Wirtin. "Mit solchem Nuttenzeug mag ich mich nicht einstinken."

Und sie probiert, ob die Hose des bunten Pyjamas auch lang genug für sie ist.

"Elinor!" rufe ich durch das Lokal, denn ich kann wegen der Kette nicht fort von dem Wachtmeister. "Hier habe ich noch eine Flasche echt französisches Parfüm für dich ... Komm, Mädchen!"

"Ach, lassen Sie mich zufrieden!" ruft sie mürrisch zurück. "Ich habe jetzt wirklich genug von Ihnen. Bringen Sie den Kerl doch weg, Wachtmeister, ich möchte ins Bett!"

Die brutale Rücksichtslosigkeit, mit der sie mich im Stich ließ, sobald sie ihren Zweck erreicht hatte, raubte mir fast den Atem. Dann rief ich: "Verläßt du dich nicht ein bißchen sehr auf meine Anständigkeit, Elinor?" scharf durchs ganze Lokal.

"Bringen Sie den besoffenen Trottel weg, Wachtmeister!" schrie sie jetzt. "Ich will nicht mehr von ihm angequatscht werden. Er war mir immer eklig, hoffentlich behaltet ihr ihn ewig im Kittchen!"

Ich begriff, in einem Augenblick begriff ich. Jetzt war ihr mein Geld sicher, ich hatte selbst seinen Besitz geleugnet. Und sie trug es bestimmt nicht mehr bei sich, sie hatte es schon irgendwo hinter der Theke versteckt. Nun ließ sie die Maske fallen – ich war ein ekelhafter Trottel. Wahrhaftig, ich war es wirklich. Wie gut, daß ich noch eine Flasche Schnaps zum Trost in der Tasche hatte! Aber wie, wenn mich nun auch der Schnaps verließ?

"Also kommen Sie endlich!" sagte der Wachtmeister und zog am Kettchen.

Ich folgte ihm wortlos. Der Gendarm setzte sich auf sein Rad und radelte, für einen Radler langsam, für einen Fußgänger reichlich schnell, los. Ich trabte nebenher. Im Gefängnis des großen Nachbardorfes, in demselben Ort, an dem ich mit der Bahn am Abend vorher eingetroffen war, lieferte er mich ein.

25.

Ich habe mein Bett unter das kleine Fenster gerückt und mich dann an den eisernen Gitterstäben hochgezogen. Ich sehe in ein friedlich besonntes Land mit Wiesen, Äckern, weidendem Vieh und Waldstreifen am Horizont. Direkt unter mir liegt ein mit Latten eingefriedeter Gemüsegarten, ein alter Mann geht einen Weg entlang und pflückt Grünes für Ziegen und Karnickel in einen Sack. Er kann gehen, wohin er will – und ich, ich bin jetzt gefangen! Gestern gehörte mir das noch alles, ich konnte aus meinem Leben machen, was ich wollte, heute halten andere mein Leben in ihrer Hand, und ich muß warten, wie sie über mich beschließen.

Ich lasse mich auf mein Bett fallen. Mir ist sehr schlecht, mein Kopf schmerzt – die Wirkung der paar Schlucke eben ist schon wieder vergangen. Ich habe Durst

– aber wann werde ich diesen Durst wieder stillen können? – Heute schon, sage ich mir beruhigend, bestimmt heute schon! Heute noch lassen sie dich wieder frei. Sie haben dir bloß einen Schreck einjagen wollen, sowas macht man, man steckt Betrunkene für eine Nacht in eine Zelle, damit sie ihren Rausch ausschlafen und sich ernüchtern, dann läßt man sie wieder frei. So machen sie's nun auch mit dir. Ich will nicht mit ihnen grollen, schließlich handeln sie ganz richtig. Ich habe mich wirklich zu sehr gehenlassen in dem Landgasthof, dieser Denkzettel, dieser Schreckschuß sind mir ganz gut. Aber gleich wird der Schlüssel im Schloß klirren, der nette Wachtmeister aus der Nacht kommt herein und fragt lachend: "Na, gut geschlafen, Herr Sommer? Dann machen Sie, daß Sie hier wegkommen – und sündigen Sie hinfort nicht mehr!"

Und ich gehe in die Freiheit, in jenen frischen, grünen, sonnigen Morgen hinaus, an dem ein älter Mann an allen Straßenrändern, wo er nur mag, Grünfutter in einen Sack sammelt. Ich bin wieder frei – wäre es wirklich ein ernster Fall gewesen, hätte mir dann der Wachtmeister den Schnaps mit in die Zelle gegeben?

So beruhige ich mich, und wenn sich ein Gedanke an jene nächtliche Szene mit Magda bei mir einschleichen will, so weise ich ihn energisch zurück. Magda ist meine Frau, trotz aller Differenzen in letzter Zeit, wir haben so lange zusammengehalten, sie wird mir verzeihen, sie hat mir schon verziehen. Sie versteht, daß ich krank war. Aber dieser Schreckschuß hat mich ernüchtert, nie wieder werde ich trinken, keinen Tropfen mehr.

Ich springe auf und gehe in der Zelle hin und her. Nein, ich will jetzt ehrlich sein, ich will mir nicht wieder etwas vorlügen: ich kann, wenn ich nachher entlassen werde, nicht gleich auf einen Schlag mit Trinken aufhören; schon jetzt quält mich der Durst schändlich. Es ist wie ein reißendes Verlangen in meinem Körper, eine Gier, die einen töten zu wollen scheint, wenn sie nicht befriedigt wird. Meine Glieder zittern, ein Schweißausbruch folgt auf den anderen, der Magen ist in Aufruhr.

Plötzlich fällt mir ein, daß ich bei meinem Aufbruch aus dem Landgasthof wohl eine ganze Flasche Kirsch bezahlt habe, daß sie aber, nur zur Hälfte leergetrunken, auf dem Tisch stehenblieb. Ich hätte den Wachtmeister bitten sollen, sie noch leertrinken zu dürfen. Er hätte es mir erlaubt, dann hätte ich mehr Alkohol im Leibe gehabt, dann hätte ich jetzt nicht diese schrecklichen Beschwerden!

Also, ich will von jetzt an ehrlich sein: ich kann dem Alkohol nicht sofort ganz abschwören, aber ich werde von nun an sehr mäßig trinken, vielleicht nur eine halbe Flasche pro Tag oder gar nur ein Drittel. Mit einem Drittel würde ich schon auskommen. Jetzt würde mich schon ein einziger kleiner Schnaps glücklich machen, ein winziges Stängchen, kaum ein Mund voll Schnaps, in diesem Zustand, in dem ich jetzt bin.

Wenn ich jetzt gleich entlassen werde, werde ich mir im Ort so ein Stängchen leisten, ein einziges nur, und dann werde ich zu Fuß nach Haus gehen und nichts mehr trinken. Ich habe kein Geld mehr bei mir, aber ich habe meinen bläulichen Frühjahrsmantel an, den werde ich dem Wirt zum Pfand dalassen. Er wird mir darauf eine Flasche Korn geben, vielleicht sogar zwei, dann bin ich wieder für drei, vier Tage ausgerüstet. Für drei Tage jedenfalls bestimmt! Und in drei Tagen habe ich Magda rum, ich werde sehr liebevoll und freundlich mit ihr sein, dann bekomme ich wieder Geld von ihr ... Einen Augenblick schließe ich die Augen: ich habe eben an die fünftausend Mark gedacht, die ich gestern um diese Zeit von der Bank abhob. Es muß ein schwerer Schlag für das Geschäft gewesen sein, es wird vielleicht doch nicht ganz so einfach sein, Magda zu versöhnen ... Aber, beruhige ich mich rasch, ich werde eine Hypothek auf unsere Villa eintragen lassen, sie ist bisher schuldenfrei; fünftausend Mark bekomme ich auf die Villa bestimmt. Dann ist Magda versöhnt. Und natürlich werde ich Lobedanz nicht ungestraft seinen Raub genießen lassen. Ich werde heute noch zu ihm hingehen, meine Sachen und das Silber und meine Goldsachen muß er mindestens wieder herausrücken, dann will ich ihm zweitausend Mark von dem Geld lassen. Und geht er darauf nicht ein, werde ich ihn anzeigen, dann wandert der gute, sanfte, heuchlerische Lobedanz statt meiner ins Gefängnis.

So gehen meine Gedanken, im ganzen sind sie – trotz gelegentlicher beklommener Erwägungen – optimistisch. Ich werde schon durchkommen, schließlich bin ich ein angesehener Bürger; man wird sich hüten, mich hart anzufassen!

Dazwischen starre ich halb gedankenlos die Inschriften in der Zelle an. Manche sind mit Bleistift an die Wände geschrieben, andere mit einem Nagel in den Kalk gekratzt. Meist steht obenan ein Name, und darunter dann zwei Daten, das der Einlieferung und das der Entlassung. Es beruhigt mich sehr, daß all diese Daten so dicht beieinanderliegen, der Mann, der nach den Inschriften am längsten hier in der Zelle gesessen hat, war zehn Tage hier. Auch ein Beweis wieder, daß man nichts Schlimmes mit mir vorhat. Zehn Tage – nun, für mich kommen zehn Tage auch nicht in Frage, ich hielte sie nie aus bei meinem wilden Alkoholhunger! Aber ich, ich werde ja auch in ein paar Minuten entlassen! Und dann, wie ist es mit dem Frühstück? Auch Gefangene müssen ein Frühstück bekommen, vermutlich Wasser und trocken Brot, aber immerhin ein Frühstück. Es ist jetzt mindestens halb zehn Uhr, nach dem Sonnenstand zu urteilen, und mir hat man noch kein Frühstück gebracht. Das ist natürlich wieder ein Zeichen, daß man es nicht schlimm mit mir meint. Man will mich so schnell entlassen, daß man nicht einmal ein Frühstück an mich wendet. Der Wachtmeister spart es, ich kann mir ja draußen eins kaufen! Das ist so klar wie der Tag; für den Augenblick völlig beruhigt, werfe ich mich wieder auf den Strohsack und versuche zu schlafen. Ich denke an Elinor, ich versuche an die Süße des Augenblicks zu denken, als sie mir den Schnaps aus ihrem Munde zu trinken gab, aber seltsam, jetzt scheint mir das nicht mehr süß. Nein, ich will nicht mehr an den Landgasthof denken, es war zu widerlich dort, und wie fein sie mich ausgebeutelt hat, diese kleine Hure, wie den allerletzten dummen Jungen! Aber zu ihr werde ich nicht gehen wie zu Lobedanz, soll sie mit ihrem Raub glücklich werden oder verrecken, ich will nie wieder etwas von ihr sehen! Ich lebe von nun an nur für Magda. Es ist nur gut, daß ich mit diesen Leuten im Gasthof so völlig durch bin; ich habe alles bezahlt, sie können mir gar nichts mehr wollen, ich werde sie nie wieder sehen. Ich wollte nur, ich wüßte über Magdas Stellung zu mir schon so gut Bescheid ...

So gehen meine Gedanken. Dazwischen schlafe ich ein bißchen, duhsle so halb ein oder bin auch plötzlich ganz fort, wie in einer tiefen Ohnmacht. Und da bin ich wieder wach, fühle von neuem die Qual in meinem Leib, stöhne: ›Mein Gott! Mein Gott! Das halte ich nicht aus – komme ich denn noch nicht fort?‹

Und ich renne hin und her, rüttele auch einmal an den Eisenstangen, lehne mich gegen die Tür, in der wahnsinnigen Hoffnung, daß sie vielleicht offen geblieben ist, und denke an Magda ... Ehrlich gesagt: ich habe Angst vor Magda ... Sie kann so verflucht energisch sein ... Aber ich bin ihr Mann, wir haben uns geliebt, sie wird mir verzeihen, sie muß es ... So dreht sich die ewig gleiche Gedankenmühle ...

26.

Ich habe wieder einmal geschlafen. Das Klirren des Schlüssels hat mich geweckt. Ich springe von meinem Lager und sehe erwartungsvoll den vier Herren entgegen, die in meine Zelle eintreten. Zweien gönne ich nur einen kurzen Blick: sie tragen die Uniform der Polizei. Der eine ist der Wachtmeister aus der Nacht, der mich hierhergebracht hat, der andere ist ein Polizeibeamter, den ich aus meiner Vaterstadt gut kenne. Manches Mal habe ich bei einem Glase Bier einen Skat mit ihm gespielt, ein guter, ordentlicher Mensch, natürlich nicht aus meiner Gesellschaftsklasse, aber ich war nie stolz. Von den beiden anderen Herren in Zivil kenne ich den einen nicht, es ist ein junger Herr mit scharf geschnittenem Gesicht und etwas starrenden, strengen Augen. Seine Unterlippe wölbt sich stark vor. Der andere Zivilist ist mir aber um so besser bekannt, es ist unser guter alter Hausarzt, der Doktor Mansfeld. Im Augenblick, da ich ihn erkenne, schießt es mir blitzschnell durch den Kopf, daß ich also doch nicht entlassen werde. Er wird mich in eine Trinkerheilstätte bringen. Aber das ist auch nicht schlimm, im Gegenteil, das ist vielleicht noch viel besser. In einem solchen Haus werden mir meine jetzigen Qualen abgenommen, sicher haben sie dort Mittel dagegen, und dann ersparen sie mir die sofortige Auseinandersetzung mit Magda. Über einen in solchem Haus untergebrachten Kranken wird Magda viel milder denken ... All das habe ich in Sekundenschnelle überlegt und bin dabei auf den Arzt zugeeilt. Ich schüttle ihm die Hand, ich sage erregt: "Ich danke Ihnen, daß Sie gekommen sind, Herr Doktor Mansfeld. Sehen Sie", ich lache ein wenig verlegen, "wie man mich hier untergebracht hat!"

Ich werfe einen Blick auf die schmutzige Zelle. Doktor Mansfeld drückt meine Hand kräftig. Ich merke, auch er ist erregt, sein Gesicht zittert.

"Ja, mein lieber Herr Sommer", sagt er, und seine Stimme zittert. "Ich habe es nicht gewollt, daß es so mit Ihnen enden muß ..."

"Enden?" sage ich und versuche, meiner Stimme einen leichten Klang zu geben. "Enden, Herr Doktor Mansfeld? Ich denke, dies ist ein neuer Anfang! Sie bringen mich in eine Heilstätte und machen mich wieder gesund!"

"Das wollte ich vor vierzehn Tagen, mein lieber Herr Sommer", sagt Dr. Mansfeld kopfschüttelnd. "Aber Sie haben es ja leider unmöglich gemacht. Jetzt hat der Herr Staatsanwalt das Wort."

Und damit sieht er zu dem jüngeren Herrn mit den starrenden Augen hinüber, der jetzt seine vorstehende Unterlippe noch weiter vorschiebt, mich streng anschaut und erst zögernd sagt: "Ja, ja. Natürlich."

Dann rasch: "Ich muß Sie wegen Mordversuchs an Ihrer Frau verhaften, Herr Sommer. Sie sind verhaftet!"

Ich stehe wie vom Donner gerührt, ich kann im ersten Augenblick kein Wort über die Lippen bringen.

›Dies kann kein Ernst sein‹, denke ich fieberhaft. ›Sie wollen dich nur schrecken. Mordversuch an Magda?‹

Endlich kann ich sprechen, ich sage mit zitternder Stimme: "Mordversuch an meiner Frau, das ist doch lächerlich! Ich habe Magda doch nie ermorden wollen!"

Der Herr Staatsanwalt sieht mich vernichtend an und stößt scharf hervor: "Wir werden Ihnen schon beibringen, wie lächerlich das ist, Sommer!" Und: "Kommen Sie, Herr Doktor!"

Noch einmal zu dem städtischen Wachtmeister: "Sie wissen also Bescheid, Wachtmeister. Führen Sie den Mann ab!"

"Herr Doktor Mansfeld!" rufe ich aufgeregt, maßlos verzweifelt hinter den Fortgehenden hinterdrein. "Herr Doktor Mansfeld, Sie wissen doch, wie sehr ich Magda geliebt ..."

Die Tür schlägt hinter den beiden Zivilisten zu, ich bin mit den beiden Uniformierten allein. Fassungslos hocke ich mich auf meinen Strohsack und verberge das Gesicht in den Händen.

27.

Nachdem ich eine Weile bewegungslos so dagesessen hatte und immer wieder die gegen mich erhobene Anklage ›Mordversuch an der eigenen Frau‹ qualvoll hin und her gewälzt hatte, legte der Wachtmeister aus meiner Vaterstadt, Herr Schulze, seine Hand auf meine Schulter und sagte milde mahnend: "Wir müssen jetzt gehen, Sommer!"

›Sommer‹, wie mich das anrührte, dieses einfache ›Sommer‹ ohne ›Herr‹; so von einem ganz einfachen Mann mit einem Jahreseinkommen von kaum mehr als zweitausendvierhundert Mark angeredet zu werden, das machte mir die Veränderung meiner Lebensumstände aufs deutlichste begreiflich. Seit ich aus der Lehre entlassen worden war, hatte mich noch kein Mensch ohne ›Herr‹ angeredet, und nun ... Ich nahm die Hände vom Gesicht und fragte, mit Tränen in den Augen: "Wohin bringen Sie mich, Herr Schulze?"

Ich betonte das ›Herr‹, aber er achtete nicht darauf, solch einfacher Mann hatte für so feine Schattierungen wohl kein Gefühl.

"Nur zum Amtsgericht, Sommer", sagte er. "Nur zum Amtsgericht. "Und er fuhr fort: "Sehen Sie, Sommer, Sie sind doch ein gebildeter Mann, Sie werden mir doch keine Schwierigkeiten machen? Ich müßte Sie wohl eigentlich an die Kette nehmen, aber wenn Sie mir versprechen, keine Schwierigkeiten zu machen ..."

"Ich verspreche es Ihnen, Herr Schulze", sagte ich eifrig und jetzt fast fröhlich. "Ich verspreche es Ihnen auf Ehre und Gewissen."

"Schön", antwortete er. "Ich will mich auf Sie verlassen. Ziehen Sie Ihren Mantel an, da liegt noch Ihr Hut, sonst haben Sie nichts? Also kommen Sie!"

Er ging mit mir aus der Zelle, wir stiegen eine Treppe hinunter und standen auf der Dorfstraße. Ich war erst ein paar Stunden in dem halbdunklen Gefängnis gewesen, und doch überwältigten mich schon Weite und Helle ringsum. Mein Herz klopfte schneller bei diesem Gruß der Freiheit.

›Wenn du jetzt‹, dachte ich schnell, ›über den Zaun dort springen und durch den buschigen Garten laufen würdest, über die Wiesen in den Wald hinein – ob Schulze sich wohl sehr viel Mühe geben würde, mich wieder einzufangen? Ob er gar hinter mir herschießen würde wie hinter einem richtigen Verbrecher? Ach nein‹, dachte ich mit einem schwachen Lächeln, ›das würde er nie tun. Wir haben doch öfter Skat miteinander gespielt, und er weiß, wer ich bin und was ich vorstelle. Aber ich will ihm ja gar nicht weglaufen‹, dachte ich schnell. ›Ich habe ihm versprochen, keine Schwierigkeiten zu machen, und ich bin ein Mann von Wort. Aber etwas anderes will ich von ihm ...‹

Als Schulze vorhin davon gesprochen hatte, daß er mich zum Amtsgericht bringen müßte, war diese Möglichkeit hoffnungsvoll vor mir aufgetaucht.

"Herr Schulz", sagte ich sehr höflich, "ich habe eine Bitte an Sie ..."

"Nun, was ist denn noch, Sommer?" fragte er. "Gehe ich zu schnell? Wir können ruhig auch langsamer gehen, der Zug fährt erst in zwanzig Minuten."

"Sehen Sie, Herr Schulze", fing ich an. "Ich habe so furchtbare Zahnschmerzen, und da drüben sehe ich gerade einen Gasthof. Darf ich nicht schnell einmal hineingehen und einen Kognak oder Rum trinken? Das hilft mir sofort gegen die Zahnschmerzen. Sie können", fuhr ich schnell fort, "ruhig neben mir an der Theke stehen, wenn Sie Angst haben, ich laufe Ihnen fort. Ich laufe Ihnen bestimmt nicht fort, es ist nur wegen meiner gräßlichen Zahnschmerzen."

"Das schlagen Sie sich nur ruhig aus dem Kopf!" sagte der Wachtmeister bestimmt. "Da müßte ich ja wohl meinen Rock ausziehen, wenn bekannt würde, ich habe mit einem Gefangenen Schnaps an der Theke getrunken. Daraus wird nichts, Sommer."

"Aber es kennt mich hier doch kein Mensch, Herr Schulze", rief ich bittend. "Es kommt bestimmt nie heraus!"

"Da!" rief der Wachtmeister und legte grüßend die Hand an den Tschako. Das Auto des Arztes, in dem neben Doktor Marsfeld der Staatsanwalt saß, war an uns vorübergefahren.

"Wenn die beiden uns hätten in den Gasthof reingehen sehen, ich wäre schon ›drin‹ – gewesen! Also, kommen Sie jetzt weiter, Sommer."

"Herr Schulze", sagte ich flehend und ging keinen Schritt von diesem Platz am Gasthof, meiner letzten Chance. "Nun ist aber wirklich kein einziger mehr hier, der mich kennt. Tun Sie mir doch den Gefallen! Nur ein einziger Schnaps! Ich will meiner Frau auch sagen, sie soll Ihnen hundert Mark ..."

"Nun wird es mir aber doch zu bunt!" schrie der Wachtmeister und war rot vor Zorn. "Sind Sie denn ganz verrückt geworden, Sommer? Das ist ja eine Beamtenbestechung, die Sie da versucht haben! Das müßte ich ja eigentlich auf der Stelle anzeigen! Sofort kommen Sie jetzt mit, oder ich nehme Sie an die Kette!"

Völlig verschüchtert, gänzlich niedergeschmettert, der letzten Hoffnung beraubt, folge ich dem aufgebrachten Herrn Schulze. Eine Weile gingen wir schweigend nebeneinander her, er ärgerlich vor sich hinmurmelnd, ich mit gesenktem Kopf und schleppenden Gliedern.

Dann sagte der Wachtmeister ruhiger: "Ich verstehe Sie nicht, Sommer. Sie waren sonst doch ein ganz ordentlicher, solider Mann, und nun machen Sie solche Zicken! Haben Sie denn noch immer nicht genug von der ollen Sauferei? Hat Sie die nicht schon weit genug ins Unglück gestürzt? Jedenfalls will ich Ihre Lage nicht noch schlimmer machen, als sie schon ist. Ich habe nichts gehört. Aber nun seien Sie auch ein Kerl, Sommer, und reißen Sie sich zusammen. In ein paar Tagen sind Sie aus dem Keller raus und haben wieder einen klaren Kopf, und daß Sie den gewaltig brauchen werden, das müßten Sie nach den Worten des Herrn Staatsanwaltes doch eigentlich wissen!"

Ich hörte mir das alles schweigend und ohne zu antworten an. Es demütigte und kränkte mich tief, daß ein so einfacher Mann wie der Wachtmeister Schulze es sich herausnehmen durfte, so mit mir zu reden. Freilich wußte ich damals noch nicht, daß ich erst am Anfang eines langen Leidensweges stand und daß noch ganz andere und sehr viel tiefer stehende Menschen noch viel, viel deutlicher mit mir reden würden.

Wir waren auf dem Bahnhof angekommen, und Wachtmeister Schulze kaufte hier zwei Fahrkarten dritter Klasse für uns.

"So", sagte er dann und trat mit mir auf den Bahnsteig unter die dort wartenden Leute hinaus.

"Und nun lassen Sie den Kopf nicht hängen, Sommer, sondern unterhalten Sie sich ruhig mit mir, dann merkt keiner was, sondern jeder denkt, wir sind gute Bekannte und haben uns ganz zufällig getroffen. Wir sind ja wohl auch schon daheim nach dem Skat miteinander die Breite Straße ein Stück lang gemeinsam gegangen, und Sie und keiner ist auf den Gedanken gekommen, daß wir etwas anderes als Bekannte wären ..."

Damit hatte er recht. Und da ich nun den Schreck über den abgeschlagenen Schnaps einigermaßen überwunden hatte, kam wirklich eine ganz vernünftige Unterhaltung zustande, erst über die eben einsetzende Heuernte, dann über die allgemeinen Ernteaussichten. Schulze und ich, wir waren beide der Ansicht, daß es im allgemeinen nicht schlecht aussähe, jetzt aber müsse Regen kommen, das Frühjahr sei zu trocken gewesen, und besonders die Sommerung, aber auch die Hackfrüchte brauchten nötigst Feuchtigkeit.

Die kurze Bahnfahrt verging mir so schnell genug, und von den im Abteil Mitreisenden ist wohl keiner auf den Gedanken gekommen, daß hier ein des Mordversuches Verdächtiger abgeführt wurde. (Manchmal wollte ich mir als so schwerer Verbrecher wahrhaft glorios verrucht vorkommen.) Als wir dann aber auf dem heimatlichen Bahnhof ankamen und uns durch viele Wartende hindurchzwängten, in die Bahnhofshalle kamen und auf den Platz vor dem Bahnhof, da wurde mir wieder ganz bänglich zumute. Denn jeden Augenblick konnte ich jetzt einem nächsten Bekannten, ja, meinen eigenen Angestellten, ja, meiner eigenen Frau begegnen. Ich zog den Wachtmeister am Ärmel und bat ihn: "Herr Schulze, können wir nicht ein bißchen hintenrum und durch die Anlagen gehen? Ich kenne hier so viele Menschen, und es wäre mir wirklich peinlich ..."

Herr Schulze nickte mit dem Kopf.

"Mir soll es recht sein. Es ist ja schließlich egal, ob Sie eine Viertelstunde früher oder später im Amtsgericht ankommen. Aber jetzt möchte ich mich erst ein bißchen leichter machen ..." Und damit ging Herr Schulze mit mir schräg über den Bahnhofsplatz auf jenes Gebäude zu, das ich, von der anderen Richtung kommend, gute vierundzwanzig Stunden zuvor mit Lobedanz aufgesucht hatte. Es war ein seltsames Gefühl, wieder in diesem Raum mit seinen sechs Becken zu stehen, das Wasser rauschen zu hören und den schmutzignassen Asphaltboden anzusehen. Hier hatte ich mich im Kampf mit Lobedanz gewälzt – so kurze Zeit war es erst her, und doch schien es schon ganz unglaubhaft. Wie ein wilder Traum, der, solange man ihn träumte, völlig überzeugte, und der schon direkt nach dem Erwachen lächerlich grotesk anmutete. Aber ich hatte hier mit Lobedanz gekämpft, es war kein Traum gewesen, und diesem abgefeimten Schurken gegenüber banden mich weder Rücksicht noch Wort. Als wir darum wieder aus der Anstalt hinaustraten und schön sachte um die Stadt herum unter Vermeidung aller belebteren Straßen weitergingen, faßte ich mir ein Herz und erzählte dem Wachtmeister Schulze schön der Reihe nach alles, was ich mit Lobedanz erlebt hatte, von meinem ersten Auftauchen nach meiner Flucht aus dem Arztauto in der von Wrasen erfüllten Waschküche an bis zu meinem Kampf um Koffer und Geld in der Toilette. Der Wachtmeister Schulze hatte in seinem Beruf wohl manches von menschlichen Leidenschaften und Verirrungen erlebt, um noch viel über so etwas zu erstaunen, bei meiner Erzählung blieb er aber doch einige Male fast erregt stehen, sagte mehrfach lebhaft: "Donnerwetter, es ist nicht zu glauben." – "Was Sie nicht sagen! Ist das wirklich wahr, Sommer?" Pfiff auch durch die Zähne. Als ich dann geendet hatte und auf einen Empörungsausbruch über den Schurken Lobedanz wartete, schwieg der Wachtmeister Schulze eine ganze Weile, und dann meinte er bedächtig, mich groß ansehend: "Ich kenne Sie ja eigentlich bloß vom Skat her, das heißt ich kenne Sie gar nicht, aber ich habe Sie immer doch für einen vernünftigen und überlegten Geschäftsmann gehalten. Daß Sie – entschuldigen Sie, aber es ist die Wahrheit, ein so bodenloses Rindvieh sind, Sommer, das habe ich mir freilich nicht einmal im Traum eingebildet. Sie mögen es drehen und wenden, wie Sie wollen, es ist nicht nur der Suff gewesen, mit dem Suff allein können Sie soviel Doofheit nicht entschuldigen. Vom ersten Tage an haben Sie sehen müssen, was für ein Gauner der Kerl war, haben's auch gesehen und sind doch nicht fortgegangen, wo man Sie in jedem kleinen Gasthof soviel hätte saufen lassen, wie Sie nur wollten. Nein, es ist Ihnen ganz recht geschehen, daß der Kerl Sie ausgenommen hat. Sie haben's nicht besser verdient, und ich wollte nur, er hätte Ihnen auch noch die letzten tausend Mark abgenommen, da hätten Sie den Unfug in dem Gasthof nicht auch noch anstellen können ..."

Der Wachtmeister holte Atem und sah mich strafend an, ich aber war über diese ganz unerwartete Wirkung meines Berichtes aufs äußerste empört und sagte böse: "Darum habe ich Ihnen wirklich nicht die ganze Geschichte erzählt, damit Sie mir hier eine Moralpauke halten, Wachtmeister Schulze ..."

"Herr Wachtmeister Schulze, bitte, Sommer!" verbesserte Schulze streng.

"Sondern ich dachte", fuhr ich wütend fort, "daß Sie sich sofort Mühe geben würden, diesen Lumpen von Lobedanz zu fangen ..."

"So ist es richtig", lachte der Wachtmeister spöttisch. "Erst stecken Sie in Ihrer Dummheit und Besoffenheit einem Verbrecher Ihr Hab und Gut direkt in die Hand, und dann schreien Sie nach der Polizei und verlangen, daß wir noch Ach und Weh schreien und Hals über Kopf hinter Ihren sieben Zwetschgen dreinlaufen sollen! Ich kann's Ihnen nur noch einmal sagen: Sie haben es nicht besser verdient, und wenn Ihre arme Frau nicht wäre, die ja allein die Last Ihrer Dummheiten tragen muß, ich risse mir wirklich kein Bein um die Sache aus. Um Ihrer Frau willen, Sommer, wohlgemerkt, um Ihrer Frau willen werde ich aber, sobald ich Sie erst nach Nummer Sicher gebracht habe, dem Leutnant gleich Bericht machen, und es ist ja möglich, daß dieser Vogel noch nicht über alle Berge ist – so bald erwartet er uns vielleicht noch nicht. Nun aber kommen Sie ein bißchen schnell, ich möchte Sie jetzt gerne bald abgeliefert haben, sonst machen Sie noch eine frische Dummheit. Von Ihnen kann man ja einfach alles erwarten. Du lieber Himmel! Nie in meinem Leben werde ich wieder auf eine solche Fassade reinfallen, ich habe wunder gedacht, was Sie für ein tüchtiger Kerl sind, aber wahrscheinlich hat alles die Frau gemacht. Wie soll die Ihnen je den Mist, den Sie da angerichtet haben, verzeihen!"

Damit gingen wir los und redeten auch kein einziges Wort mehr bis zum Amtsgericht; Schulze war wohl schon innerlich mit dem Bericht an den Leutnant beschäftigt, ich aber war wirklich tief gekränkt über all die Ungerechtigkeiten, die mir dieser subalterne Beamte ganz frech ins Gesicht gesagt hatte. Wenn der Mann nicht einsah, daß ich einfach krank gewesen war, als hilfloser Kranker einem Schurken ausgeliefert, so war ihm nicht zu helfen, dann war er der Dumme. Ich jedenfalls war es bestimmt nicht. Ich war nur krank gewesen, war es noch immer ...

28.

Ich hatte in meinem Geschäftsleben manches Mal mit dem Amtsgericht zu tun gehabt und kannte die Lokalitäten dort ziemlich genau. Aber dort, wohin mich der Wachtmeister Schulze jetzt führte, war ich nie zuvor gewesen. Es ging durch das ganze Gerichtsgebäude durch (es ist mit dem Landgericht zusammengebaut) auf einen ziemlich engen inneren Hof, der auf einer Seite von einer hohen Steinmauer abgeschlossen war, auf den drei anderen aber von hohen Gebäuden; und das Gebäude, auf das wir gerade zugingen, hatte von oben bis unten nur kleine, fast quadratische Fensterlöcher, die alle mit starken Gittern geschützt waren.

›Dort oben werde ich also hausen, vielleicht Wochen und Wochen‹, dachte ich, und Angst überfiel mich. Jetzt hätte ich meinen Begleiter gerne vieles nach den Einrichtungen und Gewohnheiten eines solchen Gefängnisses gefragt, aber dafür war es nun zu spät: Schulze drückte auf einen Klingelknopf, eine große Eisentür tat sich auf, und ein blau Uniformierter begrüßte Schulze mit Handschlag und mich mit einem kühlen prüfenden Blick.

"Eine Einlieferung, Karl", sagte Schulze. "Die Papiere kommen heute nachmittag nach von der Staatsanwaltschaft."

"Stellen Sie sich mal dahinten hin!" sagte der Uniformierte zu mir, und ich stellte mich gehorsam an den mir befohlenen Fleck. Die beiden Uniformierten flüsterten miteinander und sahen dabei ein paarmal auf mich hin, einmal hörte ich auch das Wort ›Mordversuch‹ – es schien aber keinen besonderen Eindruck zu machen.

Dann rief mir Schulze aus der Ferne zu: "Also halten Sie die Ohren steif, Sommer", und die Tür schlug hinter ihm zu; er war in die Freiheit zurückgegangen, und mir war trotz allem, als hätte ich einen Freund verloren.

"Kommen Sie mal mit", sagte der Uniformierte nachlässig und führte mich in eine Bürostube, in der aber niemand war.

"Legen Sie mal alles hier auf den Tisch, was Sie in den Taschen haben!"

Ich tat es, es war wenig genug: ein Schlüsselbund, ein Taschenmesser, ein ziemlich schmutziges Taschentuch.

"Ist das alles, was Sie haben? Kein Geld? Na, dann halten Sie mal die Arme hoch."

Ich tat es und wurde nun von oben bis unten abgefühlt, nach verborgenen Tascheninhalten vermutlich.

"Na gut", sagte der blau Uniformierte dann. "Ich werde Sie erst einmal in die Elf legen, der Inspektor ist jetzt nicht hier, es ist Mittagspause."

Ich fragte höflich, ob ich nicht auch ein Mittagessen haben könne. Ich habe noch keines bekommen.

"Essen ist vorbei", antwortete er kühl. "Es ist nichts mehr da."

"Aber ich habe auch kein Frühstück bekommen!" rief ich erregt. Bisher war mein Hunger nach Essen nicht gerade sehr groß gewesen, jetzt aber merkte ich ihn gewaltig. Ich fühlte mich in meinen Rechten gekränkt: auch ein Gefangener muß essen!

"Um so besser wird Ihnen das Abendessen schmecken", antwortete er ungerührt. "Also kommen Sie!"

Er führte mich einen Gang entlang, durch ein Eisengitter hindurch, eine Treppe hinauf, durch eine eiserne Tür. Ich sah einen langen Gang, düster, mit vielen eisenbeschlagenen Türen, mit Riegeln und Schlössern, und wieder eine Treppe hinauf, wieder eine Treppe hinauf, wieder eine Eisentür – immer mußte der Mann aufschließen und zuschließen und tat es so selbstverständlich ... Mir aber legte es sich auf die Brust: alle diese Türen, die jetzt zwischen mir und der Außenwelt lagen, sie brachten es mir so recht deutlich zum Bewußtsein, wie sehr ich gefangen war, wie schwer es wieder sein würde, in die Freiheit zu kommen. Vom ersten Augenblick an spürte ich die Wahrheit des Satzes, den ich später so oft im Gefängnis hörte: ›Du kommst so leicht hinein und so schwer hinaus.‹

Mein Führer war vor einer eisernen Tür stehen geblieben, die eine weiße ›Elf‹ trug. Hier hinter also sollte ich hausen. Er schloß auf, und hinter der Tür zeigte sich eine zweite Tür. Auch sie wurde aufgeschlossen.

"Gehen Sie rein", sagte mein Begleiter ungeduldig, und ich trat ein. Von einem schmalen Bett erhob sich eine gewaltige Gestalt, ein großer Mann von ungewöhnlichem Umfang, mit einer blonden Glatze und einer Brille.

"Ein bißchen Gesellschaft?" fragte er. "Na, das ist schön. Woher kommst du denn?"

Ich war so verblüfft, daß ich in der Zelle einen Gefährten haben sollte, daß ich es erst viel später merkte. Der Schließer war gegangen und ich endgültig und unwiderruflich eingeschlossen.

"Setz dich man, da auf den Schemel", sagte der Dicke. "Ich hau mich noch ein bißchen aufs Bett. Es ist zwar verboten, aber der Fermi sagt nichts. Fermi ist der, der dich eben raufgebracht hat."

Ich setzte mich auf den Schemel und starrte den auf dem Bett liegenden Mann an. Er trug Zivil wie ich, einen einstmals wohl sehr eleganten Anzug von einem guten Schneider, der jetzt aber recht zerdrückt und auch fleckig war.

"Sind Sie auch ein Gefangener?" fragte ich schließlich.

"Das will ich meinen!" lachte der Dicke. "Denkst du, ich sitze hier zur Erholung in diesem Bunker? Übrigens kannst du ruhig ›Du‹ zu mir sagen, wir nennen uns hier alle ›Du‹. – Ja", fuhr er fort und reckte sich stöhnend, "ich sitze hier schon elf Wochen im Bau. Aber denkst du, ich habe schon eine Anklage? Nicht die Bohne! Die Brüder lassen sich Zeit, ihretwegen kannst du hier verfaulen und verschimmeln, deswegen gehen die nicht einen Schritt schneller. Was hast du denn ausgefressen?"

"Der Staatsanwalt hat mich wegen Mordversuchs an meiner Frau verhaftet", antwortete ich mit bescheidenem Stolz. Und setzte schnell hinzu: "Aber das stimmt nicht. Davon ist kein Wort wahr."

Wieder lachte der Dicke.

"Natürlich ist es nicht wahr", lachte er. "Hier drin sitzen überhaupt nur Unschuldige – wenn du die Leute fragst."

"Bei mir ist es aber wirklich wahr", versicherte ich. "Ich habe meine Frau nie ermorden wollen, wir haben uns nur ein bißchen gestritten."

"Na ja", sagte der Dicke. "Mit der Zeit wirst du dir schon die Brust freiquasseln; jeder, der das Sitzen nicht gewohnt ist, fängt mit der Zeit an zu quasseln. Paß dann nur auf, mit wem du redest, die meisten wollen sich lieb Kind beim Inspektor machen, hinterbringen ihm alles – und schon bist du drin."

Er sah mich aus seinen kleinen Augen zwischen Fettwülsten hindurch treuherzig an und meinte: "Bei mir aber kannst du offen, reden, ich bin eine Seele von einem Menschen, ich bin stickum."

"Was sind Sie?"

"Stickum, das sagt man hier für dichthalten. Ich quatsche nicht, verstehst du?"

"Ich habe aber wirklich nichts zu gestehen", versicherte ich wieder.

"Na, das werden wir ja noch erleben", sagte der Dicke gemütlich. "Vielleicht hast du Schwein, und der Untersuchungsrichter ist deiner Meinung und erläßt keinen Haftbefehl gegen dich."

"Ich bin doch schon vom Staatsanwalt selbst verhaftet."

"Das hat gar nichts zu sagen", belehrte mich der Dicke. "Erst kommst du morgen oder übermorgen vor den Untersuchungsrichter. Der vernimmt dich, und wenn er deiner Ansicht ist, bist du wieder frei ..."

"Und das stimmt wirklich?" fragte ich aufgeregt. "Ich kann noch freikommen?"

"Natürlich kannst du das, aber oft ereignet sich das nicht gerade. Na, wir werden es ja erleben."

Und er dehnte sich wieder behaglich. Mich berauschte die Aussicht auf die vielleicht nahe Freiheit, ich stand auf und lief gedankenvoll in der Zelle hin und her. Wenn Magda günstig für mich aussagte, würde ich freikommen. Und sie mußte günstig für mich aussagen, ich fühlte das. Und selbst, wenn sie noch zornig auf mich war, nie konnte sie sagen, daß ich sie hätte ermorden wollen. Das hatte ich nie gewollt. Dunkel kam mir in Erinnerung, daß ich etwas gesagt hatte wie: ›Heute nacht komme ich und ermorde dich‹, aber das war doch nur betrunkenes Gerede gewesen, das galt nicht.

13. 9. 44

"Höre mal", sagte der Dicke, "renne mal nicht so in der Zelle hin und her, damit machst du mich nervös! Setz dich mal ruhig dort auf den Schemel, nimm aber erst das Kissen runter, es ist nämlich mein Privatkissen. Auf deine Falle kannst du dich noch nicht legen, deinen Strohsack bringt dir der Olle erst heute abend. Gott, wie mich dieser Stall ankotzt!"

Damit gähnte der Dicke herzhaft, ließ einen Fürchterlichen fahren – ich fuhr erschrocken zusammen –, stöhnte: "Das hat aber gut getan!" und war auch gleich eingeschlafen.

Ich aber will nicht länger in solcher Breite die ersten Tage meiner Untersuchungshaft erzählen. Sie waren so qualvoll, daß ich eines Nachts leise aufstand, an den Schrank des Dicken ging und aus seinem Rasierapparat die Klinge nahm: ich wollte mir den Hals durchschneiden. Nur brachte ich nachher doch den Mut dazu nicht auf. Ich hatte probeweise erst einen Schnitt am Handgelenk getan, der nur wenig blutete, mich aber beruhigte. Der Wille zum Leben siegte, und ich tat die Klinge noch in der gleichen Nacht in den Apparat zurück.

Im ganzen aber ging meine Entwöhnung vom Alkohol leichter, als ich erwartet hatte. Ich war eben doch noch kein richtiger Trinker gewesen, hatte erst kurze Zeit mich dem Schnaps ausgeliefert und nie weiße Mäuse laufen sehen. Viel half mir bei dieser Entwöhnung, daß ich mich schon den dritten oder vierten Tag freiwillig zur Arbeit meldete. Ich hielt das tatenlose, grübelnde Herumsitzen in der Zelle und vor allem die Gesellschaft des Dicken, der übrigens Duftermann hieß, nicht aus. Ich glaube, ich hätte ihn umgebracht, wäre ich gezwungen gewesen, alle Tage vierundzwanzig Stunden in seiner Gesellschaft zuzubringen. Er war nichts wie ein Vieh; ein unverhüllt egoistischerer Mensch ist mir nie vorgekommen. Er hatte sich alle Erleichterungen, die das Gesetz dem Untersuchungshäftling zugesteht, verschafft: hatte auf dem harten Strohsack Decken und Kissen, bekam regelmäßig zu rauchen und Freßpakete, gab aber nie auch nur das Geringste ab. In den ersten Tagen, da ich noch kein eigenes Waschzeug auf der Zelle hatte, verbot er mir sogar die Benutzung seines Kammes. Nicht einmal seinen Spiegel durfte ich in die Hand nehmen, und nur widerwillig erlaubte er mir, von seinen alten Zeitungen ein Blatt als Klosettpapier zu benutzen.

"Ne, ne, Sommer", sagte er dann wohl, "hier heißt's: ›Hilf dir selbst, so hilft dir Gott!‹ Wie komme ich dazu, für dich zu sorgen? In was sorgst du denn für mich? Bloß nervös machst du mich."

Das war auch so ein Punkt, der mich rasend machen konnte: alles, was ich tat, machte Duftermann nervös. Ich durfte nicht in der Zelle auf und ab gehen: drehte ich mich nachts auf dem Strohsack rum, so schimpfte er über Ruhestörung; wollte ich einmal das kleine Fensterloch öffnen, so schrie er, er verkühle sich die Glatze, und wir mußten weiter in Hitze und Gestank hocken. Er aber erlaubte sich alles. Er fraß sinnlos die Freßpakete auf, die seine Frau zweimal wöchentlich für ihn ablieferte, saß den Tag sechsmal auf dem Kübel, benahm sich schweinisch und schnarchte nachts so laut und andauernd, daß ich viele Stunden lang wach liegen mußte, den trüben Gedanken ausgeliefert. Wenn ich je einen Menschen aus meines Herzens tiefstem Grunde gehaßt habe, so war es Duftermann. Ich habe mir oft überlegt, wie ein solches Vieh unbeanstandet draußen in der Freiheit hat leben und sogar eine Ehe hat führen können, in der die Frau auch jetzt noch zu ihm hielt. Ich sagte mir dann nach einigem Nachdenken, daß Duftermann draußen wohl einen jener vitalen, genußfreudigen, anscheinend zutraulichen dicken Geschäftleute gespielt hat, die von den Leuten mit lächelndem Wohlwollen betrachtet werden. Sicher hat er sich nicht so gehenlassen wie bei mir in der Zelle, aber ich war eben auch nur ein Kittchenbruder, und bei mir kam es nicht mehr darauf an. Ich habe in späterer langer Leidenszeit mit sehr viel einfacheren Leuten, als es Duftermann war, zusammengelegen, mit Arbeitern, ja, mit Stromern, aber keiner hat sich so gemein gehen, so unverhüllt allen seinen Trieben ihren Lauf gelassen, wie dieser Duftermann. Von Beruf war er nichts als Häuserbesitzer, er war der Sohn eines reichen, längst verstorbenen Vaters, der ihm eine Reihe stattlicher Zinshäuser und andere Liegenschaften hinterlassen hatte. Mit der Verwaltung dieses Grundbesitzes hatte Duftermann bisher sein Leben verbracht. Und bei der Verwaltung dieses Besitzes war ihm dann auch jenes Mißgeschick passiert, das ihn in das Gefängnis führte und mir zum Zellengenossen gab. Da er auch draußen sich alles, anderen aber nichts gönnte, und jede Freiheit für sich in Anspruch nahm, hatte er eines seiner Zinshäuser, dessen baufälliger Zustand ihn schon lange geärgert hatte, höchstpersönlich angesteckt, um mit der hohen Versicherungssumme die Neubaukosten zu decken. Bei dem Brande war eine Frau mit ihrem Kinde ums Leben gekommen.

"Das dumme Luder!" konnte Duftermann wohl schimpfen. "Konnte sie nicht rechtzeitig rauslaufen wie alle anderen?! Aber nein, das dämliche Aas mußte ja erst irgendwelchen Dreck in einen Koffer stecken, und dann machte ihr der Rauch die Flucht unmöglich. Was kann ich für die Dummheit von der Ollen? Der Staatsanwalt will mir natürlich einen Strick daraus drehen! Aber da kennt er Duftermann schlecht. Die besten Anwälte habe ich mir genommen, und geht alles schief, lasse ich mir den § 51 geben, bin geisteskrank und lebe als Rentier in irgendeiner hübschen Klapsmühle."

Seine Schuld an dieser Brandstiftung gab Duftermann ganz offen zu.

"Ja, Mensch, wozu soll ich denn lügen? Sie haben mich doch mit der Petroleumkanne in der Hand geschnappt! Da hat Leugnen doch keinen Zweck! Ja, wenn ich in der Lage wie du wäre, würde ich auch leugnen bis zum Verrecken – aber so – bin ich eben geisteskrank!"

Er lachte dröhnend.

"Im Grunde", fuhr er wohl fort und bemitleidete sich dabei selbst, "hat mich bloß meine Gutmütigkeit dazu gebracht. Ich bin eben einfach ein gutmütiger Dussel. Ich konnte es nicht sehen, daß die Leute weiter in einer so baufälligen, verwanzten Baracke hausten. Anständige Wohnungen wollte ich ihnen schaffen – und das habe ich nun von meiner Gutmütigkeit."

Dieser Duftermann also machte es, daß ich mich freiwillig zur Arbeit meldete, und seines beißenden Hohnes war ich dabei sicher. Wenn ich abends von der Arbeit in die Zelle zurückkam, mit müden Knochen, aber doch friedlicher im Herzen, so begrüßte er mich etwa so: "Da kommt ja der Musterknabe! Na, hast du fleißig gearbeitet? Hast dich bei dem Schwein von Inspektor beliebt gemacht? Du wirst dich schön geschnitten haben! Der Staatsanwalt schickt dich deshalb doch genauso lange ins Kittchen, wie wenn du hier ruhig in der Zelle sitzen bliebest! Solche Kriecher wie du verderben das ganze Kittchen. Solche wie du erreichen es noch, daß für uns alle die Arbeit als Pflicht eingeführt wird! Aber warte, ich besorge es dir noch!"

Ich hörte kaum noch auf sein Gerede und sprach nie mehr ein Wort mit diesem gemeinen Menschen. Das störte ihn natürlich gar nicht, er hatte eine Rhinozeroshaut und redete ruhig mit mir fort, ich mochte ihm antworten oder nicht.

29.

Also, ich hatte mich freiwillig zur Arbeit gemeldet. Der Oberwachtmeister Splittstößer gab mir eine ganz neue blaue Jacke als Gefängniskluft heraus, und ich wurde mit zehn oder zwölf anderen auf einen von hohen Mauern umgebenen Gefängnishof geführt, wo Berge von Holz lagen. Auch wir hatten wohl früher das Anmachholz für unsere Zentralheizung, das wir in Klaftern auf der Försterei gekauft hatten, zum Gefängnis fahren und dort zerkleinern lassen. Ich hatte mir nie einen Gedanken darüber gemacht, wer da wohl mein Holz gesägt und gehauen hatte. Nun stand ich selber alle Tage acht Stunden am Sägebock, mir gegenüber ein vielfach vorbestrafter gewohnheitsmäßiger Einbrecher, Mordhorst mit Namen; gemeinsam zogen wir acht Stunden lang die Säge durch Kiefern-, Buchen- und Eichenholz. Ein Posten ging bei uns auf dem Hof hin und her und paßte auf, daß nicht gar zu viel geredet und gar zu wenig gearbeitet wurde – aber nun war ich es, der das Holz für die Bürger meiner Vaterstadt sägte, und diesmal würde der Kaufmann Hölscher, für den wir gerade arbeiteten, auch nicht mit einem Gedanken daran denken, daß es sein langjähriger Kunde Sommer war, der ihm diese Arbeit verrichtete. Zu Anfang störte es mich noch sehr, daß die vierte Seite des Hofes vom Landgerichtsgebäude begrenzt war, viele Fenster sahen auf mich und meine in blauer Gefängniskluft steckenden sägenden Arme herab, aber in wenigen Tagen war ich auch daran gewöhnt und drehte kaum den Kopf, wenn Mordhorst flüsterte: "Der Staatsanwalt steht mal wieder im Fenster und will sehen, ob wir uns auch unseren Fraß verdienen. Säg langsamer, Kumpel. Wenn der kiekt, will ich gar nicht arbeiten."

Mordhorst war ein kleiner, drahtiger Mann mit einem verbitterten, faltigen Gesicht und pfeffergrünem Haar. Weit über die Hälfte seines Lebens hatte er in Zuchthäusern und Gefängnissen verbracht. Das war ihm so selbstverständlich, daß er gar nicht davon sprach. Er bereute nichts, sehnte sich nie nach einem anderen Leben. Von seinen Straftaten erzählte er nie etwas, so wie ein Handwerksmeister auch nicht von seiner beruflichen Tätigkeit spricht. Einbrechen war für ihn wie Hosennähen für einen Schneidermeister. Erst von anderen Gefangenen hörte ich, daß Mordhorst in der sogenannten Verbrecherwelt ein weitberühmter

Mann war, er konnte den modernsten Geldschrank bewältigen, und er war bekannt dafür, daß er stets ohne ›Kumpel‹, ohne Gehilfen arbeitete. Er war ein Einzelgänger, ein typischer Feind der Gesellschaft. Ihn wurmte allein, daß er in solch einem ›Drecknest‹, wie er meine Vaterstadt nannte, hängengeblieben war, bloß wegen ›Mist‹. Er war auf der Reise nach Hamburg, wo er etwas Großes durchführen wollte, hier für einen Tag hängengeblieben und hatte bloß nachts, weil er angetrunken war und nichts zu rauchen in der Tasche hatte, den Rauchwarenkiosk auf unserem Marktplatz aufgebrochen. Dabei hatten sie ihn geschnappt.

"Denk doch bloß an, Mensch", konnte sich Mordhorst ereifern. "Ich hatte drei Blaue in der Tasche, ich hätte mir in meiner Absteige so viel zu rauchen kaufen können, wie ich nur wollte. Bloß weil ich duhn war! Und nun werden sie mir wegen so einem Mist fünf Jahre Zet aufknacken, in die Luft könnte ich gehen, wenn ich daran denke!"

Bei mir fand ich es ganz egal, ob Mordhorst wegen einer großen Geldschrankknackerei oder wegen eines kleinen Rauchwarendiebstahls fünf Jahre Zuchthaus bekam, fünf Jahre würden es unter allen Umständen. Aber ich hütete mich wohl, das laut auszusprechen, denn Mordhorst war auch ein hitziger, jähzorniger Mann, und hatte mir im Anfang gewaltig mit Wutausbrüchen zugesetzt, wenn ich unerfahrener Neuling die Säge wieder so ungeschickt geführt hatte, daß sie klemmte. Einmal wollte er mir sogar in seiner Wut mit einem Stück Holz über den Schädel schlagen, nur das Dazwischentreten des Wachtmeisters rettete mich vor einem Niederschlag.

Nach fünf Minuten war Mordhorst dann wieder normal und vernünftig, ich glaube, ihn hatten die langen Haftjahre so hemmungslos und wild gemacht. An seinem Hirn nagte bestimmt ein Wurm; wer Jahre und Jahre in einer Zelle umhergeht, immer nur auf den Tag der Entlassung, der Freiheit wartend, und wer dabei im tiefsten Innern weiß, daß auch der längste Aufenthalt in der Freiheit nur ein Gastspiel von höchstens einigen Monaten sein wird, dann wieder Jahre und Jahre härtesten Wartens folgen werden – der kann nicht normal bleiben.

Ich selbst habe viel von Mordhorst gelernt. Er wußte alles über Gerichte, Gefängnisse und Zuchthäuser. Es war ganz erstaunlich, wie gut dieser kleine, schweigsame Mann, der mit niemandem Gemeinschaft zu haben schien, über alles und jedes unterrichtet war. Er wußte, was für Fleisch wir am Sonntag bekommen würden und was der neu eingelieferte Mann in Zelle 21 ausgefressen haben sollte. Er kannte die Familienverhältnisse, das Gehalt und die Sorgen jedes Wachtmeisters. Er konnte mit einem Hosenknopf, einem Zwirnsfaden und einem

Stein Feuer machen für eine Zigarette. Er hatte immer zu rauchen und immer etwas extra zu essen, obgleich niemand Freßpakete für ihn abgab. Er hatte stets Geld in der Tasche, was streng verboten war, er besaß ein Messer (ebenfalls verboten) und hatte irgendeinen Weg, Briefe ohne die Zensur des Staatsanwaltes aus dem Gefängnis zu schmuggeln. Er kannte eben all die unterirdischen Wege, die mit der Zeit sich in jeder menschlichen Gemeinschaft eröffnen, sie mag noch so streng beaufsichtigt sein. Ich war für ihn immer ein Neuling, ein wahrer Säugling, er gab mir ein bißchen von seiner Lebenserfahrung ab, ließ sich aber nie mir gegenüber zu irgendwelchen Geständnissen hinreißen. Ich sah aber wohl, daß er mit anderen Gefängnisinsassen anders umging. Alte Kittchenbrüder verständigen sich mit einem Blick und einem Augenzwinkern. Sie gingen hintereinander her, sie haben kaum die Lippen bewegt, und schon ist irgendwas von der einen in die andere Hand geglitten. Die Wachtmeister ließen Mordhorst viel mehr Freiheit als zum Beispiel mir. Sie drückten bei ihm ein Auge zu, er konnte sich vieles erlauben. Vielleicht hatten manche Angst vor ihm, weil er so viel wußte, ich glaube aber eher, sie scheuten die Scherereien, die das Anbinden mit einem so gefährlichen Mann notwendig mit sich bringen mußte. Wenn er fünf Minuten lang tatenlos am Sägebock gestanden hatte, und ich flüsterte ihm zu: "Du, säg wieder los! Der Wachtmeister guckt ständig her", tat Mordhorst nichts dergleichen. Und kam dann der Wachtmeister wirklich zu uns und sagte: "Na, Mordhorst! Nun ist's aber genug gefaulenzt, nun mal wieder ran!" so sagte er hitzig: "Schinde ich mich nicht schon genug für meine dreißig Pfennig am Tage?" (Wir bekamen nämlich dreißig Pfennig ›Arbeitsbelohnung‹ am Tag, die für den Tag der Entlassung gutgeschrieben wurden.) "Soll ich mir die Haut von den Pfoten schuften für die Speckjäger, die?!"

Und er sah böse zu den Fenstern des Landgerichts hinüber. Der Wachtmeister lachte dann meist und sagte: "Du hast mal wieder deinen Koller, Mordhorst! Der Staatsanwalt wird von deinem Sägen nicht fetter und nicht magerer ..."

Mordhorst aber murrte: "Man weiß, was man weiß", griff in den Sägebügel, den ich ihm hinhielt, und weiter sägten wir, Schnitt um Schnitt, Kloben um Kloben, Stunde um Stunde.

Es waren eigentlich gute Stunden, die wir dort auf dem Holzhof abmachten. Heute denke ich nicht ungern an sie zurück, so endlos und schwer sie mich damals auch dünkten. Nach den unvermeidlichen Gliederschmerzen, die mir die ungewohnte Arbeit erst eintrug, gewöhnte sich mein Körper rasch an die Sägerei, die Arbeit half mir, die Abstinenzerscheinungen leichter zu überwinden. Der Frühling ging jetzt so langsam in den Sommer über, auf dem Hof standen hohe

Obstbäume, Birnen und Äpfel, in deren Schatten wir den Sägebock rückten, wenn die Sonne gar zu heiß brannte; die Sägen knirschten und schrien manchmal, wenn sich ein Span gegen das Blatt stemmte, eintönig klang das Klopfklopf der Holzfäller zu uns herüber; jenseits der Mauer, unsichtbar, lärmten Kinder bei ihren Spielen auf der Straße. Wir zogen erst die Jacken, dann die Westen aus; manche arbeiteten auch mit ganz entblößtem Oberkörper, wozu ich mich nie entschließen konnte; die Stunden flössen vorüber, das Leben glitt dahin, ich lebte in einem – täuschenden – Gefühl von Sicherheit und Regelmäßigkeit. Die Zeiten der Unordnung und Gefahren schienen vorbei, und es kam mir so leicht vor, dieses Leben auch draußen fortzusetzen, ein stilles, friedliches Leben, fast ohne Zukunft. Leise sprachen Mordhorst und ich davon, was es heute abend zu essen geben würde, und wie das Essen heute mittag gewesen war – das Essen spielte eine Hauptrolle in unseren Gesprächen, auch ich bekam wie Mordhorst keine Freßpakete und war noch mehr als er auf die Gefängniskost angewiesen. Dabei war er ein besserer Kamerad als Duftermann, der Wohlversorgte; jeden Tag brachte er mir etwas mit, eine Kleinigkeit, die draußen gar keinen Wert gehabt hätte, etwa eine Zwiebel, die ich mit dem Löffel zerstückelte und mir aufs Brot legte, oder eine Zigarette und ein Streichholz; dann rauchte ich abends nach dem Einschluß, wenn der Bau ruhig geworden war, behaglich meinen Glimmstengel. Ja, im Gefängnis habe ich das Rauchen gelernt, sehr zum Ärger Duftermanns, der die Luft stets mit dem Qualm seiner Zigarren erfüllte und Zigarettenrauchen als weibisch verachtete. Ich ließ ihn aber ruhig reden, damals war mir das schon ganz egal.

Ja, Mordhorst, ein solcher Menschenfeind er auch war, half mir viel, er wurde auch ein ausgezeichneter Berater in ›meiner Sache‹, ein besserer als der Rechtsanwalt, der zu mir kam. Leider bin ich in die erste Vernehmung vor dem Untersuchungsrichter noch ohne Mordhorsts Rat gegangen und machte dabei einen schweren Fehler, wie ich später begriff.

30.

Es war am dritten Tage meiner Haft, und ich arbeitete noch nicht auf dem Holzhof, als Oberwachtmeister Splittstößer nachmittags um vier Uhr auf der Zelle erschien und zu mir sagte: "Kommen Sie mit, Sommer. Ziehen Sie Ihr Jackett an und kommen Sie mit."

Ich ging hinter dem ›Ober‹ her und war damals noch so unerfahren in Gefängnisdingen, daß ich ihn höflich fragte: "Wohin bringen Sie mich denn, Herr Oberwachtmeister?"

Ich wußte damals noch nicht, daß ein Gefangener nie fragen soll, daß er auf Fragen nie Antwort bekommt, daß er nur zu warten hat, was das Schicksal, das ein Wachtmeister, das aber auch ein Staatsanwalt sein kann, über ihn beschließt. Ich bekam denn auch die recht grobe Antwort: "Was geht das Sie an? Das werden Sie ja alles erleben!"

Drüben auf dem Landgericht herrschte eine richtige Sommer-Nachmittags-Stimmung: viele Zimmertüren standen offen, und ich sah auf unbesetzte, aufgeräumte Schreibtische. Es stellte sich heraus, daß der Justizwachtmeister des Landgerichts zur Post gegangen, also auch nicht imstande war, mich aus den Händen meines Gefängnisbeamten zu übernehmen; mein Beamter aber hatte es eilig, wieder in seinen Bau zurückzukommen, und es erhob sich ein kleiner Streit zwischen einer dicken, ältlichen Büroangestellten und meinem Wachtmeister.

"Ich bin nicht dazu da, auf eure Gefangenen aufzupassen", sagte die Angestellte ärgerlich. "Immer versucht ihr solche Sachen. Wenn einer fortläuft, bin ich nachher schuld."

"Ja, aber euer Justizwachtmeister braucht auch nicht gerade immer fortzulaufen, er weiß doch, daß der Gefangene ja nur zur Vernehmung bestellt ist."

So ging der Streit eine Weile hin und her, keiner wollte mich haben, bis schließlich das ältliche Fräulein ganz überraschend sagte: "Na ja, heute will ich's noch mal tun, Herr Sommer wird mir schon nicht weglaufen."

Und damit sah sie mit einem freundlichen Lächeln auf mich, sie kannte mich also. Ich wurde auf einen Stuhl gesetzt, Splittstößer zog ab, und zum erstenmal seit Tagen sah ich wieder durch unvergitterte Fenster auf eine Straße meiner Vaterstadt, sah die Kinder spielen, und jetzt rollte gar ein Wagen des Bierverlags Trappe vorüber. Der mir sehr gut bekannte, fast befreundete Trappe saß selbst auf dem Bock. Nun ging ein junges Mädchen, wohl auch eine Angestellte, durch das Zimmer, in das ich gesetzt war, es sah mich an, lächelte freundlich und sagte: "Guten Tag, Herr Sommer."

Sie kannte mich also, sie war freundlich zu mir, obgleich ich unter der Beschuldigung des Mordversuchs an meiner eigenen Frau in Haft saß. Die ältliche Angestellte aber war auch freundlich gewesen, sie hatte gesagt: ›Herr Sommer läuft nicht weg‹ – alle waren freundlich zu mir, der beste Beweis, daß meine Sache gut stand. Wahrscheinlich erließ der Untersuchungsrichter keinen Haftbefehl gegen mich, vielleicht war ich schon in einer halben Stunde frei! Mein Herz klopfte stark und froh.

Nun kam ein älterer Mann ins Zimmer, ein langer, dürrer, grauhaariger Herr, der etwas zerstreut und etwas sorgenvoll blickte.

"Das ist Herr Sommer, Herr Direktor!" sagte die ältliche Angestellte und deutete mit dem Kopf auf mich.

"So, so", hüstelte der ältliche Herr, der der Amtsgerichtsdirektor war, wie ich später erfuhr. Er sah mich einen Augenblick mit seinen müden, etwas sorgenvollen Augen an und gab mir dann die Hand.

"Dann kommen Sie mal mit, Herr Sommer."

Wieder eitel Freundlichkeit, Händegeben, mit ›Herr‹-Anrede, ach, all dies Getue hat mich Unerfahrenen gewaltig getäuscht, ich vergaß vollkommen, daß dies alles meine Feinde waren, nur gesonnen, mich zu verurteilen, mich gefangen zu halten, mich zu überlisten.

Ich vergaß den eben erst gelernten Satz: ›Du kommst leicht herein, aber schwer raus‹. Ich meinte, das Herauskommen werde mir noch leichter als das Hereinkommen gemacht, ich öffnete dem Herrn Amtsgerichtsdirektor ganz mein Herz, sagte alles so, wie es wirklich gewesen war, und dann sollte ich es ja erfahren, was für Folgen meine Vertrauensseligkeit hatte.

Der Herr Amtsgerichtsdirektor ging mir voran in ein ganz behaglich eingerichtetes Arbeitszimmer mit vielen, vielen Büchern an den Wänden, ich wurde auf einen Stuhl vor dem Schreibtisch gesetzt, der Direktor setzte sich hinter ihn, eine Dame mittleren Alters erschien und spannte einen großen Bogen in die Schreibmaschine, der Direktor fuhr sich mit der Hand durch die Haare, rückte an seiner Brille hin und her, sah mich an und sagte: "Sie machen uns viele Sorgen, Herr Sommer", hüstelte und gab dem Fräulein auf: "Nun nehmen Sie mal die Personalien von Herrn Sommer auf."

Dieses Gefrage war leicht genug beantwortet, nur den Geburtstag Magdas habe ich vielleicht falsch angegeben (ich genierte mich, zu gestehen, daß ich ihn nicht genau wußte), und als ich gefragt wurde, ob Vermögens- und Einkommensverhältnisse geordnet seien, antwortete ich schlankweg mit ›Ja‹, worüber ich nachträglich schwere Bedenken bekam. Denn es schien mir jetzt doch zweifelhaft, wie

Magda nach meiner Entnahme von 5000 Mark mit dem Geschäft zurechtkommen würde. Ich kam aber nicht mehr dazu, das richtigzustellen, denn nun fing der Herr Direktor an zu fragen, oder vielmehr, er nahm einen großen Bogen, der eng mit Schreibmaschine betippt war, zur Hand, fuhr sich wieder durch die Haare, rückte wieder an seiner Brille, hüstelte und sagte: "Sie sind also unter dem Verdacht, einen Mordversuch an Ihrer Frau begangen zu haben, festgenommen, Herr Sommer. Was haben Sie dazu zu sagen?"

Zu diesem Zeitpunkt hatte ich schon ein solches Zutrauen zu allen Leuten hier gewonnen, daß ich ganz harmlos rief:

"Um Gottes willen, wird denn das noch immer aufrechterhalten, daß ich meine Frau habe ermorden wollen? Nie im Leben habe ich daran gedacht. Ich liebe doch meine Frau, und wenn ich auch ..."

"Nein, nein, Herr Sommer", sagte der Amtsgerichtsdirektor beruhigend, "ein Mordversuch kommt natürlich nicht in Frage. Es war ein versuchter Totschlag, nicht wahr? Sie haben im Affekt gehandelt, Sie waren betrunken, nicht wahr?"

"Aber, Herr Direktor, ich habe meine Frau doch auch nicht totschlagen wollen, das war doch nur so betrunkenes Gerede, weil ich gerne den Koffer haben wollte und weil meine Frau doch stärker ist als ich."

"Nun, nun", meinte der Direktor und lächelte dünn. "Ein bißchen mehr als eine harmlose betrunkene Katzbalgerei war es wohl doch. Sie haben in der letzten Zeit ein bißchen viel getrunken, nicht wahr, Herr Sommer? Nun erzählen Sie mir mal, was Sie so alles getrunken hatten, ehe Sie den nächtlichen Besuch bei Ihrer Frau machten."

So kamen wir langsam in die Vernehmung hinein, ich erzählte alles, wie es gewesen war, ich zergrübelte meinen Kopf, um auch nicht eine einzige Flasche Korn zu vergessen, ich sagte die ungeschminkteste Wahrheit, und ich Narr glaubte, ich könne es mit solcher Wahrheitsliebe schaffen. Ich beharrte aber dabei, daß ich nie die Absicht gehabt habe, meiner Frau ernstlich etwas zu tun, ich wollte nur die Sachen haben, so sagte ich. Der Amtsgerichtsdirektor hüstelte stärker, er las in dem maschinenbeschriebenen Bogen, er sagte: "Ich will Ihnen da doch einmal vorhalten, was Ihre Frau ausgesagt hat. Hier: ›Er würgte mich am Halse und versuchte, mir mit den Füßen in den Leib zu treten!‹ Und hier: ›Er flüsterte mir ins Ohr: Morgen nacht besuche ich dich und bringe dich um!‹ Das klingt doch aber alles gewaltig nach etwas mehr als bloßen Drohungen, nicht wahr, Herr Sommer?"

Ich war sprachlos über Magdas Gemeinheit, das alles so darzustellen; zum mindesten hätte sie doch hinzusetzen müssen, daß sie dies nur für bloßes betrunkenes Gerede gehalten habe. Ich versuchte es, dem Direktor so zu erklären, ich wies ihn auch darauf hin, daß auch Magda erregt gewesen sei und vieles vielleicht in ihrer Erregung schwerer genommen habe, als es gemeint gewesen sei. Der Direktor nickte und seufzte, wischte an seiner Brille, ob ich ihn überzeugt habe, weiß ich nicht. Schließlich sagte er: "Nun gut, ich will Sie heute auch gar nicht länger vernehmen. Das wird erst einmal genügen."

"Sie erlassen also keinen Haftbefehl gegen mich?!" fragte ich in überströmender Freude. Der Direktor hüstelte schon wieder.

"Nein, keinen eigentlichen Haftbefehl, sozusagen. Sozusagen. Sehen Sie, Herr Sommer, Sie waren nach Ihren eigenen Aussagen übermäßig betrunken ..."

"Nicht übermäßig betrunken, Herr Direktor. Ich vertrage sehr viel."

"Sie hatten", fuhr der Direktor, sich verbessernd, fort, "übermäßig viel getrunken, und da besteht nun einmal der Verdacht, daß Sie bei Begehung Ihrer Tat nicht im Vollbesitz Ihrer Geisteskräfte waren. Was wollen Sie jetzt zu Haus? Sie würden wieder mit Ihrer Frau Streit anfangen, Sie würden wieder zu trinken anfangen. Nein, Herr Sommer, erst müssen Sie wieder richtig gesund werden. Ich werde Sie erst einmal in eine Heil- und Pflegeanstalt einweisen, da werden Sie unter ärztlicher Betreuung stehen und richtig gesund werden ..."

"Ich danke Ihnen, ich danke Ihnen, Herr Direktor", rief ich Trottel und wäre am liebsten dem alten Herrn um den Hals gefallen. Für seine große Güte, jawohl, für seine große Güte.

31.

Von Mordhorst hörte ich es dann, zwei oder drei Tage später (sie ließen sich Zeit mit meiner Überweisung in eine Heil- und Pflegeanstalt; auf dem Gericht haben sie überhaupt alle Zeit, bloß die Gefangenen nicht, denen doch die Zeit so langsam vergeht) – also, von Mordhorst hörte ich es, daß ich mich wie ein vollkommener Idiot benommen hatte.

"Mensch", sagte er, "wie konntest du nur so dämlich sein? Der alte Fuchs hat sich ins Fäustchen über dich gelacht, als du eine Flasche Korn nach der anderen auspacktest. Der hat dich fein mit seiner verstellten Freundlichkeit gefangen! Sagen hättest du müssen, schwören hättest du müssen: ich bin gar nicht besoffen gewesen, keine Spur war ich angetrunken! Ich hab's bei vollem Bewußtsein, nach reiflicher Überlegung getan, was ich getan habe! Und warum mußtest du so sagen: weil du so am wenigsten riskiertest: Sieh mal, für einen versuchten Totschlag bekommst du ein halbes, höchstens ein Jahr Kittchen. Die reißt du ab und stehst wieder draußen als freier Mann, und keiner kann dir an den Wagen fahren. Und was geschieht dir nun? Erst kommst du auf sechs Wochen in die Anstalt zur Beobachtung auf deinen Geisteszustand. Denkst du, die Anstalt ist besser als ein Kittchen? Schlechter ist sie! Alles Drum und Dran ist genau wie hier, Fressen und Arbeit und Wachtmeister, aber du bist nicht mehr mit vernünftigen Menschen zusammen, sondern mit lauter Idioten! Und dann gibt der Arzt sein Gutachten ab, und du kriegst den § 51, und das Verfahren wird gegen dich eingestellt. Aber du wirst für geisteskrank und gemeingefährlich erklärt und deine dauernde Unterbringung in solcher Heilanstalt angeordnet, und da sitzt du, fünf Jahre, zehn Jahre, zwanzig Jahre, kein Hahn kräht nach dir, und langsam wirst du unter all den Idioten auch ein Idiot. Das ist es ja aber wohl auch, was sie von dir wollen. Wie du mir erzählt hast, hat deine Alte viel fürs Geschäft übrig; dann hat sie das Geschäft und alles, was dir gehörte. Du bist dann bloß noch ein armer entmündigter Trottel, und wenn sie dir zu Weihnachten ein Stück Kuchen und eine Rolle Priem schickt, so ist das schon viel ..."

So redete Mordhorst, der erfahrene, zu mir, und zu jedem weiteren Worte sagte es in meinem Innern ›Ja‹. Wie ein Trottel hatte ich mich benommen, aufs Glatteis hatte ich mich locken lassen, und nun saß ich drin. Ich hatte es doch immer schon geahnt, was Magda plante, von allem Anfang an, aber dann hatte ich es vergessen; ich hatte nicht mehr dran denken wollen. Ich hatte mir etwas vorgelogen, daß sie meine Frau sei, daß sie mich doch einmal liebgehabt habe und mich nicht verraten würde ... Aber sie hatte mich verraten, schon lange hatte sie auf dieses Ziel hingearbeitet! Erst hatte sie mir die Ärzte nachgeschickt, und dann hatte sie diese verheerende Aussage über mich gemacht, in der sie all mein betrunkenes Geschwätz wie puren Ernst behandelt hatte.

Und wie hatte sie sich zu mir benommen, seit ich im Kittchen saß? Hatte sie da so gehandelt, wie es einer Ehefrau geziemt, deren Mann im Unglück sitzt? Hatte sie nur ein einziges Mal den Versuch gemacht, Sprecherlaubnis mit mir zu bekommen, mich zu besuchen und dabei Gelegenheit zu Aussprache und Versöhnung zu geben? Nichts von alledem. Ich hatte an Magda geschrieben. Ich hatte einen ernsten, freundlichen Brief an sie geschrieben, ich mußte ja an sie schreiben. Ich brauchte frische Wäsche und Toilettenzeug, ich brauchte eine Decke auf meinem Strohsack, ein Leinentuch und ein Kopfkissen. Ich brauchte auch eine

Zeitung und etwas zu essen. Jawohl, sie hatte mir die Sachen, die ich brauchte, geschickt, aber von Eßwaren und Zeitung war nichts in dem Koffer! Und nicht mit einer Zeile hatte sie mir geantwortet!

Jetzt saß ich in Nummer Sicher, jetzt ließ sie die Maske fallen, jetzt fühlte sie sich schon als die Besitzerin meines Eigentums, jetzt glaubte sie mich schon für ewig aufgehoben in einer Irrenanstalt! Aber sie sollte sich in mir geirrt haben, noch gab ich den Kampf nicht auf! Nein, ich fing ihn erst an! Ich war klarsehend geworden, ich war das Kind nicht mehr, das sich von Magdas Tüchtigkeit gängeln ließ, jetzt beriet mich Mordhorst, und den besten Rechtsanwalt der Stadt, den Herrn Doktor Husten, ließ ich mir auch kommen!

32.

Der Herr Rechtsanwalt Doktor Husten, den ich bislang nur von Ansehen kannte, war ein Mann Ende der Dreißiger, eine schon etwas behäbige Gestalt mit dem faltigen und fahlen Gesicht eines erfolgreichen Mimen. Er praktizierte noch nicht lange in meiner Vaterstadt und galt für gerissen, ein wenig unbedenklich und sehr teuer. In meinen geschäftlichen Angelegenheiten hätte ich ihn natürlich nie zum Berater gewählt, aber in einer solchen Strafsache schien er mir gerade der rechte Mann. Ich wurde von meiner Holzarbeit hereingerufen und fand Herrn Doktor Husten im Büro des Inspektors meiner wartend; er war fast sofort meinem brieflichen Ruf gefolgt. Doktor Husten schüttelte mir fast emphatisch die Hand, versicherte mir mit einer tiefen Stimme, die die ›R‹ rollte, er freue sich ungemein, meine Bekanntschaft zu machen, und wandte sich dann an den Inspektor mit der scherzhaft vorgetragenen Bitte, uns ein lauschiges Plätzchen zu vertraulicher Aussprache anzuweisen. Der Inspektor grinste und gab dem Wachtmeister den Auftrag, uns in meine Zelle zu führen. Der empörte Duftermann wurde solange auf den Hof zum Spazierengehen gejagt.

"Daß ihr mir nicht an meine Sachen rührt!" Mit diesen Worten ging er.

Statt sich nun meiner Sache zu widmen, erkundigte sich Doktor Husten flüsternd, wer der imposante, grobe Herr eben gewesen sei, und nickte, als ich ihn kurz orientiert hatte, tiefsinnig mit dem Kopf: ›Ach, der ist das! Ich habe von ihm gehört. Wer macht denn seine Verteidigung – der Kerl hat Geld wie Heu. Aus der Sache ist was zu machen.‹

Mich interessierte mehr, was aus meiner Sache zu machen sei, und ich erlaubte mir, den Doktor Husten etwas gereizt daran zu erinnern.

"Ach, Ihre Sache?" rief er erstaunt und volltönend aus.

"Ihre Sache ist in bester Ordnung! Ich habe bereits die Akten eingesehen – Sie bekommen den § 51 und gehen straffrei aus, dafür lassen Sie mich nur sorgen, mein lieber Herr Sommer!"

Ich fragte noch gereizter: "Und was wird aus mir, wenn ich den § 51 bekommen habe?"

Erstaunt rief der Anwalt: "Was aus Ihnen wird? Strafrechtlich ist die Sache für Sie dann endgültig zu Ende. Und persönlich? Ich nehme an, daß Sie dann für ein Weilchen in eine Heil- und Pflegeanstalt gehen werden, und das ist Ihnen ja schon aus Gesundheitsgründen nur zu wünschen!"

"Und wie lange wird das ›Weilchen‹ in einer solchen Anstalt für mich dauern, Herr Doktor Husten?" fragte ich böse. "Fünf Jahre? Zehn Jahre? Lebenslänglich?" Der Anwalt lachte.

"Aha! Irgendein Mitgefangener hat Ihnen einen Floh ins Ohr gesetzt! Lebenslänglich! Wenn ich so etwas nur höre! Für Sie kommt das doch nie in Frage. Sie sind doch ein vernünftiger Mensch, im Vollbesitz Ihrer Geisteskräfte ..."

"Ganz meine Ansicht",, stimmte ich ihm bei, "und darum kommt eben der § 51 nicht für mich in Frage. Nein, Herr Doktor Husten, ich trage die volle Verantwortung für alles, was ich getan habe, und bin bereit, alle Folgen zu tragen."

"Aber, mein lieber Herr Sommer!" rief er beschwörend. "Sie würden dann auf ein Jahr ins Gefängnis gehen müssen, mindestens auf ein Jahr! Sie kehrten als entehrter Mann zurück! Die Leute würden mit den Fingern auf Sie zeigen!"

"Trotzdem!" beharrte ich als getreuer Schüler Mordhorsts. "Trotzdem ziehe ich ein Jahr im Gefängnis einem unbegrenzten Aufenthalt in der Heilanstalt bei weitem vor ..."

"Unbegrenzt! Sie werden ein halbes Jahr, ein Jahr dort bleiben müssen, Herr Sommer ..."

"Würden Sie mir das schriftlich geben, Herr Doktor Husten? Mit Ihrem Wort als Anwalt ...?"

"Das kann ich natürlich nicht, mein lieber Freund", sagte der Anwalt.

Er schien jetzt auch reichlich verärgert und trommelte mit den Fingern nervös auf dem Tisch.

"Ich bin kein Arzt. Nur ein Arzt kann beurteilen, wie weit der Alkoholismus bei Ihnen vorgeschritten ist, wieviel Zeit für eine völlige, rückfallsichere Heilung notwendig ist – Aber, mein lieber Herr Sommer!" rief er und riß sich wieder zusammen, ließ den eingelernten sieghaften Optimismus wieder die Oberhand gewinnen, "geben Sie dieses finstere Mißtrauen auf. Vertrauen Sie sich unbedenklich den heilenden Händen der Ärzte an. Bedenken Sie auch, daß Sie sowohl seelisch wie körperlich kaum den Anforderungen einer längeren Gefängnishaft gewachsen sein werden. Ich glaube auch kaum, daß ein solcher Aufenthalt, daß diese Wahl im Sinne Ihrer lieben Frau sein würde ..."

Das war ein falsches Wort am falschen Ort!

"Herr Doktor Husten!" rief ich, empört aufspringend. "Was vertreten Sie hier: meine Interessen oder die Interessen meiner Frau? Woher wissen Sie, was im Sinne meiner Frau ist? Haben Sie etwa vor unserer Rücksprache meine Frau aufgesucht?"

Ich zitterte am ganzen Leibe vor Erregung.

"Aber, mein lieber Herr Sommer", sagte er beruhigend und legte mir die Hand auf die Schulter. "Warum erregen Sie sich so? Natürlich habe ich Ihre Frau aufgesucht; das war für mich als Ihren Anwalt doch ganz selbstverständlich. Und ich kann Ihnen mitteilen, daß Ihre Frau wohl mit Trauer, aber doch ohne eigentlichen Groll an Sie denkt. Ich bin überzeugt, daß sie Ihr Schicksal auf das Lebhafteste bedauert ..."

"Ja, und dieses grollfreie Bedauern spricht sich am deutlichsten in dem Protokoll aus, das von ihr bei den Akten ist!" rief ich immer empörter. "Haben Sie denn das Protokoll nicht gelesen, Herr Doktor Husten? – Nein, ich finde es einfach unverantwortlich, daß Sie als mein Verteidiger, ohne mich zu fragen, die Hauptbelastungszeugin aufgesucht haben."

"Aber ich mußte es doch, mein lieber Freund", versetzte der Anwalt, über meine Weltfremdheit milde lächelnd. "Ich mußte mich doch auch über den Punkt orientieren, wer das Honorar für Sie bezahlt. Sie sind im Augenblick gewissermaßen mittellos..."

"Sie irren sich, Herr Doktor Husten", sagte ich jetzt ganz kalt. "Alles da draußen: das Geschäft, das Bankguthaben, die ausstehenden Forderungen, das Haus, all das gehört mir, mir allein. Nicht meiner Frau. Noch bin ich in keiner Heilanstalt, noch bin ich nicht entmündigt..."

"Gewiß, gewiß", sagte der Anwalt beruhigend. "Das ist natürlich vollkommen richtig. Ich habe mich leider falsch ausgedrückt, ich hätte nicht ›mittellos‹ sagen dürfen. Drücken wir es so aus, daß Sie in der Verfügung über Ihr Vermögen im Augenblick gewissermaßen ein wenig behindert sind, während Ihre Frau als Ihre getreue Sachwalterin ..."

"Ich werde dafür sorgen, Herr Doktor Husten", sagte ich und stand endgültig auf, "daß meine Frau nicht mehr lange diesen Posten als Sachwalterin ausüben kann. Dann vermindert sich wahrscheinlich auch ihr Interesse rapide, mich auf Lebenszeiten in ein Irrenhaus zu sperren. Ich werde meiner Frau mitteilen, daß Ihr Besuch mich völlig von der Notwendigkeit einer sofortigen Scheidung überzeugt hat."

"Mein lieber Freund", sagte der Anwalt volltönend und schüttelte das große Mimenhaupt. "Wie jung Sie doch sind mit Ihren vierzig Jahren! (Nicht wahr, Sie sind doch vierzig Jahre?) Immer mit dem Kopf durch die Wand! Immer das Kind mit dem Bade ausschütten! Nun, nun, Sie werden unter geeigneter ärztlicher Pflege auch noch ruhiger werden!" Sein widerlich freundliches Grinsen hatte jetzt etwas unaussprechlich Höhnisches.

"Im übrigen gehe ich wohl nicht fehl in der Annahme, daß ich mich nicht als den Anwalt Ihres Vertrauens betrachten darf?"

"Ganz richtig, Herr Doktor Husten."

"Ich bedauere es aufrichtig, ich bedauere es nicht für mich (Ihr Fall ist nur ein kleiner Fall für mich, Herr Sommer, ein sehr kleiner Fall), ich bedauere es für Sie und für Ihre Frau! Sie rennen blindlings in Ihr Unglück, Herr Sommer, und wenn Ihnen die Augen aufgehen, wird es zu spät für Sie sein. Schade."

Er faßte schnell meine Hand und schüttelte sie. "Aber wir scheiden nicht als Feinde, Herr Sommer. Wir haben uns kennengelernt, wir haben uns begrüßt, wir trennen uns wieder. ›Schiffe, die sich nachts begegnen‹ – Sie kennen doch dieses vorzügliche Buch der Baronin? Es möge Ihnen gut gehen, Herr Sommer!"

Damit verließ Herr Doktor Husten erhobenen Hauptes meine Zelle; ich aber folgte ihm erst in einigem Abstand und begab mich wieder zu meiner Sägerei auf dem Holzhof. Dort berichtete ich Mordhorst haarklein die stattgehabte Unterredung, wurde von ihm zum erstenmal belobt und in meiner Absicht bestärkt, eine eilige Scheidung von Magda zu betreiben und ihr die Verwaltung meines Eigentums zu entziehen.

33.

14. 9. 44

Aber zu alledem kam ich vorläufig nicht mehr, andere, mir wichtiger erscheinende Ereignisse schoben sich dazwischen. Als am Morgen nach dem Besuch des Rechtsanwaltes Doktor Husten der Wärter unsere Zellen aufschloß und ich mit dem gefüllten Kübel zum Spülbecken eilte, blieb ich plötzlich verblüfft stehen. Ich traute meinen Ohren nicht, und doch, es war keine Täuschung: aus einer eben geöffneten Zelle drang eine einschmeichelnde, leise flüsternde Stimme, jene Stimme, die so unzertrennlich mit meinen Alkoholräuschen verknüpft war, jene Stimme, die ich aus meines Herzens tiefstem Grunde haßte: Lobedanz' Stimme!

Ich wagte einen eiligen Blick. Ja, da stand er mit dem sanften, mehr gelblichen als bräunlichen Gesicht, mit dem dunklen Vollbart und dem schlicht zurückgestrichenen dunklen Haupthaar, das einen goldig-rötlichen Schimmer hatte, stand da und redete einschmeichelnd sanft auf seinen Zellengenossen ein, wobei er an den Fingern zog, daß sie knackten. Sicher wollte er dem anderen etwas abschnacken, er, der arme, aber ehrliche Arbeiter!

Ich eilte, so schnell ich nur konnte, an der Zelle vorbei, leerte und säuberte meine Kübel und schlich in meine Zelle zurück, achtsam, nicht gesehen zu werden. An diesem Morgen mußte Duftermann, so sehr er auch murrte, den ›Außendienst‹ beim Zellenreinigen machen, Besen und Scheuertuch holen und frisches Waschwasser herbeischaffen: ich hatte nicht den Wunsch, von Lobedanz gesehen zu werden.

Innerlich aber erfüllten mich Schadenfreude und Triumph: sie hatten den listigen, heuchlerischen Lobedanz erwischt, sie hatten ihn gekitscht, und nur ein Gedanke beunruhigte mich noch: ob es denen auch gelungen war, Lobedanz die Beute oder doch einen wesentlichen Teil von ihr abzujagen. Doch auch darüber sollte ich nicht lange im Ungewissen bleiben. Wie immer ging es auf den Holzhof, ohne Lobedanz, entweder weil er sich nicht zur Arbeit gemeldet hatte oder weil beim Inspektor bekannt war, daß wir ›in derselben Sache saßen‹. In solchen Fällen wird sorgfältig vermieden, zwei Komplicen miteinander in Kontakt kommen zu lassen.

Mordhorst und ich, wir stellten uns an unseren Sägebock und begannen unser Tagewerk, diesmal der angenehmsten Art: glatte, schwache Kiefernrollen, ein Kinderspiel für trainierte Männer, wie wir es waren. Die erste Rolle war zersägt, und während ich die zweite auf dem Bock zurechtlegte, stellte ich meinem Arbeitskameraden die jeden Morgen wiederholte Frage: "Was Neues im Bau?"

"Mhm!" machte Mordhorst und setzte die Säge an. Dann: "Eine neue Einlieferung. Ein Gauner, wie es aussieht."

Wir begannen zu sägen. Dann hielt ich wieder inne.

"Was hat er denn ausgefressen?"

"Wer? Was ausgefressen?" fragte Mordhorst, der mit seinen Gedanken längst woanders gewesen war, wahrscheinlich wieder bei seinem ewigen, bitteren Vorwurf an das Schicksal, warum er gerade in einem solchen Drecknest bei solcher unwürdig kleinen Mauserei hochgegangen war

"Wer? Was ausgefressen?"

"Der Neue doch!" erinnerte ich.

"Ach der? Was trauen sich denn solche Brüder schon."

Und er wollte wieder zu sägen anfangen. Ich aber hielt den Sägebügel fest.

"Nee, sag mal, Mordhorst, das interessiert mich wirklich. Ich glaube, ich habe den Bruder heute früh gesehen."

"Das kann angehen; auf deiner Station liegt er. Also was er ausgefressen hat? Leichenfledderei natürlich, zu was anderem hat solch ein Kerl doch keine Traute. Leichenfledderei an einem betrunkenen Speckjäger, so einem besoffenen Bürger, verstehst du?"

"Verstehe", antwortete der betrunkene Speckjäger. "Und hat er seinen Raub in Sicherheit gebracht?"

"Keine Ahnung. Wird er doch – so doof ist selbst der nicht!"

"Erkundige dich mal, Mordhorst. Mich interessiert das nämlich sehr."

"Warum interessiert dich das denn so? Ich finde das komisch."

"Ich aber gar nicht. Weil ich nämlich der betrunkene Speckjäger gewesen bin, den der Kerl gefleddert hat. Du erinnerst dich doch, Mordhorst, das ist der Wirt, der mich in meiner Besoffenheit hopp genommen hat. Ich habe dir doch von ihm erzählt."

"Ach so ist das!" sagte Mordhorst und grinste vor Vergnügen. "Der wird ja einen schönen Rochus auf dich haben, wenn er dich zu sehen kriegt. Wo du ihn in den Bunker gebracht hast!"

"Also erkundige dich, Mordhorst, ob er die Sachen beiseite gebracht hat. Er hat zwei goldene Ringe und eine goldene Uhr von mir, Tafelsilber für zwölf Personen, einen rindledernen Koffer mit Sachen, eine lederne Aktentasche und viertausend Mark."

"Ganz hübsch", grinste Mordhorst. "Für einen so elenden Kerl viel zu viel. Na, ich sage dir dann Bescheid."

Und wir sägten, nunmehr schweigend, drauflos – der Wachtmeister guckte schon sehr.

Es dauerte einige Tage, ehe ich Lobedanz wieder zu sehen oder seine Stimme zu hören bekam. Morgens, wenn ich kübeln ging, blieb seine Zelle immer geschlossen und wurde erst geöffnet, wenn wir fertig waren, ein Zeichen, daß bekannt war, wir saßen in derselben Sache. Auch von Mordhorst erfuhr ich nichts Näheres. Wenn ich drängte, sagte er nur: "Wart's ab, Kumpel. Ich muß erst Genaues baldowern, der Mordhorst knackt keinen Schrank, ehe er nicht alles baldowert hat."

Aber dann war es schließlich so weit.

"Über sechstausend Mark hat er bei sich gehabt, als ihn die Polente kitschte", sagte Mordhorst. "Und das stimmt. Nicht bloß, weil er's selbst erzählt hat, sondern ich hab's vom Kalfaktor, der das Büro sauber macht. Das Geld ist hier eingeliefert."

"Dann hat er all meine Sachen verkauft, und ich sehe sie nie wieder", sagte ich, und plötzlich tat es mir um Gold- und Silbersachen sehr leid. "Mir hat er in bar nur viertausend abgenommen, nicht mehr."

"Er kann doch auch so Geld gehabt haben", widersprach Mordhorst. "Das ist noch nicht raus, daß er deine Sachen schon verscheuert hatte. Er kann sie auch versteckt haben."

"Möglich ist das", gab ich zu. "Aber ich glaube nicht recht daran."

Eine lange Zeit sägten wir schweigend, eine Stunde oder zwei, einen Buchenkloben nach dem anderen. Dann sagte plötzlich Mordhorst: "Was gibst du aus, Kumpel, wenn ich rausbaldowere, wo der Halunke die Sore versteckt hat?"

"Sore –? Was ist das?"

"Deine Sachen doch! Was gibst du aus?"

"Was soll ich ausgeben hier im Bunker? Ich habe doch selbst nichts!"

"Aber du hast draußen was!"

"Darüber kann ich nicht verfügen, da läßt mich meine Frau nicht ran!"

Und wieder sägten wir. Am nächsten Tage sagte Mordhorst zu mir: "Du kommst sicher bald vor den Richter und wirst wegen des Kerls vernommen. Dann mußt du sagen, daß du das gestohlene Geld, das hier liegt, für dich beanspruchst."

"Darauf kannst du dich verlassen, daß ich das sagen werde, Mordhorst", sagte ich grimmig.

"Und der Staatsanwalt muß dir das Geld freigeben, das ist klar", sagte Mordhorst.

Eine Weile schwieg er wieder. Dann fragte er: "Würdest du eine Anweisung ausschreiben, daß fünfhundert Mark an den Überbringer auszuzahlen sind, wenn ich rauskriege, wo der die Sachen versteckt hat?"

Ich überlegte.

"Fünfhundert Mark ist mir die Sache schon wert", sagte ich schließlich. "Ich müßte aber alles wiederkriegen, auch die Goldsachen, und daran glaube ich nicht."

"Wenn du weniger zurückkriegst, sollst du auch weniger zahlen müssen; ich bin ein reeller Mann", antwortete der unverbesserliche Geldschrankknacker.

"Aber Mordhorst!" sagte ich, und mich jammerte seine Einfalt. "Glaubst du denn wirklich, daß die hier an dich oder einen aus dem Kittchen Geld auszahlen werden, bloß weil ich eine Anweisung ausschreibe?"

"Dafür laß mich nur sorgen", gab er unerschüttert zur Antwort "Du hast doch ein Getreidegeschäft?"

"Habe ich auch", gab ich zurück. "Woher weißt du denn das schon wieder, Mordhorst?"

"Ich weiß alles", gab er mit der ganzen Überheblichkeit des kleinen Mannes zurück. "Und wenn da nun einer von draußen kommt mit einer Rechnung über

Getreide, das er dir vor einem Vierteljahr geliefert hat, und verlangt sein Geld, und du erkennst die Rechnung an – ich will wetten, die Brüder zahlen."

"Möglich", gab ich zu. "Aber wer soll von draußen mit solcher Rechnung kommen?"

"Dafür laß mich nur sorgen", gab Mordhorst gleichmütig zurück. "Die Hauptsache ist, ich habe dein Wort, du erkennst die Rechnung an."

"Das hast du", sagte ich. "Und ich halte auch mein Wort."

"Das wird auch besser sein", gab Mordhorst zurück und fing wieder an mit Sägen. "Du kannst dich darauf verlassen, ich schnappe dich, wenn du mich in die Pfanne haust, schnappe dich morgen oder in fünf Jahren, draußen oder drinnen, ich selbst oder einer, dem ich's sage."

So begann dies Spiel, ein Spiel, wie es nur in Gefängnissen gespielt werden kann, unterirdisch, mit vielen Mittelsmännern, mit Flüstern der Kalfaktoren an verriegelten Türen, mit unendlichem Scharfsinn; der von vielen Hirnen in vielen Stunden aufgewandt wurde: und der heuchlerische, listige Lobedanz war das Ziel.

Ich habe dieses Spiel nie ganz durchschauen können, nie habe ich begriffen, wie der besonders streng bewachte Mordhorst ständigen Verkehr mit allen Gefangenen, sogar mit der Außenwelt, unterhalten konnte. Aber er konnte es. Manchmal fiel ein halbes Wort, aus dem ich mir einen Vers machen konnte. Es gab zum Beispiel vier sorgfältig ausgewählte Gefangene, die in einem überdimensionalen Handwagen das von uns zerkleinerte Holz in die Stadt und in die Häuser fuhren, unter Aufsicht eines Wachtmeisters natürlich. Und es gab den bewährten Gefängniskoch, einen alten Gefangenen, der manchmal von dem Inspektor in seinen Garten vor der Stadt zum Graben und Hacken und Gießen mitgenommen wurde. Vielleicht waren diese Gefangenen doch nicht ganz so zuverlässig, wie sich die Gefängnisverwaltung träumen ließ. Und dann gab es die Klappen in der Tür, durch die uns die Essenschüsseln hereingereicht wurden, und immer gab es an diesen Klappen, wenn sie zur Essenausgabe aufgeschlagen waren, heimliches Geflüster und verstohlenes Hin- und Hergereiche. Wie gesagt, ich weiß fast nichts von dem Spiel, das da gespielt wurde, sonst würde ich schon davon erzählen. Ich war ein Grüner, und vor allem war ich in den Augen der anderen kein ›richtiger Verbrecher‹, ich hatte mich nicht am Eigentum anderer vergangen.

Mordhorst hütete sich wohl, mir zu viel zu sagen. Ich erfuhr nur, daß Lobedanz unter Druck gesetzt wurde. Sie brachten es fertig, ihm unter den Augen der Wachtmeister sein Essen zu kürzen. Sie ließen ihn ein bißchen hungern. Und sein Zellengenosse hatte immer Fraß die Hülle und Fülle, gab aber nichts ab. Das war das eine. Und das andere war, daß Lobedanz wirklich zu Haus Frau und Kinder hatte, und daß er so unvermutet gefangengesetzt worden war, daß die ohne einen Pfennig und ohne Brot dasaßen. Da wurde es ihm vorgestellt, daß ein Gefangener in wenig Tagen entlassen werden würde, und dieser Gefangene könne ja die versteckten Sachen holen und verscheuern und den Erlös der Frau geben – nach Abzug einer angemessenen Belohnung natürlich. Ich glaube wohl, daß der listige, argwöhnische Lobedanz einen schweren Kampf mit sich kämpfte, aber sie machten ihn weich. Sie zwickten ihn, sie schrieben ihm Kassiber, und dann ließen sie ihn ganz ohne Nachricht, und wenn er sie fragte, sagten sie: "Ist erledigt. Du willst ja nicht." Und auch ein Lobedanz liebt wohl seine Kinder und sieht sie nicht gerne hungern und betteln. Es kam der Tag, da Mordhorst zu mir sagte: "Also ich habe dein Wort?"

"Das hast du! Weißt du schon was?"

"Ich weiß alles. Die Sachen ...", Mordhorst sah mich scharf an, "... liegen in der ersten Feldscheune auf dem Wege nach Kehne. Hinten sind ein paar Bretter kaputt, und da liegen sie unter dem Stroh. So, nun weißt du's. Dein goldener Ehering fehlt, den hat er verscheuert, aber sonst ist alles da, genau wie du es angegeben hast. Ist das fünfhundert Mark wert, Kumpel?"

"Das ist fünfhundert Mark wert", gab ich zur Antwort. Komisch, wie unlogisch ein Herz empfindet, ich freute mich beinahe, daß Magda ihr Silber zurückbekommen sollte, und ich haßte Magda doch wirklich von ganzem Herzen.

"Ja", sagte ich dann. "Aber was fang ich nun mit meinem Wissen an? Ich darf doch nicht verraten, daß ich's von dir habe."

"Du wirst heute, wenn du dein Brot bekommst", sagte Mordhorst, "einen Kassiber drin finden, auf dem das steht, das ich dir eben gesagt habe. Das zeigst du dem Wachtmeister, und dann läuft die Sache von selbst."

"Und wer soll mir den Kassiber geschrieben haben?"

"Das weißt du nicht. Es ist eben einer gewesen, den du nicht kennst, der den Lobedanz haßt und ihn in die Pfanne hauen will. Da zerbrich dir nur nicht den Kopf drüber."

Es war das alles mit wirklichem Scharfsinn ausgedacht, mit unendlicher Geduld durchgeführt, es ist nur schade, daß auch diese Sache, wie die meisten im Gefängnis erdachten Sachen – große Einbrüche und Raubüberfälle, Erpressungen und Schiebungen – anders ausging, als wir alle erwarteten, und daß Magda doch nicht wieder zu ihrem Silber kam.

Alles kam ganz genau so, wie es Mordhorst vorausgesagt hatte: ich fand den Kassiber, ich gab ihn dem Wachtmeister beim Einschluß, ich wurde zum Inspektor runtergeholt und vernommen. Dann führten sie mich wieder auf meine Zelle, und dann hörte ich, wie sie hinten in meinem Gang eine Zelle aufschlossen: nun holten sie sich den Lobedanz. Und dann war Stille. Ich hörte nichts mehr von der Sache, die Nacht nicht, die nächsten beiden Tage nicht, und auch Mordhorst hörte diesmal nichts davon. Dann riefen sie mich wieder zu dem Inspektor und teilten mir mit, daß die Polizei jene Feldscheune revidiert habe; die Bretter hinten seien lose gewesen, aber unter dem Stroh habe nichts gelegen, überhaupt sei in der ganzen Scheune nichts versteckt gewesen. Ich ging sehr enttäuscht auf meine Zelle zurück. Also war der Lobedanz doch listiger als alle anderen gewesen, und es gab die Sachen überhaupt nicht mehr, oder er hatte sie ganz woanders versteckt. Aber Mordhorst schüttelte dazu den Kopf.

"Warte nur", sagte er, "das hängt anders zusammen, und ich kann's mir auch schon denken wie. Warte nur, ich bekomme es noch heraus, und wenn es so ist, wie ich denke, wird einer nichts zu lachen haben."

Er bekam es wirklich raus, wenigstens glaube ich, daß das die Wahrheit war, was er mir sagte.

"Der Entlassene hat's geklaut und verscheuert, der, der's von dem Lobedanz erfahren hat. Direkt vor der Polizei hat er sich's geholt; die Trottel, wenn sie nur ein bißchen schneller gewesen wären! Aber ich sage dir, einmal erwische ich den Hund, er kommt ja doch wieder ins Kittchen, und dann soll er sein eigenes Geschrei hören!"

Und im ganzen Bau wurde ein Name verbreitet, sechzig Gefangene merkten sich den Namen von einem, der ein Verräter gewesen war, und diese Gefangenen würden mit der Zeit schon dafür sorgen, daß der Name des Verräters sich ausbreitete durch viele Gefängnisse. Überall würden sie ihn ansehen als einen gemeinen Verräter, denn selbst unter Verbrechern gibt es eine Art Ehre, und gegen die hatte der Mann verstoßen.

Für mich aber, der schließlich am wenigsten sich an diesem Spiel gegen Lobedanz beteiligt hatte, sollten die Folgen vorerst die übelsten sein. Denn an einem Morgen, da ein Wachtmeister wohl ein wenig verschlafen war und nicht aufgepaßt hatte, trug ich meinen Kübel ahnungslos über den Gang und achtete gar nicht darauf, daß gegen alle Gewohnheit die Tür von Lobedanz' Zelle schon aufgemacht war, da stürzte der so Sanfte wie ein Tiger auf mich, warf mich mitsamt meinem Kübel zur Erde und schlug mit beiden Fäusten auf mein Gesicht ein, daß ich fast sofort meine Besinnung verlor. Sie hatten es ja nun dem Lobedanz erzählt, daß auch ich hier im Kittchen saß, und hatten ihn nach Gefangenenart unbarmherzig geneckt und gehänselt mit den verlorengegangenen Sachen. Und sie hatten ihm wohl auch erzählt, daß das ihm abgenommene Geld wieder zu meiner Verfügung hier lag, und vielleicht hatten sie ihm sogar vorgelogen, daß die Sachen wieder in meinen Besitz gekommen seien. Jedenfalls war in dem Lobedanz eine wilde Wut auf mich entbrannt, und er hatte all die Tage wohl brütend in seiner Zelle gesessen, hatte bedacht, wie gänzlich umsonst er nun sich um mich Wochen gequält hatte, wie ich alles wiedergewonnen, und daß meinetwegen ihm eine lange Strafe bevorstand – für nichts Gewonnenes! Da hatte er rot gesehen und immer gegrübelt, wie er mir etwas antun könnte für mein ganzes Leben, und sein Haß und seine Wut hatte all seine Sanftheit und sein Heuchlertum und seine angeborene Feigheit und Vorsicht fortgespült. Als er die Zellentür offen sah, hatte er auf mich gelauert, er hatte mich unter sich gebracht und mir ins Gesicht geschlagen, daß sofort Blut aus Nase und Mund stürzte. Die Gefangenen hatten nach ihrer Gewohnheit still und unbeteiligt und wohl auch etwas schadenfroh zugeschaut; es ist nicht Sitte im Gefängnis, bei einer Prügelei von zweien dazwischenzugehen. Ich bin überzeugt, daß Mordhorst mir beigestanden hätte, aber Mordhorst war nicht in der Nähe, er lag einen Gang tiefer. Und ehe der Wachtmeister noch hatte zuspringen und Lobedanz hatte zurückreißen können, hatte Lobedanz sich über mein Gesicht gebeugt und hatte mich in die Nase gebissen, um mich fürs ganze Leben zu zeichnen – ach, er hat mir fast die halbe Nase abgebissen!

In einem Gefängnis geschehen schlimme Dinge, oft, man macht nicht viel Aufhebens davon. Den Lobedanz haben sie in die Arrestzelle gesteckt und ihm später zu allem anderen eine Anklage wegen schwerer Körperverletzung angehängt, und mich haben sie in meiner Zelle auf den Strohsack gelegt, haben mir das Blut ein bißchen abgewaschen und haben gewartet, bis der herbeitelefonierte Gefängnisarzt kam. Das erste, was ich hörte, als ich wieder zum Bewußtsein kam, war die schimpfende Stimme Duftermanns, der über ›die Schweinerei in seiner Zelle‹

schimpfte und verlangte, daß ich verlegt würde, und diese Stimme hat nicht einen Augenblick auf mich zu schimpfen aufgehört, solange Duftermann nicht schlief, all die Tage, die ich noch bei ihm in der Zelle liegen mußte. Denn es reichte nach Ansicht des Arztes nicht dafür, daß man mich in ein Krankenhaus legte. Er nähte mir die Nase recht und schlecht zusammen und meinte, in drei, vier Tagen werde alles wieder in Ordnung sein. Aber es ist nie ganz wieder in Ordnung gekommen, ganz abgesehen davon, daß ich mich bis heute noch nicht in einem Spiegel sehen kann, so sehr bin ich entstellt und mir selbst zum Ekel. Nein, ich kann nicht mehr riechen, und richtig durch die Nase atmen kann ich auch nicht. Ich atme mit halboffenem Munde wie ein Blöder, und meine Schlafgenossen beschimpfen und stoßen mich nachts, weil ich mit Schnarchen, Ächzen und Orgeln ihnen ihren Schlaf störe. Wahrhaftig, dieser Hund von Lobedanz hat mich für den Rest meines Lebens gezeichnet, nie kann ich ihn vergessen. Eigentlich hat Lobedanz stärkere Spuren in mir hinterlassen als irgendein anderer Mensch, selbst als Magda. Manchmal sitze ich da, und plötzlich steht wieder das Bild vor mir, wie ich am Fenster meiner Dachstube stand, sehe die Stadt mit ihren rotbraunen Dächern im Abendlicht zu meinen Füßen, sehe den Fluß zwischen Grün blitzen und hinten, schon halb von bläulichem Dunst verschleiert, das Dach meines eigenen Hauses. In meinem Rücken aber versicherte Lobedanz sanft flüsternd, daß er ein sehr armer, aber ehrlicher Arbeiter sei, und ließ seine Gelenke dabei knacken. Damals, schon vom ersten Augenblick an, habe ich es gewußt, daß er ein Lump und ein Lügner war, und hätte ich ein bißchen Verstand und Ehre im Leib gehabt, ich hätte auf der Stelle die Stube verlassen und wäre heimgekehrt zu jenem Haus im bläulichem Dunst. Ich aber bin in der Unrechtlichkeit geblieben, und dafür ist mir heimgezahlt worden, tausendfältig.

35.

Drei oder vier Tage habe ich noch in der Zelle beim schimpfenden Duftermann gelegen, habe arge Schmerzen ertragen und mein unseliges Schicksal verflucht. Jeder Gedanke war mir vergangen, mich an Magda zu rächen oder die Scheidung zu beantragen, ich wäre froh gewesen, hätten sie mich heimgehen lassen zu ihr. Ich wäre auf die Knie vor ihr gefallen und hätte sie um Verzeihung gebeten, und sie hätte mich aufnehmen können wie einen verachteten Sklaven, es wäre mir recht gewesen. Aber auch das war nur eine Stimmung gewesen, die nicht von Bestand war. Meine Gefühle für Magda sollten sich noch manches Mal ändern. Den Holzhof habe ich nie wiedergesehen und auch nicht meinen Kumpel Mordhorst.

Seltsam, in meiner Erinnerung ist es mir heute, als seien es schöne, friedliche Stunden gewesen, die ich dort am Sägebock verbracht habe, mit meiner blauen Gefangenenjacke angetan, über mir die Kronen der Apfel- und Birnbäume und den durchsonnten Himmel.

An einem späten Nachmittag dann, ich war wieder ganz über das Geschimpfe des mörderischen Brandstifters Duftermann verzweifelt, rasselte zu ganz ungewohnter Zeit das Schloß in der Zellentür, der Wachtmeister kam herein und rief: "Sommer, sofort aufstehen und Ihre Sachen packen! Sie werden entlassen!"

Ich fuhr hoch von meinem Lager und starrte den Wärter mit weit aufgerissenen Augen an.

"Entlassen?" flüsterte ich, und mein Herz pochte stark. Also doch! Also doch!

"Ja, entlassen", sagte er erbarmungslos, "in die Heilanstalt. Los, los, Mann, packen Sie Ihre Sachen zusammen! Denken Sie, wir haben soviel Zeit für Sie?"

"Ach so", sagte ich langsam und fing an zu packen. "Ach so – in eine Heilanstalt."

Der Duftermann sah mir scharf auf die Finger, daß ich auch nichts von seinem kostbaren Eigentum einpackte, und dabei redete er auf den Wachtmeister ein, wie froh er sei, daß ich fortkomme, ich sei der schlechteste Zellengenosse von der Welt gewesen, nie habe ich ein vernünftiges Wort geredet, und mein Krachmachen des Nachts sei einfach unerträglich gewesen. Ich bin ohne ein Wort von ihm gegangen, ich habe ihn nicht einmal mehr angesehen.

Unten, im Büro des Inspektors, stand ein fremder Wachtmeister, und er sah mich prüfend an, und ich sah wohl, daß er bei meinem Anblick das Gesicht verzog. Ich trug noch meinen Nasenverband.

"Ja", sagte der Inspektor, "das ist der Mann, dem ein anderer Gefangener die Nase hat abbeißen wollen. Sie haben wohl davon gehört, Wachtmeister?"

Der hatte davon gehört.

Der Inspektor setzte hinzu: "Es ist aber soweit ein ganz ordentlicher, ruhiger Mann, ich glaube, Sie können ihm die Kette ersparen, Wachtmeister."

"Nein, nein!" sagte der Wachtmeister eifrig. "Ich bin für den Mann verantwortlich, nachher läuft er mir fort ..."

"Das tun Sie, Wachtmeister, wie Sie es für richtig halten", sagte der Inspektor wieder. "Ich habe bloß meine Meinung gesagt. Hören Sie, Sommer", wandte er sich nun an mich, "quittieren Sie hier mal, daß Sie all Ihre Sachen von uns zurückerhalten haben. Ihr Geld schicken wir Ihnen mit der Post nach ..."

"Senden Sie es bitte an meine Frau", sagte ich mit plötzlichem Entschluß. "Ich brauche kein Geld mehr."

"Auch gut", sagte der Inspektor gleichmütig, und damit war ich entlassen.

Der Wachtmeister legte mir das Kettchen um das Handgelenk, und so bin ich denn durch meine Vaterstadt zum Bahnhof geführt worden, es hat mich aber nicht geniert. Wie gesagt, trug ich noch meinen Nasenverband; selbst Magda hätte mich nicht erkannt.

15. 9. 44

Ich sah manchen auf der Straße, mit dem ich mich sonst gegrüßt hätte, und mancher oder manche sah mich an, aber es betraf mich alles nicht mehr so recht. Als mein eigenes Gespenst ging ich durch die Stadt, in der ich einstens geboren wurde, auf deren Gassen ich als Kind gespielt hatte; auf der Bank dort drüben hatte ich einmal mit Magda gesessen, damals trug sie noch einen Zopf, und wir hatten beide Schultaschen unter dem Arm ... Nun gingen wir an meinem eigenen Geschäft vorüber, ›Erwin Sommer, Landesprodukte en gros und en detail‹ stand noch auf den Milchglasscheiben – wie lange noch? Und am Kettchen geführt, einen Handkoffer in der freien Hand, ging derselbe Erwin Sommer daran vorbei, lebendig und doch schon gestorben für all dies, noch gab es Spuren seines Lebens – wie lange noch?

"Ich bin erst einundvierzig Jahre alt", sagte ich zu meinem Transporteur.

"Was meinen Sie denn damit?" fragte der junge Beamte streng. "Was wollen Sie denn damit sagen?"

"Ach, nichts weiter, Herr Wachtmeister", antwortete ich. "Aber wenn man mit einundvierzig Jahren bei lebendigem Leibe schon tot und gestorben sein soll ..."

"Ach was, machen Sie sich doch nicht sone Gedanken", sagte der Wachtmeister friedlich. "In der Heilanstalt, wohin ich Sie bringe, haben Sie es doch besser als im Kittchen, und Sie machen doch einen ganz vernünftigen Eindruck, vielleicht kommen Sie auch noch mal wieder raus. – Wissen Sie was?" fuhr er immer menschlicher fort, "wenn wir nachher im Zuge sitzen, nehme ich Ihnen auch die Kette ab, und draußen lege ich sie Ihnen auch nicht wieder an. Es ist doch bloß hier in der Stadt; man weiß doch nie, was euch Brüdern plötzlich durch den Kopf fährt."

Ich schwieg. Er meinte es gut, aber er ahnte nicht, wie gleichgültig mir das Kettchen war. Aber er hatte bei seinen ungeschickten Trostversuchen ein Wort gesagt, das mich in meiner niedergedrückten Stimmung wie ein Blitz getroffen hatte. ›Vielleicht kommen Sie auch noch einmal wieder raus‹, hatte er gesagt! Vielleicht ... auch noch einmal wieder ... Und ich hatte mit einer sechswöchigen Unterbringung zur Beobachtung gerechnet, so hatte mich Mordhorst belehrt.

Vielleicht ... auch noch mal wieder ...

War das nur so dahingeredet von dem Wachtmeister, oder wußte der Mann wirklich etwas? Er hatte ja meine Papiere! Natürlich wußte er was: Ich sollte eingesperrt werden auf Lebenszeit! Wirklich lebendig gestorben, wie ich eben gefühlt hatte. Wie ein Schleier lag es vor meinen Augen, und die Sonne, durch die wir gingen, die allen schien, mir schien sie nicht mehr. Nie wieder schien sie mir. Oh, diese Angst...

36.

Wir wanderten gemeinsam eine schöne Landstraße entlang, der Wachtmeister und ich. Von dem Kettchen bin ich nun wirklich befreit, das hat den Vorteil, daß ich nun den gar nicht leichten Koffer mal rechts, mal links tragen kann. Der Wachtmeister hat sich eine kurze Pfeife angebrannt und hat auch mir gnädig die Erlaubnis gegeben, zu rauchen. Da ich aber nicht das geringste Rauchbare besitze, hilft mir diese Erlaubnis nichts. Außerdem ging's wohl schlecht mit der zerbissenen Nase.

An der Straße stehen hohe, alte Kastanienbäume, sie haben schon ausgeblüht. Die Sonne sinkt, ab und zu knarrt ein verspätetes Heufuder an uns vorbei. Die Leute wenden kaum die Köpfe nach uns, sie sind hier in der nächsten Nähe der Heilanstalt solche Transporte längst gewöhnt. Höchstens, daß eine Frau einmal einen neugierigen Blick auf mein verbundenes Gesicht wirft. Der Wachtmeister hat sich nach meinem ›Verbrechen‹ und nach meinem ›Vorleben‹ ausfragen wollen, aber ich habe ihm nur einsilbig geantwortet. Da er aber entschlossen ist, uns den Weg durch ein Gespräch zu kürzen, erzählt jetzt er mir von sich, das heißt von einem Garten, den er mit seiner jungen Frau bestellt. Und er möchte nun so gerne noch ein angrenzendes Stück Land dazu pachten und trägt mir nun, behaglich erwägend, alle Gründe für und wider vor, das geringe Gehalt und die teuere Pacht, den verunkrauteten Boden, die zweifelhafte Ernte – ach, es gibt eigentlich nur Gründe dawider. Der Wachtmeister stößt eine bläulich-weißliche Tabakwolke aus und sagt abschließend: "Also, ich pachte das Stück unter allen Umständen. Ein Stück Land – das ist besser als tausend Mark auf der Sparkasse!"

Ich höre nur halb hin auf sein Geschwätz, und nur, als er jetzt zu seinem überraschenden Schluß kommt, lächele ich bitter: ›Mit solchen Strohköpfen muß ich also nun umgehen von jetzt an, und sie sagen einfach ›Sommer‹ zu mir, ohne ›Herr‹ und bestätigen mir gütigst, daß ich ›soweit einen ganz vernünftigen Eindruck‹ mache!‹ Laut aber frage ich: "Ist das die Heilanstalt?"

"Das ist sie", antwortet der Wachtmeister. "Und jetzt wollen wir einen Schritt schneller zugehen; es ist gleich Büroschluß, und der Oberinspektor schimpft, wenn ich dann noch mit Ihnen angekleckert komme!"

Von der Straße aus gesehen, macht die Heilanstalt keinen schlechten Eindruck, mein Herz fängt etwas leichter zu schlagen an. Auf einer leichten Anhöhe gelegen, von hohen, alten, reichlaubigen Bäumen umstanden, liegt sie stattlich da wie ein großes Schloß oder eine altertümliche Burg. Große Fenster blinken im Licht der Abendsonne. Aber als wir näherkommen, sehe ich die hohen roten Mauern darum, oben noch mit Eisen und Stacheldraht bewehrt, ich sehe auch die Gittertraljen vor den großen blitzenden Fenstern, und mein Begleiter hat es gar nicht nötig, mir erklärend zu sagen: "Früher war dies einmal ein Zuchthaus."

Nein, das sehe ich auch so, daß dies nicht wie ein Krankenhaus, sondern wie ein Zuchthaus aussieht. Ein richtiger breiter Wallgraben läuft um den ganzen Komplex, friedlich schwimmen Enten und Gänse auf ihm, aber auf der Brücke, die wir überschreiten, steht ein bewaffneter Posten in grüner Uniform, und das Büro, in das ich geführt werde, ist kein bißchen anders als das Gefängnisbüro, aus dem ich vor anderthalb Stunden entlassen wurde. Sogar die Beamten drin scheinen von genau der gleichen Art zu sein, derselbe gelangweilte, teilnahmslose und doch prüfende Blick, der ›die Neuaufnahme‹ streift, dieselbe langsame Umständlichkeit, mit der dem Transporteur für mich quittiert wird, mit der meine Personalien eingetragen werden. An diesem Abend gab es nur einen kurzen Lichtblick für mich: ich war wegen Mordversuchs verhaftet, wegen Totschlagversuchs hatte der alte Amtsgerichtsdirektor meine Überweisung in eine Heilanstalt angeordnet, jetzt wurde ich mit dem Vermerk ›wegen Bedrohung‹ eingeliefert. Ohne daß ich etwas dazu getan hatte, verminderte sich die Last des mir Vorgeworfenen beständig, einen Augenblick sagte ich mir, daß man unmöglich wegen eines so geringen Vergehens mich länger hierhalten, mir mein ganzes Leben zerstören konnte.

Aber dann, als ich wieder hinter einem meiner Führer in grüner Uniform mit einem dicklichen, traurigen Gesicht, über all die trostlosen Steinhöfe ging, auf die nur vergitterte Fenster schauten, als ich in einem Riesensteinkasten durch zwei eiserne Türen gelassen, ein düsteres Treppenhaus hinaufstieg, als ich begriff, daß das erwartete Krankenhaus sich in nichts von einem Gefängnis unterschied, daß es hier wie dort Gitter gab und Wachtmeister und eiserne Disziplin und blinden Gehorsam, da dachte ich nicht mehr an den großen Schritt, den ich vom Mordversuch bis zur Bedrohung gemacht hatte, da glaubte ich nicht mehr an ein geringes Vergehen – da hielt ich alles für möglich, da fühlte ich, wie hilflos ich großen Mächten ohne Gnade ausgeliefert war, Mächten, die kein Herz haben, die kein Mitleid kennen, die nichts Menschliches haben. In eine große Maschine war ich geraten, und nichts bedeutete es mehr, was ich tat oder fühlte, die Maschine lief unabänderlich ihren Lauf, ich mochte weinen oder lachen, das merkte die Maschine gar nicht!

37.

Ein Eisengitter und noch ein Eisengitter, und nun treten wir auf einen langen, düstern Gang, der voll steht von fahlen Gestalten. Es stinkt hier, stinkt durchdringend nach Abort, nach Kohl, nach schlechtem Tabak. Hinter dem Gangfenster draußen verglüht das letzte Abendrot, ich sehe über die hohe, eisengittrige Mauer hinweg in das friedlich-abendliche Land mit Wiesen und schon langsam reifenden Feldern bis fern an den Horizont zum niedrigen Waldstreifen. Um mich stehen schweigend die fahlen Gestalten, lehnen an den Wänden. Ich kann manchmal ein Stück von ihrem Gesicht erkennen, wenn die Glut in ihrer Pfeife aufleuchtet. Ein Mann, ein untersetzter, kräftiger Mann in weißer Jacke, holt mich in einen Verschlag am Ende des Ganges, es ist sein Heiligtum, ›der Glaskasten‹, wie dieser Verschlag genannt wird. Von diesem Glaskasten aus kann der Stämmige, der ›Herr Oberpfleger‹ tituliert wird, alles beobachten, was auf dem Gang geschieht, und er beobachtet sehr scharf, wie ich noch erfahren soll. Er sieht sogar Dinge, die er gar nicht sehen kann, er weiß, was in den Zellen geschieht, er kennt alles, was bei der Arbeit passiert – er ist das strenge Gewissen der Station 3, der Nachrichtendienst des Arztes.

"Setzen Sie Ihren Koffer erst einmal hier ab, Sommer", sagt der Oberpfleger zu mir. "Morgen früh gebe ich Ihnen Anstaltszeug. Zivil ist hier verboten. Und jetzt zeige ich Ihnen Ihr Bett, es ist Schlafenszeit, hier wird um halb acht Uhr abends ins Bett gegangen, morgens um dreiviertel sechs Uhr stehen wir aber auch schon wieder auf ..."

"Darf ich vielleicht noch um etwas Abendessen bitten?" frage ich. "Ich habe dort keines bekommen ..."

Ich habe erwartet, daß ich ein ›Nein‹ höre, wie damals bei meiner ersten Einlieferung ins Gefängnis. Ich habe eigentlich gar nicht fragen wollen, ich habe es doch nun gelernt, ein Gefangener darf nichts sagen, nichts fragen, nichts bitten. Aber – o Wunder – der Oberpfleger nickt mit dem Kopf und sagt: "Das sollen Sie haben, Sommer. Setzen Sie sich so lange in den Tagesraum."

In den Tagesraum werde ich gesetzt, es ist ein langer, dreifenstriger Raum, der nichts enthält wie abgescheuerte, einmal weiß lackiert gewesene Holztische, primitive Holzbänke ohne Lehne und eine Art Küchenuhr an der Wand. Ich setze mich auf eine Bank – die Küchenuhr zeigt kurz nach halb acht Uhr.

Draußen ertönt der Ruf: "Schlafengehen! Sachen raus!"

Ein heftiges Geschlurfe beginnt (wie unglaublich viel Menschen auf dieser einen Station schon zu leben scheinen). Türen schlagen; in einem Nebenraum, in dem wohl die Aborte untergebracht sind, beginnt ununterbrochen Wasser zu rauschen. Halb acht Uhr und ins Bett, wie die Kinder! Wie werde ich diese Nacht hinbringen? Wie die sechsunddreißig Nächte der Beobachtungszeit? Und vielleicht viele, viele Nächte danach? Die unendliche Länge einer endlosen Zeit, in der nichts geschieht, legt sich wie ein Bleigewicht auf mich. Dieser kahle Raum, in dem nichts als das Allernotwendigste ist, erscheint mir wie ein Abbild meines künftigen Lebens. Nichts mehr zu erwarten, nichts mehr zu wünschen, nichts mehr zu hoffen ... Leben und warten, ein Leben, das sich nur auf das Künftige richtet, in dem jede Minute leer ist, und auch das Künftige wird leer sein ...

... Eine Aluminiumschüssel wird vor mich hingestellt, ein Löffel dazugelegt ... Ein kleiner Mensch in schmutziger Leinenjacke ist es, der das tut. Sein Gesicht ist häßlich, und es wird besonders häßlich dadurch, daß ihm vorne im Oberkiefer alle Zähne fehlen, bis auf die beiden hauerartigen, gelbschwärzlich verfärbten Eckzähne.

Der Mann sieht wie ein böses Tier aus.

"Was bist denn du für einer?" fragt er mit einer frechen, hohen Stimme. "Woher kommst du? Was hast du ausgefressen? Was ist mit deiner Nase passiert?"

Ich antworte ihm gar nicht, schweigend beginne ich in der Aluminiumschüssel zu löffeln. Es ist nichts wie Wasser und Kohl, warmes gesalzenes Wasser mit wenig Kohl.

"Ist das euer Abendessen?" frage ich. "Gar kein Brot?"

Um mich schleichen, obwohl doch jetzt Schlafenszeit ist, schon mehrere Gestalten, in einer bräunlichen, verschlissenen Tracht, die bei manchen völlig zerlumpt ist ... Der Kleine mit den Hauerzähnen lacht schrill auf.

"Ob das unser Abendessen ist?" lacht er böse. "Das fragt der? Der denkt wohl, für ihn wird besonders gekocht! Der denkt, er ist in ein Restaurant gekommen! Der ist so fein, der redet nicht mit unsereinem! Gar kein Brot, sagt der!"

Er lacht noch einmal, und plötzlich ist alles still. Sechs, sieben Gestalten sind jetzt schon, die um mich schleichen, an den Wänden lehnen, stumm. Ich lege den Löffel in die Schüssel zurück – was hat es für Zweck, sich den Bauch mit warmen Wasser zu füllen? Ich stehe auf, mache einen Schritt nach der Tür hin. Im gleichen Augenblick entsteht in meinem Rücken Getümmel. Sie haben sich auf meine kaum halbgeleerte Schüssel gestürzt, sie kämpfen um sie wie die Tiere. Unterdrückte Ausrufe werden laut ... das klatschende Geräusch von Schlägen ... O du mein lieber Gott, sie prügeln sich um einen halben Liter heißes Kohlwasser wie die Tiere! Da, ein triumphierendes, hohes, gellendes Gewieher –! Das ist der Kleine mit den Hauerzähnen – er ist Sieger geworden!

"Wollt ihr machen, daß ihr fortkommt! Ich melde euch beim Oberpfleger! Ich habe dem Neuen die Schüssel gebracht, mir gehört sie! Nicht wahr, Neuer, du gibst mir dein Essen?"

Ich mache, daß ich aus der Tür komme, ich stehe wieder auf dem Gang beim Glaskasten. Der Oberpfleger kommt heraus.

"Na, dann kommen Sie mal mit, Sommer. Ist Ihr Verband noch in Ordnung? Morgen früh sehe ich ihn nach."

Auf dem langen Gang liegen jetzt vor jeder Zellentür Kleiderbündel.

"Sie legen Ihre Kleider dann auch vor die Tür, nur Ihr Hemd dürfen sie drinbehalten."

"Darf ich mir nicht meinen Schlafanzug aus meinem Koffer holen?"

"Schlafanzug, Nachthemd – so etwas gibt es hier nicht – Sie bekommen ein anständiges Anstaltshemd, das reicht eine Woche."

Wir treten in eine lange, schmale Zelle, die Luft ist schon jetzt erstickend, stinkend. Acht Betten stehen in dem engen Raum, vier unten, vier darüber gebaut.

"Sie haben das Bett unten rechts am Fenster. Machen Sie es rasch zurecht und legen Sie Ihre Sachen vor die Tür. Es ist sofort Einschluß."

Hinter mir schlägt die Tür zu, ich gehe zu meinem Bett hin. Ich fühle viele Augen musternd auf mich gerichtet, aber niemand sagt ein Wort. Das Bett ist besser als im Gefängnis. Es gibt hier keinen Strohsack, sondern richtige Matratzen, steinharte, aber es liegt sich besser darauf. Es gibt auch ein Laken und eine schöne, weiße Wolldecke, die ich ungeschickt genug in einen Bezug stecke. Auch ein Kopfkeil ist da. Die Bettwäsche ist blau gewürfelt. Ich fühle bei all meinem Tun die musternden Augen auf mir, aber kein Mensch sagt ein Wort. Eilig schlüpfe ich aus meinen Kleidern, bündele sie ungeschickt genug zusammen und laufe im Hemd wieder zu meinem Bett. Ich krieche hinein, dicht über mir ist der Bretterboden des oberen Bettes, ich kann nicht aufrecht sitzen. Das Bett über mir scheint leer. Ich wickle mich fest in meine Decken, strecke mich lang aus. In meinem Magen kullert unangenehm das warme Kohlwasser.

Eine Stimme sagt laut: "Sagt nicht einmal guten Abend und stellt sich nicht vor. So ein Schleimscheißer!"

Beistimmendes Gemurmel wird laut. Ich fahre in meinem Bett hoch – ich darf es mit diesen Leuten nicht schon am ersten Abend verderben. Ich habe von meinem gespannten Verhältnis mit Duftermann genug. Ich habe mir den Kopf kräftig an den Brettern des oberen Bettes gestoßen. Die beiden in den Betten drüben, die es gesehen haben, lachen.

Der eine ruft: "Hat sich den Deetz eingerannt!" in den Schlafsaal.

Und der andere: "Hat seine schöne Tuchhose ganz verwürgt ins Jackett gestopft, der muß noch viel lernen, der Speckjäger, der!"

Wieder beistimmendes Gemurmel. Ich krieche aus meinem Bett.

"Meine Herren", sage ich, "entschuldigen Sie, wenn ich mich falsch benommen habe, ich wollte Sie nicht kränken. Wenn ich nichts gesagt habe, so darum, weil mir vorkam, als schliefen einige schon."

Eine Stimme aus einem Oberbett ruft: "Das ist der Ziese, der ist taubstumm, der hört doch nichts!"

Ich fahre eifrig fort: "Ich bin all das hier noch nicht gewohnt. Ich war nur gut vierzehn Tage in Untersuchungshaft. Wegen Mordversuchs an meiner Frau ..."

Beistimmendes, sehr viel wohlwollenderes Gemurmel. Ich habe richtig getippt: Mordversuch macht hier besseren Eindruck als Bedrohung.

"Ich heiße Erwin Sommer, habe ein Produktengeschäft und bin hier nur sechs Wochen zur Beobachtung ..."

"Dann paß man gut auf, daß keine sechs Jahre daraus werden!" ruft eine lachende Stimme. "Der Medizinalrat hat uns alle so lieb, der will keinen von uns entbehren."

Wieder Lachen, aber das Eis ist gebrochen, der schlechte Eindruck wieder gutgemacht. Ich gehe von Bett zu Bett und höre die Namen: Bull, Meierhold, Brachowiak, Marquardt, Heine und Dräger. Ich werde sie nie behalten, besonders, weil es unterdes fast dunkel geworden ist, und ich die Gesichter der einzelnen in ihren Bettkisten nicht mehr erkennen kann. Dann krieche ich in mein Bett zurück.

Eine Stimme ruft: "Du, Neuer, erzähl mal, wie du zu dem Ding mit deiner Frau gekommen bist."

Eine andere ruft hitzig: "Halt deinen Sabbel, Dräger! Mußt du immer so neugierig sein? Überlaß doch dem Mann, was er erzählen will! Du möchtest dich ja doch nur morgen im Glaskasten beim Ober beliebt machen!"

Ein hitziger Streit beginnt, wer der ›Ohrwurm‹ des Oberpflegers ist. Andere Bettinsassen greifen ein, ein wüstes Geschimpfe wird laut. Ich bin froh, daß sie mich wenigstens zufriedenlassen. Ich bin müde, meine Nase schmerzt sehr. Gerade fängt der Streit wegen Mangels an Stoff an abzuflauen, da wird draußen auf dem Gang Geschimpfe laut, klatschendes Geräusch wird laut, Gejammer. Unsere Zellentür fliegt auf, eine Gestalt fliegt hinein.

Eine kräftige Stimme ruft: "Wirst du machen, daß du in dein Bett kommst, dich nicht in fremden Zellen herumtreiben, du warmer Sack, du!"

Und eine jammernde, gelle Stimme – ich erkenne sie sofort, es ist der Hauerzähnige: "Herr Wachtmeister, Sie haben mich ja so gehauen! Herr Wachtmeister, ich kann morgen nicht arbeiten!"

"Warmer Sack, du", klingt draußen die Stimme noch einmal grollend, "mach, daß du schnellstens in deine Falle rollst! Sonst gibt's nochmal was!"

Der Hauerzähnige fährt mit seinem Gesicht in mein Bett.

"Na, Neuer, liegste unter mir? Das sage ich dir aber, wenn du nachts nicht stille liegst und wackelst, ich komme runter und verwackele dich!"

"Ich liege schon still", versichere ich und denke besorgt an mein Röcheln und Schnarchen.

Der Kleine zieht sich mit unglaublicher Schnelligkeit aus und ›feuert seine Lumpen‹ vor die Tür. Dann benutzt er mit einer schamlosen Ungeniertheit den Kübel an der Tür.

"Hättste auch draußen erledigen können, Lexer!" ruft eine unwillige Stimme.

"Biste zu fein, meinen Gestank aufzuriechen?" schreit sofort die gelle, freche Stimme. "Jetzt wird's wohl fein hier bei uns, wo der Neue gekommen ist? So blau, jetzt scheiße ich erst recht hier!"

Und er läßt donnernd einen fahren.

›Die Hölle‹, denke ich. ›Ich bin in die Hölle geraten. Wie soll ich hier je leben können? Und schlafen? Das sind ja keine Menschen mehr, das sind Tiere! Und hier soll ich sechs Wochen leben, vielleicht länger? Vielleicht lange? In dieser Hölle? Der Lexer, oder wie er heißt, ist ein wahrer Teufel!‹

Sie versuchen, mich noch auszufragen. Aber ich mag von ihnen nichts mehr hören, noch sehen. Ich stelle mich schlafend. Und allmählich werden auch sie ruhig, die verhaßte, gelle Stimme verstummt. Es wird immer dunkler, die meisten schlafen wohl schon. Ich höre eine Uhr schlagen, dreimal. Was wird es sein? Dreiviertel neun? Dreiviertel zehn? Hoffentlich zeigt der Glockenschlag auch die vollen Stunden an. Das verkürzt die Nacht. Über mir der Lexer wälzt sich unruhig hin und her, jedesmal kommt dann mein Bett ins Schwanken. Und ich soll mich nicht rühren! Ich liege ganz still, mein Gesicht im Arm verborgen. Ich bin völlig allein mit mir, ich bin mir klar: ich werde von nun an immer völlig allein mit mir sein. Ich bin dort, wohin weder Liebe, noch Freundschaft reichen. Ich bin in der Hölle ... Ich habe eine kurze Zeit gesündigt, und ich werde dafür eine lange Zeit unglaublich hart bestraft! Aber man hätte es wissen müssen, bevor man sündigte, wie hart die Strafe ausfällt. Es hätte einem vorher gesagt werden müssen, dann hätte man nicht gesündigt ... Gott, das bißchen Schnapstrinken, ist das nun wirklich so schlimm? Diese Kabbelei mit Magda – nun gut, juristisch haben sie eine Bedrohung daraus gemacht, aber muß ich darum bei lebendigem Leibe in der Hölle sein? Wenn Magda wüßte, wie ich leide – sie würde wenigstens Mitleid mit mir haben, aus Mitleid würde sie mir helfen, wenn sie mich auch nicht mehr liebt. Es gibt noch eine einzige Hoffnung, das ist der Arzt. Dieser Medizinalrat Stiebing, er hatte keinen so schlechten Eindruck auf mich gemacht, damals bei jener Autofahrt. Er hatte mit Doktor Mansfeld gescherzt und gelacht, wie ein richtiger

Mensch. Vielleicht war er ein richtiger Mensch, nicht bloß ein Maschinenteil. Ich werde wie mit einem Menschen mit ihm reden, um meine Seele werde ich mit ihm kämpfen, meine Seele werde ich aus dieser Hölle erretten.

›Herr Medizinalrat‹, werde ich zu ihm sprechen, ›ich trage die volle Verantwortung für alles, was ich getan habe. Ich war nie so berauscht, daß ich nicht wußte, was ich tat. Ich will hart bestraft werden, ein Jahr, zwei Jahre will ich gerne ins Gefängnis gehen, gerne will ich das tun. Aber lassen Sie mich nicht in diesem Haus, in dieser Hölle, in die man hineingebracht wird und nicht weiß, wann man wieder hinausgeht; vielleicht wird man erst auf dem Rücken hinausgetragen. Herr Medizinalrat‹, werde ich noch sagen, ›Sie kennen unsern Hausarzt, den Herrn Doktor Mansfeld, ich habe es gesehen. Sie haben mit ihm gescherzt und geplaudert im Auto. Fragen Sie Herrn Doktor Mansfeld, er kennt mich seit vielen Jahren; er wird Ihnen bestätigen, daß ich ein anständiger, solider, nüchterner Mensch bin. Das jetzt war nur ein Anfall, ich weiß selbst nicht, wie ich dazu gekommen bin. – Nein‹, unterbrach ich mich, ›das darf ich dem Medizinalrat nicht sagen, sonst erklärt er mich für geisteskrank. Aber Doktor Mansfeld wird bestätigen, daß ich immer anständig war: ich habe Magda in die zweite Klasse im Krankenhaus gelegt, und ich habe ohne Murren die hohen Operationskosten bezahlt und nie etwas an ihrer Pflege gespart. Immer war ich anständig, Herr Medizinalrat, lassen Sie mich wieder unter anständigen Menschen leben. Geben Sie mir eine Chance ...‹

Die Uhr schlägt, sie schlägt die volle Stunde, ein Viertel der langen Nacht ist abgelaufen, es ist jetzt zehn Uhr. Und so verbringe ich die erste Nacht in der Heil- und Pflegeanstalt, Viertelstunde um Viertelstunde zählend, Reden haltend und Briefe schreibend, zwischen Schlaf und Wachen, so werde ich gepflegt und geheilt. Manchmal bin ich, übermüdet, nahe am Einschlafen, aber dann schrecke ich wieder hoch: Lexer hat sich oben im Bett herumgeworfen, oder jemand ist auf den Kübel gegangen. Ich habe es ›spaßeshalber‹ gezählt in dieser ersten Nacht: von zehn Uhr abends bis dreiviertel sechs Uhr früh gingen sieben Mann achtunddreißigmal auf den Kübel. Als ich ihn am Morgen benutzen wollte, war er so gehäuft voll, daß er bereits überlief. Und kein einziger Mensch benutzte Papier – darüber waren sie hinaus. Oh, ich habe schon wirklich ein hübsches Stück Hölle kennengelernt in dieser Nacht!

38.

Ich wurde vom Oberpfleger eingekleidet, ich bekam eine braune Jacke und eine gestreifte Hose aus Tuch, dazu Lederpantoffeln. Die Sachen, die ich bekam, waren neu, ich wurde vom Oberpfleger mit Auszeichnung behandelt. Aber vielleicht wäre es besser gewesen, er hätte mir alte Lumpen wie den anderen gegeben; sie sahen es ja, daß ich neues Zeug trug, das bestärkte sie in ihrer Abneigung gegen mich.

›Der will was Besseres sein, der Speckjäger!‹ sagten sie und warfen böse Blicke auf mich.

Übrigens tat ich etwas Seltsames bei diesem Einkleiden. Ich durfte aus meinem Koffer Seife und Zahnbürste nehmen, und dabei gelang es mir, in einem unbewachten Augenblick, eine Rasierklinge zu stehlen. Ich hatte das schon einmal getan, aber damals war ich noch schlapp und feige gewesen, ich hatte noch nichts geahnt, was alles mir noch bevorstand. Jetzt würde ich anders handeln, ohne Angst vor Schmerzen würde ich zuschneiden. Nein, noch nicht jetzt, meine Tat, diese heimliche Fortnahme einer Rasierklinge, war mir selbst überraschend gekommen. Noch nicht jetzt – erst würde ich noch kämpfen. Sollte aber mein Kampf erfolglos ausgehen ... Nun gut, wenn ich Termin gehabt habe und meine dauernde Überführung in diese Heilanstalt wird angeordnet, dann, ja, dann ... In dieser Hölle werde ich mein Leben nicht verbringen, soviel ist gewiß.

Ich habe zum erstenmal mein Frühstück mit meinen Leidensgefährten genommen, morgens halb sieben, im Strahl der Frühsonne sahen diese Gesichter völlig trostlos aus. Rohe Gesichter, tierische Gesichter, stumpfe Gesichter. Überentwickelte Kinne, oder sie fehlten ganz. Schielende Menschen, bucklige Menschen, verkümmerte Menschen. So fahl und düster wie ihre verschlissene Tracht. Der Oberpfleger hat mir einen Platz am letzten Tisch, ganz hinten an der Wand, angewiesen. Das ist gut, ich kann alle sehen und beobachten und sitze ganz ungestört. Vom Kalfaktor habe ich mir einen Becher mit heißer Zichorienbrühe geholt, und der Oberpfleger hat mir drei dicke Scheiben Brot gegeben, zwei sind mit Margarine beschmiert, eine mit Marmelade. Ich esse sie langsam und mit großem Appetit, ich kaue sie gründlich, wer weiß, was es heute zum Mittagessen gibt. Das Kohlwasser hat mich sehr erschreckt. Manche bekommen mehr Brot, sie bekommen auch ›Belag‹ drauf; der Belag besteht aus Schnittlauch oder Zwiebeln oder Quark. Das sind, wie ich erfahre, die Außenarbeiter, sie müssen den ganzen Tag schwer arbeiten, darum bekommen sie auch so wertvolle Zulage!

Kurz nach dem Frühstück ertönt der Ruf: ›Antreten!‹, und alle, die arbeiten, treten an, werden von einem Wachtmeister durch die Gittertür hinausgelassen, und zurück bleiben nur die Hausarbeiter, Kalfaktoren genannt, die Kranken und ich. Es gibt viele Kranke ...

Ich stehe dann am Fenster und sehe zu, wie die Leute aus allen Häusern auf dem Hof antreten. Es sind viele, viele Leute, links steht auch eine Kolonne Weiber. Viele Uniformen, die diese Kranken bewachen, bei der Arbeit beaufsichtigen, antreiben, jede Flucht vereiteln werden. Und dann wird der Hof leer. Ein weißberockter, dicker Mann, der Herr Oberinspektor, teilte sie zur Arbeit ein, manche rückten mit Sensen ab, andere mit Hacken, viele gingen in die Fabrik. Nun gehe ich mit Hielscher den Gang auf und ab, auf und ab. Hielscher ist ein kleiner Buckliger, der mit einer sanften, sehr deutlichen Stimme ein gepflegtes Deutsch spricht. Hielscher nennt mich ›Herr Sommer‹ und ›Sie‹, das tut mir gut. Er erzählt mir vieles in seiner sanften, deutlichen Sprache von diesem Haus und seinen Insassen. Sonst schält er Kartoffeln, seit sechs Jahren schält er Kartoffeln, seit elf Jahren ist er in diesem Haus.

"Ich bin Sittlichkeitsverbrecher", sagt er sanft und gewählt zu mir. "Der Medizinalrat hat mir ein Gutachten abgenommen. Ich habe angeborenen Schwachsinn bekommen und dann mangelnde Hemmungen und stark verminderte Zurechnungsfähigkeit. Und dann habe ich einen Buckel, das sieht man natürlich, und hinken tue ich auch. Ist das schlimm, Herr Sommer?"

Ich bin ganz überrascht von dieser Frage.

"Schlimm?" frage ich verwirrt. "Wieso meinen Sie schlimm?"

"Nun, ob es eine schlimme Krankheit ist, oder ist es leicht, Herr Sommer?"

Und er sieht mich mit seinen lebhaften und doch traurigen Augen an.

"Nein, das ist wohl nicht so schlimm."

"Das denke ich auch", sagt Hielscher. "Sicher lassen sie mich bald frei. Haben Sie wohl ein bißchen Tabak für mich, Herr Sommer?"

Ich sagte dem Hielscher, daß ich selbst Sehnsucht nach Tabak hätte, ihm also leider keinen geben könne. Darauf erlosch Hielschers Interesse an mir rapide, er verließ mich, und ich wanderte den Gang allein auf und ab. Dieser Vormittag war endlos. Ich marschierte und marschierte, aber der Zeiger der Uhr rückte nicht voran. Manchmal sah ich in einen der beiden Tagesräume, aber die dort tatenlos sitzenden, vor sich hindösenden Gestalten, diese Wracks, stießen mich ab. Geschäftig mit Besen und Eimern waren nur die Kalfaktoren, wie in allen Gefängnissen ja, jene einigermaßen gut und sauber aussehenden Menschen, geschickt und bedenkenlos, vor den Beamten kriechend, jede Kleinigkeit von ihren Mitgefangenen hinterbringend, bestechlich und roh gegen ihre Kameraden. Ich sah sie von Zelle zu Zelle gehen, vorgeblich aufräumend, in der Hauptsache aber die Betten nach einer versteckten Scheibe Brot oder einer Pfeife Tabak durchsuchend. Es bestärkte mir meine Antipathie, als ich sah, daß der so verhaßte Lexer auch eine Art Kalfaktor war, ein Hilfskalfaktor, der wohl die längste Zeit des Tages drüben in einer der Arbeitsstellen des Anbaus beim Bürstenmachen steckte, der sich aber immer wieder ein Gewerbe auf der Station zu machen wußte. Das Treppenhaus reinigte ein Mann in mittleren Jahren mit einem einst klugen, jetzt verwirrten und hoffnungslos traurigen Gesicht; von Zeit zu Zeit unterbrach er seine Fegerei, riß ein Fenster auf und schrie durch die Gitterstäbe unflätige Schimpfereien gegen imaginäre Personen hinaus. Ich beobachtete den Lexer, wie er sich an den Scheltenden heranschlich, ihn von hinten ansprang und mit dem Kopf immer wieder gegen die Eisentraljen schlug.

Gellend schrie er dabei: "Sollst du nicht arbeiten, du Lump? Mußt du immer schreien? Fressen willst du, aber deine Arbeit tust du nicht! Warte nur, du!"

Und er schlug von neuem. Ich wäre dem Verwirrten gern zu Hilfe gekommen, aber das Eisengitter zum Treppenhaus war verschlossen, und ich hatte mir zudem in der letzten Nacht fest vorgenommen, mich in keine der Streitigkeiten hier zu mischen und vollkommen neutral zu bleiben. Je unauffälliger ich lebte, um so günstiger mußte mich der Arzt beurteilen. Außerdem hatte ich vor diesem Lexer Angst. Ich hatte auch alle Ursache dazu. Ich habe diesen Mann oder vielmehr Bengel – er war erst Mitte der Zwanziger und weit in der Entwicklung zurückgeblieben – lange mit den immer wachsamen Augen des Hasses beobachtet. Er war der geborene Bluthund. Sein Schönstes war es, die Mitgefangenen zu quälen, immer kniff er an ihnen herum, schubste sie umher, schlug sie, verklatschte sie beim Oberpfleger. Nichts war ihm zu gering. Brachte ein Gefangener von seinem Spaziergang ein heimlich ergattertes Zwiebelchen heim, entweder Lexer jagte es ihm ab oder zeigte den Kumpel beim Oberpfleger wegen Diebstahls an. Und da die Zwiebel wirklich gestohlen war, freilich nur aus dem Anstaltsgarten, so mußte der Dieb für vierzehn Tage in Arrest. Schwächere lockte Lexer in stille Ecken und schlug sie solange, bis sie ihren Tabak oder was ihm sonst von ihren Besitztümern begehrenswert erschien, herausgaben. Bei Stärkeren versuchte er es mit List, täuschte sie mit großen Versprechungen von Brot und hielt nie etwas. Bei den Beamten aber war Lexer gar nicht unbeliebt. Er spielte da eine Hausnarrenrolle, sein freches, gelles Mundwerk hatte immer einen schlagfertigen Witz bereit, meist auf Kosten eines Mitgefangenen, er verrichtete jeden Dienst für die Beamten rasch, geschickt und willig und ließ sich, bei irgendeiner Gemeinheit erwischt, mit komisch jammernder Miene durchprügeln.

"Man kann dem Schweinehund nicht böse sein", sagten die Wachtmeister und duldeten ihn und seine schamlose Tyrannei über die anderen Gefangenen weiter. Vor allem war er ihnen wohl nützlich, sie erfuhren durch ihn alles, was im Bau vorging.

Lexer war schon mit sechs Jahren in ein Waisenhaus gekommen, und von da an hatte er immer nur wenige Wochen oder Monate in der Freiheit zugebracht, immer wieder war er in die festen Häuser des Staates zurückgekehrt: in die Fürsorgeerziehung, ins Jugendgefängnis, ins Gefängnis. Schließlich hatte man ihn als unverbesserlich in dieser Heil- und Pflegeanstalt untergebracht, und zwar, wie er sehr wohl wußte, auf Lebenszeit. Aber das störte ihn gar nicht. Er fühlte sich in diesem Haus, das mir eine Hölle dünkte, sauwohl. Hier kam er sich so recht in seinem Element vor. Hier konnte er jeder Gemeinheit ihren Lauf lassen. Er spielte den Hilfskalfaktor, den Hilfswachtmeister, den Oberteufel. Hier schlug er einen Geistesschwachen, einen Schizophrenen mit dem Kopf gegen die Gitterstäbe und erwartete womöglich noch ein Lob, daß er die Leute so stramm zur Arbeit anhielt.

39.

Auch ein endloser Vormittag nimmt sein Ende. Es kam das Mittagessen, und die Gefangenen lächelten: sie hatten einen guten Tag, sie bekamen ein gutes Essen. Jeder Mann bekam in einem bindfaden-geknüpften Netz anderthalb Pfund Pellkartoffeln und dazu in seiner Aluminiumschüssel eine Kelle einer scharf gewürzten Sauce, in der einige Fleischfasern schwammen. Ich schälte mühsam meine Kartoffeln mit dem Löffel; Gabel und Messer waren in diesem Haus der ständigen Schlägereien zu gefährlich. Wenn ich die Essenden betrachtete, so sah ich einige, die auch ihre Kartoffeln schälten, sie in die Sauce legten und mit dem Essen warteten, bis sie fertig mit Schälen waren. Aber wir waren bei weitem in der Minderzahl, viele Schäler waren so ausgehungert, daß sie nicht warten konnten: die meisten Kartoffeln verschwanden eben geschält im Munde, nur wenige erreichten die Brühe. Ungeschält ließ, wie ich sah, keiner die Kartoffeln. Aber ich sah in meiner Nähe einen dicken, untersetzten Mann mit eisengrauem Kopf und dem rotbraun gebrannten Gesicht eines Landarbeiters, der während des Schälens noch die Schalen auffraß. Kaum hatte ich fertig geschält, warf er einen fragenden

Blick auf mich, und schon fuhr seine schwielige Hand über den Tisch, kratzte auf einmal all meinen Abfall zusammen und schob ihn in den Mund.

"Mann!" rief ich. "Da war ja eine völlig verfaulte Kartoffel zwischen!"

"Macht nichts, Kumpel", sagte er eifrig kauend. "Ich muß den ganzen Tag mähen, ich werd' nie satt. Vielleicht kann ich mir heute abend Schweinekartoffeln klauen. Hoffentlich!"

Er war nicht ein einzelner Verfressener, alle hatten Hunger, immer, auch direkt nach dem Essen. Ich sah Kranke herumgehen und die kleinsten Kartoffelkrümelchen von dem Tisch fortstehlen, andere kratzten die ach so blanken Schüsseln nach; einen sah ich auf dem Flur den Saucenkessel mit dem immer wieder abgeleckten Finger blankpolieren. All dies geschah unter den Augen der Wachtmeister, die es als selbstverständlich ansahen. Mir schien es unsäglich jämmerlich und gemein, Kranke so hungern zu lassen, aber auch sich zu solcher Schüsselleckerei und Abfallfresserei zu entwürdigen. Nur wenige Tage sollten vergehen, da dachte ich wesentlich anders darüber und war selbst sehr großzügig beim Schälen von Kartoffeln, d. h. glatte Stellen ließ ich grundsätzlich ungeschält. Es ist ein sehr einfacher Satz: ›Hunger tut weh‹, aber seine Einfachheit nimmt nichts von seiner Wahrheit. Wer Nacht für Nacht vor Hunger nicht in den Schlaf kommen kann, wer am Tage schwindlig wird vor Hunger, der hat nur noch wenig Bedenken hinsichtlich der Nahrungsmittel, mit denen er seinen Hunger stillen kann.

Ich greife hier vor, aber ich möchte dieses Kapitel vom Essen in einer Heilanstalt endgültig zu Ende bringen, obwohl ich es für mich bis heute noch nicht zu Ende gebracht habe. In der ganzen Anstalt herrschte ein einfach schmutziger Geiz. Nie bekamen wir frisches Fleisch zu essen, nur manchmal schwammen Fasern – niemals auch nur Bröckchen – eines roten, alten Pökelfleisches im Essen oder in der Sauce, sehr rare Fasern übrigens! Nie gab es Butter, nie Wurst, nie Käse. Nie einen Apfel. Und alles, was es gab, war dann noch unzulänglich, endlos mit Wasser vermischt, schlecht zubereitet. Warum das alles so war, ahne ich noch heute nicht. Die Gefangenen behaupteten, der Oberinspektor fräße alles selbst auf. Aber auch der gefräßigste Oberinspektor kann nicht das Essen von ein paar hundert Menschen vertilgen. Vielleicht wollte man uns nicht zu üppig werden lassen, und ich muß zugeben, selbst bei dieser Hungerkost waren die Leidenschaften noch lebhaft genug im Gange. Es gab aber doch immer Leute unter uns, die nicht solchen Hunger litten, ja, die in gewissen Grenzen aus dem Vollen lebten. Da waren einmal die Kalfaktoren, sie hatten die Brote für uns zu schneiden, abzuwiegen, zu bestreichen. Offiziell stand ein Wachtmeister dabei und paßte auf, aber klingelte das Telephon, so mußte der Wachtmeister aus der Küche heraus in den Glaskasten, und schon waren ein paar Stullen dick geschmiert und verschwunden. Gefangene haben scharfe Augen, und der Hunger macht sie nur noch schärfer; es war unvermeidlich, daß sie von diesen Unterschlagungen erfuhren. Der hatte gesehen, wie ein Kalfaktor auf dem Klo eine Stulle kaute, jener, wie er einem ›Freund‹ eine zusteckte oder sie für Tabak verhandelte. Aber anzeigen war sinnlos. Erst einmal war schwer etwas zu beweisen, ja, es war fast unmöglich, denn selbst wenn das Brot gefunden wird, was fast nie geschieht, weil nämlich gar nicht erst nach ihm gesucht wird, kann der Kalfaktor sagen: ›Das habe ich mir vom Frühstück aufgespart.‹ Und zum anderen waren die Kalfaktoren das liebe Kind der Beamten, ihre Zuträger; die Beamten wollten nichts gegen ihre Kalfaktoren hören. So geschah praktisch nie etwas dagegen, aber der Neid und der Haß wurden dadurch ständig wach gehalten. Immerfort gab es Sticheleien, Anspielungen, auch Prügeleien. Bei denen zogen die Prügler immer den kürzeren, sie wanderten in den Arrest; sie konnten ja nichts beweisen. Auch ich war, ich muß es gestehen, oft fast krank vor Neid, wenn ich sah, wie unser immer fetter werdender Kalfaktor das Mittagessen nach ein paar Löffeln satt beiseite schob, dieses selbe Mittagessen, bei dem ich mit jedem Bissen geizte; er aber schenkte es einem anderen oder verscheuerte es für einen Pfeifenkopf Tabak oder eine Zwiebel oder zwei Streichhölzer.

›Du Speckjäger!‹ sagte ich mir dann, genau wie die anderen, ›du hast dich an meinem Brot und meiner Margarine sattgefressen, und nun verschmähst du das kostbare Essen, das meinem Körper so notwendig wäre. Daß du verrecken mögest in deinem Fett!‹

So fühlte ich und schämte mich dabei dieses erbärmlichen Futterneides um eine Scheibe Brot, die ich zu Hause für nichts geachtet hatte, und lernte die hassen, die mich dazu gebracht hatten, so zu fühlen, so niedrig und neidisch!

Eigentlich noch schlimmer als diese heimliche Art, sich Essensvorteile zu verschaffen, war eine ganz legale, die von der Verwaltung gebilligt, ja sogar gefördert wurde. Diejenigen der Insassen nämlich, die noch willige Verwandte draußen hatten, durften sich Pakete mit Lebensmitteln schicken lassen, so oft und so viel sie nur wollten. Man sollte denken, daß fast jeder der Kranken einen solchen Angehörigen draußen hatte, der ihm wenigstens dann und wann ein Brot geschickt hätte – schon trocken Brot war eine heißbegehrte Ware im Hause. Dem war aber nicht so. Ganz abgesehen davon, daß viele der Insassen weder schreiben noch lesen konnten (in diesem schrecklichen Haus lag wirklich nur der letzte Ausschuß der Menschheit) oder daß sie schon zu blöde und stumpf dafür waren, wollten die Angehörigen von den meisten nichts mehr wissen. Sie hatten ihnen, solange sie noch draußen waren, Kummer und Schande genug gemacht, nun waren sie schon fünf oder zehn oder gar zwanzig Jahre in diesem Hause, sie waren für die draußen erledigt und vergessen, sie waren für die draußen tot, gestorben und begraben. Nein, es waren nur ganz wenige, die diese Pakete bekamen, von den sechsundfünfzig Männern, die auf meiner Station lagen, vielleicht nur fünf oder sechs. Die aber saßen stattlich und wohlgenährt bei unseren gemeinschaftlichen Mahlzeiten, neben den Schüsseln voll Wassersuppe lagen bei ihnen dick bestrichene Brote mit Wurst und Käse, die wir nie zu schmecken bekamen; ja, ich habe es sogar erlebt, daß ein dicker Bauer, den sie wegen ständigen Querulantentums mit uns eingesperrt hatten, gemütlich eine gebratene Ente in unserer Gegenwart verzehrte, Knochen für Knochen abnagte. Er triefte von Fett, wir aber saßen dabei, und unsere Augen wurden immer größer, das Wasser lief uns im Munde zusammen und schließlich aus ihm herunter, unsere Hände zitterten, und nur Gier und Neid erfüllten unsere Herzen. Ich habe es nie verstanden, warum man so etwas zuließ. Wenn man wenigstens diese Bevorzugten ihr Sonderessen in aller Heimlichkeit hätte vertilgen lassen, aber nein, vor unseren Augen mußte es geschehen! Freilich, es gab ja keinerlei Heimlichkeit auf dieser Station, in diesem Hause, alle lagen zu sechs, acht Mann in ihren Zellen, nichts, wohin man sich zurückziehen konnte, nicht einmal die Klos hatten Riegel, immer riß einer die Tür auf, man saß eben erst auf der Brille. Aus all dem aber, aus dem ständigen Hungergefühl und dem Haß gegen die diebischen Kalfaktoren und aus dem Neid gegen die Prasser entstanden jene nie endenden Gereiztheiten, Streitereien, Schlägereien, Bestrafungen. Nie war auch nur einen einzigen Tag Ruhe im Bau, immer war irgend etwas los. Man hörte schon gar nicht mehr hin, wenn zwei sich in der unflätigsten Weise beschimpften. Man ging fort, wenn sie sich die Augen blau und die Nasen blutig schlugen. Man war froh, wenn man nicht selbst noch hineingezogen wurde. Man mußte auf jedes Wort achten, was man sagte, es wurde sofort weitergetragen, sofort kehrte es sich gegen seinen Sprecher.

Ich für meine Person muß gestehen, daß ich anfänglich nicht nur mit Neid auf die Paketfresser sah. Ich hatte es ja so einfach: ich brauchte nur einen Brief an Magda zu schreiben, und ich gehörte auch zu diesen Besitzenden. So würde Magda doch nicht sein, daß sie ihren eigenen angetrauten Mann hungern ließ. Eine Woche lang kämpfte ich mit mir, dann siegte der Hunger, und ich entschloß mich zu dem Brief. Ich hatte weder Schreibpapier noch einen Umschlag, und geliefert wurde einem von der Anstalt gar nichts; aber ich sparte mir eine Scheibe Brot ab und bekam dafür, was mir nottat. Ich schrieb den Brief, und von da an wartete ich. Ich malte mir abends im Bett aus, was alles in dem Paket sein würde;

wenn ich an eine dick mit fetter Leberwurst bestrichene Scheibe Brot dachte, wurde mir beinahe übel vor Hunger und Wollust. Ich hatte mir den frühesten Tag ausgerechnet, an dem das Paket hier sein konnte; aber der Tag verstrich und mancher Tag nach ihm, und das Paket kam nicht. – Dann erfuhr ich, daß der Brief erst durch die Zensur des Medizinalrates gehen mußte, dann auf das Büro der Verwaltung zum Frankieren ging und daß man die Briefe dort nicht etwa sofort, sondern nur gelegentlich, wenn mehrere beisammen waren, abschickte.

"Die haben die Ruhe weg", sagten die Gefangenen. "Glaubst du, die laufen, wenn du was möchtest? Die setzen sich dann gerade erst recht fest auf ihren Arsch!" So wartete ich weiter und hoffte weiter.

Dann sagte der Oberpfleger eines Tages beiläufig zu mir: "Auf dem Büro liegt ein Brief von Ihnen, Sommer. Die lassen Ihnen sagen, der kann nicht abgehen, Sie haben kein Geld gut für Porto."

"Wie?" rief ich. "Wegen zwölf Pfennig Porto kann mein Brief nicht abgehen? Und ich habe aus dem Untersuchungsgefängnis viertausend Mark an meine Frau zurückgeschickt!"

"Da hätten Sie sich eben ein paar Mark zurückbehalten sollen", sagte der Oberpfleger und wollte weitergehen.

"Aber, Herr Oberpfleger!" rief ich. "Das geht doch nicht. Wegen zwölf Pfennigen! Die können doch anrufen bei meiner Frau, und die wird bestätigen ..."

"Ein Telephongespräch kostet auch zehn Pfennig, die Sie nicht haben, Sommer!" sagte der Oberpfleger kühl. "Beruhigen Sie sich nur, der Brief wird schon abgehen, nächsten Monat, wenn Ihnen Ihre erste Arbeitsbelohnung gutgeschrieben ist!" Ich habe keine Ahnung, ob der Brief an Magda schließlich wirklich abgegangen ist oder ob er in der Zwischenzeit verloren ging. Ein Freßpaket habe ich jedenfalls nie bekommen, ich blieb immer unter den Hungrigen, gierigen Neidern. Denn als ich wirklich eine Arbeitsentlohnung guthatte, war ich längst viel zu mutlos geworden, noch einmal an Magda zu schreiben. Ich war daran verzweifelt, daß irgendein Mensch es noch gut mit mir meinte.

40.

Ich bin den Ereignissen weit vorausgeeilt. Noch stehe ich am ersten Tage meines Anstaltsaufenthaltes, habe meine Pellkartoffeln noch ganz vornehm ohne Schalen in mich hineingegessen und bin nun todmüde nach der durchwachten Nacht.

Ich wende mich an den Oberpfleger und bitte ihn, mich eine Stunde auf mein Bett legen zu dürfen, ich hätte die ganze Nacht nicht schlafen können.

"Das ist verboten!" sagte der Oberpfleger streng. Dann aber milder: "Also legen Sie sich hin. Aber ziehen Sie sich aus und legen sich richtig ins Bett."

Ich tue es, und kaum liege ich, habe die Augen geschlossen, so erklingt schon die verhaßte gellende Stimme.

"Willst du Schwein wohl machen, daß du sofort aus dem Bett kommst! Das möchtest du Speckjäger, nichts tun, wenn wir für dich arbeiten müssen. Marsch, raus aus der Falle!"

Er hatte mich aufgestöbert, der immer wache Spürhund. Aber ich bin jetzt auch wütend, mein Haß gibt mir die Kraft zum Protest.

"Hältst du sofort das Maul!" schrie ich wütend. "Du bist wohl mehr als der Oberpfleger? Der hat's mir erlaubt, und du Schwein ..."

"Hat er's dir erlaubt, hat er's dir wirklich erlaubt?" geiferte er grinsend und entblößte seine verfärbten Hauer. "Na, du mußt ja was mächtig Feines sein, daß der Oberpfleger solche Ausnahmen für dich macht! Nimm's nicht übel, Kumpel, ich bin hier, damit Ordnung ist auf der Station, sonst scheißt mich der Oberpfleger an!" Damit verschwindet er, und ich lege mich zurück, ganz zufrieden, daß ich endlich ihn einmal hereingelegt habe.

Ich bin wirklich eingeschlafen, aber nur für wenige Minuten, dann weckte mich etwas. Es war wohl kein Geräusch, das mich weckte, sondern eher ein Instinkt, der mich Gefahr wittern ließ: ich bildete in diesem Haus den Instinkt eines gejagten Wildes aus. Ich liege auf der Seite und sehe gerade auf den Schemel vor meinem Bett, auf den ich meine Kleider gelegt habe. Ich blinzele und sehe etwas Weißes, das sich mit diesen Kleidern zu schaffen macht. Es ist schon wieder der Lexer, ganz behutsam, unendlich leise nimmt er ein Kleidungsstück von mir nach dem anderen zur Hand, fährt in die Taschen, fühlt die Nähte ab ... Mein erster Impuls ist, aufzuspringen und mich auf diesen Teufel zu stürzen, diesen nimmer ruhenden Quälgeist. Aber ich besinne mich, ich bleibe ruhig hegen, ich beobachte sein Tun. Laß ihn suchen. Ich grinse. Ich habe nicht das Allergeringste in den Taschen, was seine Begehrlichkeit reizen könnte. Nicht das Allergeringste? Mir stockt das Herz, und wieder möchte ich aufspringen und ihm die Rasierklinge entreißen, die er nun doch gefunden hat, so gut ich sie auch in eine alte Zeitung eingewickelt habe. Er wirft einen Blick auf mich. Ich drücke die Augen zu, ich schlafe. Dann, als ich wieder blinzele, sehe ich, daß er die Klinge wieder in die

Zeitung wickelt und in meine Tasche zurücksteckt. Dann ist er fort. Ich aber habe die Gefahr begriffen, springe mit einem Satz aus dem Bett, suche die Klinge hervor und eile mit ihr auf das Klo. Ein Zug an der Spülung, und die Klinge ist unauffindbar verschwunden, diese kostbare Klinge, die mir den Weg in die Freiheit öffnen sollte, wenn alles andere versagte. Eine Minute später liege ich wieder im Bett. Nicht viel zu früh, gar nicht viel zu früh! Denn da steht schon der Oberpfleger an meinem Bett und legt die Hand auf meine Schulter.

"Wachen Sie auf, Sommer!"

Ich erwache, ich hoffe, gerade richtig, nicht zu leicht, nicht zu schwer.

"Stehen Sie auf, Sommer!"

Ich tue es und stehe nun im Hemd vor ihm.

"Sommer, haben Sie noch etwas Verbotenes in Ihren Taschen?"

"Nein, Herr Oberpfleger!"

"Sie wissen doch, daß alles Schneidende in diesem Haus streng verboten ist, z. B. Taschenmesser, Rasierklingen, auch Nagelfeilen! Das wissen Sie doch?"

"Jawohl, Herr Oberpfleger, das hat mir einer gesagt."

"Und Sie haben nichts Verbotenes in den Taschen?"

"Nein, Herr Oberpfleger."

Eine kurze Pause.

Dann: "Sommer, ich warne Sie noch im Guten! Gestehen Sie, und ich will ein Auge zudrücken. Sonst stecke ich Sie nach diesem ersten Tag für vier Wochen in Arrest!"

"Ich habe nichts zu gestehen, Herr Oberpfleger!"

"Schön. Dann drehen Sie mal Ihre Taschen um."

Ich tue es und fange mit der Jacke an, die bewußte Hosentasche spare ich mir bis zuletzt auf.

"Machen Sie die Zeitung auseinander, Sommer!"

Ich tue es. Nichts, wirklich nichts. Der Oberpfleger steht einen Augenblick nachdenkend, dann nimmt er meine Kleidungsstücke, eines nach dem anderen, selbst unter Kontrolle, aber wieder nichts.

"Ziehen Sie sich an, Sommer."

Ich tue es.

"So, und nun schicken Sie mir den Lexer her, Sie selbst bleiben bis zur Freistunde im Tagesraum."

"Jawohl, Herr Oberpfleger!"

Ich habe ihnen eine bildschöne Arbeit gemacht; unter der Aufsicht des Oberpflegers haben sämtliche Kalfaktoren die ganze Zelle Stück für Stück umgedreht und durchsucht. Mancherlei fanden sie, aber keine Rasierklinge. Zum Schluß beschimpften sie den Lexer, sie vermuteten irgendeinen idiotischen, sinnlosen Schelmenstreich von ihm. Aber Lexer zumindest hat's gewußt, daß ich tatsächlich eine Rasierklinge gehabt hatte. Ich hatte ihn reingelegt. Und seltsam, obgleich ihn alle, vom Oberpfleger an, beschimpften, hatte er jetzt keine Wut auf mich. Ich hatte ihn reingelegt, das imponierte ihm. Von da an band er nie wieder direkt mit mir an, wenn er auch das Stänkern nie ganz lassen konnte.

41.

16. 9. 44

Der Nachmittag war endlos. Die einzige kleine Abwechslung war, daß wir zur ›Freistunde‹ nach draußen geführt wurden, für zwei Stunden, von zwei Uhr bis vier Uhr nachmittags. ›Draußen‹ war ein kleiner Hausgarten innerhalb der hohen Gefängnismauern, vielleicht vierhundert Quadratmeter groß, wo ein einziger schmaler Weg, gerade für zwei Menschen breit genug, um einen Grasfleck lief. Die Sonne schien, es war ein schöner Sommertag. Aber was die Sonne beschien, war nicht schön. Ich rede jetzt nicht von der Umgebung, rote, nackte oder mit totem, grauem Zement bekleidete, stachelbewehrte, hohe Mauern, die Gitter an den Fenstern, die blinden Scheiben – all das kann schon allein für sich den schönsten Sommersonnentag seines Glanzes berauben. Der blaue Himmel ist nicht für dich, Gefangener, so blau: die Sonne, Gefangener, die doch deine Haut wärmt, scheint nicht für dich. Dir fehlt die Weite der Landschaft, nur zu Gaste bist du bei Himmel, frischer Luft und Sonne, deine Minuten sind gezählt, Gefangener. Deine Welt ist das trübe, düster hallende, tote Haus, in dem nie ein befreites Lachen klingt, fremd wurdest du der Sonne, Gefangener.

Aber das alles meine ich hier nicht. Ich meine die Kameraden, die Leidensgefährten, die nun, der Dämmernis entrissen, in ihren entfärbten Lumpen an der

Wand lehnen, auf einer Bank hocken, und in Holzpantoffeln oder barfuß den Sandweg entlangschurren. Wie das unbarmherzige Sonnenlicht diese Gesichter entschleiert, die nur noch wie ferne, versunkene Erinnerungen anmuten, Weh und Trauer, Tier und irre Verzweiflung! Ich schließe die Augen, und ich sehe sie da wieder stehen, hocken, schlurren, wie ich sie hundertmal gesehen habe und vielleicht noch tausendmal sehen werde. Da ist ein langer, schlottriger Mann, sein kurzgeschorener, eisengrauer Kopf ist dicht mit blutigroten oder eiternden Schweinsbeulen, wie man in diesem Hause die Furunkel nennt, bedeckt, sein stoppliges Gesicht ist hart und kantig, und seine dunklen, tiefliegenden Augen sind völlig ohne Licht. Ununterbrochen murmelt dieser Rheinländer, der wohl einst ein Straßenhändler war, vor sich hin: "Zwei Zentner Kanalstraße 20, einen Zentner Meier, Triftstraße 10, Gewerbepolizei, Gewerbepolizei ..."

Er hebt die Stimme, er sieht zu den blinden Gitterfenstern empor, auf Bestellungen wartend: "Pflanzkartoffeln, Pflanzkartoffeln, kauft Pflanzkartoffeln!"

Keine Bestellungen kommen, er schüttelt verzweifelt den häßlichen Kopf und beginnt von neuem: "Zwei Zentner Kanalstraße 20, einen Zentner ..."

Fragt man ihn aber, wieviel wohl die Uhr ist, so sieht er nach dem Sonnenstand und gibt dir ganz vernünftig und annähernd richtig Auskunft, beginnt aber mit dem letzten Wort der Auskunft seine ewige Litanei von vorne. "Pflanzkartoffeln, Pflanzkartoffeln, kauft Pflanzkartoffeln!"

Wie mir das noch in den Ohren klingt! Und da ist jener andere, den ich schon kurz erwähnt habe, der stimmenhörende Schizophrene, dessen armen, traurigen Kopf der Bluthund Lexer so unbarmherzig gegen das Eisengitter schlug – er schuffelt auf Pantoffeln, deren ganzes hinteres Ende fehlt, rundum, rundum. Plötzlich aber bleibt er stehen, er hebt den Arm, er droht gegen Himmel, Mauern und Gitter, aber er sieht Himmel, Mauern und Gitter nicht, er sieht einen unsichtbaren Feind, den er nun in der unflätigsten Weise beschimpft. Er ist der einzige Sachse unter uns, und seine Schimpfereien erfolgen in einem so unverfälschten Sächsisch, daß die paar, die noch ein Fünkchen Verstand haben, lächeln. Aber es ist eigentlich gar nichts zu lächeln, wenn dieser verlorene Sohn aus gutem Hause den unsichtbaren Feind beschimpft, daß er ihn hindert, den Eltern selbst alles zu erklären. Warum schiebt er sich immer dazwischen, was soll diese ›ewje Menkenke‹? Kann der Sohn den Eltern nicht selbst alles am besten erklären?

Ich habe es doch gesagt, oder man hat es doch verstanden, falls ich es nicht gesagt haben sollte, daß in diesem dunklen Haus nur Kranke untergebracht sind, die sich einmal kriminell vergangen haben? Hier gibt es Mörder, Diebe, Sittlichkeitsverbrecher, Urkundenfälscher, religiös Wahnsinnige. Die meisten von ihnen verbüßten erst eine längere oder kürzere Strafe, ehe sie hierher kamen. Sie glaubten, nach der Strafe in die Freiheit zurückkehren zu können, und man brachte sie in dieses Krankenhaus mit Strafanstaltscharakter, wie unser Oberpfleger so schön sagt. Ihre Zurechnungsfähigkeit war vermindert, es fehlten ihnen die notwendigen Hemmungen, sie waren eine Gefahr für die Gemeinschaft: die Pforten der ›Heil‹-Anstalt schlossen sich hinter ihnen für immer. Der Arzt hat es mir später einmal selbst gesagt, daß von den sechsundfünfzig Männern auf meiner Station noch keine sechs die Aussicht hatten, je wieder in das Leben da draußen zurückzukehren. Und wir hatten zwanzig-, wir hatten siebzehn- und sechzehnjährige Jungen unter uns – für ein ganzes Leben!

Auch dieser schizophrene Sachse aus gutem Hause hatte wohl einmal eine Straftat begangen, die ihn von seinen Eltern trennte. Vielleicht war er nur unbesonnen gewesen, jedenfalls war er weich – er hatte zu den Eltern eilen, ihnen alles erklären wollen. Da war er schon verhaftet. Und die Jahre vergingen, eines nach dem anderen, viele, und immer noch waren die Eisengitter zwischen ihm und den Eltern, zwischen seiner Schuld und der herzbefreienden Aussprache. Er warf sich gegen sie, er achtete es für nichts, daß ein gemeiner Hund sein Gesicht blutig schlug, er kämpfte Tag für Tag mit dem uns unsichtbaren Feind, immer vergebens, und Tag für Tag nahm er von neuem den Kampf auf. Auch mit ihm konnte man zwischendurch ein vernünftiges Wort über die primitiven Dinge des Lebens reden, wie die Suppe geschmeckt hatte, und wo der Handfeger lag. Er leistete sogar ein bißchen Arbeit; wie schon gesagt, fegte er das Treppenhaus. Übrigens war dieser Sachse Lachs derjenige, der die meisten Freßpakete von Haus empfing; nur merkte er leider nicht mehr, was er aß, ganz gleich, was der Oberpfleger ihm in die Hand gab.

Ein dritter, viel redender Mann war ein drahtiger Kranker mit scharfgeschnittenem Gesicht und einer schmalrückigen Adlernase: er sah aus wie ein weißhäutiger Araber. Er litt unter dem Wahn, eine damals sehr hochgestellte politische Persönlichkeit eines Nachbarvolkes zu sein, die wegen ihrer Unbedenklichkeit, ja, geradezu wegen ihrer Mordlust einen schlechten Ruf genoß. Dieser Kranke ging immer allein im Kreis rundum, oder er lehnte auch gegen den Zaun, der unser kleines Grasviereck von dem großen Gefängnishof abschloß. Wenn er da so lehnte, machte er ganz den Eindruck, als habe er da von eh und je gestanden; seine gebleichten, entfärbten Kleider verschmolzen im Sonnenlicht, und sichtbar blieb nur dieser einst kühn gewesene Araberkopf, der immerzu lachte und redete, lachte und redete. Das meiste, was er listig, mit einem sardonischen Kichern, vor sich hinschwätzte, ist nicht wiederzugeben; er erging sich in langen Ausmalungen, wie er seinen Feinden, weiblich oder männlich, die Geschlechtsteile abschnitt, auf die verschiedensten Arten (die genau ausgemalt wurden) zubereitete und aß. Manchmal aber erging er sich auch in Ausführungen wie diesen: "Es ist logisch, daß man zuerst in Landsberg an der Warthe die Prüfung bestanden haben muß, wenn man in England Feldmarschall werden will. Anders geht es natürlich nicht. Man trägt rechts einen roten, links einen blauen Lackstiefel ..."

Er wandte sich um und kicherte mich, selbst höchst belustigt, an. Und fuhr fort, war sofort im Gange, schoß die Franzosen mit Maschinengewehren zusammen, und machte im selben Atem Anmerkungen über die maßlosen Schweinereien der Tungusen-Jungfrauen. Sein Hirn war ununterbrochen beschäftigt, das Unvereinbarste zu vereinen, gewissermaßen reihte er Ketten auf, bei denen eine alte Schuhwichsdose neben einem Straußenfederfächer hing. Mit diesem Mann war kein vernünftiges Wort zu reden, er hörte gar nicht darauf, wenn man ihn ansprach, sondern redete ruhig fort oder schwieg auch. Ein Mitgefangener erzählte mir, daß dieser ›Araber‹, Schniemann mit Namen, früher viel vernünftiger und auch noch zu richtiger Arbeit fähig gewesen sei. Er war mit den anderen Außenarbeitern in die Stadt auf eine Fabrik arbeiten gegangen. Dort hatte er einen Fluchtversuch gemacht, war aber wieder eingefangen worden. Da er sich mit einer fast tierischen Verzweiflung gegen seine erneute Festnahme wehrte, war ein heftiges Getümmel um ihn entstanden; dabei hatte einer auf seinen Arm getreten, und der Arm brach. Als er aus dem Krankenhaus zurückkehrte, war er so verwirrt wie jetzt; den Arm, der schlecht geheilt war, benutzte er nicht mehr, ständig hielt er die Hand dieses Arms in der Tasche. Auch dies gab seiner traurigen Gestalt eine unvergeßliche, charakteristische Note.

42.

Diese drei Gestalten, deren man übrigens rasch müde wurde, da sie sich nie veränderten, nie etwas Neues bei ihrem Gerede hinzukam, waren aber auch die einzigen, die in der Freistunde sprachen, alle anderen, an die zwanzig Mann, waren stumm, dösten vor sich hin oder gingen in einem finsteren Schweigen herum. Sie erschienen mir immer wie eine graue, farblose Masse, aus der sich nichts abzeichnete. Wohl waren sie nach Herkunft, Alter, Aussehen verschieden genug, ich kannte alle ihre so verschiedenen Gesichter, aber da sie nie eine Meinungsäußerung von sich gaben, da ich nie irgendetwas Persönliches von ihnen erfuhr, nicht ahnte, was sie freute und betrübte, da ich sie ständig in einem mürrischen und gleichgültigen Schweigen dahinvegetieren sah, da es keinerlei ›Sonderzüge‹ an ihnen zu beobachten gab, tat ich sie in die Sparte des Gleichgültigen und Indifferenten, von dem ich auch nichts berichten kann.

Eine Ausnahme hiervon machte allein ein Epileptiker, ein älterer Mann, mit dem ich gleich in den ersten Tagen einen Zusammenstoß hatte, der immer mein Feind geblieben ist, denn er war im höchsten Grade reizbar und dann als hemmungsloser Schläger berüchtigt, dem es auf einen Mord nicht angekommen wäre. Da ich nicht zu den Außenarbeitern eingeteilt worden war, brauchte ich nicht zehn Minuten vor sieben Uhr morgens auf dem Hof anzutreten, und ich benutzte die Zwischenzeit bis zum Beginn meiner Arbeit, um mich im Waschraum ein zweites Mal und etwas gründlicher zu waschen. Am frühen Morgen, wenn an fünf Waschbecken in noch nicht zwanzig Minuten sich sechsundfünfzig Gefangene reinigen sollten, war von irgendwelcher gründlichen Reinigung kein Gedanke. Man hielt den Kopf unter den laufenden Wasserhahn, spülte die Hände ab, und fertig war die Wäsche für den Tag! Den meisten Mitgefangenen genügte diese flüchtige Reinigung auch vollkommen, Seife spielte dabei nur eine geringe Rolle, Zahnbürsten besaßen nur zwei oder drei. Einmal in acht Wochen wurde die ganze Station unter ein sehr primitives Brausebad geführt und warm abgeduscht, es gab aber viele, die sich mit List auch dieser seltenen gründlicheren Reinigung zu entziehen wußten.

Was mich angeht, so konnte ich mich noch nicht sofort von den Gewohnheiten eines vierzigjährigen Lebens trennen (später wurde ich auch gleichgültiger). Wie schon gesagt, hielt ich eine zweite gründlichere Waschung nach dem Frühstück ab, wenn die Station durch den Auszug der Außenarbeiter ruhiger geworden war. Um diese Zeit fegte der epileptische ältere Mann unsere Zelle, und wenn ich vom Waschen zurückkam, fegte er sie noch immer, denn das ging nur langsam bei ihm, wenn auch nicht gründlich. Er sah es wohl schon mit scheelen Augen an, wenn ich mich an das Fenster stellte und meine Nägel in Ordnung brachte, ich achtete aber auf den stummen Besengeist damals noch gar nicht. War ich fertig zum Fortgehen zur Arbeit, so war auch er schon meist aus der Zelle verschwunden. Nun geschah es, daß ich beim etwas eiligen Verlassen der Zelle die nach außen gehende Tür etwas heftig aufstieß und sie dem draußen fegenden Alten gerade an den Kopf schlug. Ich entschuldigte mich lebhaft und mit aufrichtigem Bedauern; er murrte finster vor sich hin. Zwei oder drei Tage später drückte ich die Tür zwar, vorsichtiger geworden, nur sachte auf, aber sie traf doch wieder den

Kopf des direkt vor ihr Fegenden! Eine Flut von Schimpfwörtern, unter denen ›Idiot‹ noch das geringste war, ergoß sich über mich. Umsonst meine Entschuldigungen und Beteuerungen, vorsichtig gewesen zu sein – kaum entging ich Schlägen. So kann sich auch der Friedfertigste Feinde machen, und dieser Epileptiker blieb wirklich dauernd mein Feind, obgleich ich meine Waschzeit, um allen weiteren Zusammenstößen zu entgehen, verlegte. Immer folgte er jedem Schritt von mir mit finsteren, argwöhnischen Blicken, und nur meiner äußersten Behutsamkeit ist es zu danken, daß ein neuer Zusammenstoß zwischen uns bisher ausgeblieben ist. An einer abgebissenen Nase habe ich schließlich genug!

43.

Meine Spaziergänge auf dem Freihof hätten ganz einsam und ohne alle Unterhaltung verlaufen müssen, wären nicht zu dieser zweistündigen Freizeit auch die wenigen Insassen der Arbeitszellen hinausgelassen worden. Es handelte sich hierbei um Gefangene, die entweder wegen ihrer Unverträglichkeit oder wegen schon vorgenommener Fluchtversuche nicht in die Außenkommandos eingereiht werden konnten und die deshalb tagaus, tagein in Einzelzellen mit Bürstenmachen oder Mattenflechten beschäftigt wurden. Unter diesen wählte ich meine Spaziergefährten, und es waren vornehmlich vier, mit denen ich abwechselnd ging.

Der erste von ihnen war ein gewisser Kurmann, ein kleiner, verwachsener, hinkender Mann mit intelligentem Gesicht und Brille. Er gab vor, eine Druckerei in Berlin zu besitzen, behauptete, aus politischen Gründen inhaftiert zu sein und direkt vor seiner Entlassung zu stehen. Immer wurde er am nächsten oder doch am übernächsten Tage frei, immer war seine Frau im Begriff, ihn zu besuchen, aber sie kam nie (wenn sie ihm auch Pakete schickte), und auch er selbst wandert noch heute täglich zwei Stunden im Grasgarten umher, wird aber morgen bestimmt entlassen. Sonst konnte man schon ein vernünftiges Wort mit ihm reden, namentlich wenn er auf seine Jugend und Lehrzeit als Buchdrucker zu reden kam. Er war auch gefällig und zum Abgeben bereit, er ließ mich regelmäßig an seiner Zeitung teilhaben, auch hat er mir manche Zigarette geschenkt. Besonders begehrt war er als Besitzer eines Vergrößerungsglases, das bei Sonnenschein ausgezeichnet zum Anbrennen von Zigaretten und Pfeifen zu benutzen war. Es gehörte zu den Unbegreiflichkeiten der Anstaltsleitung, uns zwar das Rauchen zu erlauben, aber den Besitz von Streichhölzern oder Feuerzeugen streng zu verbieten. Offiziell waren die Wachtmeister verpflichtet, uns Feuer zu geben; da die Anstaltsleitung ihnen aber keine Streichhölzer lieferte, waren sie meist recht unwillig, von ihrem kleinen Gehalt auch noch Streichhölzer für uns zu kaufen. Wie oft habe ich es erlebt, daß eine Gruppe von sechs oder acht Mann mit Pfeifen und Zigaretten um den kleinen verwachsenen Kurmann erwartungsvoll herumstand!

Es ist noch früh am Tage, die Sonne hat noch nicht die rechte Kraft, und Minute um Minute steht Kurmann geduldig da und richtet das kleine Strahlenbündel auf den Kopf der Zigarette, bis endlich, endlich ein dünner bläulich-weißer Rauchfaden aufsteigt, und Kurmann ruft: "Rasch, Sommer, ziehen, ehe es wieder ausgeht!"

Oder aber er ließ das Brennglas sinken und sagte: "Wir müssen noch eine Viertelstunde warten, die Sonne ist noch nicht stark genug!"

Dann gingen wir alle oft sehr enttäuscht auseinander, denn in einer Viertelstunde saßen wir bei der Arbeit, und bei der Arbeit war Rauchen wieder streng verboten.

Zu Anfang war ich bei meinen Spaziergängen noch harmlos und glaubte beinahe jedes Wort, das mir Kurmann geläufig vortrug. Er wußte vielerlei vom Bau, obwohl er erst anderthalb Jahre hier war. Bald aber lernte ich, seine Nachrichten mit einiger Vorsicht aufzunehmen, und schließlich glaubte ich ihm kaum noch ein Wort, wenn es Neuigkeiten aus der Anstalt betraf. Kurmann glaubte sich überall von politischen Widersachern umgeben, und vor allem waren es die Kommunisten, die ihm zu schaffen machten. Dabei verfuhr er sehr primitiv: hatte ihn irgendeiner seiner Ansicht nach geschädigt, hatte ihm zum Beispiel der Kalfaktor Brot gegeben, das nicht das volle Gewicht zu haben schien, so wurde er zumKommunisten ernannt. Unser Oberpfleger aber, mit dem er sich gar nicht vertragen konnte, war ›der Kommunistenhäuptling‹, der ›jeden Sonntag an alle kommunistisch gesinnten Gefangenen je sechs Zigaretten extra verteilte‹.

"Finden Sie das nicht auch unerhört, Sommer?"

Ich muß hier einfügen, daß ich bei den etwas umgänglicheren Gefangenen strikte am ›Sie‹ festhielt, wenigstens in der ersten Zeit. Alles in mir sträubte sich dagegen, in den widerlichen Topf der Gleichmacherei zu versinken. Ich war etwas anderes als die anderen Kranken, ich war völlig gesund und hatte alle Aussicht, bald wieder in die Freiheit zu kommen – dieses kleine Wort ›Sie‹ war wie eine letzte Erinnerung an das bürgerliche Leben, in das bald zurückzukehren ich mich so sehnte. Ich habe auch beobachtet, daß meine Mitkranken, auch die stumpferen, gerne auf dieses ›Sie‹ reagierten. Es gemahnte sie an die Zeit, da sie noch

Menschen waren, da niemand ihnen jeden Schritt befahl, jeden Bissen zuteilte, sie am frühen Abend wie kleine Kinder ins Bett schickte.

Mein zweiter Gefährte im Freihof war ein Deutscher von den Halligen, der aber alles Deutsche glühend haßte und Schleswig-Holstein am liebsten zu Dänemark geschlagen hätte. Darauf kam ich nicht gerne mit ihm zu sprechen, ich konnte es kaum anhören, wenn er die Deutschen als das minderwertigste Volk der Erde hinstellte und dies mit Erlebnissen aus seiner Vergangenheit beweisen wollte. Diese Erlebnisse hatte er dem Umstand zu danken, daß er ein ernster Bibelforscher war, der sich aber nicht mit stiller Forschung begnügt hatte, sondern mit der Faust den Leibern verhaßter Andersgläubiger zu nahe gekommen war. Kemp war schon ein älterer Mann über die Sechzig, die letzten fünfzehn Jahre war er überhaupt nicht mehr aus Anstalten und Gefängnissen herausgekommen. Er war noch immer ein großer, stattlicher Mensch mit einem festen Gesicht, klaren, weitblickenden Augen unter buschigen, fast weißen Augenbrauen auf ungewöhnlich starkem Stirnbein. Im Gegensatz zu den meisten Kranken, die nur gezwungen arbeiteten, war er von einem unermüdlichen Fleiß. Sein Mattenpensum für die Anstalt schaffte er spielend, und in der Freizeit danach knüpfte er unermüdlich die feinsten Filetdecken, die er dann zum Verkauf an seine Frau sandte. Dafür bekam er dann und wann ein Paket mit Lebensmitteln und neuem Garn, meist mehr Garn als Lebensmittel. Darüber klagte er aber nie. Er hat wohl auch draußen kein glückhaftes Leben gehabt. Auf einer Hallig geboren, in jungen Jahren schon auf einem Fischkutter beschäftigt, zog er nach seiner Verheiratung nach Hamburg und eröffnete dort eine Segelmacherei, die aber nie recht ging, wahrscheinlich weil sein Bekehrungseifer die Früchte seines Fleißes wieder vernichtete. In seinen vielen müßigen Stunden aber segelte er für wenig Geld die Jachten reicher Hamburger Kaufleute, die sie sich wohl kaufen, aber nicht bedienen konnten. Für Viertelstunden glaubte ich dem engen häßlichen Gefängnishof entronnen zu sein, wenn Kemp mit Feuer und Humor von wilden Sturmfahrten auf der Elbe zwischen Schulau und Blankenese erzählte, oder ich lachte auch herzlich, wenn er berichtete, wie er einem verwöhnten Kaufmannssöhnlein beigebracht hatte, daß auch ein Schiffer, der ihn sicher durch den Sturm segelt (während das Söhnlein mit jungen Dämchen die Koje vollkotzt), ein Mensch ist, bei dem es nicht nur mit der Bezahlung getan ist. Er war noch immer ein wirklich großartiger Mann, dieser Kemp (bis auf seine beiden Steckenpferde), im übrigen hielt er sich völlig isoliert, und die anderen Kranken wagten ihn auch nie zu belästigen oder in ihre Streitereien zu ziehen. Gegen die Verwaltung, besonders gegen den Medizinalrat, der ihn seiner Ansicht nach gegen jedes Recht hier festhielt, war er von einem glühenden Haß beseelt; Berichte, die er mir über die Durchstechereien, Rechtsbrüche und Mißhandlungen dieser leitenden Herren machte, klangen oft fast überzeugend und waren doch nie richtig. Unseren Oberpfleger nannte er nur ›den Strolch und Massenmörder‹.

Es war schon richtig, daß reichlich viele von den Kranken starben; das aber lag, ganz abgesehen von dem mangelnden Lebenswillen dieser abgestumpften Geschöpfe, bestimmt nicht an dem Oberpfleger, sondern an dem ganzen System mit dem Geiz, der Unterernährung und Unsauberkeit. Jeder zweite Mann von uns war mit Schweinsbeulen bedeckt, hatte eine Furunkulose; auch ich wurde schon wenige Wochen nach meiner Ankunft davon befallen. Der Körper besaß eben nicht die geringste Widerstandskraft, jedem Krankheitskeim erlag er sofort, die Tuberkulose grassierte und holte immer wieder neue Opfer. Übrigens wurden die Tuberkulösen nur die Pieper genannt, nach ihrem pfeifenden Atmen. Irgendwelche Gefühle wurden an einen Erkrankten oder Sterbenden nicht verschwendet, und soviel ist richtig, daß unser Oberpfleger ein harter Mann war, der Sentimentalitäten nicht kannte. Die meisten Kranken schienen ihm unnütze Geschöpfe, die doch zu nichts mehr gut waren. Es war schon besser, sie verschwanden von dieser Erde.

Mein dritter Weggenosse war ein kleiner stämmiger Mann Anfang der Sechzig, mit Namen Zeise. Er war ein finsterer Mann, seinen eigenen Angaben nach hat er weit über die Hälfte seines Lebens in Gefängnissen, Zuchthäusern und Anstalten verbracht. Er war ein unverbesserlicher Dieb, aber ein kleiner Dieb, der immer nur ganz geringe Werte erbeutet hatte. Er war aber der Ansicht, daß seine Diebischkeit völlig berechtigt war, er war eben am Tisch des Lebens immer übervorteilt worden und glaubte so das Recht zu haben, sich seinen Anteil selbst zu nehmen. Alle anderen Menschen waren ja noch viel schlimmere Diebe, und vor allem die Wachtmeister und Pfleger im Bau hatten alle ›zuviel Klebstoff‹ an den Fingern. Er wußte genau, was der Wachtmeister von unserer Beköstigung unterschlagen, was jener Pfleger sich aus der Fabrik von den dort arbeitenden Kranken hatte stehlen lassen. Er wußte es aber nicht nur, sondern er schrieb darüber auch ständig Anzeigen an die Staatsanwaltschaft, die er auf einem streng geheimgehaltenen Weg aus dem Bau unter Umgehung der Zensur hinausschmuggelte. Früher hatte ihm das meistens eine zusätzliche Gefängnisstrafe wegen wissentlich falscher Anschuldigung und Beamtenbeleidigung eingetragen. Aber die Staatsanwaltschaft war es wohl müde geworden, und seit Jahren erfolgte auf all seine Anzeigen überhaupt nichts mehr: es war, als hätte er sie nie geschrieben. Das aber erhöhte noch seine Wut, es bewies ihm, ›daß die Brüder alle unter einer Decke steckten‹. Wenn wir nebeneinander hergingen, er immer einen völlig schwarz geschmauchten Knösel im Mund, in dem er stets einen deutschen ungeheizten Tabak rauchte, den er sich gegen den guten Tabak einhandelte, der von der Anstaltsverwaltung von seiner Arbeitsbelohnung (vier Pfennig pro Tag!) eingekauft wurde – wenn Zeise also gewaltig stinkend neben mir herging, redeten wir eigentlich nur wenig miteinander, es sei denn, daß er in eine seiner Haßtiraden geriet. Dieser Mann hatte nichts zu erzählen, nichts von seinem früheren Leben, nichts von Menschen, die er einmal gern gehabt, nichts von seinen Einbrüchen, nichts von seinen oftmaligen, manchmal erfolgreichen Fluchtversuchen, die ihn jetzt für den Rest seines Lebens in eine Einzelzelle geführt hatten. Nein, meist gingen wir stumm nebeneinander her, wechselten ein paar Worte über den unzureichenden Schweinefraß und schwiegen viel. Und doch ging ich gern mit diesem finsteren, verbitterten Mann. Wohl, weil ich fühlte, daß er jenes winzige bißchen Gefühl, ohne das wohl kaum ein Mensch leben kann, an mich gehängt hatte, in seiner finstern Art natürlich. Bot er mir doch sogar von seinem Tabak an – und der war doch für ihn, den leidenschaftlichen Raucher, immer knapp! Am Sonntag spielten wir beide manchmal Schach miteinander. Auch dabei war er zanksüchtig und rechthaberisch, wollte einen falschen Zug immer wieder zurücknehmen, erlaubte mir aber nicht, einen anderen Stein zu ziehen, wenn ich erst einmal eine Figur berührt hatte. Oft warf er in jähem Zorn die Figuren auf dem Schachbrett durcheinander, mich finster anfunkelnd und beschimpfend. Dann stopfte er sich eine neue Pfeife, stellte die Figuren wieder auf und begann gleichzeitig, als sei nichts geschehen, eine neue Partie.

Genossen schon diese drei Spazierkameraden den schlimmsten Ruf bei der Verwaltung, so brachte mich mein vierter Gesellschafter, der Schuster Buck, erst recht in ein böses Licht. Oben sagte man sich: aus denen, mit denen du umgehst, werden wir sehen, wer du bist – und das schlimme Urteil, das bald alle, vom Wachtmeister bis zum Medizinalrat, über mich fällten, habe ich nur meiner Ungeschicklichkeit bei der Wahl meiner Gefährten zu danken. Zu meiner Entschuldigung kann ich nur anführen, daß diese vier wirklich die einzigen waren, mit denen man sich auf meiner Station wirklich einmal etwas erzählen konnte. Hätte ich auf sie verzichtet, hätte ich tagaus, tagein ohne ein menschliches Wort herumtrotten müssen, und das war mehr, als man von mir verlangen konnte. Ich habe nie gut in meinem Leben allein sein können, schon in den behaglichen Umständen draußen war ich beunruhigt, wenn Magda auch nur zwei Tage verreist war – wie hätte ich unter diesen so veränderten, schweren Lebensverhältnissen mein schweres Dasein ertragen können – ewig ganz allein?

Ich bin gewarnt worden, ich gebe es zu, aber keine Warnung konnte mich von etwas zurückhalten, was mir lebensnotwendig erschien. Heute gelte ich im ganzen Bau auch als ein ›Feind der Verwaltung‹ und werde entsprechend behandelt, obgleich ich nie etwas gegen diese Verwaltung getan habe. Freilich, daß ich nicht gerade wohlwollend über sie denke, geht aus dem Geschriebenen und noch zu Schreibenden hervor.

Was mich eigentlich zu dem Schuster Buck zog, weiß ich selbst nicht. Er war ein ungebildeter, selbstgefälliger, abstoßender Mensch, ein feiger Intrigant, alle haßten ihn. Aber auch alle, selbst meine anderen drei Spaziergefährten, die doch in ihrem Haß gegen die Verwaltung mit ihm eines Sinnes waren. Sie sprachen aber nie auch nur ein Wort mit ihm. Schuster Buck – er war draußen Schuster gewesen und war es nun auch drinnen – versicherte immer wieder, daß er sich vollständig neutral verhalte, sich mit keinem abgebe, sich in nichts einmische. Aber trotz all dieser Versicherungen war er ständig in Streitigkeiten mit den anderen Kranken verwickelt, in wütende Schimpfereien, die schließlich in Prügeleien ausarteten, bei denen er stets den Kürzeren zog, denn er war trotz seiner kräftigen Figur feige und wagte nicht, zurückzuschlagen. Stets schwärzte er die anderen oben an. Sah er nur jemanden außer der Zeit ein Stück Brot essen, so war's auch schon gestohlen, und fünf Minuten später wußte er auch schon bei wem, und trug's brühwarm zum Oberpfleger., Bei jeder Arztvisite stand er vor der Tür des Behandlungszimmers, aber nicht eines Leidens, sondern einer Beschwerde wegen. Er kam aber nur selten vor. Manche Stunde bin ich mit diesem grundschlechten Menschen spazieren gegangen und habe seinen gifterfüllten Erzählungen gelauscht, mit denen er jeden seiner Mitgefangenen verlästerte. Mit einer tiefen Schadenfreude schilderte er die Gemeinheiten der anderen und ihre Reinfälle, er schien jedes Detail ihres Vorlebens zu wissen, und mit besonderer Wollust beobachtete er die Veränderungen in der Gestalt und im Wesen eines Sittlichkeitsverbrechers, der sich freiwillig hatte entmannen lassen, in der Hoffnung, einer Anstaltsverwahrung zu entgehen (eine Hoffnung, die ihn täuschen sollte). Von sich selbst wußte er dagegen nichts Ungünstiges zu berichten. Er hatte von seinem Vater ein blühendes Schuhwarengeschäft übernommen, und es war ruiniert, weil die Menschen so gemein waren. Er hatte geheiratet und war geschieden, weil seine Frau auch ›so eine‹ gewesen war. Er hatte Freunde und Verwandte besessen, und niemand beantwortete mehr seine Briefe, denn niemand will noch etwas wissen von einem Mann, der in einer Anstalt sitzt. Und natürlich unschuldig – wenn er je seine Straftaten auch nur von ferne streifte, murmelte er etwas von ›Arbeitslosigkeit‹ und ›Not kennt kein Gebot‹. Am amüsantesten fand ich diesen durchaus üblen Menschen aber, wenn er von seinen eigenen Erlebnissen in den Anstalten und mit ihren Ärzten berichtete. Er hatte unter anderem auch zwei Jahre in einer Universitätsklinik zugebracht und war in dieser Zeit viermal, in jedem Semester einmal, den Studenten des leitenden Professors vorgeführt worden. Ich höre noch die eitle Selbstgefälligkeit in der Stimme dieses Dummkopfes, wenn er die angeblichen Worte des Professors wiederholte: "Wie beurteilen Sie diesen Mann, meine Herren? Jawohl, wir wissen, dieser Mann hat Kenntnisse und weiß sich zu benehmen. Er macht Eindruck auf die Frauen, kurz gesagt, er ist ein Salonmensch ..."

Und das alles sollte der Professor von diesem Flickschuster gesagt haben, der nie von seinem Schusterschemel heruntergekommen war, der fast kein Hochdeutsch sprechen konnte, sondern sich fast ausschließlich des heimischen Platt bediente! Natürlich war jedes Wort gelogen, der Professor mochte schon so etwas gesagt haben, aber nicht von Schuster Buck, sondern von einem anderen, in der gleichen Vorlesung vorgestellten Kranken.

Oder aber Buck erzählte, wie ›unser‹ Medizinalrat gegen alles Recht ein Gerichtsgutachten über ihn erstattet hatte (auch Buck nannte das, wie im Hause üblich: ›Er hat mir ein Gutachten abgenommen‹), ohne den Begutachteten überhaupt zu kennen.

"Also nach Ihren Vorakten", warf ich ein.

"Gar nicht!" gab Buck empört zurück. "Ich sage Ihnen doch, er hat überhaupt nichts von mir gewußt, das ganze Gutachten hat er sich von A bis Z aus den Fingern gesogen!"

Und nun folgte eine unendlich umständliche, zwei Stunden lange Erzählung, wie der Medizinalrat mit Hilfe eines Gerichtssekretärs und eines feilen Anwaltes in die Zelle des Untersuchungsgefangenen Buck geschmuggelt worden war, und am Ende ging aus dieser Erzählung klipp und klar hervor, daß der Medizinalrat drei oder viermal bei dem Schuster Buck auf der Zelle gewesen war und ihm sehr wohl ein Gutachten abgenommen hatte. Ich hütete mich aber sehr wohl, den Schuster Buck auf diesen kleinen Unterschied zwischen Anfang und Ende seines Berichtes aufmerksam zu machen, denn im Punkte Wahrheitsliebe war er wie alle Lügner sehr empfindlich, und ich wollte mir den gefährlichen Menschen keinesfalls zum Feinde machen. Lieber hörte ich denn zu, wenn er mir von seinem Krach mit dem verräterischen Rechtsbeistand erzählte, dem er sein Vertrauen entgegengebracht und der darauf zu jammern angefangen habe: "Wer bezahlt mir aber nun meine fünfundsiebzig Mark? Ich habe diesen wichtigen Brief für Sie geschrieben ..."

"Für diesen Brief wollen Sie fünfundsiebzig Mark?!" habe ich ihm geantwortet. "Wissen Sie, wie ich diesen Brief nenne? Idiotischen Quatsch nenne ich ihn. Dafür bezahle ich nie fünfundsiebzig Mark!" Und so ging, Schuster Bucks Bericht nach, der Streit immer weiter, bis der Anwalt völlig zerschmettert, nicht etwa auf seine fünfundsiebzig Mark verzichtete, sondern – zu meiner Überraschung – den Schuster bei seinem Termin verteidigte, natürlich wiederum wie ein Idiot.

"Aber", wie Buck bemerkte, "von den Anwälten taugt doch keiner mehr als der andere, und von uns wollen die Brüder nur mühelos Geld ziehen!"

Solche Inkonsequenzen sind aber typisch für lange Gefangene, eben prügeln sie sich, schon sind sie die besten Freunde. Eben sehe ich den Schuster vor der Tür des doch so verhaßten Oberpflegers, entschlossen, einen Kalfaktor anzuzeigen, weil er ihm bei der Kaffeeausgabe zuviel Salz in den Becher gemogelt hat, und schon hat derselbe Buck mit dem gleichen Kalfaktor ein Tauschgeschäft abgeschlossen: eine kleine Tabakpfeife gegen eine Scheibe Brot oder gegen einen Kamm. Hat schon im menschlichen Leben draußen nichts dauernden Bestand, so kann man hier im Bau nicht fünf Minuten mit etwas Bleibendem rechnen. Ständig wechseln die Konstellationen, und nur das ist bleibend: Der Neid und der Haß jedes gegen jeden, die tierische Feindschaft aller gegen alle. Im Bunker gibt's keine Treue, keine Freundschaft, nicht den primitivsten Anstand.

"Friß, oder du wirst gefressen, Sommer!"

Ich lernte ihn schwer, diesen Satz. Ich habe ihn bis heute noch nicht richtig gelernt. Ich werde ihn nie lernen – nicht aus Anständigkeit, sondern weil ich nur ein schwacher Mensch bin.

44.

Ehe ich endgültig zu meinen eigenen Erlebnissen zurückkehre, muß ich noch eines Mannes gedenken, einer schillernden Gestalt, der während der ersten Zeit meines Aufenthaltes für kurze Tage bei uns auftauchte, um dann für immer zu entschwinden, ein Gruß aus der großen, mir so fremden Welt. Ich hatte schon am ersten Tage von einem Gefangenen gehört, der wegen einer Schlägerei schon die achte Woche im strengen Arrest saß, bei Wasser und spärlichem Brot und bei hartem Lager. Wenn ich überhaupt – mit einem Schauder über die mir unerträglich scheinende Dauer dieses Isolierarrestes – an diesen Mann dachte, so stellte ich mir einen Kerl wie den etwa dreißigjährigen Liesmann vor, einen Kerl mit brutalem, scharfem Gesicht, der über dem einen Auge einen schwarzen Lappen trug, und der wortlos und finster auf der Station lebte. Jeder ging ihm aus dem Wege, auch die Streitsüchtigen wagten nicht, Händel mit Liesmann anzuknüpfen, der bekannt dafür war, auch nur bei einer Andeutung eines kränkenden Wortes sofort zuzuschlagen und nicht eher mit Schlagen aufzuhören, bis der andere völlig erledigt war.

Und dann tauchte Hans Hagen auf unserer Station auf, ein schöner, blühend aussehender noch junger Mann von dreißig Jahren, mit der trainierten Gestalt des Sportsmannes, tiefschwarzem, leichtgewelltem, zurückgekämmtem Haar und einem elfenbeinfarbenen Gesicht von klassisch reinen Linien und so überraschender Schönheit, daß man unwillkürlich – besonders in diesem Haus der Mißgestalten – vor Bewunderung verging. Er hatte vom Oberpfleger ganz neue Tracht bekommen statt der Lumpen, die die anderen tragen mußten, und er trug diese braune Manchesterhose und schilffarbene Jacke mit einer solchen Eleganz, als hätte ihm der erste Schneider einen Anzug angemessen. Jede Bewegung von ihm war rasch, zielsicher, schön. Wie er redete, und seine dunklen Augen leuchteten dabei, wie er auch dem belanglosesten Wort Reiz und Liebenswürdigkeit zu geben vermochte, das war in diesem Elendsmilieu einfach hinreißend.

›Wie kommt dieser junge Gott in solche Hölle?‹ fragte ich mich. Und laut: "Ein Zugang?"

"Nein", wurde mir geantwortet. "Das ist der Gefangene, der acht Wochen wegen einer Schlägerei im Arrest gesessen hat!"

Ich konnte es nicht glauben, ich wollte es nicht. Ich bin später manchmal für kurze Minuten auf dem Gang der Station oder im Hausgarten mit Hans Hagen spazieren gegangen und habe mit immer neuem Entzücken seinem Geplauder gelauscht, sei es nun, daß er von seinen Jugendstreichen in Rochester berichtete – er war jahrelang in England erzogen – oder daß er von seinen kühnen Segelfahrten bis zum Nordkap hinauf berichtete. Seiner Erzählung mir gegenüber nach hat ihm diese Leidenschaft fürs Segeln den Hals gebrochen, er kaufte sich immer größere und schönere Jachten und scheint bei der letzten Jacht einen Versicherungsbetrug begangen zu haben, der ihn mit dem Gesetz in Konflikt, zuerst ins Gefängnis und dann in dieses traurige Haus brachte. Wie gesagt, dies war die Version, die er ganz beiläufig und leichthin mir erzählte. Wie ich später erfuhr, war er anderen Gefangenen gegenüber offenherziger und ehrlicher gewesen. Er war einer von drei Söhnen eines Rostocker Kaufmanns, der ein sehr gutes Sportartikelgeschäft besaß, eines vermögenden Mannes, der seinen Söhnen eine gute Erziehung geben konnte. Aber mit dem Jüngsten, eben dem Hans, wollte und wollte es nicht gutgehen. Schon in seiner Gymnasialzeit machten Vorkommnisse in der Stadt seine eilige Entfernung aus Deutschland und seine Reise nach England notwendig. Auch dort scheint er nicht gerade ein solides, der Arbeit geweihtes Leben geführt zu haben; mir erzählte er von nächtlichen Ausbrüchen aus Rochester in die Vorstädte Londons, und, war er gut gelaunt, sang mir Hans Hagen leise, mit hübscher Tenorstimme, kleine Negerlieder vor, die er dort in den Bars und auf den Tanzdielen aufgeschnappt hatte. Auf englisch natürlich – aber ich fand es doch hübsch, welche Mühe er sich gab, mich zu unterhalten und aufzuheitern. Endlich nach Rostock wieder heimgekehrt, widmete er sich offiziell dem Studium der Medizin, in Wirklichkeit aber entdeckte er seine Leidenschaft für die See und das Segeln. Er kaufte sich seine erste Jacht, und ich glaube kaum, daß es sein Vater war, der diesen Kauf finanzierte. Auch ein gutgehendes Sportartikelgeschäft kann nicht für einen Sohn von dreien Zehntausende aufwenden, denn die Jacht war ja nur ein Mittel zum Zweck: Hans Hagen wollte auf ihr auch gut leben, mit seinen Freundinnen weite kostspielige Reisen machen, im Heimathafen jede Nacht ausgehen und nie nach dem Gelde sehen. In dieser Zeit entdeckte er, wie leicht ein gut aussehender junger Mann der guten Gesellschaft Geschäfte machen kann, auch wenn er keinen Pfennig Geschäftskapital besitzt. Er makelte Häuser, besorgte Effekten, vermittelte Autos, schloß Lebensversicherungen ab, ließ sich Provisionen von rechts und von links geben. Sein glänzender, findiger, blitzschneller Kopf ließ ihn jede Gelegenheit zu guten Geschäften ausspähen, rasch handeln. Bedenkenlos benutzte er seine Gewalt über Frauen, es gab auch nicht viele Männer, die seinem Charme widerstehen konnten. Aber mit den reichlich fließenden Einnahmen stiegen auch seine Bedürfnisse. Immer lagen sie einen Schritt vor den Einnahmen, und seine Kasse war immer leer. Er aber wußte nur eines: Daß er dieses ihm allein zusagende Leben des Genusses um jeden Preis fortsetzen wollte, immer unbedenklicher wurde er in der Wahl der Mittel, die ihm Geld verschaffen mußten: er stahl Autos von der Straße, vergriff sich sogar an den Handtaschen mit ihm tanzender Damen – kurz, er wurde ein Hochstapler und ein Dieb. Lange konnte das nicht gut gehen.

17. 9. 44

Ein erster Fall wurde vertuscht, da er doch der Sohn eines angesehenen Vaters war, ein zweiter brachte ihn ins Gefängnis und aus dem Gefängnis in dieses traurige Haus, in dem er schon sechs Jahre lebte.

45.

Sechs Jahre – ich wollte meinen Ohren nicht trauen – dieser junge Mann lebte schon sechs Jahre in dieser trostlosen Umwelt, und er hatte sich alle Spannkraft und allen Zauber der Jugend bewahrt! Nichts von der hoffnungslosen Trauer, nichts von dem häßlichen Neid hier hatte auf ihn abgefärbt, wie ein flüchtiger Gast wirkte er, eben erst gekommen, schon wieder im Begriff zu gehen, allen Zauber blühender Welt um sich! Welche Kräfte mußten in diesem Hans Hagen wirken, welche unzerstörbaren Energien, daß ein Mann nach diesen sechs Jahren, nach acht Wochen scharfen Arrestes, noch immer nichts von seiner Kraft verloren, noch immer den Schimmer der großen Welt mit sich trug! Es war mir ein Rätsel, ich war schon von ein paar Tagen Aufenthalt hier völlig zermürbt und niedergedrückt. Ich habe später lange über Hans Hagen nachgedacht, und ich glaube, ich habe die Gründe gefunden, die ihn so unverändert stark sein ließen.

Zum ersten drang nichts tief in ihn ein. So konnte ihn auch nichts tief verletzen. Er lebte so auf der Oberfläche, seine glänzende Begabung lockte ihn hierhin und dorthin, immer betätigte er sich, aber nichts tat er. Er konnte alles, auch hier im Bau, den Wachtmeistern machte er Fassonschnitt, er schnitt ihnen die Haare auf eine ungewohnt kühne, elegante Art, er mauerte besser als ein Maurer, er gab Unterricht in Stenographie, Englisch, Französisch, Russisch, er arbeitete schwer in der Fabrik, er tischlerte und hatte auch schon die Schweine versorgt – er konnte alles, aber er konnte alles auf eine unverbindliche, schillernde Art, er war die Unzuverlässigkeit in Person, nichts haftete. Aber der Hauptgrund seiner Unveränderlichkeit, seiner unbesiegbaren Jugend war der, daß er hier im Totenhaus eigentlich kaum anders lebte als draußen. Gewiß, die Umwelt hatte sich verändert, aber Hans Hagen nicht mit ihr. Wenn er draußen die Frauen bezaubert hatte, so hier die kranken Männer. Auch den Stumpfesten ließ er nicht außer Acht, er ruhte nicht, bis ein Schimmer seines Charmes ihn berührt hatte. Es war einfach lächerlich, wie sie alle aufblühten, wenn er mit ihnen sprach. Ich sehe sie noch zusammenstehen: den fetten Mecklenburger Bauern Reddemien, den sie wegen Querulantentums in diesem Haus untergebracht hatten, Bezieher unwahrscheinlicher Fettpakete, und Hans Hagen, der sich einmal selbst in einem unbedachten Augenblick als Tangojüngling bezeichnet hatte. Gegensätzlicheres war schlechthin nicht denkbar. Es schien keine Brücke zwischen den beiden zu geben: dem flachen Genußmenschen und dem zähen, alten, fast siebzigjährigen Bauern mit dem Bullenkopf, den das unermüdliche Beharren auf einem vermeintlichen Recht in diese Mauern gebracht hatte. Und doch strahlte der alte, sonst so finstere

Mann, da der Genießer mit ihm sprach, seine Augen funkelten, er lachte dröhnend, er klopfte dem anderen freundlich, hingerissen, auf die Schultern. Er war der wahre König dieses Hauses, der Hans Hagen, und die Verwaltung wußte das auch. Blindlings taten die Kranken, was er ihnen riet. Er schrieb ihnen nicht nur ihre Anträge und Gesuche, machte ihnen Hoffnungen auf Entlassung oder vertröstete sie, er begutachtete nicht nur als ein ehemaliger Mediziner ihre Schweinsbeulen und Arbeitsverletzungen und erzählte ihnen, welche Verbandmittel und Medikamente sie beim Arzt fordern sollten, er spendete nicht nur juristischen Rat wie der findigste Anwalt, nein, er zettelte auch kleine vorsichtige Verschwörungen an gegen die Habsucht der Kalfaktoren, die Tyrannei der Vorgesetzten, den schmutzigen Geist der Verwaltung. Er hatte seine Hände in allem, und diese klugen sehnigen Hände konnten sehr erfolgreich sein; viel machte Hans Hagen der Verwaltung zu schaffen, dieser Totenkönig im Totenhaus.

Und wie ein König zog er seine Tribute ein – genau wie draußen. Genau wie er draußen die Mädchen und Frauen bezaubert und unbedenklich jedes Geschenk von ihnen angenommen hatte, so machte er es auch hier. Ich habe nie gesehen, daß Hans Hagen etwas verlangte, um etwas bat. Das hatte er auch gar nicht nötig, seine Anhänger sorgten auch so für ihn. Ein Wachtmeister erzählte mir, daß, solange Hans Hagen in der Arrestzelle saß, ein ständiges Kommen und Gehen dort war, jeden unbewachten Augenblick lauerten sie ab, um ihm etwas zuzustecken. Ständig wurde an dem Spion geflüstert, dessen Scheibe man zerbrochen hatte, um ihm das kostbarste Gut in der Anstalt, Streichhölzer, hineinzureichen. Lag ein anderer Kamerad im Arrest, so war er vergessen, niemand dachte mehr an ihn. Sein Wiederauftauchen wurde ebenso gleichgültig hingenommen wie sein Verschwinden. Nicht so Hans Hagen. Ich habe es selbst gesehen, oft und oft, wie sie zu ihm kamen, diese Ärmsten der Armen, die der Hunger in den Eingeweiden kniff. Ein Außenarbeiter brachte ihm eine Gurke, ein anderer eine Tasche voll Pellkartoffeln, hier ein Stückchen Brot, eine Zwiebel, ein paar Stengel Petersilie, Mohrrüben, Falläpfel, Salz, eine Handvoll aufgesammelter Zigarettenstummel. Und all das sind große, schwer errungene Kostbarkeiten in diesem Bau, keiner ist da, der von seinem Überfluß abgeben kann, alle opfern sie aus dem Notwendigsten. Und Hans Hagen nahm alles, alles. Er lächelte, er dankte, er machte einen Scherz. Er konnte so reizend danken. Und dann drehte er den Rücken, und der Geber war vergessen.

Mir hat Hans Hagen manchmal von seinem Überfluß abgegeben, genau in der raschen, spontanen Art, die ihm eigen war. Ich saß trübselig vor meiner Wassersuppe und Hans Hagen rief: "Da, Sommer, fangen Sie auf!" Und vom Nebentisch flog ein Stück Brot zu mir herüber, und er lachte herzlich, wenn ich es mir ungeschickt auffing; über dem Lachen schon hatte er ganz vergessen, daß er mir eben etwas sehr Kostbares geschenkt hatte, für das ich ihm dankbar zu sein hatte. So war er; ohne Erinnerung. So steht er vor mir: ohne Vergangenheit und Zukunft, nur dem Tage lebend, dem Tag hingegeben, in der Minute weilend. Mir aber machte es Kummer, daß ich mich so von ihm beschenken ließ, daß ich seine Gesellschaft, sein liebenswürdiges Geplauder hinnahm, ohne irgendwie meine tiefe Dankbarkeit zu zeigen. Wer war ich schon? Ein kleiner, mittelmäßiger, entgleister Kaufmann! Ja, keine drei Tage, und ich gehörte zu den ergebensten Bewunderern Hans Hagens. Nicht zu seinen blindesten – ich durchschaute ihn schnell ganz. Ich schlief schlecht, ich hatte jede Nacht viele Stunden, über Hans Hagen nachzudenken, ich war es müde, immer nur über Magda und mein trauriges Schicksal zu grübeln. Ja, ich zerbrach mir den Kopf, wie ich ihm danken könnte, aber ich hatte ja nichts, gar nichts. Ich war der Allerärmste im Bau. So bin ich für immer in Hans Hagens Schuld geblieben.

46.

Es gehörte zu den Unbegreiflichkeiten unserer Verwaltung, daß sie in dieser Schar von sechsundfünfzig abgelebten, tierischen und verbrecherischen Männern auch zwei junge Burschen leben ließ, einen Siebzehn- und einen Achtzehnjährigen. Man hätte denken sollen, daß dieses Haus, dessen Wände ständig von Zoten, Flüchen, Streitereien widerhallten, dessen Atmosphäre von Haß und Niedertracht getränkt war, alles andere als ein geeigneter Erziehungsort für Jugendliche war, vor denen noch ein ganzes Leben lag. Aber sie waren unter uns, nicht nur vorübergehend, sondern für die Dauer, sie teilten unseren Schlafsaal, unseren Tisch und unsere Arbeit. Ich zweifele auch nicht daran, daß sie unsere Art zu denken und zu fühlen teilten, und wenn sie etwas von uns Älteren unterschied, so dies, daß ihre Schlechtigkeit wohl von einem Schimmer der Jugend verklärt, aber berechnender und feiler war als die unsere. Es waren beides hübsche Jungen; der eine, Kolzer mit Namen, scheidet hier bei meinem Bericht über Hans Hagens seltsame Lebensumstände ganz aus, vielleicht spreche ich später in anderem Zusammenhang noch von ihm. Der andere, der Achtzehnjährige, Schmeidler hieß er, gehörte zu Hans Hagens engstem Kreis. Weiter gehörte zu diesem engsten Kreis noch der schon oben erwähnte Liesmann, der finstere wortkarge Schläger mit dem schwarzen Lederlappen vor dem rechten Auge, und, auch zu diesem Kreis gehörig, eine lange, seltsame, etwas donquichottehafte Figur von 29 Jahren,

Brachowiak mit Namen. All diesen dreien war, im Gegensatz zu Hans Hagen, gemeinsam, daß sie seit ihrem sechsten Jahre in öffentlichen Anstalten gewesen waren. Sie waren im Waisenhaus untergebracht gewesen und in der Fürsorgeerziehung, sie hatten ins Gefängnis gemußt und waren schließlich in diesem Hause gelandet. Obwohl sie sich immer gegen seinen Zwang auflehnten und über ihn murrten, fühlten sie sich doch nur wohl in solchen Häusern, ihre vergiftete Atmosphäre war ihnen Lebensatem. Alle drei waren schon mehrfach probeweise in die Freiheit entlassen worden, und alle drei hatten sich in ihr nicht bewährt: schon nach vier, sechs Wochen waren sie wieder in die festen Häuser zurückgekehrt, meist zuerst in ein Gefängnis, da sie draußen jede Arbeit scheuten und nur von Diebstahl leben wollten.

Mit einem ungläubigen Erstaunen hörte ich zuerst, daß Liesmann, den ich ständig in des strahlenden Hagen Nähe sah, der sein vertrautester Freund war, mit dem alles geteilt wurde, daß also Liesmann derjenige war, mit dem sich der König Hagen so wild geschlagen hatte, daß ihm das acht Wochen strengen Arrest eingetragen hatte. Aber ich mußte es glauben, ich hörte es vom Oberpfleger selbst, daß, von kleineren Schlägereien abgesehen, Hagen sich schon dreimal erfolgreich mit Liesmann geprügelt hatte: einmal hatte er ihm die Kinnlade ausgerenkt, einmal die Hand durchstochen und beim letzten Mal ihm das Auge so verletzt, daß Liesmann die Sehkraft darauf fast völlig eingebüßt hatte. Ja, ich mußte es schon glauben, denn Hagen selbst war es, der einmal die schwarze Klappe von Liesmanns Auge fortzog, mir das starre, finstere Auge zeigte und sagte: "Da habe ich dem Hein reingeschlagen. – Kannst du jetzt schon wieder ein bißchen sehen, Heini?" Rührend besorgt klang das.

"So, als hätte ich zu lange in die Sonne gesehen ...", antwortete Liesmann friedlich.

Ja, sie waren die besten Freunde, sie sorgten füreinander. Liesmann ging los und schaffte Tabak ran, er erpreßte die Schwächeren bedenkenlos, schlug sie, und den Raub teilten sie sich dann. Sie sorgten füreinander, und dann schlugen sie sich, schlugen sich nicht nur soso, sondern auf Tod und Leben, auf: ›Du mußt verrecken‹, von einer blinden, wütenden Eifersucht angetrieben. Denn da war dieser kleine hübsche achtzehnjährige Bengel Schmeidler, diese männliche Hure, die im allgemeinen friedlich zwischen den beiden geteilt wurde. Und dann, hatte der Georg, der Otsche Schmeidler, den einen von den beiden ein bißchen bevorzugt, so entbrannte der Kampf. Es war alles wie draußen, wie in der schönen Freiheit, es hätte ja nicht der Hans Hagen sein müssen, wenn er sich nicht auch in diesem toten Haus die Genüsse der Liebe verschafft hätte, einer verderbten, finsteren Liebe, aber doch der Liebe, mit allen ihren Wonnen und Gefahren.

Dieser Junge mit dem blonden gewellten Haar, den blauen Augen, einem fast griechischen Profil mit steiler Nase und festem Kinn, da lief er zwischen diesen Männern umher, im kurzen Hemd tuschelte er morgens im Waschsaal, seine schlanken weißen Glieder befleckte noch keine Schweinsbeule – sie wendeten die Köpfe nach ihm, in ihre Augen kam ein Leuchten, ihr Herz pochte schneller – im trostlosen Haus war dieser Tag wieder nicht ganz trostlos! Die Liebe, auf dem Müllhaufen eine Blume, sie verwirrte dieses Haus; andere Männer strichen lüstern am Rande dieses Kreises und wagten sich nur nicht zu nähern, weil sie die rohe Gewalt Liesmanns und die listigen Jiu-Jitsu-Griffe Hagens fürchteten. Schmeidler aber, das Kind, die Hure, ließ auch diese fernen, stummen Verehrer nicht außer acht. Er ›kochte sie ab‹, er nahm ihren letzten Tabak, für ein Lächeln bekam er Brot, für einen raschen zärtlichen Griff das beste Stück aus dem eben angekommenen Freßpaket.

Oh, er sorgte auch für den gemeinsamen Haushalt, der Otsche Schmeidler, er ließ sich nicht nur aushalten, er steuerte auch bei. Und seine beiden Freunde waren großzügig, sie waren Lebemänner, sie drückten ein Auge zu, kurz gesagt, auch der charmante Hans Hagen war ein Zuhälter, nichts mehr und nichts weniger. Er ließ seine Jungenshure laufen, wenn sie nur ranschaffte. Habe ich nicht gesagt, daß wir in einer Hölle leben? Es fehlte nichts in dieser Hölle, auch die Liebe nicht, aber auch die Liebe war verderbt, sie stank!

47.

Ich hätte nie so viel von diesem seltsamen Verhältnis erfahren, wäre ich nicht bei unseren täglichen Mahlzeiten der Tischnachbar von Emil Brachowiak gewesen. Ich habe die Beobachtung gemacht, daß die Menschen gerne zu ihrem Vertrauten einen stillen, schweigsamen Menschen erwählen, und ich redete während der ersten Woche meines Aufenthaltes in der Heilanstalt fast nichts. So machte mich Brachowiak zu seinem Vertrauten, in mein Ohr ergoß er täglich seinen Liebeskummer, ja, er wollte mich sogar zu seinem Liebesboten machen. Wie manche Stunde sind wir beide nach dem Abendessen auf dem langen Korridor nebeneinander auf und ab gegangen, und er hat unermüdlich auf mich eingeredet. Ich habe ihn weinen und vor Glück lachen sehen. Draußen wurde es schon dämmerig, an den Wänden lehnten verloren die Kranken; wenn sie an ihren Pfeifen sogen, leuchtete die Glut rot auf, in einer Zelle geheimnisten Hagen, Liesmann und Schmeidler miteinander, und der Ausgestoßene redete immer fieberhafter auf mich ein, ob er dem Medizinalrat ›die ganze Schweinerei‹ aufdecken, also Lampen machen oder besser noch einen Brief an Otsche schreiben sollte.

"›Otsche‹, werde ich ihm schreiben, ›ich habe so viel für dich getan. Zweieinhalb Pakete Tabak habe ich dir geschenkt und einen kleinen goldenen Ring, den ich in der Fabrik gefunden habe. Du hast den Ring gleich an Hagen weitergegeben, ich weiß das wohl, und der hat ihn an einen Kalfaktor verscheuert, für anderthalb Pfund Speck, die aus der Küche gestohlen worden sind. Aber ich will nicht darüber klagen, wenn du wieder nett zu mir bist. Seit gestern früh hast du nicht einmal Guten Tag gesagt, du siehst mich nicht mehr an. Du bist wieder gut zu mir, oder ich gehe zum Arzt und mache Lampen. Ich berichte dem Arzt alles, was du mir von den Schweinereien erzählt hast, die Liesmann und Hagen mit dir getrieben haben!‹ So werde ich ihm schreiben."

"Ich an deiner Stelle würde keine Lampen machen, unter keinen Umständen", antwortete ich. "Du fällst nur selbst mit rein."

"Ja schön, aber willst du dem Otsche den Brief bringen, heute abend noch?"

Aber nein, das wollte ich nicht, aktiv wollte ich an dieser Sache nicht beteiligt sein. Es schadete auch nichts, denn Brachowiak fand leicht einen anderen Boten, und dann berichtete er mir am nächsten Morgen mit vor Entrüstung zitternder Stimme, daß Otsche Schmeidler ihm eine Antwort gesandt habe ...

"Nun, was denn für eine Antwort?" fragte ich. "Will er wieder gut sein?"

"Ich soll ihn am Arsche lecken", schrie wütend der Brachowiak. "Dieser Rotzjunge, dieser Hurenkerl läßt mir das sagen! Aber warte, Bürschchen, jetzt bin ich endgültig mit dir fertig. Nichts bekommst du mehr von mir, keine einzige Pfeife Tabak mehr!"

Ach, er konnte so gut reden, der Brachowiak, ich wußte es wohl, er hatte kein Fäserchen Tabak mehr, Otsche hatte ihn völlig abgekocht, und Otsche wußte das auch.

Was aber sagte Hagen zu alledem, unser König, dieser liebenswürdige und charmante junge Mann, der immer wenigstens den Schein von Sauberkeit aufrechterhielt? Emil Brachowiak war ja so schamlos in seinem Liebeskummer, er wußte von dem Verhältnis Hagens zu Schmeidler, er sah den Jungen stets in der nächsten Umgebung des Königs, Otsche hatte ihm selbst von den Schweinereien erzählt, die sie miteinander trieben – aber trotzdem lief Brachowiak zu Hagen und klagte ihm, genau wie mir, sein Leid. Und Hagen hörte sich das an, er war liebenswürdig und nett, er sprach trostreiche Worte und sagte seine Vermittlung bei Schmeidler zu. Und hinter dem Rücken Brachowiaks lachten sie über den ausgeplünderten, nutzlosen Narren – oh, welche wahrhaft höllische Atmosphäre von Falschheit und Niedertracht!

Brachowiak war ein geschickter und fleißiger Arbeiter, er bekleidete eine Art Vertrauensposten in der Fabrik, er kam auch viel mit Zivilarbeitern zusammen und verstand sich auf Schmeicheln und Betteln; in kurzer Zeit hatte er wieder Tabak.

"Diesmal bleibe ich fest, diesmal kriegt er nichts ab, nicht eine Pfeife voll!"

Und Brachowiak ging den langen Korridor auf und ab, rauchte aus seiner langstieligen Pfeife und blies dem Schmeidler den Rauch ins Gesicht, ohne ihn auch nur zu sehen. Brachowiak hatte sich krankgemeldet, er ging nicht zur Arbeit, sondern mit mir zur Freistunde und – siehe da! – dieses Mal war im Hausgarten auch Schmeidler aufgetaucht, Schmeidler ganz allein, ohne Hagen und Liesmann. Ein seltener Anblick.

"Ich sehe den Kerl gar nicht an!" versicherte Brachowiak, als wir an Schmeidler vorbeigingen, der auf den Treppenstufen in der Sonne saß. Der leichte Sommerwind bewegte sein blondes Haar, er sah jung, er sah frisch, er sah unverdorben aus.

Als wir zum zweitenmal vorbeikamen, sagte Brachowiak: "Eben hat er mich schon angelächelt, der Otsche!"

"Bleiben Sie fest", warnte ich ihn. "Es ist dem Bengel doch nur um Ihren Tabak zu tun. – Übrigens könnten Sie mir auch einmal Tabak schenken für eine Zigarette!"

"Ich habe meinen Tabak gar nicht unten", sagte Brachowiak rasch. "Nein, der Kerl kriegt nicht ein bißchen. Der will mich ja doch nur wieder abkochen."

Aber beim drittenmal sagte Schmeidler ganz freundlich zu uns: "Wollen wir nicht einen Skat spielen?"

Und er zog schon die schmutzigen Karten, auf denen die Bilder kaum zu erkennen waren, aus der Tasche. Brachowiak war willig genug, so sagte auch ich nicht nein, aber ich stieß ihn an, und er nickte beruhigend, fest entschlossen mit dem

Kopf. So spielten wir denn unseren Skat, Schmeidler mit auffallendem Glück, Brachowiak ebenso auffallend schlecht. Schmeidler wurde der Gewinner, ich der zweite Mann.

Schon rief der Junge: "Das kostet aber ein bißchen Tabak, Emil", lachte ihn an, und schon zog Brachowiak seinen Tabak hervor (den er doch gar nicht bei sich hatte!), füllte die Dose des Jungen reichlich, und ich, als auch ich meine Hand hinhielt, bekam kaum genug für eine Zigarette. Dann gingen die beiden im Hausgarten umher, Arm in Arm, eng aneinander gelehnt. Ich war vergessen. An diesem Abend weinte Emil Brachowiak wieder: Schmeidler hatte ihn völlig abgekocht und wollte wieder nichts mehr von ihm wissen. Und am nächsten Tage machte Emil Brachowiak wirklich Lampen, nicht beim Medizinalrat, aber doch beim Oberpfleger. Aber es erfolgte nichts, nicht das Geringste. Warum nicht, das weiß ich nicht. Die Verwaltung hatte alle Machtmittel in den Händen, sie konnte die Schuldigen bestrafen, sie auseinander legen, die Jugendlichen, diese Quelle ständiger Beunruhigung, in andere Anstalten bringen. Sie tat nichts, wie sie nichts gegen unseren Hunger tat. Ich nehme an, weil es ihr ganz gleichgültig war, wie wir lebten und in welchem Schmutz wir verkamen. Unter sechsundfünfzig waren eben keine sechs, die je die Freiheit wiedersehen würden. Alle, fast alle waren dazu verurteilt, immer in diesem Haus zu leben. Es war ganz gleichgültig, wie sie das taten, es kam nicht mehr darauf an. Sie hatten zu arbeiten, solange noch ein bißchen Leistung aus ihren ausgemergelten Körpern auszupressen war, und alles andere interessierte nicht! Mochten sie glücklich sein oder verrecken, draußen war das Leben, und dies war das Haus der Toten!

48.

Ich habe es schon gesagt; ich habe diesen Hans Hagen nur kurze Zeit erlebt. Ich bedauere das, ich wäre gerne länger mit ihm zusammen gewesen. Er war grundschlecht, aber er war so schön, sein Gesicht strahlte wie das Luzifers, des gefallenen Engels. Für uns war er wirklich Luzifer, der Lichtbringer, gewesen, er hatte in unser ödes, graues Leben Licht hineingetragen, Bewegung, sogar Lachen. Ich habe ihn sehr bewundert – niemand ist seitdem mehr gekommen, der ihn ersetzt, der auch nur ein wenig von seinem Charme und seiner Lebendigkeit besessen hätte. Vielleicht bin ich in diesem traurigen Haus schon sehr tief gesunken, aber ich wage es zu sagen: Mag ein Mensch schon schlecht sein, wenn er nur Leben in sich hat und Glanz, alles besser als dieses graue, verschlissene, zerlumpte Dasein, das wir jetzt Tag für Tag – ohne irgendeine Aussicht auf Helle, herunterleben.

Es war schon gemurmelt worden: ›Der Hagen kommt fort‹, aber niemand hatte so recht daran geglaubt. Wohin sollte er denn kommen? In die Freiheit? Das hätten weder Arzt noch Verwaltung zugelassen.

Dieser König des toten Hauses, der hier nur Übles angestiftet hatte, dieser brutale Schläger, der seinem besten Freunde die Kinnlade ein- und das Auge ausschlug, wie sollte er sich draußen in der Freiheit bewähren? Sein Vater hatte die Hand von ihm abgezogen – wovon würde er leben? Nie würde dieser Mensch, der ja nichts gelernt hatte, als einfacher Arbeiter leben wollen. Dafür war seine Genußsucht viel zu stark. Nein, Hans Hagen, einunddreißig Jahre alt, von glänzenden Gaben, vielgebildet und ein bestrickender Unterhalter, war dazu verurteilt, den ganzen Rest seines Lebens in solchen Häusern zu verbringen, nie wieder würde er als freier Mensch über die Straßen einer Stadt gehen, kein Mädchen würde ihm lächeln, keine rechte Arbeit von ihm getan werden.

"Da geht der Hans!" sagte der Kalfaktor zu mir, und da sah ich ihn unten auf dem Hofe, ein Zivilbeamter führte ihn am Kettchen, er trug die Anstaltstracht: eine schilfleinene Joppe und eine braune manchesterne Hose. Der Kalfaktor erzählte mir noch, daß der Oberpfleger so gemein gewesen war, ihm nicht einmal das Tragen von Zivil zu erlauben. Auch war dem Hans Hagen verboten worden, das Brot und den Tabak, den er noch besaß, dem Otsche Schmeidler zu schenken, ebenso wie er seinem vielgeschlagenen Freunde Liesmann nicht seinen Rasierapparat und seine selbstgemachten Sandalen schenken durfte.

"Da geht der Hans!"

Wohin? In eine andere Anstalt natürlich, hier hat er sechs Jahre lang Schwierigkeiten gemacht, mögen sich nun andere mit ihm plagen! Sein Ruf reist ihm in seinen Akten voraus, das wird ihn nicht hindern, wieder das ganze Haus zu charmieren, sein König zu werden, Tribute zu empfangen und kleine Verschwörungen anzuzetteln, die ihm selbst nie gefährlich werden. Und ich sehe ihn älter werden, den Hans Hagen, sein schön gewelltes schwarzes Haar wird dünn und grau; andere, Jüngere, sind ihm jetzt an Kraft überlegen. Er muß List gebrauchen, wo er früher nur seine gerissenen Jiu-Jitsu-Griffe einsetzte, und eines Tages verfängt auch die List nicht mehr. Der Schimmer der Jugend ist verflogen, er ist alt, ein abgetaner König. Aber immer noch stehen vor seinem Blick die starken Eisengitter der Gefängnisse, ein Menschenleben hat er nur durch sie hinausschauen können in die Freiheit. Umsonst haben für ihn die Mädchen gelacht, umsonst haben für ihn die schimmernden Jachten ihre weißen Flügel entfaltet – im Totenhaus hat er gelebt, im Totenhaus wird er sterben. Armer Hans Hagen – so jung, so schön, so schillernd! Armer Hans Hagen? Ach, wir Armen alle! Bei uns allen fing es mit etwas Kleinem an, bei mir war es eine Flasche Rotwein, die, ein vergessenes Geschenk, gerade zur schlimmen Stunde im Büfett stand – bei ihm wird es ähnlich gewesen sein. Es fängt immer mit etwas Kleinem an, und dann verstrickt es uns, es wächst riesengroß auf über uns – und durch Gitter sehen wir nur noch die Freiheit. Die Turmuhr schlägt die Stunden, Hunderte, Tausende, Zehntausende – umsonst! Der Wind weht aus Nord, aus Ost, aus Süd und West, er weht weich und bitterkalt – nicht für uns mehr – nie für uns! Ach, daß wir wissend gewesen wären! Armer Hans Hagen! Ich muß noch einige wenige Worte sagen über die Hinterbliebenen von Hans Hagen, ich kann sie nicht anders nennen. Denn für uns alle war er mit seinem Fortgang gestorben, wir würden ihn nie wiedersehen, nie eine Zeile von ihm zu lesen bekommen. Wochenlang sahen wir Liesmann und Schmeidler jede Stunde, die sie sich von ihrer Arbeit freimachen konnten, stumm beieinander am Gangende stehen. Der frische Junge sah sehr bleich aus, seine Augen waren oft rotgeweint. Liesmann war noch finsterer und aggressiver denn je; beim geringsten Wort, das ihm nicht gefiel, schlug er ohne jede Warnung los, und so brutal wie nur möglich. Es war rührend, wie die beiden füreinander sorgten, sie halfen sich in allem, im Rauchen, im Essen. Und beide immer fast stumm nebeneinander, vereint durch den einen gemeinsamen Gedanken an den, der gegangen war. An den freien Sonntagnachmittagen, wenn ich mit dem finsteren Zeise und dem Querulanten Reddemien meinen Skat spielte, saßen sich die beiden gegenüber, Schmeidler und Liesmann, und spielten ›Mensch ärgere dich nicht‹. Sie spielten es stundenlang, ohne ein Wort zu wechseln, nur manchmal lachte der Junge auf, wenn es ihm gelungen war, seinen Gegner ganz auf den Anfang zurückzuwerfen. Sie mußten knapp mit Tabak sein, die Pfeife wechselte ständig zwischen dem einen und dem anderen Munde. Aber schon damals, als noch das beste Einvernehmen zwischen den beiden herrschte, als sie die gemeinsame Trauer um Hans Hagen einigte, überkam mich ein Gefühl von Angst, wenn ich in das maßlos bittere, kantige, scharfe Gesicht des Liesmann schaute, das durch den schwarzen Lappen vor dem Auge noch mehr entstellt war. Es konnte auf die Dauer nicht gut gehen. Auf die Dauer konnte ein Junge von dem feilen Charakter Schmeidlers einem so abstoßenden, harten Gefährten wie Liesmann nicht treu bleiben, er würde auch die Entbehrungen nicht tragen mögen, zu denen ihn solche Treue verurteilte. Und dann kam alles, wie es kommen mußte. Es war aber nicht der sehnsüchtige Brachowiak, den sich Otsche erwählte, sondern zu meiner grenzenlosen Überraschung der intrigante Schuster Buck, bei dem ich auf diese Weise eine ganz neue und wiederum nicht sehr einnehmende Seite seines Wesens kennenlernte. Die Folgen waren ein völlig zerschlagener Schuster, ein

Otsche mit einem gebrochenen Bein und ein Liesmann, der nun seinerseits für acht Wochen den Arrest bezog. Als er wieder zu uns zurückkam – ihn hatte keiner mit Sondergaben versorgt – war Schmeidler aus unserer Mitte verschwunden – in irgendein Jugenderziehungsheim, in das er längst gehört hätte.

49.

18. 9. 44

Ich kehre nun zu meinen eigenen Erlebnissen zurück. Es ist noch immer der Ankunftstag in der Heil- und Pflegeanstalt; eben habe ich die Freistunde hinter mich gebracht, habe ersten Einblick getan und erste Bekanntschaften geschlossen und stehe nun wieder auf dem langen, düstern Korridor, der auch am schönsten, hellsten Sommertag düster bleibt. Stunde um Stunde wandere ich dort auf und ab, unbeschäftigt, zerquält und doch stumpf. Froh bin ich, wenn der Oberpfleger oder ein Wachtmeister einmal vorüberkommt, mit einem Kranken, die Wäsche zur Kammer tragen, oder mit einem Stoß alter Akten. Es geschieht doch was! Es geht mich nichts an, was geschieht, und eigentlich geschieht auch gar nichts, aber ich werde von mir und meinem so ungewissen Schicksal abgelenkt: ich mag, ich kann mit mir nichts mehr zu tun haben!

Manchmal stelle ich mich auch an das eine mir zugängliche Fenster – das andere ist durch den Glaskasten verbaut – und starre hinaus, über die stachelbewehrte Mauer hinweg, in die Freiheit, die dort sonnenglitzernd ›draußen‹ liegt. Vor mir ragen, wiederum ›draußen‹, hohe Bäume. Linden sind es wohl; sie beschatten eine Chaussee, auf der Autos eilig vorbeirasen, ich sehe Mädchen auf ihren Rädern in hellen Kleidern vorbeitreten – aber ich wende den Kopf fort und trete wieder tiefer in den düstern Gang hinein. Das Leben da draußen quält mich, es gehört nicht mehr zu mir, ich bin davon abgetrennt, nichts wissen will ich mehr von ihm. Fahrt alle vorüber und fort, werde das Land leer von euch! Die Bäume sollen verdorren, der Sand über Wiesen und Äcker wehen, Wüste müßte um ein solches Totenhaus sein, dürre, tote Wüste.

Manchmal trete ich auch in einen der beiden Tagesräume ein, in den großen oder in den kleinen, und sitze da fünf oder zehn Minuten bei meinen Leidensgefährten. Leidensgefährten? Sie können nicht so leiden wie ich, ihr Schicksal hat sich schon entschieden, es ist die Ungewißheit, die mich so quält!

Manche schlafen, den Kopf auf den Tisch gelegt (denn das Schlafen auf den Betten ist verboten!), andere dösen stumpf vor sich hin, ein kleines, völlig schief gebautes, noch junges Menschenbündel, das auf beiden Augen schielt (aber auf jedem anders), mit einem birnenförmigen Kopf, hat ein unglaubhaft schmutziges Spiel Karten vor sich und legt langsam eine Karte nach der anderen vor sich hin, betrachtet sie sehr lange und grinst blöde dabei. Einer hat eine Zeitung vor sich, über die er hinwegstarrt. Und einer hat sich sogar die Hose ausgezogen und untersucht mit schmerzverzogener Miene die eitrigen und blutigen Furunkel an seinem Bein – an unserem Eßtisch!

Ich fliehe vor Ekel und stehe wieder auf dem Korridor. Ich lese die Namenstafeln an den Zellen; ich lese da: Gothar, Gramatzki, Deutschmann, Brandt, Westfal, Burmester, Röhrig, Klinger. Und im Weitergehen wiederhole ich es mir, wiederhole es wie die Vokabeln, die ich als Junge lernte: Gothar, Gramatzki, Deutschmann, Brandt ..., wiederhole es immer wieder, bis es sitzt. Und gehe zur nächsten Tafel über ... So lerne ich, bringe die Zeit hin, diese endlose Zeit, zweiundeinehalbe endlose Stunde! Was sind draußen zweiundeinehalbe Stunde? Aber was sind sie hier! Aber schließlich rücken die Hausarbeiter aus ihren Arbeitszellen ein, die Mattenflechter und Bürstenmacher; Türen werden geschlagen, Rufe werden laut, im Waschraum läuft Wasser, Pfeifen werden angebrannt. Gott sei Dank, Leben, ein bißchen Leben!

Und schon ertönt der Ruf: "Die Fabrik rückt ein!" und gleich darauf ein anderer: "Essenholer antreten!"

Wenig später sitzen wir in dem nun wieder voll besetzten Tagesraum; die in der Fabrik waren, sollen Neuigkeiten berichten und erzählen umständlich, daß sie diesmal Kisten zu tragen hatten, die anderthalb Zentner wogen, gestern waren es Kisten, die nur einen Zentner zwanzig Gewicht hatten. Sofort wird mit wütender Erbitterung ein Streit darüber geführt, wie sich diese Gewichtsdifferenz erklären lasse. Um unser Essen brauchen wir uns dabei nicht zu kümmern, es ißt sich von selbst, es ist Wasser mit einigen Kohlrabistücken. Ich bin noch so fein, daß ich diese Stücke, die vollkommen holzig sind, neben meine Schüssel lege. Eine große, verarbeitete Hand fährt über den Tisch, reißt die Stücke mit und schiebt sie in ein weitgeöffnetes Maul. Sofort schreit mich von der anderen Seite eine wütende Stimme an:

"Warum gibst du verdammt nochmal dem Jahnke deinen Kohlrabi?! Der Kerl frißt alles in sich rein, was er zu sehen kriegt, der würde auch Scheiße fressen, der Kerl!"

Und Jahnke brüllt wütend zurück: "Was geht dich Rotzjunge an, was ich fresse? Wenn der Neue mir den Kohlrabi gibt, ist das seine Sache! Bist du sein Vormund? Aber jeder junge Rotzjunge möchte hier Vormund spielen ..."

Gottlob bin ich bei diesem neu sich entspinnenden Streit, in den sich natürlich auch sofort andere mischen ("Hört doch endlich mit diesem Gesabbel auf, Gottverdammich! Könnt ihr nie Ruhe halten?!" – "Was geht's dich an?!" – "Recht hat er! Ruhe wollen wir haben!" – "Und ich schreie, soviel ich will!"). Gottlob werde ich in all dem nun entstehenden Tumult ganz vergessen. Der Wachtmeister aber im Glaskasten, der auch ein Fenster in unseren Tagesraum hat, hebt bei dem Gebrüll gar nicht den Kopf, liest seine Zeitung ruhig weiter.

Das Essen ist vorüber, ich habe das gestern noch für unmöglich Gehaltene vollbracht: ich habe einen schieren Liter warmes Wasser in mich hineingelöffelt. Im Augenblick komme ich mir gesättigt vor. In der Nacht aber wird mich das Knurren meines Magens darüber belehren, daß ich ganz und gar nicht gesättigt bin. Dafür aber werde ich von nun an auch zu den häufigen Kübelgängern gehören. Der Oberpfleger holt die Leute zusammen, die zum Arzt sollen oder wollen, letztere nur, soweit er ihr Vorhaben billigt. Von unserer Abteilung allein an die zwanzig Mann, ich gehöre nicht dazu. In der Hauptsache sind es Arm- und Beinverletzte, in der Arbeit erworbene Schäden. Es gibt erstaunlich viele derartige Schäden, entweder taugt die Unfallverhütung in der Fabrik nichts, oder diese geistesschwachen Arbeiter sind besonders ungeschickt. (Aber in diesem Fall müßte man ihnen doch eine ungefährlichere Arbeit geben?)

Vor dem Gitter aber, das unseren Korridor gegen das Treppenhaus abschließt, haben sich andere Kranke aus den beiden Häusern drüben angesammelt, ich zähle über dreißig. Und nun rücken ›die Weiber‹ an, meist Mädchen, auch an die zwanzig, unter der Führung ihrer Aufseherin. Sie werden ganz dicht an die Wand gestellt, und die Aufseherin paßt scharf auf, daß keiner von uns mit ihnen ein Wort wechseln kann. Aber das sind über siebzig Kranke – und jetzt ist es schon nach sieben Uhr abends! Will der Arzt bis weit nach Mitternacht Sprechstunde abhalten?! Da sind die Aussichten für mich schlecht! "Sind es immer soviel?" frage ich einen anderen Kranken.

"Soviel?" fragt er empört zurück. "Das sind heute noch wenig! In diesem verfluchten Bau ist doch jeder einzelne krank. Aber ich melde mich schon lange nicht mehr vor, es hat ja doch keinen Zweck."

Der Arzt ist gekommen, während ich am anderen Ende des Ganges war. Ich habe ihn nicht zu Gesicht bekommen. Aber das macht nichts, ich komme heute doch nicht vor. Es ist auch besser so, bei über siebzig Kranken hat er doch nicht recht Zeit für mich. Besser ist es, einen anderen Tag abzuwarten, an dem es ruhiger ist. Ich muß ihm meine Geschichte in aller Ausführlichkeit erzählen.

Der Oberpfleger ruft: "Fußkranke vor, Füße freimachen!"

Und nun geht es los, in einem atemberaubenden Tempo. Immer zu sechs Mann werden sie in das Arztzimmer gelassen, und spätestens nach einer Minute taucht schon der erste wieder draußen auf: verarztet und behandelt!

Der Oberpfleger ruft: "Die anderen den Oberkörper freimachen! Hintereinander antreten!"

Die Mädchen gucken, wie die Männer aus ihrem Hemde schlüpfen. Das erregt die Wut der Aufseherin, einer derben ältlichen Person mit rotem Gesicht. Sie stürzt auf ein Mädchen zu, der ein paar Locken unter dem Kopftuch in die Stirn hängen.

"Was soll das Gezottel?!" schrie sie zornig. "Nur Männer im Kopf, was? Warte, ich will es dir zeigen, dich hier hübsch zu machen!?" Und sie riß dem Mädchen roh das Tuch vom Kopf.

"Was?!" schrie sie dann empört. "Sogar Locken hast du dir aufgesteckt?! Habe ich dir nicht hundertmal gesagt, du sollst einen einfachen Scheitel tragen? Aber ich will es dir zeigen!"

Und sie riß das Mädchen an den Haaren, riß die paar dürftigen Haarlöckchen auseinander. Das Mädchen bewegte geduldig, ohne auch nur eine Miene von Protest oder Schmerz, den Kopf hin und her, ganz wie ihre Peinigerin an den Haaren riß. Aber ich hatte nicht Zeit, diesem empörenden Vorgang (den ich als einziger empörend zu finden schien) weiter zu folgen.

Der Oberpfleger kam auf mich zu: "Rasch, Sommer, packen Sie Ihr Bettzeug und Ihre Sachen zusammen, Sie werden verlegt!"

Das Bettzeug und die Sachen waren rasch genug in ein Bündel gepackt, und ich folgte dem Oberpfleger, der in der Nähe des Glaskastens eine Zellentür öffnete. Die Zelle war kleiner als meine bisherige, aber es standen auch nur vier Betten in ihr. Gottlob schlief man hier nicht in zwei Etagen. Die Zelle war auch heller, luftiger, es roch nicht schlecht in ihr. Ich hatte mich entschieden verbessert; mit Recht schob ich das auf die Einwirkung des Arztes. ›Gottlob, er ist mir günstig gesinnt‹, dachte ich. ›Alles steht gut‹ Unterdes hatte der Oberpfleger einen alten

Mann aus dem Bett gejagt. "Los, los, auf, Meier!" schalt er. "Machen Sie doch ein bißchen schnell! Sie kommen auf Station 2."

"Ach Gott!" jammerte der alte Mann. "Muß ich denn wirklich schon wieder umziehen, Herr Oberpfleger? Immer werde ich rumgeschubst! Dies Bett habe ich doch erst ein paar Wochen! Und es war so ruhig hier und so schöne Luft ..."

Aber der Oberpfleger war nicht gesonnen, die Jeremiaden eines alten Mannes anzuhören.

"Raus mit Ihnen, Meier!" rief er dem alten Mann zu und gab ihm einen kräftigen Stoß. "Unterlassen Sie dies Gemecker!"

Der Alte taumelte auf seinen steckenhaft dürren Beinen aus der Zelle mit seinem Bettbündel; das kurze Hemd bedeckte kaum seine Hinterbacken. (Übrigens waren alle unsere Hemden zu kurz, manche bedeckten nicht einmal ganz die Geschlechtsteile; oft boten die Männer im Waschraum einen traurig-lächerlichen Anblick. Wahrscheinlich war es wiederum der Geiz der Verwaltung, der sogar unsere Hemden zur Stoffersparnis kürzte.)

"Sie können Ihr Bett nachher überziehen!" sagte der Oberpfleger eilig. "Kommen Sie jetzt mit zum Arzt! Er wartet schon."

50.

Wirklich, der Arzt wartete schon für mich – kaum war eine Stunde vergangen, und reichlich siebzig Patienten waren bereits behandelt. Medizinalrat Dr. Stiebing, im weißen Ärztemantel, lächelte mir freundlich entgegen, er forderte mich auf, Platz zu nehmen, und reichte mir sogar die Hand. Wartend, mit wachsamen Augen, stand der Oberpfleger im Hintergrund, keine Bewegung, kein Wort ließ er sich entgehen. Ich fand es gut, daß er sah, mit welcher Auszeichnung mich der Medizinalrat behandelte, jetzt dieser freundliche Empfang, vorher die Verlegung auf eine bessere Zelle – er würde sich schon in acht nehmen, mich zu hart zu behandeln.

"Also", sagte der Medizinalrat lächelnd, "nun sind Sie doch bei mir gelandet, Herr Sommer. Vor vierzehn Tagen hätten wir Sie noch in eine etwas komfortablere Umgebung gebracht, der Kollege Mansfeld und ich. Nun, nun, Sie werden es auch hier aushalten. Es ist ein ordentliches Haus, es wird Ihnen hier schon Ihr Recht werden. Ein bißchen Disziplin ist jedem Menschen gut, nicht wahr?"

Er war wirklich die Freundlichkeit selbst. Gerührt dankte ich ihm für den mir zugewiesenen besseren Schlafplatz.

"Schon gut, schon gut", wehrte der Medizinalrat ab. "Was wir tun können, Ihnen den Aufenthalt zu erleichtern, das werden wir schon tun. Natürlich gibt es gewisse unumstößliche eiserne Hausgesetze ..."

Er sah mich mit einem freundlichen Bedauern an.

Dann: "Und auch Sie werden alles tun, um uns unsere Aufgabe zu erleichtern, nicht wahr, Herr Sommer?"

Ich versicherte es, ich fragte, ob der Medizinalrat ein Gutachten über mich zu erstatten habe?

"Nein, noch nicht", sagte er rasch. "Ich nehme an, man wird eines von mir anfordern, aber vorläufig sind Sie mir nur zur Unterbringung hier zugewiesen, Herr Sommer."

"Aber dann dauert das alles doch so lange!" rief ich klagend. "Warum denn nicht sofort dies Gutachten erstatten? Der Fall liegt doch ganz klar. Es liegt doch nur eine kleine Bedrohung vor, und ich bin überzeugt, daß Magda, daß meine Frau aussagen wird, daß sie sich gar nicht von mir bedroht gefühlt hat. Wegen einer solchen kleinen Sache kann man mich doch nicht wochenlang hier festhalten!"

Ich hatte immer ernster und immer überzeugender gesprochen, von vornherein wollte ich klarstellen, ein wie großer Abstand zwischen meinem Fehltritt und der Unterbringung hier bestand.

"Aber, aber!" rief der Arzt und legte mir beruhigend die Hand auf den Arm. "Warum denn so eilig? Erst einmal müssen Sie sich gründlich ausruhen und wieder ganz gesund werden ..."

"Aber ich bin ganz gesund!" versicherte ich.

"Kein Schwindel?" fragte der Arzt. "Keine Schweißausbrüche? Kein Appetitmangel und dann plötzlicher Heißhunger? Keine Sehnsucht nach Alkohol?"

"Ich denke überhaupt nicht an Alkohol!" rief ich, entsetzt über einen solchen gefährlichen Verdacht. "Ich fühle mich ganz gesund!"

"Also wirklich gar keine Abstinenzerscheinungen?" fragte der Arzt zweifelnd. "Nun, wie steht es damit, Oberpfleger, haben Sie etwas beobachtet?"

Erwartungsvoll sah ich in das harte dunkle Gesicht des Oberpflegers. Er konnte nicht das Geringste beobachtet haben, dessen war ich sicher.

"Gestern abend", berichtete der, "hat Sommer dringenden Hunger vorgegeben und Abendessen verlangt, dann hat er aber nur vier oder fünf Löffel davon gegessen. Lexer behauptete heute bestimmt, Sommer habe eine Rasierklinge in der Tasche gehabt; wir haben sie nicht finden können, aber immerhin – im allgemeinen waren solche Angaben Lexers bisher zuverlässig. Sommer ist auch die Ruhelosigkeit selbst, er kann nicht fünf Minuten auf einem Fleck sitzen, sich mit nichts beschäftigen, hat keine Zeitung angefaßt ..."

"Aber", rief ich, empört und entsetzt über eine solche entstellende Meldung, "das hat doch alles ganz andere Gründe. Das hat doch mit dem Alkohol und Abstinenzerscheinungen überhaupt nichts zu tun. Wirklich, Herr Medizinalrat, ich denke überhaupt nicht an Schnaps ..."

Der Medizinalrat und auch der Oberpfleger, beide lächelten dünn.

"Aber wirklich!" rief ich noch überzeugender. "Ich habe einen solchen Schock durch meine Verhaftung und all die Folgen jetzt erlitten: nie in meinem Leben wieder werde ich einen Tropfen Alkohol anrühren!"

"Das klingt schon besser", sagte Doktor Stiebing freundlich und nickte.

"Und wenn ich gestern die Kohlsuppe nur angegessen habe, so doch nur darum, weil mir solches Essen ganz ungewohnt ist. Sicher", setzte ich eilig hinzu, "war die Kohlsuppe sehr gut, aber zu Hause esse ich eben andere Dinge ..."

Beide sahen mich so aufmerksam an.

"Und wenn ich ein bißchen viel hin- und hergelaufen bin und keine Ruhe gehabt habe, so ist das in meiner Lage doch nur erklärlich. Wenn man eben über sein ganzes Schicksal im Ungewissen ist, wird man unruhig. Überhaupt laufen alle Menschen, die lange warten müssen, auf und ab, das sieht man doch in jedem Wartezimmer beim Zahnarzt, auf den Gängen im Gericht ..."

"Schon gut, schon gut", unterbrach mich der Arzt, ich hatte aber das Gefühl, daß ich ihn nicht überzeugt hatte, und daß er lange nicht alles ›schon gut‹ fand.

"Und was ist mit der Rasierklinge? Die haben Sie ja ganz übergangen!"

Ich wollte nicht rot werden – und doch ... Nein, vielleicht bin ich gar nicht rot geworden, bilde es mir nur ein. Jedenfalls sagte ich mit großer Festigkeit: "Die

Rasierklinge habe ich nicht übergangen, an die habe ich einfach nicht mehr gedacht. Ich habe hier nie eine Rasierklinge gehabt, wozu auch, wenn ich doch keinen Apparat habe ..."

Vielleicht stellte ich mich zu simpel, vielleicht dachte auch der Arzt, daß der Beschuldigte meist gegen eine ganz falsche Behauptung am schärfsten protestiert. Ich fand jedenfalls, daß schon diese einleitende Besprechung, bei der doch noch gar nicht von meiner Sache die Rede war, voller Fallen und Hinterüsten steckte.

Dem Arzt aber war nicht anzusehen, was er von meinen Worten dachte.

Ganz freundlich sagte er: "Jedenfalls haben Sie, wie ich gehört habe, vor noch nicht langer Zeit mit Trinken angefangen, da werden die Abstinenzerscheinungen ja gar nicht so heftig gewesen sein. Sie waren ja vorher auch noch in der Untersuchungshaft ..."

"Ja", sagte ich, "und jeden Tag habe ich dort auf dem Holzhof gearbeitet – ich habe mich freiwillig zu dieser Arbeit gemeldet – und fragen Sie jeden Wachtmeister, ob ich nicht genausoviel wie jeder andere gearbeitet habe, und ich bin doch solche Arbeit eigentlich gar nicht gewöhnt."

"Sie haben dann aber ziemlich kräftig getrunken?" fragte mich der Arzt und schien nicht gesonnen, nach der Güte meiner Holzarbeit Erkundigungen einzuziehen. "Man kann wohl sagen: sehr kräftig?"

"Eigentlich nie mehr, als ich vertragen konnte!" versicherte ich. "Ich bin nie getaumelt, Herr Medizinalrat, und bin auch nie hingefallen."

Einen Augenblick mußte ich an jene Szene denken, wie ich mich immer wieder unter Elinors Fenster am Dachrand hatte hochziehen wollen und immer wieder rücklings in die Büsche gestürzt war. Und gleich erschien eine zweite Szene vor meinem inneren Auge, die sogar der Medizinalrat selbst beobachtet hatte, wie ich wirklich ziemlich sternhagelvoll mit einigen ebenso betrunkenen Dorfbewohnern randalierend am Schenkentisch gesessen, wie ich beim Hinausgehen fast gefallen war, wie mich Doktor Mansfeld zum Auto hatte führen müssen ...

›Das hätte ich nicht behaupten dürfen‹, dachte ich verzweifelt. ›Das war falsch. Das entwertet meine anderen wirklich absolut wahren Aussagen!‹

Aber ich verbot mir, daran zu denken, ich wollte auch den Medizinalrat hindern, darüber lange nachzudenken, deshalb fuhr ich rasch fort: "Jedenfalls bin ich bei jener Szene mit meiner Frau, die mir zuerst als Mordversuch ausgelegt worden ist, bei klarem Bewußtsein gewesen. Ich wußte genau, was ich tat, und ich tat kein bißchen mehr, als ich tun wollte. Und ich hatte vorher wirklich verhältnismäßig wenig getrunken."

"Ja, mein Lieber", sagte der Arzt, plötzlich fast spöttisch lächelnd, "unser beider Ansichten von wenig Trinken scheinen ein wenig weit voneinander entfernt. Zählen Sie mir doch mal auf, was Sie so im Durchschnitt täglich getrunken haben, soweit Sie sich daran erinnern."

Ich dachte an Mordhorst, und wie er meine törichte Wahrheitsliebe getadelt hatte, daß ich vor dem Richter so eingehende Angaben über meinen Schnapsverbrauch gemacht hatte. Ich überlegte, ob der Arzt wohl schon diese Akten zur Einsicht erhalten hatte, und entschied, daß das wohl kaum der Fall war, da noch kein Gutachten von ihm angefordert war. Dennoch beschloß ich, sehr vorsichtig zu sein, nicht zuviel zu schwindeln, doch aber einen möglichst guten Eindruck zu erzielen. Bisher hatte ich keinen großen Erfolg mit meinen Angaben gehabt, das war klar. Alles aber kam darauf an, von Anfang an einen guten Eindruck auf den Arzt zu machen: hat man bei einem Menschen erst einmal gewonnen, so haben es nachfolgende, selbst ganz ungünstige Nachrichten schwer, diesen ersten guten Eindruck zu erschüttern. So überlegte ich, und so richtete ich auch meine Aussage ein. Fast nie hatte ich mehr als eine Flasche am Tage getrunken, aber meistens weniger ... Was ich in der Schenke verzehrt, wüßte ich nicht mehr so genau, weil ich dort aus kleinen Gläsern und auch mancherlei durcheinander getrunken, für andere mit bezahlt hatte, gab ich an. Der Arzt hörte meinen etwas weitschweifigen Bericht, das Gesicht in die Hand gestützt, fast schweigend an, nur selten eine kurze Frage einwerfend; Schließlich, als ich nichts mehr zu sagen wußte, sagte er: "Wie gesagt, es ist noch kein Gutachten von mir eingefordert, wir haben uns erst einmal nur ein bißchen unterhalten, um einander kennenzulernen. Machen Sie sich aber von dem Gedanken frei, Sommer (Sommer! nicht mehr ›Herr‹ Sommer), daß Ihre Berichte über das Gewesene Ihr Schicksal in diesem Hause entscheidend beeinflussen können. Über Ihre Zukunft entscheidet allein Ihr Wille, stark zu sein und Versuchungen wie den früheren zu widerstehen ..."

Er sah mich ernst an. Ich bin nicht sehr schlagfertig, ja, ich bin wohl ein etwas langsamer Denker, so nickte ich eifrig bejahend und meinen Besserungswillen beteuernd. (Erst zehn Minuten später, in meinem Bett, wurde mir klar, daß der Arzt mit diesem Satz meine Aussagen eigentlich als Lügen gebrandmarkt hatte – ach nein, nicht nur eigentlich, natürlich hatte er die Akten schon in der Hand gehabt und dort gelesen, wie ich fast für jeden Tag genaue Angaben über meinen Schnapsverbrauch gemacht hatte, sehr wesentlich höhere Angaben als heute. Aber da war es für den ›guten ersten Eindruck‹ endgültig zu spät.)

Jetzt reichte mir der Medizinalrat jedenfalls freundlich die Hand und sagte: "Also, wir sprechen uns wieder. Ich lasse Sie holen. Gute Nacht, Herr Sommer!"

Ich wollte schon gehen, da fragte der Oberpfleger: "Sommer soll doch arbeiten, Herr Medizinalrat?"

"Aber natürlich wird er arbeiten!" rief der Medizinalrat. "Dann wird ihm die Zeit nicht lang, und das Grübeln vergeht ihm. Sie haben doch selbst den Wunsch, zu arbeiten, Sie eifriger Holzhofsäger!" Ich versicherte, daß ich keinen sehnlicheren Wunsch hätte. Ich habe da einen schönen großen Garten vor der Mauer gesehen, vielleicht könnte ich in der Gärtnerei beschäftigt werden? Ich hätte immer so viel Lust zur Gärtnerei gehabt! Der Medizinalrat und seine rechte Hand sahen einander an und dann mich. Sie lächelten etwas dünn.

"Nein, in dieser allerersten Zeit möchten wir Sie besser doch noch nicht ›draußen‹ arbeiten lassen", sagte der Medizinalrat sanft. "Dazu müssen wir einander erst ein bißchen besser kennenlernen ..."

"Ach, Sie denken, ich laufe fort?" rief ich entrüstet. "Aber, Herr Medizinalrat, wohin sollte ich denn laufen, in dieser Tracht, ohne Geld, ich käme keine zehn Kilometer weit ..."

"Auch zehn Kilometer wären schon zuviel", unterbrach mich der Arzt.

"Nun, Oberpfleger?"

"Ich denke, ich stecke ihn zum Bürstenmachen, da fehlt uns gerade ein Mann. Lexer kann ihn anlernen ..."

"Lexer?" unterbrach ich den Oberpfleger entsetzt. "Ich bitte Sie: bloß nicht Lexer! Wenn mir ein Mensch verhaßt ist, so ist es dieses kleine, widerliche, gellende Biest! Alles in mir dreht sich vor Ekel um, wenn ich diese Stimme nur höre ... Alles, was Sie wollen, bitte, nur nicht Lexer!"

"Haben Sie auch draußen schon an so heftigen Antipathien gelitten, Sommer?" fragte der Medizinalrat sanft. "Sie sind kaum vierundzwanzig Stunden in diesem Haus und haben schon einen solchen Haß auf einen ganz harmlosen schwachsinnigen Bengel gefaßt."

Ich war verwirrt, verlegen – schon wieder hatte ich einen Fehler begangen.

"Es gibt doch so plötzliche Antipathien, Herr Medizinalrat", sagte ich. "Man sieht einen Menschen, hört nur eine Stimme und schon ..."

"Ja, ja", unterbrach er mich und sah plötzlich müde und traurig aus. "Wir reden von alledem noch später. Jetzt gute Nacht, Sommer!"

51.

19. 9. 44

Es war eine Niederlage, eine schmähliche Niederlage, mit nichts war die Größe dieser Niederlage vor mir zu beschönigen. Ich war als ein Lügner entlarvt, ich hatte Abstinenzerscheinungen und litt an krankhaften plötzlichen Antipathien. Ich dachte vielleicht auch an Flucht. In ohnmächtiger Verzweiflung lag ich in meinem Bett, ich hätte weinen können vor Reue und Scham. So viel vorausbedacht und vorausgesorgt und in jede Falle hineingetappt wie der erste dumme, gehirnlose Junge! Und es ist ja doch alles gar nicht wahr, was sie von mir denken, rief ich verzweifelt bei mir aus. Ich denke wirklich nicht an Flucht, und ich habe wirklich keine Abstinenzerscheinungen gehabt, oder nur in den allerersten zwei oder drei Tagen, und auch da nur ganz gering. Und wenn ich den Arzt ein wenig über meinen Alkoholverbrauch angeschwindelt habe, so doch nie in der Absicht, ihn zu täuschen. Er kam mit einer vorgefaßten schlechten Meinung von mir hierher, einer Meinung, die den Tatsachen nicht entsprach, es war eine Pflicht der Selbsterhaltung von mir, mit jedem Mittel diese vorgefaßte Meinung zu zerstreuen!

Aber ich mochte mir was immer erzählen, die Tatsache blieb, daß ich eine schwere Niederlage erlitten hatte, daß ich in den Augen von Arzt und Oberpfleger wie ein kleiner windiger Spitzbube dastand, der sich mit allen Kniffen und Pfiffen von seiner Schuld freischwindeln will.

›Schuld?!‹ dachte ich. ›Was habe ich denn groß für eine Schuld?! Dies bißchen Bedrohung – Mordhorst hat gesagt, für eine Bedrohung kriegt man höchstens ein Vierteljahr! Das ist gar nichts, das kann man überhaupt nicht rechnen! Sie aber machen einen Riesensums daraus, sie schleppen mich in Gefängnis und Heilanstalt, sie nehmen mir das ›Herr‹ vor meinem Namen Sommer. Kohlwasser geben sie mir als Fraß, und sie veranstalten Verhöre mit mir, als sei ich ein Muttermörder und der letzte der Menschen! Ich bin gewiß, wenn sie mich nur fünf Minuten mit

Magda reden ließen, ich hätte sie überzeugt; gemeinsam träten wir vor diesen lächerlichen Staatsanwalt mit der vorgeschobenen Unterlippe und den starrenden Augen; und dieser Kerl müßte sofort das Verfahren gegen mich einstellen! Aber‹, dachte ich rasch und qualvoll weiter, ›aber es liegt auch an Magda! Wenn sie ein bißchen von der Liebe und Treue hätte, die Ehegatten doch für einander haben sollen, sie hätte sich längst zum Besuch bei mir vorgemeldet, sie setzte Himmel und Hölle in Bewegung, um mich aus diesem Totenhaus herauszubekommen! Nichts von alledem! Nicht einmal einen Brief hat sie mir geschrieben. Aber ich weiß, wie es ist: sie steckt mit den Ärzten unter einer Decke. Die erzählen ihr, ich bin hier gut aufgehoben und habe nichts auszustehen, und das genügt ihr, da macht sie sich keinen einzigen Gedanken mehr über mich. Sie hat ihren Zweck erreicht, walten und schalten kann sie in meinem Eigentum, wie sie will – das ist ihr das Wichtigste! Aber warte, eines Tages werde ich trotz aller Kniffe und Pfiffe wieder aus diesem Haus herauskommen, und dann sollst du sehen, was ich alles tun werde ...‹ Und mit wilder Wut stürzte ich mich in Rachephantasien. Ich verkaufte das Geschäft hinter ihrem Rücken, und wollüstig malte ich mir aus, wie sie eines Morgens auf das Kontor kommen würde, aber auf ihrem – meinem Platz hinter dem Chefschreibtisch würde der junge Unternehmer von der Konkurrenz sitzen und ihr spöttisch entgegenlächeln: "Nun, Frau Sommer, auch einen kleinen Einkauf bei meiner Firma tätigen? Zehn Kilo gelbe Viktoria-Erbsen gefällig? Ein Kilo blauen Mohn für den Sonntagskuchen?"

Sie aber würde vor Scham und Zorn und Verzweiflung dunkelrot werden, und ich sah das alles, im großen Registraturschrank versteckt, mit frohlockendem Herzen an. Oder ich malte mir aus, wie ich nach meiner Entlassung aus diesem Totenhaus in die weite Welt hinauswandern würde, wie ich mich lange Jahre als Bettler und Stromer in fremden Landen herumtreiben und erst spät, für jeden unkenntlich, in meine Vaterstadt heimkehren würde. Da würde ich an der Tür meines eigenen Hauses um ein Stückchen Brot betteln, hart aber würde sie es mir verweigern. In der Nacht dann würde ich mich am Pflaumenbaum vor ihrem Fenster erhängen, einen Zettel in der Tasche, wer ich sei und daß ich ihr alles mir angetane Unrecht verziehe ... Tränen der Rührung über mein unseliges Schicksal traten mir jetzt in die Augen, und diese Phantasien, so kindisch sie auch waren, beruhigten mein Herz doch ein wenig.

Längst schliefen meine Gefährten, die noch bis zum Dunkelwerden miteinander geplaudert hatten, das heißt nur zwei von ihnen, der dritte, ein älterer Mann mit einem schönen traurigen Gesicht und einer wundervoll gewölbten hohen Stirn, hatte sofort die Decke über den Kopf gezogen. Ich beglückwünschte mich zu den ruhigen, anständigen Schlafgenossen; ich merkte es in dieser Nacht: sie hatten auch einander dazu erzogen, den Kübel nur zum kleinen Geschäft zu benutzen und sich das andere lästige für den Tag aufzusparen. Ein kleines Gefühl von Dankbarkeit regte sich wieder in mir für den arglistigen Medizinalrat, daß er mir diese so viel bessere Schlafgelegenheit besorgt hatte. Ich war überzeugt davon, daß ich mit den unbescholtensten und gesündesten Menschen im ganzen Bau zusammengelegt worden war. Es dauerte freilich nur ein paar Tage, bis ich erfuhr, daß der ältere Mann mit der schönen Stirn und dem traurigen Gesicht, der den ungewöhnlichen Namen Qual führte, ein Mörder war, der seinen Vetter wegen Geldes in geradezu bestialischer Weise abgeschlachtet hatte. Jetzt war sein Geist durch all die Qualen, die er erst lange Jahre im Zuchthaus und nun hier in diesem Haus erlitten hatte, völlig verwirrt. Bei ihm war jedenfalls sein Name sein Schicksal, das verriet schon sein Gesicht.

Tagelang war er ganz stumm, und dann hatte er wieder Zeiten, in denen er mit heiterer, hoher Stimme (und doch immer fast tonlos, ganz ohne Resonanz) vieles erzählte: vom ausdörrenden Sonnengott, vom Glashaus auf dem Montblanc, in dem die nächste Eiszeit zu verbringen war, und von den Kastanien und Eicheln, die durch eine von ihm erdachte ›Säfteumkehrung‹ eßbar werden würden. Dadurch würde unsere Anstaltsverwaltung in die Lage versetzt werden, uns mit besserer Kost und doch ganz umsonst zu ernähren. (Wie bei uns allen, kreisten auch bei Qual die Gedanken wohl verwirrt, doch unablässig um das bißchen Fressen.) Zu anderen Zeiten war Qual wieder stumm, oder streitbar und reizsüchtig, dann gingen ihm alle weit aus dem Wege. Er stand in dem – vielleicht ganz unbegründeten – Ruf, ein ›kalter Mörder‹ zu sein, um ein einziges Wort würde er jeden Menschen umbringen. Ich glaube, daß dieser Ruf ganz unbegründet war; ich habe jedenfalls kein einziges Mal erlebt, daß er die Hand gegen einen anderen erhoben hätte.

Qual hatte einen wirklich großen Kummer: daß er seiner Ansicht nach noch nicht richtig Deutsch sprechen und schreiben konnte. Oft versicherte er mir, er würde all sein Essen von einer ganzen Woche für das Buch ›Lies und schreib richtig Deutsch‹ hingeben. Dabei sprach er ein sehr viel besseres und gewählteres Deutsch als fast alle anderen Insassen im Bau, seine flüsternde und dabei doch heitere Sprechweise vermochte seinen Worten sogar eine Art von Charme zu verleihen. Wenn ich, für den er eine gewisse Vorliebe gefaßt hatte, ihm das zur Beruhigung seines Kummers versicherte, so sagte er lächelnd: "Nein, nein, ich weiß, was ich weiß. Und dabei hätte ich so gut Deutsch lernen können, ›uns' Mudding‹ sprach ein so reines und schönes Deutsch, aber nie mit mir. Mit mir mußte sie immer taltschen und albern, sie verdrehte jedes Wort auf die kindischste Weise. Das war sehr unrecht von ›uns' Mudding‹; es hat mir im Leben viel geschadet, daß ich kein gutes Deutsch sprach. Sie hätten mich auch nie festnehmen können, wenn ich richtig Deutsch gesprochen hätte – wie konnten sie mich überhaupt festnehmen? Wer gab ihnen das Recht dazu?"

Die letzten Worte hatte er schon fast unhörbar zu sich selbst gesprochen, und nun hatte sich sein kranker Geist wieder in dem krausen Gespinst seiner wirren Gedanken verloren; von meiner Gegenwart wußte er nichts mehr.

Aber mit ›uns' Mudding‹ hatte es Qual oft, immer hatte er dann etwas an ihr auszusetzen: daß sie alles wegschenkte, daß sie sich nie Ruhe gönnte, daß sie überhaupt viel zu gut war. Aber alle diese Ausstellungen machte er mit einem so heiteren, leichten Ton, daß man gerade aus ihnen die Liebe des alternden Mannes zu der längst gestorbenen Mudding spürte; er sprach mit einer fröhlichen Überlegenheit von ihr und blieb dabei doch immer der gehorsame Sohn einer guten Mutter.

Qual war der Sohn eines Schlossermeisters in einer kleinen holsteinischen Stadt. Kurz vor dem Tode des Vaters hatte er, damals schon als Geselle in ihr arbeitend, die Schlosserei übernommen und als Meister weiter betrieben. Was ihn zu seiner bestialischen Tat getrieben, weiß ich nicht. Das alles lag schon zwei Jahrzehnte zurück, seitdem lebte Qual in festen Häusern. Auch bei uns arbeitete er in der Anstaltsschlosserei und genoß sogar eine gewisse Freiheit. Nie sagte ihm ein Beamter ein Wort, er verlangte allerdings auch nie etwas, war mit allem zufrieden. Ich sehe ihn, da ich dies schreibe, wieder auf seinem Bett liegen, wie er es in jeder freien Minute tat – trotz des Verbotes. Niemand sagte ihm deswegen auch etwas, vielleicht weil seine hinfällige Schwäche so sichtbar war. Neben dem Bett stehen seine Pantoffeln, er hat die Knie leicht angezogen und stützt den Kopf mit der schön gewölbten Stirn in die Hand. Manchmal sagt er dann langsam in tiefe Gedanken verloren, vor sich hin: "Ich bekam ja keinen einzigen Auftrag mehr, und Not kennt kein Gebot ..."

Vielleicht war wirklich Not der Schlüssel zu seiner Tat. Wie dem auch sei, ich habe den Mörder Qual gerne gemocht. Es hat mir wehgetan, als sie ihn eines Tages in den Anbau trugen, in die Sterbezelle, in der die meisten von uns ihr Leben beschließen werden. Er starb an der Tuberkulose, der Todesgeißel dieses Totenhauses.

Mein zweiter Schlafgenosse war der Kalfaktor Herbst, mein Nachfolger im Namen, ich habe ihn früher schon kurz erwähnt. Mit ihm schloß ich zuerst im Bau eine Art Freundschaft, die aber bald deswegen in die Brüche ging, weil bei mir nicht das Geringste zu holen war. Herbst, ein junger Bursche von fünfundzwanzig Jahren, der aber schon über fünf Jahre in unserem Bau war und vorher schon eine zweijährige Gefängnisstrafe in einem Jugendgefängnis abgerissen hatte, war eigentlich von Beruf Schlächter und nicht frei von jener unbedenklichen Brutalität, die man manchen Männern dieses Berufes nachsagen zu können glaubt. Er war ein großer stämmiger Bursche, mit einem langen, fetten Gesicht, fast toten, starrenden Augen und rotblondem Haar, an dem er jeden Morgen mindestens eine Viertelstunde herumkämmte und bürstete, zum lebhaften, aber aus weiser Vorsicht stumm ertragenen Ärger von uns anderen, denen er dabei in der engen Zelle ewig im Wege stand. Herbsts Bart aber, ehe er am Sonnabend unter dem ›Clipper‹ fiel, einer Rasiermaschine, die statt der verbotenen Klingen eingeführt war, war brennend rot. Das gab Anlaß zu mancher niederträchtigen Anmerkung über den Charakter unseres Essenkalfaktors, Anmerkungen, die leider nur zu viel Berechtigung hatten. Mit einer schamlosen Unbedenklichkeit ließ sich Herbst von allen Seiten Tabak und Lebensmittel zustecken, Seife, Obst – ohne je an eine Gegenleistung zu denken. Dem, der ihm am Tage vorher eine ganze Handvoll Tabak geschenkt hatte, verweigerte er grob am nächsten Tag ein paar Krümel, auf denen der Rauchhungrige ein bißchen kauen wollte. Seine Stellung als Kalfaktor gab ihm dieses Übergewicht. Ich lernte bald, mit scharfen Augen zu beobachten, bei wem der Kalfaktor die Essenskelle stärker füllte. In einem Haus, in dem der Hunger ein unbarmherziges Regiment führt, hat der Essenverteiler leicht regieren. An sich war es natürlich verboten, daß der Kalfaktor selbst das Essen ausgab, das gehörte zu den Pflichten der Beamten. Aber die Beamten hatten oft zuviel Rennerei, oder sie waren auch gleichgültig. In diesem Hause hätte ein Engel vom Himmel herabsteigen und das Essen austeilen können, es wäre doch gemurrt worden. So ging alles seinen alten Lauf, und der Kalfaktor Herbst wurde stets fetter dabei. Die besten Geschäfte machte er aber beim Brotschneiden und Schmieren. Ich habe es schon gesagt, auch dabei sollte ein Beamter anwesend sein, aber Herbst nutzte jede kurze Abwesenheit des Oberwachtmeisters skrupellos aus und stahl Brot, Margarine, Marmelade. Da diese Lebensmittel ihm genau auf den Kopf zugewogen waren, mußte er aus unseren Rationen entsprechend kürzen. Aber wenn er jedem Manne unter sechsundfünfzig auch nur zehn Gramm abzog, hatte er schon über ein Pfund Brot verdient, und an einem Pfund Brot kann man sich schon satt essen! Das so gewonnene Brot fraß der Fette selbst, tauschte es auch, wenn er sehr in Not war, gegen Tabak, in der Hauptsache wanderte es aber zu jenem ›Freunde‹ Kolzer, den ich schon einmal kurz erwähnt habe, als einen der beiden jungen Burschen, die unter uns ältere Männer einen Duft verderbter Liebe trugen. Kolzer war keine ›Hure‹, wie etwa der junge Schmeidler, der sich an jeden verkaufte, er war seinem Freunde Herbst treu. Herbst führte freilich auch ein gestrenges Regiment über ihn, schlug ihn sogar manchmal, sobald er nach Herbsts Ansicht eine Dummheit begangen hatte, fütterte ihn aber auch bis zum Mästen und hielt ein wachsames Auge über ihn. Kolzer, ein großer, kräftiger Junge mit dunkelblondem Haar, hatte ein nicht unschönes Gesicht, das aber stumpf und ohne Leben wirkte. Er war stark schwachsinnig, konnte weder lesen noch schreiben, hatte aber durch das unermüdliche Bemühen seines Freundes wenigstens ›Mensch ärgere dich nicht‹ spielen gelernt. Aber so unentwickelt Kolzers Geist auch war, so gut verstand es der Junge, sich auf der Station durchzusetzen und vor allem, sich dauernd von der Arbeit zu drücken. Immer hatte er kleine, nicht schmerzhafte Verletzungen oder geringe Fieberanfälle, die ihm das Arbeiten ganz unmöglich machten. Unter den Kranken herrschte deswegen eine ständige Mißstimmung, bei Schmeidler war es ja ganz ähnlich.

"Die jungen starken Bengel sitzen im Bau, und die alten abgemergelten Männer müssen die Arbeit tun!"

Das war wohl wahr, aber Kolzer besaß auch einen mächtigen Fürsprecher in der Person seines Freundes Herbst, der ständig im Glaskasten aus- und einging und der bevorzugte Nachrichtenträger des Oberpflegers war. Kolzer also wurde mit Margarine- und Marmeladenschnitten gefüttert, und da man sich im Bau nie isolieren konnte, blieb es nicht aus, daß er von anderen Kranken oft beim Verzehr des Diebesgutes erwischt wurde.

"Heute hat der Kolzer wieder auf dem Klosett Brot gefressen, da war so dick Butter drauf!" (Die Margarine hieß im Haus nur ›Butter‹.) Dann tobte Herbst über die Lampenmacher. Zur Rede gestellt vom Oberpfleger, erklärte er, daß er dem Kolzer nur die beim Brotschneiden abgefallenen Krumen gegeben habe, vielleicht sei eine abgebrochene Brotecke dabeigewesen, und die Margarine habe sich Kolzer vom Einwickelpapier abgekratzt ... Im übrigen, wenn es so weitergehe mit den Stänkereien, schmeiße er die Arbeit hin und gehe wieder in die Fabrik. Möchten die andern doch sehen, ob sie seinen Posten besser versehen könnten. Er sei – hier nahm seine Stimme einen klagenden, weinerlichen Ton an – er sei immer ehrlich und anständig gewesen. Aber das dürfe man eben in diesem Haus voller Banditen nicht sein! Nein, jetzt habe er es endgültig über, jetzt gehe er wieder in die Fabrik ...

Dann redeten ihm die Wachtmeister gut zu, und er blieb gnädig. Er hatte ja auch seine Vorteile: er hielt auf sich, war sauber und trug unbedenklich den Beamten alles zu.

Zu seinen Gefährten aber war Herbst nach einer solchen Anzeige nicht weinerlich. In seiner Wut über die Denunziation verlor er jede Selbstbeherrschung, schneeweiß im Gesicht schrie er den andern an und vergaß eine solche Beleidigung seiner ›Ehrlichkeit‹ nie. Vor dem Schlagen nahm er sich höllisch in acht. Früher war er als gefürchteter Schläger öfter in Arrest gewandert, aber der Medizinalrat hatte ihm klargemacht, daß er nie auf eine Entlassung würde rechnen können, wenn er sich nicht zu beherrschen lerne. Und entlassen wollte Herbst unter allen Umständen werden. Die Entlassung war die eine große Hoffnung dieses fünfundzwanzigjährigen Menschen, der die entscheidenden sieben Jahre seines Lebens hinter Gittern verbracht hatte. Für diese Entlassung hatte er das größte Opfer gebracht: er hatte sich freiwillig entmannen lassen. Er hatte seine Gefängnisstrafe wegen Sittlichkeitsvergehen mit jungen Burschen bekommen, und man hatte Herbst begreiflich gemacht, daß er nie auf die Freiheit würde rechnen können, wenn er nicht in diese Entmannung willige. Anderthalb Jahre hatte der junge Mensch mit sich gekämpft, dann hatte er eingewilligt. Zu der Zeit, da ich eingeliefert wurde, lag die Entmannung erst ein halbes oder gar nur ein Vierteljahr hinter ihm. Schon wurde er fett, sein Gesicht sah schwammig aus und war ungesund bleich. Die Augen blickten trostlos. Aber er hoffte von Tag zu Tag auf die Entlassung, der Medizinalrat hatte sein Gesuch befürwortet, alle hatten es ihm gesagt. Da hatte er sich nun zu dieser schrecklichen Sache, der Entmannung, entschlossen, und noch immer war er nicht frei. Er wartete von Tag zu Tag, von Woche zu Woche, aber der ersehnte Bescheid vom Generalstaatsanwalt kam nicht. Manchmal tobte Herbst: man habe ihn richtig reingelegt, der Medizinalrat, der Oberpfleger, alle hätten sie ihn übers Ohr gehauen! Da sei er nun seine – Hoden los und für was?! Für nichts, bloß damit die hohen Herren ihn auslachten!

Mittlerweile war es sonderbar, daß diese Entmannung nichts an seinen Gefühlen für Kolzer geändert hatte. Er war wie vorher sein Freund, sein einziger Umgang, sein Päppelbaby. Für ihn lebte er, nur an ihn dachte er. Hatte der Junge am Abend ein bißchen Fieber, redete Herbst bei unseren Einschlafgesprächen kein Wort mit; er hatte die Decke über den Kopf gezogen, aber er schlief nicht. Nein, vielleicht merkte Kolzer etwas davon, daß die Gefühle Herbsts für ihn sich verändert hatten, wir sahen nichts davon. Am meisten von allen im Bau haßte Herbst den Schuster Buck, jenen eitlen, dummen und intriganten Menschen, der, wie ich im Falle Schmeidler erlebt hatte, die gleichen Neigungen wie Herbst hatte.

Und als an einem Abend der Schuster den Jungen Kolzer wegen heimlichen Brotessens im Glaskasten denunziert hatte, fiel Herbst, wohl ganz kopflos durch das lange, vergebliche Warten auf seine Entlassung geworden, über Buck her und schlug ihn windelweich.

Bei der nächsten Arztvisite wurde er vor den Medizinalrat gerufen und ihm eröffnet, seine bereits vom Generalstaatsanwalt verfügte Entlassung könne nun doch nicht erfolgen, da er durch diese Schlägerei völligen Mangel an Hemmungen, an Selbstbeherrschung bewiesen habe. Ich lasse es – einig diesmal mit dem ganzen Bau – dahingestellt, ob Herbst wirklich entlassen werden sollte, oder ob dies nur ein Vorgeben des Arztes war, um sich von einem Versprechen zu lösen, dessen Erfüllung sich durch die Haltung des Generalstaatsanwaltes nachträglich als sehr schwierig herausgestellt hatte. Jedenfalls wanderte Herbst statt in die ersehnte Freiheit erst einmal für vierzehn Tage in den Arrest und trat dann wieder seinen alten Posten als Kalfaktor an. Er war ein sehr schlechter Charakter, und doch mußte ich die Haltung bewundern, mit der er diese fürchterliche Enttäuschung aufnahm. Er sprach nie wieder ein Wort von seiner Entlassung, er tat seine Arbeit fleißig, sauber und unredlich wie bisher, er lebte nur noch für den Bau.

52./53.

Von meinem dritten Schlafgenossen, Holz mit Namen, weiß ich wenig genug zu berichten. Er war ein kräftiger junger Mann von etwa dreißig Jahren – jünger als seine Jahre aussehend, und man hätte den kleinen blonden Schnurrbart unter seiner Nase kokett nennen können, wenn sein maßlos trauriges Gesicht nicht jeden Gedanken an Koketterie verboten hätte. Er war erst ein gutes halbes Jahr in der Anstalt, kam aber direkt aus dem Zuchthaus, wo er sechs Jahre hatte verbringen müssen.

Da Qual entweder schwieg oder Unsinn redete, und da Herbst nur über sich, seinen Freund und die gehässigen Mitgefangenen reden konnte, wurde Holz mein Plaudergenosse für die zwei Stunden von halb acht bis halb zehn Uhr, die wir uns meist wachhielten, um morgens nicht gar zu früh aufzuwachen. Meist erzählte ich, oft von meinem früheren Leben, denn es war mir ein Bedürfnis, wenigstens einen Menschen davon zu überzeugen, daß ich einst in meinem Kreise ein wichtiger und angesehener Mann gewesen war. Oder aber ich erzählte ihm von den Nöten und Ängsten, in denen ich jetzt steckte, und es wäre wohl gut gewesen, ich hätte mehr auf Holzens einfache Ratschläge gehört. "Kriech zu Kreuz vor deiner Frau, Sommer!" mahnte mich Holz oft. "Verlaß dich nicht auf deinen Verstand und die juristischen Kniffe, darin sind dir die anderen doch über. Ich weiß, wie sie einem einfachen Menschen mitspielen können, du bist auch ein einfacher Mensch, Sommer. Der Medizinalrat wird dich immer wieder einpacken – und nun erst der Staatsanwalt! Geh auf alle Bedingungen ein, die dir deine Frau macht, verzichte selbst auf dein Eigentum, alles egal, nur sieh, daß du aus diesem Bunker rauskommst! Du ahnst noch nicht, was das heißt, lange zu sitzen. Schreib ihr, Sommer, schreibe ihr gleich morgen mittag!"

So sprach Holz mit seiner gleichmäßig ruhigen Stimme, die ohne jede Betonung war. Er als einziger beharrte darauf, mich mit ›Du‹ anzureden und mit meinem Vornamen ›Erwin‹; mein ›Sie‹, bei dem ich mich freilich ihm gegenüber oft genug versprach, blieb ohne jeden Eindruck auf ihn. Manchmal erzählte auch er. Aber nie von seiner Vergangenheit in der Freiheit, über sie erfuhr ich nur, daß er in Hamburg geboren und aufgewachsen war. Sonst nichts. Ich weiß nicht, was seine Eltern waren, was er gelernt hat, welche Straftaten (und es müssen schon schwere Straftaten gewesen sein!) ihn so lange ins Zuchthaus brachten. Ich glaube, mir erzählte mal ein Beamter, daß Holz einmal ein berühmter Einbrecher war. Ich kann es kaum glauben. Er war so still, so einfach, ohne jede Initiative und Protest, ich traue ihm einfach nicht die Energie für diesen gefährlichen, Geistesgegenwart und rasche Entschlußkraft bedingenden Verbrecherberuf zu. Aber es ist ja immerhin möglich, daß die lange Zuchthauszeit ihn völlig verändert hat.

"Ich habe sechs Jahre Zuchthaus ohne eine Strafe, ohne eine Stunde Arrest abgerissen!" sagte er mir einmal.

So einfach er es sagte, es klang doch Stolz daraus. Am liebsten erzählte er von dieser Zuchthauszeit. Er berichtete mir von seinen Arbeiten, erzählte mir in aller Ausführlichkeit, wie er mit dem Weben von Matratzenstoff angefangen habe, dann zum Hemdenstoff übergegangen sei. Darauf sei er mit Strumpfstrickerei an der ›Flachmaschine‹ beschäftigt worden – wobei ich mir unter einer Flachmaschine auch dann nur wenig denken konnte, als ich erfuhr, es gab auch eine ›Rundmaschine‹, auf der Strümpfe gestrickt wurden. Nun kam eine der besten Zeiten Holzens im Zuchthaus: er kam als Aufwäscher in die Küche. Dort hatte er zu essen, soviel er wollte, war mit Kameraden zusammen und bekam sogar alle Tage Weiber wenigstens zu sehen. Diese Weiber kamen aus dem nahe gelegenen Weiberzuchthaus, um das Essen zu holen. Trotz aller Aufsicht wurden Blicke und Briefe gewechselt, ja, es gelang sogar, den Weibern Brot und Wurst und Margarine zuzustecken. Holz versicherte mir, daß er nur tat, was alle seine Küchenkameraden taten, aber als diese Schiebungen herauskamen, luden die andern alle Schuld auf ihn ab, und er wurde aus der Küche abgelöst. Nur seine gute Führung rettete ihn vor einer Arreststrafe. Es folgte ein schreckliches Jahr: Holz mußte in einer Einzelzelle alte Taue zu Werg zerrupfen – wie sehr ich bei der Erwähnung dieser Arbeit an Magdas rettenden Abschluß mit der Gefängnisverwaltung und an meine Hamburger Reise dachte! Schließlich kam Holz als nicht fluchtverdächtig auf Außenarbeit, die Zuchthauszelle sah ihn nur noch zum Schlafen, den ganzen Tag über wirkte er draußen im Freien auf den Feldern oder winters in einer Sägemühle. Von all diesen ganz einfachen Dingen erzählte Holz gern. Er wußte noch jedes Pensum, das ihm auferlegt worden war; Garne, die ihm bei der Verarbeitung Schwierigkeiten gemacht hatten, konnte er mir mit dem gleichen frischen Ärger schildern, den er vor Jahren wohl in seiner Einzelzelle empfunden.

Holzens Spezialität aber waren seine Berichte vom Essen. Da alle stets hungrig waren, redeten alle im Bau ständig vom Essen, dachten eigentlich nur daran. (Auch auf diese Seiten hat das abgefärbt!) Dieses Gerede vom Essen war wie eine Manie, es machte unsere Hungerqual nur noch größer, aber wir konnten es nie lassen. Holz war darin nun einfach Meister. Nicht daß er etwa raffinierte Mahlzeiten ausgedacht hätte, bei denen einem das Wasser im Munde zusammenlief, nein, seine Schilderungen waren von biblischer Schlichtheit. Die Mahlzeiten, die er schilderte, waren einfacher selbst als das, was ein einfacher Arbeiter ißt, es waren die Mahlzeiten, die er im Zuchthaus bekommen hatte. Sein Kopf, den nie starke Gedankenarbeit beansprucht hatte, war ausgeruht genug, um mir jede Veränderung des im allgemeinen gleichbleibenden Küchenzettels im Zuchthaus mitzuteilen; er wußte noch das Auf und Ab der Brotrationen; die Zahl der Pellkartoffeln, die ein Arrestgefangener mittags statt Brot bekam (acht bis vierzehn) und die Sonderzulagen in Brot, Wurst und Käse für Über- und Landarbeit. Er wußte alle Weihnachtsgeschenke noch. Und am beredtesten wurde er, wenn er mir schilderte, wie ein Bauer, zufrieden mit guter Mäharbeit, der Zuchthauskolonne dick mit ›guter Butter‹ oder Schmalz bestrichene Stullen geschenkt hatte, dazu pro Mann fünf Zigaretten. Jedes derartige Erlebnis hatte sich tief in sein Gedächtnis eingegraben, und noch heute zitterte beim Bericht seine Stimme, als er mir erzählte, wie sein Magen einmal das ungewohnt fette Essen nicht vertragen, sondern wieder ausgebrochen habe. So einfach waren Holzens Essenberichte, und doch lauschte ich ihnen immer wieder gerne, sie waren rührend! Und es hungerte sich gut bei ihnen, weil sie so einfach waren. Wir aber konnten dabei immer wieder feststellen, daß ein Zuchthäusler ungefähr doppelt soviel Essen wie die Insassen einer Heil- und Pflegeanstalt bekommt.

"Da siehst du es", sagte dann Holz wohl, "wie sie uns beklauen! Aber was willst du machen? Ein Esel ist da zum Lastentragen und Prügeln, und wir sind noch schlimmer dran als ein Esel, der doch noch ein paar Mark wert ist. Bei uns sind sie immer froh, wenn wir tot sind." Solche Worte sagte Holz ohne Anklage, ja, auch ohne Bitterkeit. Das waren für ihn selbstverständliche Feststellungen über den unabänderlichen Lauf der Welt. Im Bau genoß der stille Holz einen guten Ruf, sowohl bei den Beamten wie bei den Gefangenen. Er war auch hier sofort ›ohne Bewährungsfrist‹ auf Außenarbeit gekommen, er arbeitete für einen Bauunternehmer in einer Kiesgrube. Dabei kam er wohl viel mit ›Zivilisten‹ zusammen und bekam mancherlei geschenkt. Immer hatte er für einen Kameraden zwei Streichhölzer oder ein Zwiebelchen übrig, und er war der vielbeneidete Besitzer eines Glases mit Salz, auch Muskat und Pfeffer besaß er. Damit verschönte er seine Wassersuppen. Aus einer gefundenen alten Sardinenbüchse hatte er sich eine Reibe gemacht, indem er in ihren Boden mit einem Nagel Löcher geschlagen hatte, und auf dieser Reibe rieb er Petersilienwurzeln, Sellerieknollen, Mohrrüben, ja, wenn der Hunger sehr arg war, sogar rohe Kartoffeln. Mit all diesen Kleinigkeiten, die einem Menschen ›draußen‹ ganz selbstverständlich erscheinen, verschönte er sich sein stilles schlichtes Leben, brachte ein wenig Freude hinein, wußte immer etwas, auf das er sich freuen konnte. Er spielte nie bei einem Spiel mit, entweder weil er es nicht konnte oder nicht wollte, las nie eine Zeitung, hörte beim Radio nur die leichteste Tanzmusik an. "Das macht mir Laune!" sagte er dann, in seinen Augen war ein wenig Licht, und er lächelte ein seltenes, rührendes Lächeln. Alles in allem ein bescheidener, mutiger Mensch – ich bin froh, daß ich mich nie ernstlich nach seiner Straftat erkundigt habe, ich möchte mir dieses Bild nicht schwärzen.

54.

Das waren die drei Schlafkameraden, mit denen ich in jener ersten Nacht die Zelle teilte, auf deren Schlafatem ich lauschte, während Scham, Reue und Zorn mein Herz zerrissen. Vor den Fenstern stand die Nacht, manchmal hob ich den Kopf und sah ein paar Sterne blinken; ich hatte mal ein Gedicht von ihnen gelesen, daß sie seit Jahrtausenden mit dem gleichen kühlen Glitzern auf menschliches Leid und menschliche Freude herabblicken. Damals hatte mich das nicht berührt, jetzt rührte es mich an, und ich fragte mich, ob diese Sterne wohl wirklich je ein so verzweifeltes, ein so unsinnig eingetretenes Leid gesehen hatten wie das über mich gekommene. Beinahe schien es mir unmöglich. Und wie die nächtlichen Stunden langsam mit Glockenschlag um Glockenschlag vorrückten, eine nach der anderen dem neuen Morgen zu, dachte ich milder an Magda und den listigen

Medizinalrat und schwor es mir wieder einmal zu, das nächste Mal klüger zu sein und wahrhaftiger. Ich überzeugte mich, daß noch nichts verloren war, und ich erdichtete lange Gespräche mit dem Arzt, in denen ich eine seltene Schlagfertigkeit und einen bezaubernden Freimut bewies. Schließlich – anderthalb Stunden vor Aufschluß – schlief ich wirklich noch ein. Ich war im Traum in meiner Vaterstadt, ich ging durch ihre Straßen und Gassen, ich sah viele Freunde und Bekannte, aber sie sahen mich nicht und gingen ohne Gruß an mir vorbei. Schließlich sah ich Magda auf jener Bank unserer ersten Schülerbekanntschaft sitzen, ich ging auf sie zu und setzte mich sachte neben sie. Aber sie bemerkte mich nicht. Ich wollte ihr Kleid berühren, ich erhob die Hand, aber sie konnte das Kleid nicht fassen. Ich wollte zu Magda sprechen, und ich sprach auch, aber meine Stimme hatte keinen Klang, ich hörte sie nicht, und Magda hörte sie auch nicht. Da begriff ich mit heißem Erschrecken, daß ich nur als ein Schatten zwischen den Lebenden wandelte, daß ich gestorben und tot war. Ich erschrak aber so, daß ich erwachte – da klirrte der Schlüssel des Oberpflegers im Schloß und seine Stimme rief ›Aufstehen‹.

Ja, ein neuer Morgen wurde, und nun war ich nicht mehr Gast im Totenhaus, sondern ich war eingereiht in die Schar der anderen, wie alle schleppte ich meine dürren Stunden dahin. Sie machten kein Aufhebens mehr von mir, sie sprachen mit mir, und dann fingen sie Streit mit mir an, sie schubsten mich im Waschraum von den Becken weg und verhöhnten mich, wenn ich versuchte, mit einem zugeschnittenen Hölzchen meine Fingernägel sauber zu halten.

"Seht den! Wozu er das wohl macht? Er steckt doch genau so tief wie wir im Dreck!"

Und ich machte meine kleinen Geschäfte wie sie, ich sparte meinem brüllenden Hunger eine Scheibe Brot ab und verhandelte sie gegen ein paar Krumen Tabak, und das erstemal wurde ich dabei betrogen: der Tabak war wenig, aber trockene Rosenblätter waren viel in ihn gemischt. Ich habe auch – ich will auch das gestehen – unserem Kalfaktor Herbst einmal zwei dick mit Margarine bestrichene Scheiben Brot gestohlen, die der unter seinem Kopfkeil versteckt hatte. Ich war aber so aufgeregt, daß sie mir weder geschmeckt haben noch bekommen sind. Das war aber auch das einzige Mal, daß ich etwas direkt gestohlen habe. Ich bin ein schwacher Mensch, das weiß ich nun, aber ich bin kein Dieb. Meine Angst ist immer größer als meine Gier, also auch darin schwach.

Und an diesem ersten Tage, als der Ruf zum ›Antreten‹ erscholl, trat auch ich mit an, wie gesagt, auch ich war eingereiht, ich hatte vor niemandem etwas voraus.

Ein Wachtmeister kam und führte mich in eine Einzelzelle, in der kein Bett war, sondern ein Tisch und ein Schemel und vielerlei Arbeitsmaterial, das ich mit ängstlich staunenden Augen ansah, gewiß, daß ich ungeschickter Mensch solch nie getane Arbeit im Leben nicht lernen würde. Da sah ich die fertig zugeschnittenen Bürsten- und Besenhölzer und Haarborsten und solche aus Reisstroh und solche aus Piassava und sogar solche aus Strandfaser für die verschiedenen Arten von Bürsten und Besen, wie ich alles noch lernen sollte. Ich sah Rollen mit dickerem und dünnerem Draht und ein Schneidemesser, nein, das würde ich nie lernen! Es kam keiner, ich war eingeschlossen in meiner Zelle – sollte ich, da ich den Arzt so dringend um die Befreiung von Lexer gebeten hatte, jetzt die Bürsten ganz ohne Lehrmeister machen? Ich versuchte es, ich faßte ein paar Borsten und versuchte, sie in eins der vorgebohrten Löcher zu stecken. Es waren aber zu wenig gewesen, und sie fielen gleich wieder durch. Das andere Mal nahm ich mehr, aber nun waren es zuviel, und als ich sie in das Loch zwingen wollte, brachen die einen, und die anderen fielen zur Erde. Ich bückte mich, um rasch die Unordnung zu beseitigen, da klirrte wieder das Schloß, der kleine Lexer mit den schwärzlich-bräunlichen Hauerzähnen sprang herein, faßte mich vor der Brust und schrie gellend: "Wo hast du die Rasierklinge gelassen? Mich scheißt du nicht an, Sommer!"

Ich riß mich zornig von ihm los und rief: "Faß mich nicht noch einmal an, du, das rate ich dir! Was gehen mich deine Lügengeschichten an!"

Der kleine Kerl sah mich einen Augenblick verblüfft und stumm an, dann lachte er wieder häßlich und sagte: "Na schön, wie du willst! Aber eines Tages scheiße ich dich doch wieder an!" (Er hat mich aber von nun an ziemlich in Ruhe gelassen, wie ich schon berichtet habe.) Und in ganz plötzlichem Übergang: "Hast du nicht 'nen Priem für mich, 'nen ganz kleinen, Sommer?"

Ich hatte keinen und sagte es ihm, und er meinte ärgerlich: "Mit dir ist auch gar nichts anzufangen. Wozu sie so einen wie dich überhaupt in den Bau geschickt haben? Häng da mal den Draht auf den Ständer. Nein, nicht den dicken, du Ochse, du sollst zuerst Handbürsten machen aus guten Borsten, das ist das leichteste, nimm also den feinen. Zweihundert Löcher am Tage ist in der ersten Woche dein Pensum, läßt dir der Arbeitsinspektor sagen, und wenn du sie nicht schaffst, fliegst du ins Loch bei hartem Lager und noch mehr Kohldampf! Ich mache tausend Löcher am Tage, und wenn ich will, kann ich auch zweitausend machen, aber ich will nicht. Wozu auch? Damit die Speckjäger noch mehr an uns verdienen? Hungern müssen wir darum doch! Sieh, so ziehst du zuerst den Draht durchs Loch, daß er eine Schlinge bildet, und nun steckst du die Borsten hinein, gerade soviel, wie du mit zwei Fingern fassen kannst, dann stimmts gerade. Und nun ziehst du die Schlinge fest, und da sitzen die Borsten schon! Das ist der ganze Zauber, ein Kind lernt's in fünf Minuten, und nun mach du's und zeig', ob du soviel kannst wie ein Kind!"

Und während Lexer dies alles atemlos mit seiner gellen Stimme hervorstieß, daß ihm die Spucke auf den Lippen stand, hatte ich mit Staunen auf diese schmutzigen Finger mit den abgebissenen Nägeln gesehen, die unglaubhaft geschickt die feine Drahtschlinge durch das Loch gezogen, die auf eine Borste genau so viele gegriffen hatten, daß sie gerade durch das Loch gingen und es ausfüllten, ohne Luft dazwischen, nicht zuviel und nicht zuwenig, und die schließlich sachte und schnell die Schlinge festgezogen hatten. Wie's mir so vorgemacht wurde, erschien es auch mir kindlich einfach. Aber wie ging's mir, als ich das Leichte nun selbst versuchte?! Mein Draht wollte nicht ins Loch und dann knickte er ein, statt eine Schlinge zu bilden, und ich faßte zuwenig oder zuviel Borsten und warf sie auf die Erde. Dabei aber beschimpfte mich der Lexer ununterbrochen und höhnte mich und stieß auch und knuffte mich und machte mich mit seinem Speichel naß, bis ich die Bürste hinwarf und wieder wütend rief: "Laß mich in Frieden, sage ich dir noch einmal!"

So arbeiteten wir den ganzen Vormittag, ich völlig verzweifelt über mein Ungeschick und überzeugt, ich werde es nie lernen, und er immer gellender, triumphierender, überlegener, sein ganzes erbärmlich stinkendes Menschentum über mich setzend. Am Schluß dieses Vormittags hatten wir eine einzige Handbürste fertig, die achtzig Löcher hatte, und daß die nicht gut und richtig aussah, das merkte ich selbst.

"Steck die nur selbst in den Ausschuß, Sommer!" gellte Lexer. "Spül sie im Kübelbecken weg, daß der Arbeitsinspektor sie gar nicht erst zu Gesicht bekommt, sonst fliegst du in Arrest wegen Materialverschwendung! Heute nachmittag aber komme ich nicht wieder in dein stinkendes Loch. Du weißt Bescheid, wie es gemacht werden soll, und wenn du es doch nicht machst, so ist es deine Sache, die du zu verantworten hast. Ich will damit nichts zu tun haben!"

So wurde ich den ekelhaften Lehrmeister Lexer schon nach fünf Stunden los und hätte mir meinen so schlimm aufgenommenen Antipathieausbruch vor dem Arzt gut ersparen können. Aber über meinem Bürstenmachen verzweifelte ich völlig an diesem Nachmittag, und am Abend hatte ich nicht mehr als siebenunddreißig Löcher geschafft, und die auch noch schlecht. In dieser Nacht grübelte ich einmal nicht über mich und mein widriges Geschick und Magda und den Medizinalrat nach, sondern allein über Bürstenmachen. Aber dieses Grübeln muß meinem Kopf viel bekömmlicher gewesen sein, denn ich schlief darüber ein und hatte zum erstenmal wieder eine einigermaßen gute Nacht.

55.

Die Tage gingen, einer nach dem anderen, und an einem von ihnen, eher als ich es gedacht, war ich ein ganz leidlicher Bürstenmacher. Ich hatte es gelernt, ich machte Nagelbürsten und Handbürsten und Haarbürsten und Molkereibürsten und Brauereibürsten und Fensterbrettbürsten. Ich konnte auch Besen machen, Piassavabesen und feine Haarbesen. Schließlich lernte ich es auch, Pinsel herzustellen, Rasierpinsel und Staubpinsel und alle Arten von Malpinseln. Meine Finger waren nun genau so geschickt wie die Lexers, sie griffen genau soviel Borsten, wie nötig waren, keine mehr, keine weniger, und der Draht machte mir keine Beschwerden mehr. Wenn ich mich jetzt mit Lexer in der Freistunde traf, und er schrie mich mit seiner gellen Stimme an: "Na, Sommer, wieviel hast du geschafft?" so antwortete ich: "Achthundert Löcher", oder auch: "tausend", oder gar: "elfhundert".

Dann feixte Lexer wütend und gellte: "Willst dich wohl beliebt machen oben? Deswegen kriegst du auch keinen anderen Fraß als wir, du Arschkriecher!"

Ich arbeitete aber nicht soviel, um mich oben beliebt zu machen, ich arbeitete so um meinetwillen. Die Arbeit vertrieb mir die Zeit, ehe ich es dachte, klirrte der Schlüssel, und die Stimme des Wachtmeisters rief: "Mittag!"

Die Tage, so lang ein jeder einzelner manchmal auch sein mochte, vergingen schnell genug; eine Woche, ein Monat war vorübergegangen, ich sagte zu mir: ›Nun bin ich schon einen Monat hier, nun zwei, nun bald drei ...‹

Jetzt, da meine Hände die Arbeit von selbst taten, da ich nicht ununterbrochen über sie nachdenken und mich hetzen mußte, war der Kopf wieder frei für Nachdenken und Grübeln über das eigene Schicksal. Aber die Arbeit gab selbst diesem Grübeln eine andere Note. Manchmal stellte ich mich eine Weile ans Fenster und sah hinaus in das Land, in dem sie nun schon das Korn mähten, dann einfuhren, dann die Stoppeln pflügten, dann zur Grummetmahd übergingen. Ich hatte eine gute, helle Arbeitszelle, die auch im Winter gut warm sein sollte, wie man mir gesagt hatte. Ich sah hinaus, und wenn mein Herz mich wieder mit zorniger Ungeduld plagte und drängte, endlich wieder in der Freiheit schlagen zu dürfen, so machte es wohl die Arbeit, daß ich mir sagte: ›Nur Geduld, es wird alles schon kommen. Erst einmal wäre es wohl wirklich gut, wenn ich noch diesen Satz Abwaschbürsten fertigbekäme!"

Ja, meine Arbeit machte mir Freude, es war eine niedrige Arbeit, die wirklich jedes Kind und fast jeder meiner schwachsinnigen Kameraden verrichten konnte, aber in einer gut ausgeführten Arbeit hegt immer ein Trost, sie mag so gering sein wie sie will.

Ich hatte jetzt auch keine Angst vor dem Arrest und dem Arbeitsinspektor; er kam manchmal in meine Zelle und nahm die fertige Arbeit ab, und er sagte mir nie ein böses Wort, sondern oft: "Gut, gut, Sommer."

Oder auch: "Sie müssen nicht über das Pensum arbeiten, Sommer, das ist nicht nötig."

Und einmal schenkte er mir auch einen mit Marmelade bestrichenen Kanten. Als aber der erste Monat meines Arbeitens vorüber war, trat ich mit den anderen Arbeitern am Glaskasten an und empfing das an Rauchwaren, was man für meine ›Arbeitsbelohnung‹ gekauft hatte (vier Pfennig am Tag, eine Mark im Monat), nämlich ein Paket Feinschnitt und ein Paket Krüllschnitt. Für die Hälfte des Krüllschnittes handelte ich mir eine kleine Tabakspfeife ein, denn ich mochte nicht wie manche anderen Zigaretten mit Zeitungspapier drehen, das immer entweder lichterloh brannte oder kohlte und abscheulich schmeckte. Der Kopf meiner Pfeife war ganz klein, er faßte nicht mehr Tabak als für zehn oder zwölf Züge; das war gut, so konnte ich am Tage fünfmal rauchen und reichte doch den ganzen Monat. Freilich im ersten Monat nicht, weil ich noch dumm war und mir allerlei abschwatzen und abborgen ließ, was ich nie wieder zu sehen bekam. Auch lernte ich die Furcht aller Besitzenden vor Dieben kennen; nichts, was in den Zellen war, blieb vor ihnen sicher, man mochte es noch so geschickt verstecken. Immerfort wurde wieder im Bau die wütende Klage laut: "Mir haben sie Tabak geklaut!"

So war man denn gezwungen, all seinen Besitz, vom Löffel, der unser einziges Eßgerät war, an in den Taschen herumzutragen, was wieder dem Oberpfleger mißfiel, der die Ausbeulungen in unseren Kleidern tadelte. Ich beschaffte mir also einen kleinen Karton, in den ich all meine Habseligkeiten tat, ein bißchen Salz, ein etwa gespartes Stück Brot, die Pfeife und den Tabak. Diesen Karton hatte ich immer bei mir, beim Essen und auf dem Klo, im Bett und sogar bei meinen Arztbesuchen. Später machte mir der wohlgesinnte Qual, der ja in der Tischlerei arbeitete, ein kleines Holzkästchen mit Schiebedeckel und einen Bindfadengriff und nahm nicht einmal was dafür. Ja, ich war nun wirklich eingereiht und gehörte dazu, und wenn ich die Wahrheit gestehen soll, fühlte ich mich nach den ersten

Wochen der Eingewöhnung nicht einmal so schlecht. Ich hatte mich an Hungern und ständigen Streit, an schlechte Luft und Schweinsbeulen gewöhnt, viele meiner Kameraden, die ganz unergiebig und stumpf waren, sah ich gar nicht mehr. Ich gehörte dazu, und doch gehörte ich nicht ganz dazu, ich war nur ›vorläufig untergebracht‹, und später war ich sogar nur ›zur Begutachtung‹ untergebracht. Eines Tages würde es Termin für mich geben, ich würde meine Strafe für die Bedrohung erhalten, und dann würde ich – hoffentlich, hoffentlich! – wieder in die Freiheit zurückkehren können. Was ich dort anfangen würde, das wußte ich noch nicht. Ziemlich sicher aber schien mir, daß ich nicht wieder in mein Haus und zu Magda zurückkehren würde, auch in meinem alten Geschäft wollte ich nicht wieder arbeiten.

Der Aufenthalt in der Zelle hatte mich ein wenig menschenscheu gemacht, dieses ständige Isoliertsein, ich war gerne im engen Raum bei meinen Bürsten und dachte mit Abneigung an die lärm- und menschenerfüllten Straßen meiner Vaterstadt. Mir schwebte so etwas vor, auf ein stilles Dorf zu ziehen und dort als ein unbekannter, rasch alternder Mann meinen Lebensabend zu verbringen, in einer stillen Stube, in der ich immer weiter Bürsten machen würde …

So etwas schwebte mir vor. Ja, es war ein wenig Freude in mich eingekehrt, eine fast behagliche Selbstgenügsamkeit erfüllte mich – am besten ist diese Zeit mit jener zu vergleichen, die ich auf dem Holzhof des Untersuchungsgefängnisses verbrachte. Freilich fehlte hier der Mordhorst, aber eigentlich fehlte er mir nicht. Mordhorst hatte immer getrieben, getadelt und gehetzt – und ich liebte jetzt den Frieden. Der Bau mit seinem Schmutz und Geiz und Neid war entsetzlich, aber er war nun einmal so – was hatte es für einen Zweck, sich dagegen aufzulehnen? Wir Gefangene, wir Kranke galten doch gar nichts. Am Schluß des zweiten Monats vertauschte ich mein ganzes Paket Feinschnitt-Tabak gegen ein eingefaßtes Brennglas und konnte mir nun, auch in meiner Arbeitszelle, die Pfeife immer anbrennen, so oft die Sonne schien. Da kam ich mir reicher und glücklicher als je in meinem Leben vor, wenn ich so an meinem Fenster lehnte und mit tiefer Freude meine zehn oder zwölf Züge Tabakrauch in mich hineinsog. Es war mir, als habe ich in meinem Leben noch nie so tief genossen und mich gefreut wie hier in der warmen Zelle. Vielleicht hatte da die Genügsamkeit meines Schlafkameraden Holz, seine Gabe, sich auch an den kleinsten Dingen zu freuen, schon auf mich abgefärbt.

56.

Unruhe trugen in den stillen Frieden dieser Tage nur meine Unterhaltungen mit dem Arzt, meist dauerte es ein paar Tage, bis ich mich nach ihnen wieder völlig beruhigt hatte und zu meinem stillen Behagen zurückgekehrt war. Im ganzen verliefen sie nicht günstig für mich, wenn auch keine so schlimm wurde wie jene erste. Es war mir leider ganz unmöglich, mich ihm gegenüber so zu geben, wie ich wirklich war, nie gewann ich im Verkehr mit ihm jene Freiheit und Selbstsicherheit, die mir doch draußen selbstverständlich gewesen waren. Immer bedrückte mich ein dunkles Schuldgefühl, als müßte ich vor ihm um jeden Preis etwas verbergen und verheimlichen. Nie wurde ich ganz meine Furcht vor seinen geheimen Listen und Kniffen los; bei der harmlosesten Frage jagte mich der Gedanke: ›Wie will er dich jetzt wieder reinlegen?‹

Nie sah ich den helfenden Arzt in ihm, sondern immer den Gehilfen des Staatsanwaltes, der mich in schwerer, verworrener Stunde des Mordversuches an meiner Frau beschuldigt hatte und der alles aufbieten würde, mich in diesen Mauern zu halten.

Wenn ich mich wirklich einmal überwand und dem Medizinalrat erzählte, was mein Herz bewegte, fiel ich unfehlbar damit herein. Zum Beispiel erzählte ich ihm eines Tages ganz freimütig von meinen so veränderten Zukunftsplänen, mich auf ein stilles Dorf zurückzuziehen und ganz der Bürstenmacherei zu leben. Ich hatte geglaubt, für diese Pläne die Billigung des Arztes zu finden, ja, sein Lob, und war überrascht und maßlos enttäuscht, als er energisch den Kopf schüttelte und sagte: "Das sind ja bloß Phantastereien, Sommer, Sie streuen sich ja selbst Sand in die Augen. So können Sie nicht leben, und so wollen Sie auch gar nicht leben. Sie brauchen Ihre Mitmenschen und vor allem, Sommer, brauchen Sie eine führende, helfende Hand. Nein, das haben Sie sich wieder nur in Ihrer ganz unbegründeten Aversion gegen Ihre Frau ausgedacht. Machen Sie sich doch einmal von dem Gedanken frei, daß Ihre Frau Ihnen schaden will! Sie, Sie allein haben ihr viel Böses getan, und wenn Ihre Frau nicht ein so anständiger Mensch wäre, hätte sie alle Ursache, ein bißchen böse über Sie zu sein. Aber nicht ein abfälliges Wort über Sie hat sie zu Protokoll gegeben, immer sucht sie, Sie zu entschuldigen! Und da erzählen Sie mir, daß Sie nicht mehr mit ihr leben und arbeiten wollen! Was für ein Mensch sind Sie doch, Sommer! Können Sie denn nie eine Sache sehen, wie sie wirklich ist? Müssen Sie sich immer Flausen vormachen?"

Ich war natürlich verwirrt und empört über diesen ganz unmotivierten Angriff; da Magda mir keine Zeile geschrieben, nie einen Versuch gemacht hatte, mich zu sehen, mußte ich wohl mit Recht annehmen, daß ich ihr lästig, daß ich für sie tot und begraben war. Und, wie es eben Sitte ist, sprach sie über einen Toten nichts

Schlechtes. Aber anständig war es von mir, ihr daraufhin still aus dem Wege zu gehen, ihr keine Schwierigkeiten zu machen, sie im freien Besitz meines Eigentums zu lassen. Daß der Arzt diesen meinen Edelmut nicht sehen wollte, sondern mit harten, bösen Worten über mich herfiel, das bewies mir, wie voreingenommen er gegen mich war, und das verschloß für die Zukunft noch fester meinen Mund, machte mich noch befangener und unfreier. Eigentlich war er nichts anderes als mein Feind, ein erbarmungsloser Feind, der danach trachtete, mich mit allen Mitteln zu überlisten, und der das Übergewicht als Anstaltsleiter rücksichtslos mir gegenüber ausnutzte. Die anderen Gefangenen hatten ganz recht, mich immer wieder vor ihm zu warnen.

"Trau nur dem Stiebing nicht! Ins Gesicht freundlich, und hinter deinem Rücken macht er ein Gutachten über dich, daß du dein Lebtag nicht wieder aus diesem Kasten herauskommst."

Recht hatten sie.

Allzuoft ließ der Arzt mich in diesen Wochen nicht zu sich rufen, und seine Anforderungen nach mir wurden auch nicht häufiger, nachdem er mir eröffnet hatte, er sei jetzt aufgefordert, ein Gutachten über mich zu erstatten. Eher das Gegenteil, auch ein Beweis dafür, daß er eine vorgefaßte Meinung von mir hatte und gar nichts mehr zulernen wollte. Im allgemeinen kam der Medizinalrat, wenn nichts besonders Dringendes vorlag, zweimal wöchentlich in die Heil- und Pflegeanstalt, jeden Dienstag- und Donnerstagabend. Ich wurde aber vom Oberpfleger viel seltener zu ihm gerufen, nicht einmal jede Woche einmal. An sich begrüßte ich das natürlich, denn jeder Besuch bei ihm war, wie ich schon gesagt habe, eine Marter für mich, nach der ich tagelang nicht wieder zur Ruhe kam. Aber dieses seltene Holen zeigte mir auch, wie leicht er über dieses Gutachten, das über mein Lebensschicksal entscheiden sollte, dachte. An sich war mein Fall doch gerade für einen Psychiater besonders interessant, ich stand bildungsmäßig weit über dem Niveau der anderen Anstaltsinsassen, hatte in meinem Leben etwas vor mich gebracht, war ein angesehener Mann – und nun in diesem Totenhaus. Der Medizinalrat hätte doch eigentlich sehen müssen, daß es bei mir um viel mehr als bei den anderen ging, ich hatte mehr zu verlieren, ich war auch empfindlicher und leidensfähiger als diese meist recht stumpfen Gesellen! Aber nein, er behandelte mich völlig wie Hinz und Kunz, war oft geradezu grob mit mir, schalt mich einen unverbesserlichen Lügner und Flausenmacher! Ich hatte alles Recht, ihm zu mißtrauen und vor ihm auf meiner Hut zu sein. Wenn er mir dann wieder meinen Mangel an Offenheit vorwarf, so war das einer seiner inkonsequenten Vorwürfe, zu denen ich völlig zu schweigen vorzog.

57.

Eine Änderung in meinem Verhältnis zum Arzt trat erst ein, als er mich eines Tages zu ganz ungewohnter Stunde, nämlich am frühen Nachmittag, in meiner Zelle aufsuchte. Ich hatte gerade geraucht, was auf den Arbeitszellen verboten ist, aber, obwohl die Luft noch von Tabaksrauch erfüllt war, machte er keine Bemerkung darüber, so streng er sonst auf die Befolgung der Hausordnung sah. Er trug an diesem Tage nicht seinen hellen Ärztemantel und war auch nicht von seinem ewigen Schatten, dem Oberpfleger, begleitet. Einen Augenblick sah Doktor Stiebing auf meine Arbeit und fragte dann etwas zerstreut: "Nun, wie kommen Sie mit der Bürstenmacherei zurecht, Sommer?"

"Ganz gut, Herr Medizinalrat", antwortete ich. "Ich glaube, der Arbeitsinspektor ist zufrieden mit mir."

Er nickte, wieder recht zerstreut, meine guten Arbeitsleistungen schienen ihn nicht weiter zu interessieren. Er griff in seine Tasche, nahm eine silberne Zigarettendose heraus und tat nun etwas, was mich völlig überraschte, ja, beinahe umwarf: er bot mir die Dose an. "Bitte schön, Herr Sommer!"

Ich sah ihn ungläubig an, ein feines, dünnes Lächeln lag auf seinem Gesicht, als er sagte: "Sie dürfen sich ruhig eine nehmen, Sommer, wenn Ihr Arzt sie Ihnen anbietet." Er gab mir sogar zuerst Feuer und stand dann einen Augenblick behaglich rauchend unter dem hoch angebrachten Zellenfenster, schweigend.

Dann sagte er: "Ich habe gestern einmal ausführlich mit Ihrer Frau über Sie gesprochen, Herr Sommer. Ich hatte sie gebeten, einmal bei mir vorbeizukommen, und gestern war sie bei mir." Ich antwortete ihm nicht, ich sah ihn nur an, mein Herz klopfte stark; daß dieser Mann gestern erst mit Magda zusammen gewesen war, das bewegte mich, das erschütterte mich sehr. Ich konnte nicht reden, ich glaube, ich zitterte am ganzen Leibe.

"Ja", sagte der Arzt nachdenklich. "Ich habe mir von Ihrer Frau noch einmal alles im Zusammenhang erzählen lassen, vom ersten Anfang Ihrer Ehe an bis zu jenem unseligen Abend. Ein Psychiater hört zu vieles aus den Worten von Angehörigen heraus, was sie selbst nicht ahnen."

Eine Welle zornigen Unmuts wollte sich wieder in mir erheben. ›Also auch Magda hast du überlisten wollen und wahrscheinlich überlistet‹, dachte ich. ›Magda ist ja so harmlos, die hat keine Ahnung, was für ein Mann du bist!‹

Aber die Welle verebbte wieder.

Er sagte: "Ich habe im ganzen keinen ungünstigen Eindruck nach diesem Bericht Ihrer Frau. Ich halte es wirklich für möglich, daß wir es mit Ihnen noch schaffen, Sommer. Sie haben eine sehr tapfere und tüchtige Frau ..."

Wieder ein Gefühl der Abwehr in mir: es wäre mir lieber gewesen, wenn der Medizinalrat nicht gerade das Wort ›tüchtig‹ im Zusammenhang mit Magda gebraucht hätte.

"Ja, Sommer, ich kann heute natürlich noch nichts Endgültiges sagen, ich möchte Sie hier noch ein paar Wochen weiter beobachten. Aber wenn Sie sich weiter ruhig und fleißig verhalten und wenn nichts Besonderes vorkommt ..."

"Es wird nichts Besonderes vorkommen, Herr Medizinalrat!" rief ich erregt aus. "Ich will hier weiter ganz still und fleißig leben ..."

Der Arzt lächelte wieder, selbst in dieser Minute, da er sehr gütig zu mir war, mochte ich dieses überlegene Lächeln nicht.

"Nun", meinte er, "hier halten wir Ihnen ja auch alle Versuchungen fern, Sommer! Hier sich zu bewähren, bedeutet nicht viel. Sie müssen sicher sein, daß Sie auch draußen allen Versuchungen widerstehen können, besonders dem Alkohol ..."

"Ich werde nie wieder Alkohol trinken", versicherte ich. "Das habe ich mir schon lange vorgenommen. Nicht einmal ein Glas Bier. Ich werde ganz abstinent leben, das kann ich Ihnen fest versprechen, Herr Medizinalrat."

"Ach, Sommer", sagte der trübe, "versprechen Sie mir besser nichts! Was, glauben Sie, bekomme ich für Versprechungen zu hören, wenn die Leute aus diesem Bau heraus wollen?! Und ein Vierteljahr draußen, vier Wochen erst draußen, sind die Versprechungen vergessen, und der eine stiehlt wieder, und der andere trinkt. Nein, auf Versprechungen gebe ich nichts – da bin ich schon zu oft hereingefallen."

"Aber ich habe mich wirklich geändert", sagte ich und konnte zum erstenmal frei mit dem Arzt sprechen. "Ich habe doch früher nie geglaubt, daß mir das passieren konnte. Ich habe geglaubt, ich könnte mir fast alles erlauben, und Magda hat mich auch verwöhnt. Aber nun habe ich gesehen, was aus meiner Trinkerei geworden ist, und das wird nur für ewige Zeiten eine Lehre sein. Wenn ich in der Versuchung an die Wochen und Monate in diesem Hause zurückdenke ..."

Ich schauderte. Der Medizinalrat sah mich aufmerksam an.

"Das war einmal ehrlich gesprochen, Sommer", sagte er dann. "Wenn dieses Erlebnis einen solchen Schock in Ihnen hervorgebracht hat, daß er Sie ganz vom Alkohol abgebracht hat, dann könnte man es wohl wirklich wagen. – Aber Sie müssen nun auch sehen, innerlich Ihr Verhältnis zu Ihrer Frau in Ordnung zu bringen, Sie sind ein sehr leicht gekränkter Mensch, Herr Sommer, aber ich muß Ihnen doch einmal ganz offen sagen, daß Ihre Frau in Ihrer Ehe die Führende und Überlegene ist. Sie ist Ihr guter Geist gewesen; als Sie von Ihrer Frau abfielen, fielen Sie selbst. Gewöhnen Sie sieh doch an den Gedanken, daß Ihre Frau nur das Beste von Ihnen will, ordnen Sie sich ihr ein bißchen unter ... Das hat gar nichts Verächtliches an sich, deswegen sind Sie noch lange kein Pantoffelheld. Es ist nur gut, wenn sich der Schwächere vom Stärkeren beschirmen und führen läßt ..."

So redete der Medizinalrat noch lange auf mich ein. Es war mir nicht ganz leicht, ihm ohne allen Widerspruch zuzuhören. Denn ganz so, wie er es schilderte, war es ja doch nicht. Gewiß war Magda tüchtig, aber ich hatte doch, seit wir das Haus besaßen, das Geschäft ganz gut alleine, ohne sie führen können. Gewiß war es in der letzten Zeit nicht mehr so gut wie früher gegangen, aber das hatte an anderem gelegen, an ein paar unglücklichen Zufällen, nicht an meiner Leitung. Aber immerhin, wenn ich dadurch aus diesem verfluchten Hause kam, wollte ich mich auch darein finden. Mochte Magda also die Führende sein, ich wollte ihr schon keine Schwierigkeiten machen. So schwieg ich, und es söhnte mich mit meiner neuen Stellung zu Magda ja auch der Gedanke aus, daß sie so gut zum Arzt von mir geredet hatte. Sie liebte mich eben doch!

"Also", schloß schließlich der Arzt, "ich habe Ihnen noch nichts Festes versprochen, das kann ich ja auch gar nicht. Ich werde in – sagen wir – drei oder vier Wochen mein Gutachten erstatten, dann wird das Gericht den Termin ansetzen, Sie werden eine kleine Strafe erhalten, vielleicht vier Wochen, vielleicht nur vierzehn Tage ..."

"So wenig?" rief ich erstaunt aus.

"Nun, darüber fragen Sie lieber einen Juristen, ich möchte Ihnen keine falschen Hoffnungen machen, ich bin nur Arzt. Und wenn Sie dann in der Freiheit sind ..."

"Werde ich immer an dieses Haus denken, Herr Medizinalrat, das verspreche ich Ihnen!" schloß ich.

58.

Dieser Besuch veränderte auf einen Schlag mein Fühlen, mein Denken, mein ganzes Leben. Plötzlich sah ich diese jüngst vergangene Zeit mit ganz anderen Augen an: nicht in einer fast behaglichen Wunschlosigkeit und Selbstgenügsamkeit hatte ich gelebt, sondern in einer Lähmung meines Willens, in einer fast völligen Hoffnungslosigkeit, in Apathie. Jetzt erst begriff ich, wie gering meine Hoffnung gewesen war, diesem grauenhaften Hause zu entrinnen, wie ich fast schon mit dem Leben abgeschlossen hatte. Holzens Freude an den kleinen Dingen dieser Erde schien mir nun billig und dumm, und ich elendete abends den Geduldigen mit langen Tiraden über all das an, was ich nach meiner Entlassung tun würde. Denn ich hatte die Absicht, sehr tätig zu sein. Wohl hatte mich der Arzt wegen seiner Offenheit um Entschuldigung gebeten, aber die Bemerkung von der überlegenen Tüchtigkeit Magdas konnte ich ihm nicht verzeihen. Je länger ich darüber nachdachte, um so falscher schien sie mir. Wenn ich erst wieder draußen war, würde ich ihm und Magda und aller Welt beweisen, wie tüchtig ich erst sein konnte. Und ich plagte den guten Holz mit langen Schilderungen über die Möglichkeiten des Landesproduktenhandels, Möglichkeiten, die ich natürlich alle blitzschnell erfassen und ausnutzen würde. Umsonst warnte mich der durch langes Dulden Erfahrene.

"Sommer, du bist noch nicht draußen! Mach nicht zuviel Pläne! Wer weiß, was nicht noch alles passieren kann!?"

Ich rief: "Was soll denn noch passieren? Von mir hängt jetzt alles ab, und meiner selbst bin ich sicher."

Auch in meinem Arbeiten an den Bürsten hatte ich mich sehr geändert. Nicht, daß ich schlechter gearbeitet hätte, das konnten meine Hände schon nicht mehr, sie konnten schon den leitenden Verstand entbehren, und meine Ablieferung wurde auch kaum geringer. Aber ich arbeitete ganz stoßweise. Einen halben Tag stand ich am Zellenfenster, sah stundenlang die rasch ziehenden Wolken am Himmel an, freute mich an Wiese, Vieh und Wald und sah lächelnd den auf ihren Rädern vorüberflitzenden Mädels nach. Bald würde ich wieder zu alledem gehören, ein Teil der Welt sein, nicht mehr herausgelöst aus ihr und bei lebendigem Leibe schon tot! Dann wieder dachte ich an die Worte des Medizinalrates und stürzte mich mit Feuereifer in die Bürstenmacherei. Die Arbeit flog mir nur so durch die Hände. Jeder Griff saß, in zwei Stunden war die feinste Nagelbürste fertig. Manchmal dachte ich dabei mit Sehnsucht an Magda und empfand den lebhaften Wunsch, sie möchte mir bei meiner Arbeit einmal zusehen. Auch ich konnte tüchtig sein, ungewöhnlich tüchtig! Selbst das Verhältnis zu meinen Arbeitskameraden war seit dieser Unterredung wesentlich verändert. War ich ihnen bisher still aus dem Wege gegangen, hatte mich nie in ihre Streitereien gemischt, und jedem seine Art gelassen, sie mochte noch so abstoßend sein, so befähigte mich meine jetzige gute Laune, lebhaft in die Unterhaltung einzugreifen und auch einmal einem unangenehmen Menschen zuzurufen: "Thiede, leck doch den Tisch nicht mit der Zunge ab! Ist Sauce verkleckert, so nimm deinen Löffel!"

Ich kann nicht behaupten, daß meine Leidensgenossen diese Veränderung meines Wesens ins Lebhafte günstig aufnahmen. Meine witzigen Bemerkungen wurden meist mit tiefem ablehnendem Stillschweigen aufgenommen und meine Ermahnungen zu guter Sitte lenkten wüste Beschimpfungen auf mein Haupt. Das focht mich aber in meiner guten Stimmung fast gar nicht an.

Ich dachte nur bei mir: ›Ihr armen Irren! In ein paar Wochen werde ich draußen sein, während ihr euer ganzes Leben in diesen Mauern hinbringen werdet. Was geht mich da euer Schimpfen an?! Ihr existiert einfach nicht für mich!‹

Die Veränderung meiner Denkart zeigte sich aber nicht nur in meinem Benehmen innerhalb der Heilanstalt, sie sollte auch nach außen wirken. Nachdem ich ein paar Nächte mit mir gerungen, auch den Fall gründlich mit Holz besprochen hatte, der mir entschieden abriet, ließ ich den alten Justizrat Holsten kommen, einen schon etwas altmodisch gewordenen Herrn, der aber bei den angesehenen Bürgern der Stadt größtes Ansehen genoß und der auch meiner Firma bei gelegentlich auftauchenden Rechtsfragen mit Rat und Tat zur Seite gestanden hatte. Ich setzte mit ihm eine Generalvollmacht für Magda auf und verfaßte ein Testament, in dem ich Magda zu meiner Alleinerbin einsetzte. Ich beauftragte den alten Herrn, die Vollmacht schon am nächsten Tage in die Hände meiner Frau, das Testament aber an Gerichtsstelle zu hinterlegen. Dies war mein Dank an Magda für die schöne Art, in der sie über mich mit dem Medizinalrat geredet hatte, ich freute mich, daß ich ihr so wirkungsvoll danken konnte. Holz freilich, der in dieser Zeit gar nicht mit mir gehen wollte, stöhnte: "Wenn du das nur nicht eines Tages bereust, Sommer! Man soll sich nie einem Menschen ganz in die Hände geben, das verbietet doch die einfachste Vorsicht. Und wozu auch? Es hat keiner von dir verlangt, warum tust du es also."

"Ich bin immer ein großzügiger Mensch gewesen, Holz", antwortete ich ihm. "Ich habe immer eine Leidenschaft für Schenken gehabt."

Ich muß übrigens noch bemerken, daß der Justizrat ganz und gar nicht damit zufrieden war, diese beiden Urkunden für mich abzufassen und mit seinem Notariatsiegel zu versehen. Nicht als ob er mit ihrem Inhalt nicht einverstanden gewesen wäre, im Gegenteil.

"Es ist immer gut, wenn man sein Haus bestellt, Herr Sommer", sagte er. "Und Ihre Frau ist natürlich die Nächste. Sie sehen einer ungewissen Zukunft entgegen. Haben Sie schon einen Verteidiger für Ihren Termin gewählt oder wünschen Sie, daß ich Ihre Verteidigung übernehme?"

"Danke, danke!" sagte ich leichthin. "Ich beabsichtige, mich selbst zu verteidigen. Im übrigen ist die ganze Geschichte nur eine Kleinigkeit, die meine lieben Mitbürger viel zu sehr aufgebauscht haben."

Der Justizrat war entsetzt über meine ›Leichtfertigkeit‹, wie er es nannte.

"Es ist nie eine Kleinigkeit", rief der alte Mann fast empört, "wenn ein angesehener Bürger ins Gefängnis gehen muß, nicht nur seinetwegen, sondern vor allem auch um des bösen Beispiels willen! Lassen Sie mich Ihre Verteidigung übernehmen, Herr Sommer, vielleicht, beinahe sicher kann ich Bewährungsfrist für Sie erwirken. Dann vermeiden Sie wenigstens die entehrende Gefängnishaft."

"Meine Ehre hegt allein bei mir", sagte ich stolz. "Die können mir andere nicht abnehmen."

Der alte Mann schüttelte mit einem trüben Lächeln verneinend den Kopf.

"Im übrigen handelt es sich um ein im Affekt begangenes Vergehen, und die Folgen eines solchen Vergehens können nie entehrend sein."

Wieder schüttelte der alte Mann traurig den Kopf. "Das ist eine Sprache", sagte er, "die ich in solchen Mauern häufig genug gehört habe, aus Ihrem Munde hätte ich sie lieber nicht gehört. Wie steht es denn mit dem Gutachten des Kreispsychiaters? Wissen Sie etwas davon?"

Ich versicherte, daß alles äußerst günstig stehe und daß der Medizinalrat meine Unterbringung in einer Heil- und Pflegeanstalt nicht für notwendig halte.

"Ich will es hoffen, hoffen will ich es von Herzen", rief der Justizrat Holsten. "Nun, Herr Sommer, jetzt muß ich mich verabschieden. Und wenn Sie mich gegen Ihr jetziges Erwarten doch brauchen sollten, Sie können mich jederzeit rufen. Ich scheue trotz meiner Jahre den weiten Weg aus der Stadt in diese Anstalt nicht, wenn ich Ihnen nur helfen kann." Ich dankte ihm fast gerührt, war aber überzeugt, daß ich seinen Rat nie brauchen würde und daß ich mich in einem wirklichen Notfalle unbedingt an einen jüngeren und geschickteren Anwalt als an ihn wenden würde.

59.

So vergingen mir die nächsten Wochen in verhältnismäßigem Frieden und Behagen, einem anderen Frieden, als ich vor dieser Unterredung mit dem Arzt empfunden hatte, einem aktiveren, mit Plänen und Hoffnungen ausgefüllten Frieden. Ich schlief wieder schlechter, aber das konnte meine gute Stimmung nicht mehr beeinträchtigen: Ich war nur noch zu Gast in diesem Totenhaus. Ich erwartete täglich die Anklageschrift und die Ansetzung des Termins, und wenn sie doch wieder nicht gekommen war, so hoffte ich auf den nächsten Tag. Das Hoffen im Menschen ist wohl unverwüstbar, ich glaube, was als Letztes im Hirn eines Sterbenden vergeht, ist eine Hoffnung. Der Arzt ließ mich nicht mehr zu sich kommen, ich sah ihn nach dieser Unterredung nicht mehr, ein Zeichen, daß er sein Gutachten abgeschlossen und der Staatsanwaltschaft eingereicht hatte. Umsonst versuchten meine Kameraden, mich ängstlich zu machen.

"Trau du dem falschen Hund! Ins Gesicht sagt er es dir so, und auf dem Papier macht er es ganz anders."

Ich lächelte überlegen. So etwas macht der Arzt vielleicht mit ihresgleichen, mir gegenüber hatte er sich so positiv ausgesprochen, daß an einem günstigen Ergebnis überhaupt nicht zu zweifeln war. Überhaupt wurde der Mann ganz falsch beurteilt – auch ich war ihm in der ersten Zeit nicht gerecht geworden. Das lag an seinem manchmal überheblichen, höhnischen Wesen, das einen abstieß. Aber er war ein Mann von Kenntnissen und Einsicht, wo er konnte, gab er jedem eine Chance. Wo es freilich ganz unmöglich war ...

Eine einzige Sache nur wirkte sich störend in dieser Zeit aus:

Die Folgen der Unterernährung machten sich auch bei mir bemerkbar, ich wurde ebenfalls von einer recht störenden Furunkulose befallen. Solange die meist unter der Epidermis sitzenden ›Schweinsbeulen‹ nur an den Armen und Beinen auftauchten, ging es noch einigermaßen, als sie aber auch im Nacken und auf dem Rücken auftauchten, litt ich doch recht unter ihnen. Namentlich, daß ich nachts nun auf dem Bauch liegen mußte, eine Stellung, in der ich nie habe schlafen können, war sehr unangenehm. Nun gehörte auch ich zu der langen Reihe derer, die jeden Morgen vor dem Arztzimmer antraten und von dem Oberpfleger gesalbt oder geschnitten und schließlich verpflastert wurden. Ich bin überzeugt, eine etwas vernünftigere Ernährung mit frischem Gemüse und Obst hätte die Ursache dieser als ganz selbstverständlich angesehenen Pest eher beseitigt als dieses ewige Herumdoktern an den Folgen. Aber daran dachte niemand.

Uns wurde unser Pflasterrecht und damit fertig! Im ganzen konnte auch diese Plage mir freilich in meiner jetzigen hochgemuten Stimmung wenig anhaben.

›Wenn ich erst draußen bin ...‹, das war der Gedanke, den ich jeden Tag hundertmal hatte. Es war auch ganz selbstverständlich, daß ich mich jetzt wieder mehr mit meinem Äußeren zu beschäftigen anfing, da ich nun in vielleicht schon kurzer Zeit entlassen werden würde. Ich fing wieder an, meine Hände, besonders meine Nägel, zu pflegen, die unter der Arbeit gelitten hatten. Ich ließ mir die Haare schneiden und wusch zwei-, dreimal wöchentlich meine Füße. Vor allem aber beschäftigte ich mich mit meinem Gesicht. Zu jener Zeit war der Verband gefallen und meine Nase längst verheilt. Ich hatte mich immer gescheut, mein Gesicht zu besehen, und das war mir leicht gemacht, da es keinen offiziellen Spiegel in der Anstalt gab und das Rasieren von Lexer mit dem ›Clipper‹ besorgt wurde. Nun aber wurde das anders. Ich wußte, der Kalfaktor Herbst besaß einen kleinen Spiegel, den er beim Haarscheiteln ständig zu Rate zog. Ich borgte ihn mir jetzt manchmal von ihm aus. Natürlich spottete er: "Wozu brauchst du denn einen Spiegel? Willst dir wohl deine Gurke betrachten? Das laß man, die ist auch ohne Ansehen schön genug!"

Er hatte genau das Richtige mit seiner Vermutung getroffen, aber das brauchte er nicht zu wissen. Ich murmelte etwas von meinen Schweinsbeulen. Als ich meine Nase zuerst im Spiegel sah, erschrak ich sehr. Sie war durch den Biß völlig deformiert, kurz vor der Nasenspitze hatte sich ein tiefer Sattel gebildet, aus dem sich die Spitze schief und mit brandroten Narben bedeckt erhob. Sie sah wirklich abscheulich aus, ich war völlig entstellt.

(›Dieser verdammte Lobedanz! An meinem ganzen Unglück ist eigentlich dieser Lobedanz schuld!‹)

Auch die weitere Prüfung meines Gesichtes befriedigte mich nicht, die Folgen des Hungers prägten sich bereits deutlich in ihm aus. Es war fast aschfarben, die Augen tief in die Höhlen gesunken. Ein fünf Tage alter spitzstoppliger Bart bedeckte den unteren Teil des Gesichtes. Der Spiegel verriet nur, daß ich auch in diesem Sinne in dieses Totenhaus eingereiht war: ich sah wahrhaftig nicht besser aus als seine schlimmsten Gespenster! Nicht besser? Vielleicht schlimmer! Und ich war einmal ein leidlich gut aussehender Mann gewesen, gewohnt, einen guten Anzug unseres besten Schneiders mit Chic zu tragen. ›Was haben sie aus dir gemacht?!‹ sagte ich traurig zu meinem Spiegelbild.

Mit einem tiefen Seufzer gab ich den Spiegel an Herbst zurück.

"Na, nicht schön genug?" fragte er mit gespieltem Erstaunen.

"Diese verdammten Schweinsbeulen!" schimpfte ich. "Wenn wir wenigstens anständig zu fressen kriegten! Aber die Mohrrüben heute mittag waren wieder das reine Wasser! Dabei kann kein Mensch gesund bleiben!"

Damit hatte ich ihn bei dem unerschöpflichen Thema des Hauses: dem Fraß, und von meinem persönlichen Aussehen wurde nicht mehr gesprochen. In der Folge borgte ich mir noch öfter den Spiegel des Kalfaktors aus, von nun an aber in seiner Abwesenheit und ohne ihn zu fragen. Ich fand schon beim dritten oder vierten Mal heraus, daß ich mein Aussehen zu ungünstig beurteilt hatte. Als ich mich erst ein paarmal im Spiegel betrachtet hatte, fand ich, daß ich eigentlich ganz erträglich aussah. Jedenfalls gewöhnte man sich rasch an diese kleine Entstellung, ich hatte mich dran gewöhnt, Magda würde sich daran gewöhnen wie meine Mitbürger, wie jedermann. Es gab Teilnehmer des Weltkrieges, die viel schlimmer entstellt waren, und doch hatten sie hübsche junge Frauen heiraten können und lebten glücklich mit ihnen. Ich war völlig davon überzeugt, daß diese zernarbte Nase meinem Glück mit Magda keinen Eintrag tun würde.

60.

Ich sollte sehr bald Gelegenheit bekommen, einige Erfahrungen darüber zu sammeln. An einem Nachmittag kam der Oberwachtmeister Fritsch in meine Zelle und befahl mir kurz: "Mitkommen!"

Fritsch, ein fleischiger Mann mit blühendem Gesicht, war einer jener Aufsichtsbeamten, denen man auch einmal eine Frage stellen konnte. Er sah in uns nicht nur Verbrecher.

"Was ist denn los?" fragte ich ihn. "Zum Medizinalrat?"

"I wo", antwortete er. "Besuch. Ihre Frau – der Medizinalrat hat erlaubt, daß Sie Zivil anziehen. Ein bißchen schnell, Sommer, Ihre Frau wartet, und ich habe wenig Zeit."

Er führte mich auf die Kleiderkammer, wo auf einem Regal mein Koffer ziemlich einsam dastand – die meisten Kranken waren ja auf Lebenszeit untergebracht und brauchten keine Zivilsachen mehr. Auf einem Tisch sitzend, sah der Oberwachtmeister mir zu, wie ich mich erst auskleidete, dann wieder ankleidete. Immer wieder trieb er zur Eile. Aber es ging nicht so schnell. Meine Hände zitterten so sehr, mein Herz läutete Sturm. Magda zu Besuch in diesem Totenhaus, das

Leben kam, mich zu besuchen, bald würde ich wieder bei ihr sein ... Und eine tiefe Rührung, eine unendliche Liebe für meine Frau erfüllten meine Brust. Sie war zu mir gekommen, endlich, die lange Zeit der Prüfungen war vorbei. Die Liebe kehrte wieder ein bei mir. Und ich war fest entschlossen, ihr gleich beim ersten Zusammensein zu zeigen, wie tief ich sie liebte, daß die Zeit der Entfremdung vorüber war und daß ich mich rückhaltlos und voller Vertrauen ganz in ihre Hand gab. Plötzlich fiel mir etwas Schreckliches ein! Es war Freitag, und am Sonnabend wurden wir erst rasiert: mein Stoppelbart war in allerschlimmstem Zustand!

"Herr Oberwachtmeister!" rief ich flehend, "darf ich mich noch schnell rasieren? Hier im Koffer ist mein Rasierapparat. Ich mache wirklich ganz schnell. Erlauben Sie es doch."

"Ganz ausgeschlossen, Sommer", sagte Oberwachtmeister Fritsch kühl. "Was denken Sie wohl, wie viel Zeit ich habe? Und außerdem: Sie können doch Ihre Frau nicht so lange warten lassen!"

"Aber es ist doch so wichtig, daß ich bei diesem ersten Zusammensein wenigstens einigermaßen anständig ausschaue! Was soll denn meine Frau von mir denken?"

"Was das angeht, Sommer", meinte der Fritsch kühl, "glaube ich nicht, daß auch Rasieren Sie wesentlich verschönt. Hat sich Ihre Frau mit Ihrer Nase abgefunden, wird sie die paar Haare auch schlucken!"

"Aber sie hat die Nase doch noch nie so gesehen!" rief ich immer verzweifelter. "Das ist doch erst im Untersuchungsgefängnis passiert!"

Aber alles half mir nichts, Fritsch blieb unerbittlich, und ich mußte mit ihm, die traurigste Figur von der Welt; auch das gnädigst vom Arzt bewilligte Zivil konnte daran nichts ändern, außerdem war es vom langen Liegen im Koffer völlig zerdrückt.

21. 9. 44

Ich trete mit dem Beamten in das Verwaltungsgebäude ein. Der Gang vor mir ist lang, trübe und dunkel, mir zittern die Knie, ich möchte mich an die Wand lehnen und um eine Minute der Sammlung und Ruhe bitten. Aber die Stimme des Oberwachtmeisters klingt befehlshaberisch hinter mir: "Los! Los, Sommer! Die dritte Tür rechts!"

Wenn er jetzt nur nicht so militärisch laut brüllen würde, jetzt kann ihn doch Magda schon hören!

Die Hand auf die Klinke und aufgemacht die Tür! Kein Zagen hilft, unbarmherzig wirst du vorwärtsgezwungen in diesem Leben, du Armer, es gibt nicht Ruhe, Verweilen nicht!

Ich sehe Magda, sie hat am Fenster gesessen, nun ist sie aufgestanden und schaut mir entgegen. Einen Augenblick bemerke ich den Ausdruck von fragendem Erstaunen in ihrem Gesicht. Aber schon eile ich auf sie zu, die Arme ausgebreitet, ich rufe: "Magda, Magda, daß du gekommen bist! Ich danke dir so ..."

Ich schließe sie in meine Arme, ich will sie auf den Mund küssen, wie in jenen alten Tagen, die nun wieder neu werden sollen. – Und ich bemerke einen Ausdruck schaudernder Abwehr in ihrem Gesicht.

"Bitte, nicht!" flüstert sie, noch in meinen Armen, plötzlich fast atemlos. "Bitte nicht hier!"

Ich habe sie losgelassen, alle Freude ist aus mir gewichen, ein kaltes drohendes Schweigen ist in mir. Sie sieht mich an, noch immer liegt ein Ausdruck verwirrten Staunens auf ihrem Gesicht.

"Ich hätte dich beinahe nicht erkannt", flüstert sie, noch immer atemlos, "was ist mit dir geschehen? Was hat dich da" – sie wagt nicht einmal das Wort auszusprechen ... "was hat dich da so verändert?"

Oberwachtmeister Fritsch hat sich in unserem Rücken auf einen Stuhl gesetzt und räuspert sich jetzt recht laut. Ich weiß, daß es unzulässig ist, wenn wir beide hier so am Fenster stehen und miteinander tuscheln. Mit gespielter Leichtigkeit sage ich: "Wollen wir beide uns nicht hier an den Tisch setzen, Magda?"

Wir tun es. Dann: "Du findest, daß ich mich verändert habe? Dir gefällt mein Aussehen nicht? Nun, um dir die Wahrheit zu gestehen, es gefiel mir selber nicht, als ich mich vor kurzem zum ersten Male wieder in einem Spiegel sah." (Das hätte ich nicht sagen dürfen, Oberwachtmeister Fritsch kann mich nachher fragen, woher ich den Spiegel hatte, und gleich habe ich den Kalfaktor Herbst in die Pfanne gehauen. Spiegel sind doch auf der Station verboten! Man kann eben nicht vorsichtig genug sein auf dieser Station!) Ich lache rasch: "Aber man gewöhnt sich daran, Magda, ich sehe nicht so schlimm aus, wie du denkst; ich bin eher besser als schlimmer geworden ..."

Bei den letzten Worten, in die ich eine tiefe Bedeutung legte, habe ich die Stimme bezeichnend gesenkt. Aber Magda achtet nicht darauf.

"Was ist denn mit deiner – Nase geschehen?"

Endlich kann sie das Wort aussprechen, wenn auch nach kurzer Hemmung.

"Sie sieht wirklich böse aus, Erwin!"

"Ein Mitgefangener wollte sie mir abbeißen, das war noch im Untersuchungsgefängnis", berichte ich. "Es war jener Lobedanz, der dein Silberzeug stahl, Magda, du weißt." Sie sieht mich nur an, mit einem leichten Zucken um den Mund. Vielleicht hätte ich das wieder nicht sagen sollen, vielleicht denkt Magda jetzt, daß ich es war, der zuerst ihr Silberzeug stahl. Aber nein, so töricht und ungerecht kann Magda nicht denken, das Silber war von meinem Gelde gekauft, es war also mein Silber, von Diebstahl kann nicht die Rede sein.

"Ich habe ja versucht, es dir wieder zu beschaffen, aber leider vergeblich. Du hast nichts mehr davon gehört, Magda?"

Sie bewegte verneinend den Kopf, als sei das alles ganz unwesentlich.

"Du bist auch sonst verändert, Erwin", beharrt sie, "deine Stimme klingt ganz anders, viel lauter ..."

"Wir sind sechsundfünfzig Männer auf einer Station, Magda", erkläre ich ihr, "über dreißig essen mit mir in einem Raum, da muß man seine Stimme schon etwas anstrengen, wenn man verstanden werden will."

"Ich verstehe."

Sie lächelt schwach, abwehrend.

"Du führst ein sehr verändertes Leben, du, der immer so für Zurückhaltung und Isolierung war."

Aber wieder, mit einer störenden Hartnäckigkeit kommt sie auf mein Aussehen zurück, sie kann sich gar nicht daran gewöhnen.

"Du siehst aber auch sonst schlecht aus, Erwin. Fehlt dir was?"

"Nichts", antworte ich überlegt. "Fast nichts. Ein paar Furunkel, sieh hier, im Nacken habe ich auch welche, und auf dem Rücken ... aber daran gewöhnt man sich, alle in diesem Bau haben sie ..." (Der Oberwachtmeister Fritsch räuspert sich mahnend. Das ist wohl schon unziemliche Kritik an der Anstalt. Aber ich denke nicht daran, darauf zu achten.)

Ich fahre fort: "Und wenn ich magerer geworden bin und etwas grau aussehe, nun, Magda, wir bekommen hier nicht alle Tage gerade Gänsebraten mit Rotkohl, in der Hauptsache werden wir mit gutem, heißem Wasser ernährt ..."

Nun ist meine Wut doch mit mir durchgegangen. Diese Wut über die Zurückweisung meiner Liebe, über das Entsetzen Magdas vor mir: Mit einer vor Hohn zitternden Stimme habe ich gesprochen, ich will ihr Herz verletzen, da ich es nicht rühren kann. Oberwachtmeister Fritsch sagt drohend: "Noch eine solche Bemerkung, Sommer, und ich breche die Sprechstunde ab und melde Sie!"

Magda wendet sich an ihn: "Ach, bitte, nehmen Sie es ihm doch nicht übel! Sie ahnen nicht, wie er sich verändert hat, er muß Schreckliches durchgemacht haben!" Ihre Stimme zittert, ich lausche dieser schwachwerdenden weiblichen Stimme mit gierigem Entzücken.

"Er war doch vor kurzem noch ein blühender, gut aussehender Mann – und jetzt, ich hätte ihn auf der Straße nicht gekannt!"

Ein paar Tränen tauchen aus der Tiefe ihrer Augen auf und rinnen langsam über ihre Wangen. Auch diese Tränen beobachte ich mit gierigem Entzücken. Nein, sie rühren mich nicht. Nichts kann mein Herz mehr weich machen, zu schwer hat sie mich beleidigt! Aber ich genieße es, daß nun auch sie leidet: Sie soll es auch fühlen, endlich fühlt sie es, was sie mit mir angerichtet hat, wie schwer sie sich durch ihre Spionage, ihre unüberlegte Rederei gegen mich vergangen hat, welches Verhängnis sie auf mein Haupt herabgezogen hat. Magda fährt fast fieberhaft erregt, halb zum Oberwachtmeister, halb zu mir gewendet, fort: "Aber ich kann dir doch schicken, Erwin, was du brauchst! Hätte ich das geahnt! Darf ich ihm ein Paket mit Eßwaren schicken, Herr –?"

"Das dürfen Sie, Frau Sommer", sagt Fritsch gnädig. "Auch Rauchwaren sind erlaubt. Hier ist überhaupt vieles erlaubt. Aber", fährt er fort, und sieht Magda augenzwinkernd aus seinem fetten Gesicht an, "Sie müssen bedenken, viele von diesen Kranken wissen wirklich nicht, wann sie satt sind. Sie fressen und fressen – ein ganzes Paket voll, zwei Brote an einem Tag! Und nachher sind sie krank, und wir haben unsere Mühe mit ihnen. Man darf nicht alles glauben, was diese Kranken erzählen."

Und ich muß still dabei sitzen und mir diese Gemeinheiten mit anhören, der fette Fritsch ist mein Vorgesetzter, ich darf ihm nicht widersprechen. Ich denke an die Hungergestalten drüben, die Kartoffelschalen fressen und jeden verspritzten Tropfen Sauce vom Tisch ablecken, und die Wut steigt wieder in mir hoch.

Aber ich bezwinge mich, ich sage rasch und lächelnd: "Ich danke dir vielmals für deine guten Absichten, Magda, aber ich brauche wirklich nichts. Herr Oberwachtmeister Fritsch hat ganz recht: die Kranken kennen kein Maß. Gott sei Dank gehöre ich nicht zu ihnen, Gottlob werde ich wohl schon in kurzem von hier fortkommen ..."

Verwirrt sieht mich Magda an.

"Aber du sprachst doch eben selbst von Wasser, Erwin ...", sagt sie.

"Ich sprach von Gänsebraten", lache ich, "und das Wasser habe ich nur des Kontrastes willen dagegen gesetzt. Nein, nein, Magda, mach dir nur keine Gedanken, wir werden vollkommen ausreichend ernährt, wie dir eben Herr Fritsch ausgesagt hat. Schließlich tue ich ja keine schwere Arbeit, ich mache Bürsten, Magda, ich bin ein richtiger Bürstenmacher geworden. Hättest du das je von mir gedacht, Magda? Du sitzt auf meinem Stuhl im Kontor, und dein Mann macht unterdes Bürsten. Gibt es nicht ein Lied vom munteren Bürstenmacher, ach nein, das ist ein munterer Seifensieder. Aber auch ich bin munter und vergnügt in meiner Zelle beim Bürstenmachen, ich pfeife und singe den ganzen Tag, ach nein, das tue ich natürlich nicht, denn das ist in diesem Haus der vielen Erlaubnisse verboten. Aber innerlich pfeife und singe ich ..."

Ich habe immer rascher und höhnender gesprochen, mein Zorn riß mich fort, aber dabei beherrschte ich mich doch, äußerlich sah alles ganz glatt und zufriedenstellend aus. Ich bemerkte die steigende Verwirrung in Magdas Gesicht, sie hat ein paarmal während meiner Worte das Taschentuch benutzt und an ihren Augen gewischt. Fritsch hat sich auf seinem Stuhl zurückgelehnt und betrachtet gelangweilt die Fliegen an der Zimmerdecke. Er ist viel zu grob besaitet, um den ironischen Unterton meiner Worte herauszuspüren. Übrigens hat Magda ein Kostüm an, das ich noch nicht an ihr kenne: ein dunkelgraues, sehr schickes Kostüm mit einem hellen Nadelstreifen. Ich denke mit Bitterkeit daran, daß meine zu mir gehörende Frau in einer Zeit, da ich Maßloses litt, Zeit und Lust hatte, an ein neues Kostüm zu denken, zur Schneiderin zu gehen, Anproben zu halten ... So ungerecht sind die Lose verteilt, so gedankenlos sind selbst die besten Ehefrauen! – Übrigens sieht Magda gut aus, sie hat sich in der Zeit unserer Trennung wesentlich erholt, sie ist ausgesprochen hübsch. Während ich in dieser Zeit ...

61.

Nach meinen raschen höhnischen Worten ist eine tiefe Stille eingetreten, ich habe es nicht eilig, sie zu unterbrechen. Magda bewegt sich etwas unruhig auf ihrem Stuhl hin und her, ich bin gespannt, was sie nun vorbringen wird. Aber als sie dann zu sprechen anfängt, ist es nur ein Dank für die übersandte Generalvollmacht.

"Ich brauchte sie eigentlich gar nicht. Weder auf der Post noch auf der Bank haben sie wegen meiner Unterschrift Schwierigkeiten gemacht. Aber ich verstehe es schon, wie du es meintest, Erwin, und ich danke dir für deine gute Meinung." Sie reicht mir ihre Hand über den Tisch, und ich fasse sie vorsichtig und kühl, hüte mich, sie wärmer zu drücken. Die Hand kehrt etwas enttäuscht zu ihrer Besitzerin zurück.

"Und wie gehen die Geschäfte?" frage ich, um nur etwas zu fragen.

Magda aber belebt sich.

"Ich freue mich, dir sagen zu können, Erwin, daß die Geschäfte gut gehen, jawohl, ausgesprochen gut. Die Ernte ist recht befriedigend ausgefallen, und wir haben einen sehr schönen Umsatz erzielen können. Besonders in Hülsenfrüchten habe ich ein unglaubliches Glück gehabt. Ich kaufte, ehe die Preise dann so plötzlich anzogen ..."

Eine Weile reden wir nun ruhig von den Geschäften. Wirklich eine tüchtige Frau, ganz unbestreitbar. Wie ihr Auge leuchtet, ihre Stimme lebendig wird, wenn sie davon spricht! So leuchtete ihr Auge vorher nicht, als es um ihren Mann ging. Aber so war es schon immer bei ihr, das Geschäft, der Garten, das Haus: alles war ihr wichtiger als der Mann. Ich könnte eifersüchtig werden auf diese toten Dinge, wenn das nicht doch ein bißchen lächerlich wäre. Aber vielleicht nicht so lächerlich wie diese auch vom Arzt gerühmte Tüchtigkeit. Würde sie einigermaßen vernünftig überlegen, sie machte sich die ganze Plage nicht, verpachtete das Geschäft gegen eine kleine Rente und lebte behaglich in unserem Eigentum. Aber auf so etwas kommt natürlich so eine Frau nicht.

So gehen meine Gedanken immer weiter, während ich zerstreut Magdas eifrigem Reden lausche, das die Erinnerung an alte Kunden wachruft, an Fahrten durch abseits liegende Dörfer, glückliche Abschlüsse ... Aber plötzlich werde ich hellhörig, denn Magda hat plötzlich von unserer Konkurrenz gesprochen, jenem jungen Anfänger, der sich mir zum Trotz in meiner Vaterstadt etablierte und mir schon ein paarmal recht zu schaffen machte. Irre ich mich, und klingt jetzt noch ein ganz besonderer Unterton in Magdas Stimme, etwas Wärmeres als vorher? Ich höre sehr aufmerksam an, was Magda da erzählt.

"Ja, denke dir, Erwin, ich habe Herrn Heinze jetzt persönlich kennengelernt. Ich hatte mich eines Tages doch zu sehr über dieses ständige gegenseitige Unterbieten geärgert, bloß um einander die Kunden abzufangen, wodurch wir schließlich nur alle beide verloren. Da bin ich einfach zu ihm auf sein Büro gegangen und habe ihm gesagt: ›Ich bin Frau Sommer, Herr Heinze, und nun wollen wir doch einmal sehen, ob wir beide nicht zu einem vernünftigen Abkommen gelangen können! Für beide Firmen gibt es ein Auskommen hier in der Stadt, aber wenn wir uns weiter so unterbieten, werden wir alle beide Pleite machen!‹ Das habe ich ihm gesagt!" Magda sieht mich triumphierend an.

"Und was antwortete er?" frage ich gespannt.

"Nun", sagt sie, und wieder fiel mir der warme Unterton in ihrer Stimme auf, "Herr Heinze ist nicht nur ein gebildeter, sondern auch ein kluger Mann. In fünf Minuten waren wir zu einem Abkommen gelangt. Jeden Morgen, Mittag und Abend verständigen wir uns über die Preise, die wir zahlen, keiner bietet auch nur einen Groschen mehr oder weniger, und nach Kunden angeln gehen ist überhaupt abgeschafft!"

"O du Ahnungslose", rief ich. "Der wird dich schön reinlegen, der Heinze ist doch ein ganz gerissener, mit allen Salben gesalbter Halunke! Ins Gesicht verspricht er dir natürlich alles, aber hintenrum fischt er dir einen Kunden nach dem anderen weg. Schließlich hat er das Geschäft fest in Händen, und du stehst ohne alles da!"

"Armer Erwin", sagte Magda, "immer noch so voll Mißtrauen. Nein, ich habe Herrn Heinze recht gut kennengelernt – ich bin auch so manchmal mit ihm zusammen –." Ich wunderte mich, was hinter diesem ›auch so manchmal‹ steckte, aber Magda war nicht errötet. Sie fuhr fort: "So weit kenne ich die Menschen doch, daß ich sagen kann: Herr Heinze ist ein innerlich vollkommen sauberer, anständiger Mann, auf den ich mich blindlings verlasse. Und wenn du mich für vertrauensselig hältst, Erwin, so genügt dir vielleicht der Beweis aus unseren Büchern: wir haben unseren Umsatz in diesem Herbst um das Anderthalbfache gesteigert. Das wäre doch wohl kaum der Fall, wenn Herr Heinze uns die Kunden weggeschnappt hätte!" Sie sah mich mit triumphierenden, freudeglänzenden Augen an. Ich sagte eisig: "Die Zahlen allein beweisen auch noch nichts. Du sagst, die Ernte war gut, und das Wetter war einem frühen Drusch bestimmt günstig, da kann der

Umsatz für eine kurze Zeit sehr wohl steigen, und einem dabei doch Kunden verloren gehen ... Übrigens, ich erinnere mich gar nicht, war dieser Heinze nicht verheiratet?"

"Doch!" nickte Magda. "Aber er ist seit einem Jahr geschieden."

"So, so", antwortete ich möglichst gleichgültig. "Also geschieden. – Natürlich schuldig geschieden?"

"Wie du auch fragen kannst!" rief Magda beinahe zornig. "Ich habe dir doch gesagt, er ist ein ganz sauberer Mann. Natürlich lag die Schuld auf der anderen Seite!"

"Natürlich ...", wiederholte ich ein wenig spöttisch. "Entschuldige nur, du bist ja direkt begeistert von diesem Mann, Magda!" Einen Augenblick zögerte sie, dann antwortete sie mit fester Stimme: "Das bin ich auch, Erwin!" Wir sahen uns eine lange Zeit stumm an. Viel Ungesagtes lag in der Luft. Selbst Oberwachtmeister Fritsch hatte was gemerkt, er hatte sich auf seinem Stuhl vorgelehnt, die Ellbogen auf die Knie gestützt und betrachtete uns beide gespannt. Übrigens war die übliche Sprechstundenzeit längst überschritten.

62.

"Hast du die Scheidung schon eingeleitet?" fragte ich schließlich mit leiser Stimme.

"Ja", antwortete sie ebenso leise. "Gestern ..."

Wieder trat tiefe Stille zwischen uns ein. Plötzlich sahen wir uns beide nach dem Oberwachtmeister Fritsch um, der mit einem Ruck von seinem Stuhl aufgestanden war und mit seinen Schlüsseln klapperte.

"Na ja", sagte er fast verlegen, "eigentlich ist die Sprechzeit rum, aber meinetwegen noch zehn Minuten." Und er ging zum Fenster, wo er uns ostentativ den Rücken kehrte.

"Erwin", flüsterte Magda hastig, "ich habe lange mit mir gekämpft, es kam mir so schlecht vor, dich in dieser Lage im Stich zu lassen. Aber dann, als ich vom

Medizinalrat hörte, daß deine Sache gut steht, daß du vielleicht schon in Kürze entlassen wirst ..."

Sie sah mich flehend an, aber ich schwieg. Ich half ihr mit keinem Wort, in mir herrschte ein verzweifelter, wilder Zorn über diese Verräterin.

"Wir wollen es alles so einrichten, wie du es wünschest, Erwin", fuhr Magda noch hastiger fort. "Willst du das Geschäft wieder übernehmen, gut. Wir sind auch bereit, ganz von hier fortzuziehen, Heinrich, ich meine, Heinze will dir dann auch sein Geschäft abtreten. Sieh mich doch nicht so an, Erwin, es hilft doch nichts! Wir waren uns doch innerlich längst ganz fremd geworden, denke doch zurück an diese schrecklichen Zeiten, wo wir uns immer nur stritten! Es ist doch besser, wir trennen uns –?"

Ich schwieg noch immer; also daher dieses neue Kostüm, diese frische Farbe, der warme zitternde Unterton der Stimme! Ein neuer Mann – und schon gurrt das verliebte Täubchen! Den Mann ins Kittchen gebracht – und nun kommt der andere mit der ›inneren Sauberkeit‹, der Hochanständige, dem sie blindlings vertraut. Ich sah aufmerksam auf ihren weißen, schon ein wenig fett werdenden Hals. Der Kehlkopf bewegte sich, die Gute verschluckte, von den eigenen Worten gerührt, wie man so sagt, ihre Tränen. Ich hätte diesen Hals so gerne mit meinen Händen umspannt, und ich hätte ihn, das schwöre ich, trotz aller Fritsches, nicht wieder losgelassen! Aber ich hütete mich wohl, nur wenige Tage trennten mich noch von der Freiheit. Sie wollte ich nicht allein treffen, da blieb dieser andere, der Hochanständige, der die Schamlosigkeit besaß, einem kranken Mann die Frau zu stehlen! Sie sah mich noch immer an, und als sie nun wieder zu sprechen anfing, war der Ton ihrer Stimme kälter geworden, sie bat mich nicht mehr. Um ihren Mund lag ein Zug von Entschlossenheit, selbst Härte.

"Du siehst mich immer nur an und sagst kein Wort", begann sie wieder. "Ich sehe es wohl, in deinen Augen droht etwas Schreckliches. Aber das kann mich nicht beirren, nichts kann mich mehr beirren. Einmal in meinem Leben will ich Glücklichsein kennen lernen. Ich habe dir so viele Jahre geopfert, deiner Schwäche, deinem Eigensinn, deinem unsinnigen Dünkel und Menschenhaß, und dann vor allem, was du deine Liebe nennst! Das ist eine seltsame Art von Liebe, die ich nur zu spüren bekam, wenn du Forderungen hattest – aber nie durfte ich welche haben! Nein, davon habe ich genug ..."

Sie hätte wohl noch weiter so geredet, aber auch ich hatte genug, von diesen Tiraden nämlich. Nachdem das Ködern durch Süße mißlungen war, sollte ich nun durch den Haß zermalmt werden. Ich beugte mich weit über den Tisch und spie ihr mitten ins Gesicht.

"Ehebrecherin –!" rief ich.

Bei diesem lauten Ausruf drehte sich der Oberwachtmeister Fritsch am Fenster rasch um und starrte einen Augenblick maßlos verblüfft auf dies Bild, das sich ihm bot: ich, über den Tisch gelehnt, der Magda mit verächtlichem und drohendem Blick ansah, und meine ehemalige Frau, die keine Bewegung machte, den über die totenbleiche Wange laufenden Speichel abzuwischen, sondern die meinen Blick unverwandt erwiderte, aus der tiefsten Tiefe ihrer braunen Augen heraus. Und während wir uns so ansahen, war mir, als dringe ich mit meinem Blick tief in diese Frau ein, versinke den Bruchteil einer Sekunde in ihr, erspüre einen Menschen, den ich nie gekannt ...

Dann war das vorbei, denn der Oberwachtmeister Fritsch hatte mich bei den Schultern gepackt und schüttelte mich wütend.

"Sie unverschämter Flegel!" schrie er. "Wie können Sie sich so etwas erlauben? Dem Medizinalrat werde ich Sie anzeigen! Das ist eine anständige Frau, verstehen Sie?"

Und er schüttelte mich wieder mit all seinen Kräften, daß mein Kopf haltlos hin- und herflog.

"Lassen Sie den Mann los, Herr Wachtmeister!" sagte Magda mit tiefer, völlig erschöpfter Stimme. "Er hat vollkommen recht: ich bin eine Ehebrecherin."

Einen Augenblick hielt sie ein, als überlege sie was. Dann wandte sie sich mir zu, ihr Auge leuchtete wieder, wieder hatte ihre Stimme Klang.

"Und ich bin froh darüber, daß ich es tat!" sagte sie mir ins Gesicht. –

Dann ging sie langsam aus dem Sprechzimmer, endlich ihr Gesicht abwischend, aber nur ganz mechanisch.

63.

Wie ich die Nacht nach diesem furchtbaren Wiedersehen verbrachte, kann ich nicht sagen. Daß ich in ihr nicht eine Minute lang schlief, dessen bin ich sicher. Ich wäre in dieser Nacht wohl zerbrochen und hätte allem Jammer ein Ende gemacht, wenn mich nicht der Gedanke an Rache aufrecht erhalten hätte. Und ich würde diese Rache nehmen bis ins einzelne, aber nicht nur nach meiner Entlassung, sofort, morgen schon würde ich an die Ausführung meiner Pläne gehen. Ich würde mir einen jungen schneidigen Anwalt bestellen und Gegenklage erheben in der Scheidungssache Sommer gegen Sommer, und ich würde beantragen, Magda als schuldigen Teil zu verurteilen. Hatte ich doch einen Zeugen, den Oberwachtmeister Fritsch, vor dem sie selbst den Ehebruch zugegeben hatte. Ach, ich würde Magda noch alle Ursache geben, dieses unbesonnene Eingeständnis zu bereuen, und ich hatte allen Grund zur Hoffnung, daß auch dieser hochanständige, erfolgreiche Geschäftsmann Herr Heinrich Heinze ihr schwere Vorwürfe deswegen nicht ersparen würde! – Darüberhinaus würde ich aber noch den Antrag stellen, daß der scheidende Richter den beiden ehebrecherischen Teilen die Ehe miteinander für ewig verbieten sollte. Oh, sie sollte diese ersehnte Art Glücklichsein schon kennenlernen, die gute Magda, unter meiner Fuchtel! Ich würde mein Geschäft verkaufen und den beiden immer auf den Fersen bleiben, ein steter Racheengel, ein ewiges Mahnmal begangener Schuld! Mir würde das schon nicht überwerden, war ich ein schlechter Partner in der Liebe, wie Magda plötzlich entdeckt hatte, so war ich ein um so besserer im Hassen! Und ich malte mir aus, wie ich auf meinen Reisen im Hotelzimmer neben dem ihren schlafen und durch geheimnisvolle Klopfzeichen ihren Schlaf stören würde. Ich sah mich, unerkennbar verkleidet, in das gleiche Zugabteil wie sie steigen und hinter einer dunklen Brille hervor ihr Tun beobachten; ich fuhr mit einem Auto hinter ihnen drein und bremste erst im allerletzten Augenblick, mich an ihrer Todesangst weidend, und ich sah sie, herrlichstes Bild meiner Rache, sterben, hingemordet von mir, aber unentdeckbar, und ihn an ihrer Seite knien, völliger Verzweiflung hingegeben, und ich stand neben ihm und flüsterte ihm meine Tat ins Ohr, gewiß, sie war unentdeckbar. – Ich raste, die Bilder jagten sich in meinem Hirn, ich hatte Fieber. Meine Gefährten schliefen schon längst, und noch immer stand ich am Zellenfenster, spann das Gewebe meiner Rache immer dichter und verworrener, zum kalten Gefunkel der Sterne aufblickend.

Der Morgen kam und fand mich leer und in fast völliger Apathie. Ich werde mein Frühstück ja wohl mit den andern gegessen haben, erinnern kann ich mich nicht daran. Noch vor dem Antreten zur Arbeit benutzte ich einen unbewachten Augenblick und schlüpfte in meine Arbeitszelle hinüber, der Anblick meiner Leidensgenossen ekelte mich. Ich nahm ein paar Borsten zwischen die Finger und versuchte, sie in das Bürstenloch einzuführen, ich hatte zu viele gegriffen, wie in meiner ersten Anfangszeit! Ich ließ sie achtlos auf den Boden fallen und ging an den Schrank. Ich hatte jetzt in ihm Briefpapier und Umschläge, ich mußte den Brief an den Anwalt schreiben. Aber, so dringlich mir das auch in der Nacht noch erschienen war, jetzt konnte ich mich nicht dazu aufraffen. Ich starrte eine Weile auf das Papier, dann ging ich ans Fenster. Draußen herbstelte es schon – graue

Nebelschwaden zogen über das Land, ich sah die ersten frühen Kartoffelbuddler zwischen den Reihen. ›Es wird Herbst‹, sagte ich zu mir. ›Das ist schlimm.‹ Ich wußte selbst nicht, was ich meinte. Ich wußte nur, daß es schlimm um mich stand, sehr schlimm. Zwei Zeilen eines Gedichtes, das ich einmal gelesen, zogen mir durch den Kopf: "Dies ist der Herbst, der bricht dir noch das Herz."

Hartnäckig kamen sie wieder, sie wiederholten sich in mir mit einer verzweifelten Hartnäckigkeit.

"Dies ist der Herbst, der bricht dir noch das Herz." Zwei Worte gesellten sich noch dazu: "Fliege fort, fliege fort!"

Ja, wer fortfliegen könnte von dieser beschmutzten Erde, von diesem besudelten Ich! Und immer wieder: "Dies ist der Herbst, der bricht dir noch das Herz." Und immer nachklingend die Mahnung: "Fliege fort! Fliege fort!"

Ich sah nach dem starken Schneidemesser hinüber, mit dem ich die Borsten glattschnitt. Es würde ein leichtes sein, sich mit ihm den Arm aufzuschneiden, daß ich verblutete. Aber ich wußte, ich würde nie den Mut dazu haben. Denn ich war feige, in dieser Minute gestand ich es mir rückhaltlos ein, daß ich ein Feigling war; bei der Aufzählung meiner schlechten Eigenschaften hatte Magda diese noch vergessen.

"Fliege fort!" Und doch zu feige ...

So fand mich der Oberpfleger, der mich unter den zu Verbindenden vermißt hatte. Er fuhr mich hart an: Meine Furunkel würden nie besser werden, wenn ich nicht selbst für regelmäßiges Verbinden sorgte! – Ich folgte ihm vollständig gleichgültig ins Arztzimmer. Der Strom der Leidenden hatte sich schon verlaufen, ich war der Letzte. Der Oberpfleger riß mir die Verbände ab, salbte und jodierte oder stach auch einmal in einen ihm reif scheinenden Furunkel. Und so empfindlich ich sonst gegen Schmerz bin, an diesem Morgen machte mir das alles gar nichts. Ich war völlig stumpf. Dann klingelte das Telephon im Glaskasten. Der Oberpfleger ging dorthin, die Tür weit offen lassend. Einen Augenblick stand ich noch regungslos, dann suchte mein Blick den Medikamentenschrank, seine Tür stand weit offen.

Rasch trat ich einen Schritt auf ihn zu. Dort lag Vergessen für viele Stunden, Auslöschen der unerträglichen Qual, unter der ich jetzt lebte. Gute, Frieden schenkende Schlafmittel für viele Tage. Meine Hand griff nach einem Glasröhrchen, als mein Blick auf eine Reihe Flaschen fiel, die im untersten Fach standen. Gleich vorn an stand eine halbe Flasche mit dem Etikett: Alkohol 95%. Ich hatte keinen Entschluß gefaßt, ich handelte rein mechanisch. Ich kümmerte mich auch nicht um die offenstehende Tür oder den Oberpfleger, der jeden Augenblick zurückkommen mußte. Ich nahm die Flasche und ging zu dem in die Wand eingelassenen Waschtisch. Ich nahm ein Wasserglas und füllte es zu zwei Drittel mit Alkohol, dann füllte ich Wasser nach, sehr vorsichtig. Meine Hand hat dabei nicht gezittert. Ich setzte das starke Gemisch an den Mund und trank es mit drei, vier Schluck leer. Einen Augenblick stand ich wie betäubt, eine ungeheure Helle breitete sich rasch in mir aus. Ich lächelte, ach, das Glück, noch einmal das schrankenlose, herrliche Glück. Meine Elinor, du reine d'alcool! Wie ich dich liebe! Wie – ich – dich – liebe! – Ich bin vornüber bewußtlos zu Boden gestürzt, gerade auf mein geschändetes Gesicht.

64.

Es hat keinen Termin meinetwegen gegeben. Das Verfahren gegen mich wurde aus § 51 eingestellt und meine dauernde Unterbringung in einer Heil- und Pflegeanstalt verfügt. Einen Scheidungstermin gab es wohl, aber ich brauchte zu ihm nicht zu erscheinen, damals war ich schon entmündigt. Ein Obersekretär, vorne in der Verwaltung der Anstalt, ist mein Vormund geworden. Übrigens sind wir beide schuldig geschieden, aber Magda hat ihren Heinrich Heinze heiraten dürfen, über meinen Antrag ist gar nicht verhandelt worden. Ich bin ja nur ein Geisteskranker. Ich habe die Heiratsanzeige in der Zeitung gesehen. Jetzt haben sie zwei Kinder, einen Jungen und ein Mädchen; sie haben die Geschäfte zusammengelegt – was geht mich das alles an? Was geht mich die Welt draußen noch an? Es ist mir alles gleichgültig geworden, ich bin ein alternder, abscheulich aussehender Bürstenmacher, mittlerer Arbeitsleistung, geisteskrank. Die Zeiten der ersten tobenden Verzweiflung sind längst vorbei, schon längst habe ich es aufgegeben, meinen Arm unter das Schneidemesser zu legen und zu versuchen, ob ich nicht vielleicht doch eine Minute meines Lebens mutig bin. Ich weiß, jede einzelne Sekunde meines Lebens war ich ein Feigling, bin ich ein Feigling, werde ich ein Feigling sein. Umsonst, auf etwas anderes zu warten. –

Ich genieße ein bestimmtes beschränktes Vertrauen im Hause, ich falle nie lästig, ich mache keinem Arbeit, ich sondere mich von den anderen ab. Ich darf mich ziemlich frei bewegen im Bau. Nur darf ich nie das Arztzimmer betreten, ohne daß der Oberpfleger dabei ist, das ist mir bei acht Wochen strengem Arrest verboten. Ich möchte es oft, ich könnte es manchmal, aber ich wage es nie. Ich bin eben feige.

Ich habe eine behagliche Stellung, ich habe immer genug zu rauchen und leide nie Hunger. Zweimal in der Woche kauft mein Vormund von den Geldern, die meine frühere Frau regelmäßig für mich einzahlt, ein für mich, was mein Herz begehrt und was zulässig ist. Ich kann nie verbrauchen, was eingezahlt wird, ich werde als wohlhabender Mann sterben. Ich ahne es nicht, wer mich beerben wird, es interessiert mich auch nicht. Mein früher errichtetes Testament ist durch die Scheidung hinfällig geworden, und ein neues darf ich nicht errichten, ich bin nämlich geisteskrank. Aber ich bin doch nicht so geisteskrank und apathisch geworden, daß ich nicht noch einen Plan hätte und eine kleine Hoffnung. Gewiß, den Gedanken an das Schneidemesser habe ich aufgeben müssen, aber ich kann erleiden, ich vermag zu ertragen, was über mich hineinbricht. Ich bin, wie ich wohl ohne Überheblichkeit sagen darf, ein großer Dulder.

Ich habe noch nicht erwähnt, daß wir im untersten Stock des Anbaus immer fünf oder auch sieben Tuberkulöse liegen haben, ehemalige Leidensgefährten, die man von uns isoliert hat. Sie bekommen immer etwas besseres und reichlicheres Essen und brauchen nicht mehr zu arbeiten, bis sie sterben. Diese Kranken haben kleine Fläschchen, in die sie ihren Auswurf spucken, und ihre Isolierung ist nicht so streng, daß ich, der ich mich ziemlich frei im Bau bewegen darf, nicht manchmal ein solches Fläschchen erwischen könnte. Ich trinke es dann einfach aus. Ich habe schon drei solcher Fläschchen ausgetrunken, und ich werde noch mehr austrinken. Nein, ich will nicht in diesem Totenhaus uralt werden und dann langsam verrecken, ich will einen Tod sterben, wie ihn alle draußen haben können – nach eigener Wahl. Ich bin sicher, ich bin heute schon tuberkulös. Ich habe ständig Stechen in der Brust und huste viel, aber ich melde mich nicht zum Arzt, ich verstecke meine Krankheit; ich will erst so krank sein, daß ich unter keinen Umständen gerettet werden kann. Und dann, wenn ich erst im Anbau liegen werde und die letzte Stunde ganz nahe ist, werde ich den Medizinalrat zu mir kommen lassen, und ich werde zu ihm sprechen: "Herr Medizinalrat, ich habe Ihnen viel Kummer und Ärger gemacht, und Sie haben es mir nie verzeihen können, daß Sie meinetwegen Ihr bereits erstattetes Gutachten wieder umstoßen mußten, wodurch Ihr Ruf als Psychiater bei den Gerichten gelitten hat, aber nun, da mein Tod ganz nahe ist, verzeihen Sie mir, und tun Sie mir noch einen letzten Gefallen." Und er wird seinen Frieden mit mir schließen, weil ich ein Sterbender bin, und man einem Sterbenden nichts abschlägt, und wird fragen, was für ein Gefallen das ist.

Und ich werde wieder zu ihm sprechen: "Herr Medizinalrat, gehen Sie ins Arztzimmer und mischen Sie mir mit eigener Hand aus Alkohol und Wasser einen

Schnaps, nur ein Wasserglas voll. Nicht so einen, daß ich sofort hinstürze und nichts von ihm habe, wie damals, sondern einen, der mich wirklich noch einmal glücklich macht." Und er wird mir meinen Wunsch erfüllen und mit dem Glas an mein Lager treten, und ich werde trinken, nach so vielen Jahren der Entbehrung endlich wieder trinken, Schluck für Schluck, in langen Abständen, voll das unendliche Glück auskostend. Und ich werde noch einmal jung werden, und ich werde die Welt blühen sehen mit allen Frühlingen und allen Rosen und den jungen Mädchen von eh und je. Eine aber wird vor mich treten und wird ihr bleiches Gesicht über mich, der vor ihr auf die Knie fällt, neigen, und ihre dunklen Haare werden mich ganz einhüllen. Ihr Duft wird um mich sein, und ihre Lippen auf den meinen liegen, und ich werde nicht mehr alt und verunstaltet, sondern jung und schön sein, und meine reine d'alcool wird mich hinauf zu sich ziehen, und wir werden entschweben, in Rausch und Vergessen, aus denen es nie ein Erwachen gibt!

Und wenn mir so geschieht in meiner Todesstunde, werde ich mein Leben segnen, und ich werde nicht umsonst gelitten haben!